金庸作品集13

雪山飞狐

全

金庸 著

图书在版编目（CIP）数据

雪山飞狐/金庸著．—广州：广州出版社，2011.11（2023.11重印）
ISBN 978-7-5462-0619-6

Ⅰ．①雪…　Ⅱ．①金…　Ⅲ．①侠义小说—中国—当代　Ⅳ．①I247.5

中国版本图书馆CIP数据核字（2011）第228102号

广东省版权局版权合同登记图字：19-2012-018号

朗聲圖書

雪山飞狐

出版发行　广州出版社
（地址：广州市天河区天润路87号广建大厦九楼、十楼　邮政编码：510635
网址：http://www.gzcbs.com.cn）
策　　划　欧阳群
责任编辑　何　娴　田宇星
文字编辑　林春光
责任校对　林卓萍
内文插画　王司马
封面设计　李小祖
代理发行　广州市朗声图书有限公司（发行专线：020-34297719）
印　　刷　广州汇隆印刷有限公司
（地址：广州市番禺区石壁街屏山一村屏都路15号1栋　邮编：511495）
开　　本　880毫米×1230毫米　1/32
总 字 数　302千
总 印 张　11.75
版　　次　2020年5月第3版
印　　次　2023年11月第9次
书　　号　ISBN 978-7-5462-0619-6
定　　价　35.00元（全一册）

衬页印章／齐白石「吾狐也」。

左图／唐棣作《雪港捕鱼图》：唐棣，元朝人，字子华，浙江吴兴人，幼时曾承赵孟頫指授。该图高峰耸立，积雪森寒。现藏上海博物馆。

广东石湾旧陶像：

多年前，作者在古董店中购得这个陶像，

由此而构思了《雪山飞狐》中李自成军刀的故事。

手谕

山海关吃紧，吴逆进逼，着令高一功见谕速率所部驰援，沿途如遇吴逆军队，可见机而行，或速击灭，或背师直趋山海关。切切。

永昌元年七月十日

李自成手谕。

《胤禛美人图》之一：
此图所绘女子作汉服装扮，体态娇弱，面容秀美，持卷凝思，端庄娴静。
原图现存北京故宫博物院。

清雍正帝（世宗）绘像：
爱新觉罗·胤禛（1678—1735），四十五岁即位，五十八岁驾崩，在位十三年。
雍正之死，正史记载为病死，但所载极为简单，而民间则有多种说法。
后世说部多有刺杀雍正的故事，《鸳鸯刀》中萧半和所要刺杀的满清皇帝，或为雍正。

右页上图／
唐代高昌的绿色纱布：
吐鲁番出土。

右页下图／
唐代高昌的花纹锦鞋：
吐鲁番出土。
织锦是汉族文化，
而鞋子是当地居民的形式，
可说是两种文化的结合。

左页图／
郎世宁绘《爱乌罕四骏图》之一：
图中白马身高腿长，神骏非凡，
或与李文秀坐骑相似。

右图／雍正的诗及字，他的诗和书法似比他儿子乾隆要高明得多。

左图／清雍正帝御用玉玺「为君难」。

“金庸作品集”序

小说是写给人看的。小说的内容是人。

小说写一个人、几个人、一群人或成千成万人的性格和感情。他们的性格和感情从横面的环境中反映出来，从纵面的遭遇中反映出来，从人与人之间的交往与关系中反映出来。长篇小说中似乎只有《鲁滨逊飘流记》，才只写一个人，写他与自然之间的关系，但写到后来，终于也出现了一个仆人“星期五”。只写一个人的短篇小说多些，写一个人在与环境的接触中表现他外在的世界、内心的世界，尤其是内心世界。

西洋传统的小说理论分别从环境、人物、情节三个方面去分析一篇作品。由于小说作者不同的个性与才能，往往有不同的偏重。

基本上，武侠小说与别的小说一样，也是写人，只不过环境是古代的，人物是有武功的，情节偏重于激烈的斗争。任何小说都有它所特别侧重的一面。爱情小说写男女之间与性有关的感情，写实小说描绘一个特定时代的环境，《三国演义》与《水浒》一类小说叙述大群人物的斗争经历，现代小说的重点往往放在人物的心理过程上。

小说是艺术的一种，艺术的基本内容是人的感情，主要形式是美，广义的、美学上的美。在小说，那是语言文笔之美、安排结构之美，关键在于怎样将人物的内心世界通过某种形式而表现出来。

什么形式都可以，或者是作者主观的剖析，或者是客观的叙述故事，从人物的行动和言语中客观的表达。

读者阅读一部小说，是将小说的内容与自己的心理状态结合起来。同样一部小说，有的人感到强烈的震动，有的人却觉得无聊厌倦。读者的个性与感情，与小说中所表现的个性与感情相接触，产生了“化学反应”。

武侠小说只是表现人情的一种特定形式。好像作曲家要表现一种情绪，用钢琴、小提琴、交响乐或歌唱的形式都可以，画家可以选择油画、水彩、水墨或漫画的形式。问题不在采取什么形式，而是表现的手法好不好，能不能和读者、听者、观赏者的心灵相沟通，能不能使他的心产生共鸣。小说是艺术形式之一，有好的艺术，也有不好的艺术。

好或者不好，在艺术上是属于美的范畴，不属于真或善的范畴。判断美的标准是美，是感情，不是科学上的真或不真，道德上的善或不善，也不是经济上的值钱不值钱，政治上对统治者的有利或有害。当然，任何艺术作品都会发生社会影响，自也可以用社会影响的价值去估量，不过那是另一种评价。

在中世纪的欧洲，基督教的势力及于一切，所以我们到欧美的博物院去参观，见到所有中世纪的绘画都以圣经为题材，表现女性的人体之美，也必须通过圣母的形象。直到文艺复兴之后，凡人的形象才在绘画和文学中表现出来，所谓文艺复兴，是在文艺上复兴希腊、罗马时代对“人”的描写，而不再集中于描写神与圣人。

中国人的文艺观，长期来是“文以载道”，那和中世纪欧洲黑暗时代的文艺思想是一致的，用“善或不善”的标准来衡量文艺。《诗经》中的情歌，要牵强附会地解释为讽刺君主或歌颂后妃。陶渊明的《闲情赋》，司马光、欧阳修、晏殊的相思爱恋之词，或者惋惜地评之为白璧之玷，或者好意地解释为另有所指。他们不相信文艺所表现的是感情，认为文字的唯一功能只是为政治或社会价值服务。

我写武侠小说，只是塑造一些人物，描写他们在特定的武侠环境（古代的、没有法治的、以武力来解决争端的社会）中的遭遇。当时的社会和现代社会已大不相同，人的性格和感情却没有多大变化。古代人的悲欢离合、喜怒哀乐，仍能在现代读者的心灵中引起相应的情绪。读者们当然可以觉得表现的手法拙劣，技巧不够成熟，描写殊不深刻，以美学观点来看是低级的艺术作品。无论如何，我不想载什么道。我在写武侠小说的同时，也写政治评论，也写与哲学、宗教有关的文字。涉及思想的文字，是诉诸读者理智的，对这些文字，才有是非、真假的判断，读者或许同意，或许只部份同意，或许完全反对。

对于小说，我希望读者们只说喜欢或不喜欢，只说受到感动或觉得厌烦。我最高兴的是读者喜爱或憎恨我小说中的某些人物，如果有了那种感情，表示我小说中的人物已和读者的心灵发生联系了。小说作者最大的企求，莫过于创造一些人物，使得他们在读者心中变成活生生的、有血有肉的人。艺术是创造，音乐创造美的声音，绘画创造美的视觉形象，小说是想创造人物。假使只求如实反映外在世界，那么有了录音机、照相机，何必再要音乐、绘画？有了报纸、历史书、记录电视片、社会调查统计、医生的病历纪录、党部与警察局的人事档案，何必再要小说？

一九八六·二·六　于香港

目录

雪山飛狐

四人所乘都是关外良马，脚程极快，一口气奔出七八里后，前面五乘马已相距不远。曹云奇高声叫道：“喂，相好的，停步！”

一

飕的一声，一枝羽箭从东边山坳后射了出来，呜呜声响，划过长空，穿入一头飞雁颈中。大雁带着羽箭在空中打了几个筋斗，落在雪地。

西首数十丈外，四骑马踏着皑皑白雪，奔驰正急。马上乘客听得箭声，不约而同的一齐勒马。四匹马都是身高膘肥的良驹，一受羁勒，立时止步。乘者骑术既精，牲口也都久经训练，这一勒马，显得鞍上胯下，相得益彰。四人眼见大雁中箭跌下，心中都喝一声采，要瞧那发箭的是何等样人物。

等了半晌，山坳中始终无人出来，却听得一阵马蹄声响，射箭之人竟自走了。四个乘客中一个身材瘦长、神色剽悍的老者微微皱眉，纵马奔向山坳，其余三人跟着过去。转过山边，只见前面里许外五骑马奔驰正急，铁蹄溅雪，银鬣乘风，眼见已追赶不上。那老者一摆手，说道："殷师兄，这可有点儿邪门。"

那"殷师兄"也是个老者，身形微胖，留着两撇髭须，身披貂皮外套，气派是个富商模样，听那瘦长老者如此说，点了点头，勒马回到大雁之旁，马鞭挥出，拍的一声，抽向雪地，待得马鞭提起，鞭梢已将大雁卷了上来。他左手拿着箭杆一看，失声叫道："啊！"

三人听到叫声，一齐纵马驰近。那"殷师兄"连雁带箭向那老者掷去，叫道："阮师兄，请看！"瘦长老者伸左手一抄，接了过来，一看羽箭，大叫：“在这里了，快追!”勒转马头，当先追了下去。

这茫茫山坡上一片白雪，四下并无行人，追踪最是容易不过。其余二人都是壮年，一个身高膀阔，坐在一匹高头大马之上，更是显得威武；另一个中等身材，脸色青白，一个鼻子却冻得通红。四人齐声呼哨，四匹马喷气成雾，忽喇喇放蹄赶去。

这是清朝乾隆四十五年三月十五。这日子在江南早已繁花如锦，在这关外长白山下的苦寒之地，却是积雪初融，浑没春日气象。东方红日甫从山后升起，淡黄的阳光照在身上，殊无暖意。

山中虽冷，但四名乘者纵马急驰之下，不久人人头上冒汗。

那高身材的男子将外氅脱了下来，放在鞍头。他身穿青绸面皮袍，腰悬长剑，眉头深锁，满脸怒容，眼中竟似要喷出火来，不住价的催马狂奔。

这人是辽东天龙门北宗新接任的掌门人“腾龙剑”曹云奇。天龙门掌剑双绝，他所学都已颇有所成。白脸汉子是他师弟“回龙剑”周云阳。高瘦老者是他们师叔“七星手”阮士中，在天龙北宗算得是第一高手。那富商模样的老者则是天龙门南宗的掌门人“威震天南”殷吉，此次之事与天龙门南北两宗俱有重大干系，是以他千里迢迢，远来关外。

四人胯下所乘都是关外良马，脚程极快，一口气奔出七八里后，前面五乘马已相距不远。曹云奇高声叫道：“喂，相好的，停步!”那五人全不理会，反而纵马奔得更快。曹云奇厉声喝道：“再不停步，莫怪我们无礼了!”

只听得前面一人舌头打滚，都的一声，勒马转身，其余四人却仍是继续奔驰。曹云奇一马当先，但见那人弯弓搭箭，箭尖指向他的胸口。曹云奇艺高人胆大，竟不将他利箭放在心上，扬鞭大呼：“喂，是陶世兄么?”

那人面目英俊，双眉斜飞，二十三四岁年纪，一身劲装结束，听得曹云奇叫声，纵声大笑，叫道：“看箭!”飕飕飕连响，三枝羽箭分上中下三路连珠射到。

曹云奇没料到他三箭来得如此迅捷，心中微微一惊，马鞭疾甩出去，打掉了上路与中路射来的两箭，接着一提马缰，那马向上一跃，第三枝箭贴着马肚子从四腿间穿了过去，相差只是数寸。那青年哈哈一笑，拨转马头，向前便跑。

曹云奇铁青着脸，纵马欲赶。阮士中叫道："云奇，沉住了气，不怕他飞上天去。"纵身下马，拾起雪地里的三枝羽箭，果然与适才射雁的一般无异。殷吉沉着脸哼了一声，说道："果真是这小子！"曹云奇道："等一下师妹，瞧她更有什么话说？"

四人候了一顿饭功夫，不听得来路上有马蹄声响。曹云奇焦躁起来，道："我瞧瞧去！"拍马赶回。阮士中望着他的背影，叹了一口气，说道："也真难怪得他。"殷吉道："阮师兄，你说什么？"阮士中摇了摇头，却不答话。

曹云奇奔出数里，只见一匹灰马空身站在雪地里，一个白衣女郎一足跪在地下，似在雪中寻找什么。曹云奇叫道："师妹，什么事？"

那女郎不答，忽然站直身子，手中拿着一根黄澄澄之物，在日光下闪闪发光。曹云奇走近身去，接了过来，见是一枝黄金铸成的小笔，长约三寸，笔尖锋利，打造得甚是精致，笔杆上刻着一个小小的"安"字。这枝金笔看来既是玩物，却也可作暗器之用，不禁微微皱眉，说道："哪里来的？"

那女郎道："你们走后，我随后跟来，奔到这里，忽然有一乘马从后追来，那马好快，只一会儿就从我身旁掠过。马上乘客手一扬，抛来了这枝小笔，将我……将我……"说到这里，忽然脸上晕红，嗫嚅着说不下去了。

曹云奇凝望着她，只见她凝脂般的雪肤之下，隐隐透出一层胭脂之色，双睫微垂，一股女儿羞态，娇艳无伦，不由得胸中一荡，随即疑云大起，问道："你可知咱们追的是谁？"那女郎道：

"谁啊?"曹云奇冷冷的道:"哼,你当真不知?"那女郎抬起头来,道:"我怎会知道?"曹云奇道:"是你的心上人。"那女郎冲口而道:"陶子安?"这话一出口,登时满脸红晕。曹云奇眉间有如罩上了一层黑云,叫道:"我一说是你的心上人,你就接口说陶子安!"

那女郎听他这么说,脸上更加红了,泪水在一双明澄清澈的眼中滚来滚去,顿足叫道:"他……他……"曹云奇道:"他……他怎么?"那女郎道:"他是我没过门的丈夫,自然是我心上人。"曹云奇大怒,刷的一声,拔出长剑。那女郎反而走上一步,叫道:"你有种就将我杀了。"曹云奇咬着牙齿,望着她微微抬起的脸,心中柔情顿起,叫道:"罢啦,罢啦!"回手一剑,猛往自己心口扎去。

那女郎出手好快,反手拔剑,回臂疾格,当的一声,双剑相交,迸出了数星火花。曹云奇恨恨的道:"你既已不将我放在心上,何必又让我在这世上多受苦楚?"那女郎缓缓还剑入鞘,低声道:"你早知道,是爹爹将我许配给他,难道是我自己作的主么?"曹云奇双眉一扬,说道:"我愿跟你浪迹天涯,在荒岛深山之中隐居厮守,你怎又不肯?"那女郎叹了一口气道:"师哥,我知道你对我一片痴心,我又不是傻子,怎能不念着你的好处。可是你执掌我天龙北宗门户,若是做出这等事来,天龙门声名扫地,在江湖上颜面何存?"

曹云奇大声叫道:"我就是为你粉身碎骨,也是甘愿。天塌下来我也不理,管他什么掌门不掌门。"那女郎微微一笑,轻轻握住他手,说道:"师哥,我就是不爱你这个霹雳火爆、不顾一切的脾气呢。"

曹云奇给她这么一说,再也发作不得,叹了一口气,说道:"你怎么又把他给的玩意儿当作宝贝似的?"那女郎道:"谁说是他给的?我几时见过他来?"

曹云奇道:"哼,这样值钱的玩意儿,还有人真的当作暗器打么？这笔上不明明刻着他的名字？若不是他，又是谁给你的？”那女郎嗔道：“你既爱这么瞎疑心，乘早别跟我说话。”纵到灰马身旁，一跃上鞍，缰绳一提，那马放蹄便奔。

曹云奇忙上马追去，伸皮靴猛踢坐骑肚腹，片刻间便追上了，身子一探，右手拉住了灰马的辔头，叫道：“师妹，你听我说。”那女郎举起马鞭，往他手上抽去，喝道：“放开！给人家瞧见了成什么样子？”曹云奇却不放手，拍的一声，手背上登时起了一条血痕。

那女郎心有不忍，道：“你何苦又来惹我？”曹云奇道：“是我不好，你再打吧！”那女郎嫣然一笑，道：“我手酸，打不动啦。”曹云奇笑道：“我跟你捶捶。”伸手去拉她手臂。那女郎迎头一鞭，曹云奇头一偏，这一次把鞭子躲开了，笑道：“你手怎么又不酸啦？”那女郎板起了脸，说道：“我叫你别碰我。”

曹云奇陪笑道：“好，那么你说这金笔到底哪里来的？”那女郎笑道：“是我心上人给的。不是他给，还有谁给？难道是你给我的？”曹云奇心头一酸，热血上涌，又要发作，但见她笑靥如花，红唇微微颤动，露出一口玉石般的牙齿，怒气登时沉了下去。

那女郎瞪了他一眼，轻轻叹了口气，柔声道：“师哥，我从小得你尽心照顾。你待我真比亲生哥哥还好。我又不是全无心肝之人，怎不想报答？何况我们……只是，我实在好生为难。你一向关心我、爱护我，现下爹爹不幸惨死，我天龙门面临成败兴亡的重大关头，你怎么反而不肯体谅我了？”曹云奇呆了半晌，再无话说，左手一挥，说道：“你总是对的，我总是错的，走吧！”

那女郎嫣然一笑，道：“且慢！”摸出一块手帕，给他抹去满额汗水，道：“大雪地里，出了汗不抹去，莫着了凉。”曹云奇心中甜甜的说不出的受用，满腔怒气登时化为乌有，挥鞭在那女郎的灰马臀上轻轻一鞭。二人双骑，并肩驰去。

那女郎名叫田青文，年纪虽轻，在关外武林中却已颇有名声。因她容貌美丽，性又机伶，辽东武林中公送她一个外号，叫作“锦毛貂”。那貂鼠在雪地中行走如飞，聪明伶俐，“锦毛”二字，自是形容她的美貌了。她父亲田归农逝世未久，是以她一身缟素，戴着重孝。

两人急奔一阵，追上了殷吉、阮士中、周云阳三人。阮士中向曹云奇横了一眼，说道：“去了这么久，见到什么了？”曹云奇脸一红，道：“没见什么。”双腿一夹，纵马快跑。

又奔出数里，山势渐陡，雪积得厚厚的，马蹄一溜一滑，四人不敢催，松马缰缓行。转过两个山坳，山道更是险峻。忽听左首一声马嘶，曹云奇右足在马镫上一点，斜身飞出，落在一株大松树后面，先藏身形，再纵目向前望去。只见山坡边几株树上系着五匹马，雪地里一行足印，笔直上山。曹云奇叫道：“两位师叔，小贼逃上山啦，咱们快追。”

殷吉向来谨慎，说道：“对方若是故意引诱咱们来此，只怕山中设了埋伏。”曹云奇道：“就是龙潭虎穴，今日也要闯他一闯！”殷吉听他说得鲁莽，颇为不快，向阮士中道：“阮师兄，你说怎地？”阮士中还未答话，田青文抢着道：“有威震天南殷师叔在此，就有再厉害的埋伏，也不用怕。”殷吉微微一笑，道：“瞧他们神情，走得极是匆忙，似乎又不是设伏。这样吧，”手指右首，说道：“咱们从这边绕道上山，转过来攻他们一个出其不意。”曹云奇叫道：“好，此计大妙！”

殷吉等都下了马，将马匹系在大松树下，翻起长衣下襟缚在腰里，展开轻功提纵术，从山坡右首上山。这一带树木丛生，山石嶙峋，行走甚是不便，但多了一层掩蔽，却不易为敌人发觉。五人初时鱼贯而行，一个紧接一个，时候一长，渐渐分出了功夫高下。殷吉与阮士中并肩在前，曹云奇堕后丈余，田青文与周云阳又在后数丈。曹云奇心想：“殷师叔是南宗掌门，号称威震天南，不知他南宗的功夫与我北宗到底谁高谁低？今日倒要领教领教。”一提气，足下加劲，倏忽抢在殷阮二人前头。

只听殷吉赞道：“曹世兄，好俊身手啊，当真是英雄出在年少。”曹云奇怕他追上，不敢回头，只道：“请殷师叔多加指点。”口中这么说，脚下丝毫不停，奔了一阵，似乎听得脚步声息，回头一望，不禁吓了一跳，原来殷吉、阮士中两人就在他身后不远，忙加快脚步，急冲数丈。

殷吉微微一笑，不疾不徐的跟在后面。山上积雪更厚，道路崎岖，行走自是费力。只过了半枝香功夫，曹云奇渐渐慢了下来，忽觉后脑微微温热，似乎有人呼气，正要回头，右肩上有人轻轻一拍，听得殷吉笑道：“小伙子，加把劲儿！”曹云奇一惊，提气向前猛冲。这一冲虽把殷阮两人抛下了十多丈，但已然心浮气粗，头上冒汗。他伸袖一擦额上汗水，想起适才田青文给自己擦汗的情景，嘴角间不由得露出微笑，但听得背后踏雪之声，殷阮两人又赶了上来。

殷吉见曹云奇这么一冲一慢，早知他轻功远不是自己对手，只是七星手阮士中一声不响的并肩而行，自己跑得快，他也快，自己跑得慢了，他跟着放慢脚步，看来尚是游刃有余，未尽全力，心道：“你们师叔侄俩今儿考较老儿来着。”当下猛吸一口气，施展数十年勤修苦练的轻功，在白雪山坡上宛似足不点地般奔了上去。

天龙门创自清初，原本一支，到康熙年间，掌门人的两个大弟子不和，待掌门人一死，便分为南北两宗。南宗以轻捷剽悍为尚，北宗却注重沉稳狠辣。两宗武功本源架式完全相同，使用之时，却颇有异处。这上山的轻功原是南宗所擅，殷吉人虽肥胖，一施展本门心法，竟然矫捷胜于猿猴，片刻之间，已赶出曹云奇一里有余。阮士中却仍是不即不离的与他并肩而行。殷吉数次放快，要想将他抛落，但每次只抢前数丈，阮士中又稳稳的追将上来。

眼见离峰顶只两三里路程，殷吉笑道：“阮师兄，咱俩比比脚力，瞧谁先上峰顶。”阮士中道：“我哪里赶得上殷师兄？”殷吉道：“别客气啦！”话一出口，如箭离弦般疾冲而上，不到片刻，离峰顶已只数丈，回头见阮士中在自己身后约有丈许，一提气，正要冲上，阮士中突然一纵而起，落在他的身旁，低声道：“那边有人！”伸手向峰左树丛中一指。殷吉心中一寒：“此人轻功，果然在我之上。”见他弯腰低头，轻轻向树丛中走去，当下跟随在后。

两人走到树后，躲在一块凸出的大石之后，探头向前望去，只见下面谷中刀剑闪光，有五个人聚在谷底。三人手执兵刃，分别守住三条通路，自是怕人闯进，另外两人一挥钢锄，一舞铁铲，正在一株大树下用力挖掘。显是两人心知强敌追随在后，时机迫促，是以四只手臂一刻不停，此起彼落，忙碌异常。

殷吉低声道：“果然是饮马川的陶氏父子。那三人是谁？”阮士中轻声道：“饮马川的三个寨主，都是硬手。”殷吉道：“正合适，五个对五个。”

阮士中道：“殷师兄，你我同云奇三人自然不怕，云阳和青文却弱了。先出其不意的宰他一两个，余下的就好办。”殷吉皱眉道：“若是江湖上传扬出去，说我天龙门暗施偷袭，岂不教天下英雄耻笑？”阮士中冷冷的道：“为田师兄报仇，斩草除根，一个也不留下。咱们自己不说，没人知道。”殷吉道：“陶氏父子当真这么难对付么？”

阮士中点点头，隔了片刻，说道：“平手相斗，小弟没必胜把握。”殷吉知道北宗自掌门人田归农去世后，阮士中已是门中第一高手，听说田归农在日，也自忌惮他三分，适才上山较劲，他似乎有心相让，才成了个不胜不败之局，若出全力，只怕自己要输，于是点了点头道：“小弟是客，自当由阮师兄主持大局。”

阮士中心道：“哼，你要做英雄，由我做小人就是。”当下不再说话。这时曹云奇已经赶到，再过一会，周云阳、田青文二人也先后来了。阮士中低声道：“殷师兄、云奇和我各发毒锥，干了把风的三人，再围攻陶氏父子。云阳与青文待我们出手之后，再行上前。”四人听了，当即放轻脚步，弯腰从山石后慢慢掩近。

田青文跟在阮士中身后，低声叫道：“阮师叔！”阮士中停步道：“怎么？”田青文道：“陶氏父子要捉活的。”阮士中双眼一翻，露出一对白睛，低沉着嗓子道："你还要回护陶子安那小贼？"田青文道："我总觉得不是他。"阮士中脸色铁青，将插在腰带上的那枝羽箭拔了出来，递在她手里，道："你自己比一比去！这是那小贼适才射雁的箭。"

田青文接过羽箭，只看了一眼，不由得两手发颤。曹云奇在她身旁，一直瞧她的时候多，望敌人的时候少，见了她这副神情，不禁又喜又怒，喜的是眼见陶子安性命难保，怒的是她对那小贼显然情意甚深。他脾气暴躁，越想越恼，正待出言讥刺，阮士中在他肩头一拍，向着在东首把守的那人背心一指。

这时田青文与周云阳已伏下身子，停步不进。阮殷曹三人各自认定了一名敌手，每人手中都暗扣三枚毒锥，悄悄走近。那毒锥是天龙门世代相传的绝技，发出时既准且快，而且毒性猛烈，被打中了三个时辰毙命，厉害无比，江湖上送它一个名号，叫作"追命毒龙锥"。

曹云奇心想："师叔要我打东首那人，我却要用毒锥先送了陶子安那小贼的性命，既报师门深仇，又拔了眼中之钉。若是待会将他活捉，夜长梦多，不知师妹又会生出什么古怪来。"算计已定，越走越近，眼见离敌人已不足五十步，当下伏低身子，凝望着陶子安一起一伏的背影，只待阮士中挥手发号，三锥立时激射而出。

铮的一声，陶子安手中的钢锄撞到了土中一件铁器。阮士中高举左手，正要下落，猛听得嗤嗤嗤数声连响，旁边雪地里忽然射出七八件暗器，分向陶子安等五人打去。

这些暗器突如其来的从地底下钻出，事先没半分朕兆，真是匪夷所思，古怪之极。陶氏父子武功了得，暗器虽近身而发，来得奇特无比，但仗着眼明手快，还是各举锄铲打落。望风的三人中一人仰天一摔，滚入山沟之中，两枚袖箭分从头顶颈边擦过，侥幸逃得性命。其余两人却哼也没哼一声，一枚钢镖、一柄飞刀都正中后心，扑在雪地里再不动弹。

这一下变起仓卒，陶氏父子固然大出意料之外，阮士中等也是惊愕不已。

陶子安的父亲“镇关东”陶百岁骂道：“鼠辈，敢施暗算！”这一声宛若凭空起了个响雷，威猛无比。只见身侧雪地中刀光闪动，从地底下跃出四人。

原来这四人早知陶氏父子要到此处，在雪下挖了土坑，已等候数日。四人守在坑中，坑上用树枝盖了，白雪遮住，只露出了几个小孔透气，旁人哪里知晓？

陶氏父子抛下锄铲，急从身边取出兵刃。陶百岁使的是一根十六斤重的钢鞭，陶子安则用单刀。那滚在山沟里的马寨主怕敌人跟着袭击，在山沟中连滚数滚，这才跃起，他手中本来拿着一对链子锤。

看敌人时，见当先一人身形瘦削，漆黑一团，认得是北京平通镖局的总镖头熊元献，此人精熟地堂刀功夫。饮马川山寨曾劫过他镖局的一支大镖，熊元献使尽心机，始终没能要回，是以双方结下梁子。另一个女子，约莫三十二三岁年纪，马寨主识得她是双刀郑三娘。她丈夫本是平通镖局的镖头，在饮马川众寨主劫镖时刀伤殒命。此外是一个胖大和尚，手使戒刀；一个紫膛脸汉子，使一对铁拐，均不相识。想来都是平通镖局邀来的好手，埋伏在这里以报昔日之仇了。

陶百岁喝道：“我道是谁？原来是老夫手下败将。除了姓熊的鼠辈，武林之中，原也没人能做这下贱勾当。”这话虽是斥骂熊元献，但殷吉听了，不禁脸上一热，斜眼看阮士中时，只见他双目凝视谷中敌对双方，对这句话直如不闻。

熊元献细声细气的道：“陶寨主，在下跟你引见引见。这位是山东百会寺的静智大师。这位是京中一等侍卫刘元鹤刘大人，是在下的同门师兄。你们多亲近亲近。”陶百岁身材魁伟，声若雷震，熊元献恰与他相反，一个阳刚，一个阴柔，两人倒似天生了的对头。

陶百岁骂道：“好小子，一齐上吧，咱们兵刃上亲近亲近。”钢鞭在空中虚击一鞭，呼呼风响，足见膂力惊人。熊元献不动声色，低低的道："在下是陶寨主手下败将，不敢跟你动手，只求见赐一物。"陶百岁怒道："什么？"熊元献向他们挖掘的土坑一指，道："就是这里的东西。"

陶百岁一捋满腮灰白胡子，更不打话，劈面就是一鞭。熊元献闪身避过，叫道："且慢动手。"陶百岁喝道："又有什么话说？"熊元献道："在下已在此处相候三日三夜，专等陶寨主到来。若是不瞧尊驾父子金面，此物早就取了。这里的东西本来不是饮马川之物，一向由天龙门经管，现下换换主儿，亦无不该。"陶子安道："熊镖头说得好漂亮的话儿。这雪山上千里冰封，你们若是早知埋藏之处，还不早就取了去？"

那郑三娘一心要报杀夫之仇，叫道："多说什么？动手吧！"话声未毕，三柄飞刀刷刷刷接连向马寨主射去。马寨主链子双锤飞起，将两柄飞刀打落，眼见第三柄来得更是劲急，直取胸口，当下双手一崩，双锤之间的铁链横在当胸，正好将飞刀挡落，左锤一缩，右锤已扑面打出。郑三娘身形灵动，矮身低头，双刀一招"旋风势"，直扑进怀。马寨主左锤飞出，消去了这招。

这两人一动上手，那和尚挥戒刀直取陶百岁。镇关东不避反迎，铁鞭横打，刀鞭相交，迸出星星火花。和尚只觉手臂酸麻，刀锋已给打出一个缺口。陶子安舞刀奔向熊元献。六人分作三对，在雪地里性命相扑。刘元鹤手执双拐，在旁掠阵，眼见那和尚不是陶百岁对手，叫道："大师退下，让我来会会镇关东。"那和尚兀自恋战。刘元鹤跨上一步，右膀在静智和尚肩头一撞。那和尚立足不住，跌出三步，忽觉金刃劈风，一刀向脑门劈来，急忙缩头躲闪，原来是陶子安抽空砍了他一刀。静智吓出一身冷汗，惊怒之下，挺刀与熊元献双斗陶子安。

刘元鹤武功比师弟强得多，陶百岁铁鞭横扫，他竟硬接硬架，铁拐一立，铁鞭碰铁拐，当的一声大响。刘元鹤不动声色，右拐一沉，拐头锁住敌人鞭身，左拐搂头盖了下来。陶百岁与他数招一过，已知今日遇到劲敌，当下抖擞精神，使开六合鞭法，单鞭斗双拐，猛砸狠打。

时候一长，刘元鹤渐占上风，陶百岁已是招架多，还手少。陶子安以一敌二，更是形迫势蹙，心想眼前唯一指望，是马寨主速下杀手击毙郑三娘，将熊元献接过，自己就能俟机杀了和尚。但郑三娘也已瞧明白战局大势，只要自己尽力支撑，陶氏父子不免先后送命，当下只守不攻，双刀守得严密异常，马寨主双锤虽如狂风暴雨般连环进攻，却始终伤她不得。再拆数十招，郑三娘究是女流，愈来愈是力气不加，不住向后退避。马寨主踏步上前追击，突见郑三娘左刀一晃，露出老大一个空门，不禁大喜，抢上一步，挥锤击下，蓦地里右足足底突然一虚，竟已踏在熊元献等先前藏身的土坑之中。这坑大半仍被白雪掩没，激斗之际，未加留神，郑三娘有意引他过去。他这一足踏空，身子向前一跌，暗叫不好，待要跃起，郑三娘一刀疾砍，登时将他左肩卸落。

马寨主惨叫一声，晕了过去，郑三娘右手补上一刀，将他砍死在坑中。陶子安听到马寨主叫声，情知不妙，但被熊元献与静智两人缠住了，自顾尚且不暇，哪能分手救人？郑三娘喘了几口气，理一理鬓发，取出一块白布手帕包在头上，舞动双刀上前夹击陶百岁。

那陶百岁若是年轻上二十岁，刘元鹤原不是他的敌手。他向以力大招猛见长，现下年纪一老，精力究已衰退，与刘元鹤单打独斗已相形见绌，再加上一个郑三娘在旁偷袭骚扰，更是险象环生。

斗到酣处，刘元鹤叫一声："着！"一招"龙翔凤舞"，双拐齐至。陶百岁挥鞭挡住，却见郑三娘双刀圈转，也是两样兵刃同时攻到。陶百岁一条鞭架不开四般兵刃，大喝一声，飞左腿将郑三娘踢了个筋斗，但左胁上终于被她刀锋划了一个大口子。片刻之间，伤口流出的鲜血将雪地染得殷红一片。但这老儿勇悍异常，舞鞭酣战，毫不示怯。

陶子安眼见情势险恶，心知今日有败无胜，当下疾攻三刀，乘静智退开两步，随即向后一跃，叫道：“罢啦，我父子认输就是。你们要宝还是要命？”郑三娘挥刀向陶百岁进攻，叫道：“宝也要，命也要。”熊元献心里却另有计较，他去年失了一支大镖，赔得倾家荡产，心想与其杀他父子，不如叫饮马川献出金银赎命，于是叫道：“大家且住，我有话说。”

刘元鹤为人精细，郑三娘一向听总镖头的吩咐，听他如此说，各自向旁跃开。那静智却是个莽和尚，斗得兴发，哪里还肯罢手，一柄戒刀使得如风车相似，直向陶子安迫将过去。熊元献连叫：“静智大师，静智大师。”静智宛如未闻。陶子安一声冷笑，将单刀往地下一抛，挺胸道：“你敢杀我？”

静智举起戒刀，正要一刀砍下，突然见他如此，不禁一呆，戒刀举在半空，却不落下。陶子安骂道：“贼秃！”迎面一拳，正中鼻梁。静智出其不意，身子一晃，一交坐在地下，一摸自己鼻子，满手都是鼻血。这一来叫他如何不怒，一声吼叫，爬起身来，向陶子安猛扑过去。熊元献伸臂拉住，叫道：“且慢！”

只见陶子安跃入坑中，挥动钢锄掘了几下，随即抛开锄头，捧着一只两尺来长的长方铁盒纵身而上。刘元鹤等面上各现喜色，向陶子安走近几步。

阮士中低声向殷吉道：“殷师兄，你与云奇发锥伤人，我去抢宝。”殷吉低声道：“伤哪一边的人？”阮士中左手中间三指卷曲，伸出拇指与小指，做个“六”字的手势。意思说六个人全伤。殷吉心道：“好狠毒！”点了点头，扣紧手中的毒锥，斜眼看曹云奇时，只见他双眼盯着陶子安，看来这些时候之中，他眼光始终未有一瞬离开过此人。

陶子安捧着铁盒，朗声说道：“今日我父子中了诡计，这武林至宝么，嘿嘿，自当双手奉上。只是在下有一事不明，倒要领教。”熊元献眯着一双小眼，道：“少寨主有何吩咐？”陶子安道：“你们怎知这铁盒埋在此处？又怎知我们这几日要来挖取？”熊元献道：“少寨主既想知道，跟你说了，也是不妨。天龙门田老掌门封剑之日，大宴宾朋。少寨主是田门快婿，那一定是到的了。”陶子安点了点头。熊元献指着刘元鹤道：“我这位师兄当日也是座上宾客，只是少寨主英雄年少，没把刘师兄放在眼里。”陶子安冷笑道：“哈哈，我岳丈宴请好朋友，原来请到了奸细。”

熊元献并不动怒，仍是细声细气的道：“言重了。刘师兄久仰尊驾英名，不免对少寨主多看了几眼，那也是饮马川威名远播之故啊。那日少寨主一举一动，没曾离了刘师兄的眼睛。”陶子安道：“妙极，妙极！这盒儿该当献给刘大人的了。”双手前伸，将铁盒递了出去。

刘元鹤眉不扬，肉不动，伸手去接。陶子安突然在铁盒边上一揿，飕飕飕三声，三枝短箭从铁盒中疾飞而出，向刘元鹤当胸射去。两人相距不到三尺，急切间哪能闪避?

好个刘元鹤，身手果真不凡，危急中顺手拉住静智在身前一挡。只听一声惨呼，两枝短箭一齐钉入那和尚的咽喉，立时气绝。第三枝箭偏在一旁，却射入了熊元献左肩，直没至羽，受伤也自不轻。

这个变故，比适才熊元献等偷袭来得更是奇特。田青文忍不住“啊”的一声叫了出来。刘元鹤一听背后有人，顾不得与陶氏父子动手，跃向山石，先护住背心，这才转身察看。

阮士中叫道：“动手!”纵身扑了下去。曹云奇手一扬，三枚毒锥对准陶子安射出。田青文早知他心意，一见他扬手发锥，立即挺肩往他左肩撞去。曹云奇身子一侧，怒喝：“干什么?”三锥准头全偏，都落入雪地之中。

殷吉的毒锥本待射向刘元鹤，只是田青文一出声，被他立时知觉，此人应变极快，竟然无机可乘。阮士中大叫：“物归原主。”左手五指如钩，抓向陶子安双目，右手五指已抓住铁盒边缘。

刘元鹤铁拐一立，与殷吉的长剑搭上了手。两人在田归农的筵席中曾会过面，都知对方是武学名家，此刻数招一过，心中各自佩服。

周云阳挺剑奔向熊元献。田青文的单剑与郑三娘双刀战在一起。曹云奇长剑闪动，不去斗闲在一旁的陶百岁，却向陶子安胸口刺去，一招“白虹贯日”，身随剑至，竟是拼命的打法，凶狠异常。

陶子安没持兵刃，只得放手松开铁盒，后跃避开，俯身抢起单刀，反身来夺。阮士中左手抱住盒子，阴沉着脸骂道：“好小子，放暗箭害死岳丈，原来是看中了我天龙门的至宝。”陶子安叫道：“谁说我害了岳父?”挥刀猛攻，急着要夺回铁盒。

但这铁盒一入七星手阮士中之手，莫说曹云奇在旁仗剑相助，就是单凭阮士中一双肉掌，陶子安也休想夺得回去。陶百岁叫道：“姓阮的，这铁盒是田亲家亲手交与我儿，你是不服，还是怎地?”大声叫嚷，挥鞭向阮士中头顶击落。阮士中一跃丈余，纵到田青文的身旁，举盒向郑三娘迎面一扬。郑三娘适才见盒中放出暗器，只怕又有短箭射出，忙矮身闪避。哪知阮士中只是虚张声势，待田青文摆脱纠缠，当即将铁盒交在她手中，说道：“护住盒儿，让我对付敌人。”

他手中一空，立即返身来斗陶百岁。这天龙北宗第一高手果然武功了得，陶百岁虽然鞭沉力猛，却被他一双空手迫得连连倒退。熊元献肩头中箭，被周云阳一柄长剑迫住了，始终缓不出手来去拔箭，那箭留在肉里，一用劲半边身子剧痛难当。只有刘元鹤却与殷吉斗了个旗鼓相当。

田青文抱住铁盒，施开轻功，疾向西北方奔去。陶子安举刀向曹云奇猛劈，见他提剑封门，这一刀竟不劈下，忽地转身，向田青文追去。

曹云奇大怒，随后急赶，只追出数步，斜刺里双刀砍到，原来是郑三娘从旁截住。曹云奇心中焦躁，连进险招。哪知郑三娘的武艺虽不甚精，却练就了一套专门守御的刀法，只要这套“铁门闩”刀法使开了，六六三十六招之内，对方功夫再高，也是不易取胜。曹云奇连变三路剑法，一时竟奈何她不得。

田青文奔出里许，见陶子安随后跟来，正合心意，转过一个山坡，站定身子，似嗔似笑的道：“你追我干么？”陶子安道：“妹子，咱们合力对付了那几个奸贼，自己的事总好商量。”田青文道：“谁是你的妹子？你干么害我爹爹？”陶子安突然在雪地里双膝跪倒，指天立誓，大声道：“皇天在上，若是我陶子安害了天龙门田老掌门，叫我日后万箭攒身，乱刀分尸！”

田青文脸上露出笑容，伸手拉着他臂膀，柔声道：“不是你就好啦。我也早知不是你，他们……他们……”陶子安跃起身来，握住她左手，说道：“妹子……”刚叫得一声，忽见田青文脸上变色，知道背后来了人，急忙转身，只听一人喝道：“你们两个，在这里鬼鬼祟祟的干什么？”田青文怒道：“什么鬼鬼祟祟？你给我口里放干净些。”

陶子安一回头，见是曹云奇赶到，叫道：“曹师兄，你莫误会。”曹云奇圆睁双目，喝道：“误会你妈个屁！”提剑分心便刺，陶子安只得举刀招架。

两人斗了数合，雪地里脚步声响，郑三娘如风奔来。曹云奇骂道：“臭婆娘，缠个没完没了。”反手就是一剑。郑三娘左刀挡架，右手回了一刀。陶子安叫道：“郑三娘，咱俩并肩子上，先杀了这蛮汉再说。”

他一语甫毕，一招“抽梁换柱”，左手虚托，刀锋从横里向曹云奇反劈过去。曹云奇以一敌二，丝毫不惧。他有意要在心上人之前卖弄本事，剑走偏锋，反而连连进招。陶子安赞道：“好剑法！”身形一矮，一招“上步撩阴”向他胯下挥去。郑三娘心想他定然竖剑相架，上盘势必空虚，当即双刀向曹云奇肩头砍落。不料陶子安这一刀挥到中途，突然转为“退步斩马刀”，手腕一翻，一刀砍在郑三娘腿上，喝道：“躺下。”

这一招毒辣异常，比郑三娘再强数倍的高手，也是难以防备，教她如何闪避得了？她腿上剧痛，向后便跌。陶子安抢上一步，举刀往她颈中砍下。呼的一声，曹云奇长剑递出，将他单刀架开，叫道：“你要不要脸？”陶子安笑道：“兵不厌诈，我是有心助你。”

曹云奇正要喝骂，刘元鹤、殷吉、陶百岁、阮士中等已先后赶到。原来他们都挂念着铁盒，眼见田青文抱着盒子奔开，不愿无谓恋战，一待敌人攻势略缓，都抽空追来。陶子安叫道："爹，天龙门是好朋友。你别跟阮师叔动手。"

陶百岁尚未答话，曹云奇高声叫道："你害死我恩师，谁跟你是好朋友？"刷刷刷，向他疾刺三剑。陶子安挡开两剑，第三剑险险避不开去，身子向左急闪，剑刃在右颊边贴面而过，只要差得两寸，那便是穿头破脑之祸。他吓得脸无血色，忽听田青文叫声："小心！"一枚暗器从身旁飞了过去，紧接着风声微响，后臀上已吃了一刀。

原来郑三娘受伤后倒地不起，心中又恨又悔："他饮马川是我杀夫大仇，这小贼又是素来诡计多端，我怎能信他的话，不加提防？"忽见陶子安避剑后退，正是偷袭良机，当即奋身跃起，挥刀往他头顶砍去。田青文眼明手快，急发一锥，抢先钉中她的右肩。幸得这一锥，才救了陶子安的性命，郑三娘那刀砍得低了，只中了他的后臀。

郑三娘身中毒锥，又向后跌。陶子安骂声："贱人！"单刀脱手，对准她胸口猛掷下去，这一掷势劲力疾，相距又近，眼见得一刀要将她钉在地下，突然空中嗤的一声急响，一枚暗器从远处飞来。正好打在刀上，当的一声，单刀荡开，斜斜的插入郑三娘身旁雪地之中。

刘元鹤、阮士中等均正注目铁盒，或亟欲劫夺，或旨在守护，忽听这暗器破空之声响得怪异，都是一惊，但见这暗器远飞而至，落点既准，劲力又重，竟将单刀打在一旁。各人一惊之下，齐向暗器来路望去，只见一个花白胡子的老僧右手拿着一串念珠，念道："善哉，善哉！"快步走来，俯身拾起一物，串在念珠绳上，原来他适才所发暗器只是一粒念珠。

这串念珠看来份量不轻，黑黝黝的似是铁铸，但这和尚从数丈外弹来，小小一粒念珠竟能撞开一把八九斤重的钢刀，指力实是非同小可。众人惊愕之下，都眼睁睁的望着他。

但见他一对三角眼，塌鼻歪嘴，一双白眉斜斜下垂，容貌极是诡异，双眼布满红丝，单看相貌，倒似是个市井老光棍，哪想得到武功竟是如此高强。

那僧人伸手扶起郑三娘，拔下她肩头的毒锥，只见伤口中喷出黑血，郑三娘大声呻吟。那僧人从怀中取出一粒红色药丸，塞在她的口里，向众人逐个望去，自言自语说道："这药丸只可暂时止痛。毒龙锥是天龙门独门暗器，和尚可救她不得。"他眼光停在阮士中脸上，说道："这位施主是天龙门高手了？不看僧面看佛面，敢请慈悲则个。"说着合什行礼。

阮士中和郑三娘本不相识，原无仇怨，眼见那僧人如此本领，若是不允拿出解药，今日决讨不了好去，他是个久历江湖之人，当硬则硬，当软则软，眼见僧人合什躬身，立即还礼，道："大师吩咐，自当遵命。"从怀中取出两个小瓶，在一个瓶里倒出十粒黑色小丸，给郑三娘服了，将另一个瓶子递给田青文道："给她敷上。"田青文接过药瓶，将铁盒交给师叔，自去给郑三娘敷药。

那僧人道："施主慈悲。"又打了一躬，说道："请问各位在此互斗，却是为了何事？天下没解不开的梁子，和尚老了脸皮，倒想作个调人，嘿嘿。"

众人相互望了一眼，有的沉吟不语，有的脸现怒容。曹云奇指着陶子安骂道："这小贼害死我师父，偷了我天龙门的镇门之宝。大师，你说该不该找他偿命？"说着手中长剑虚劈，剑刃震动，嗡嗡作声。

那老僧问道："尊师是哪一位？"曹云奇道："先师是敝门北宗掌门，姓田。"那老僧"啊哟"一声，说道："原来归农去世了，可惜啊可惜。"语气之中，似乎识得田归农，而口称"归农"，竟然自居尊长。田青文刚给郑三娘敷完药，听那老僧如此说，上前盈盈拜倒，哭道："求大师给先父报仇，找到真凶。"

那老僧尚未回答，曹云奇已叫了起来："什么真凶假凶？这里有赃有证，这小贼难道还不是真凶？"陶子安只是冷笑，并不答话。陶百岁却忍不住了，喝道："田亲家跟我数十年交情，两家又是至亲，我们怎能害他？"

曹云奇道："就是为了盗宝啊！"陶百岁大怒，纵上前去就是一鞭。曹云奇正要还手，突见那老僧左手挥出，在陶百岁右腕上轻轻一勾，钢鞭猛然反激回去。陶百岁只觉手掌心一震，虎口剧痛，竟然拿捏不住，急忙撒手向旁跃开，拍的一声，钢鞭跌在雪地，埋入了半截。

众人本来围在僧人身周，突见钢鞭飞起跌落，各自向后跃开，登时在那僧人身旁留出好大一个圆圈，各人眼睁睁的望着这和尚，都是好生诧异，暗想："镇关东素以膂力刚猛称雄武林，怎么给他这般轻描淡写的一勾一带，竟然连兵刃也撒手了？"

陶百岁满脸通红，叫道："好和尚，原来你是天龙门邀来的帮手。"那老僧微微一笑，道："施主恁大年纪，仍是这等火气。不错，和尚确是受人之邀，才到长白山来。不过邀请和尚的，倒不是天龙门。"天龙门诸人与陶氏父子俱吃一惊，心道："怪不得他相救郑三娘。他既是平通镖局的帮手，这铁盒儿可就难保了。"阮士中退后一步。殷吉与曹云奇双剑上前，护在他左右两侧。

那僧人宛如未见，续道："此间一无柴火，二无酒饭，寒气好生难熬。那主人的庄子离此不远，各位都算是和尚的朋友，不如同去歇脚。那主人见到大群英雄好汉降临，一定开心，他妈的，大家同去扰他一顿！"说罢呵呵而笑，对众人适才的浴血恶斗，似乎全不放在心上。

众人见他面目虽然丑陋，说话倒是和气，出家人口出"他妈的"三字，未免有些突兀，但这些豪客听在耳里，反感亲切自在，提防之心消了大半。

殷吉道："不知大师所说的主人，是哪一位前辈？"那老僧道："这主人不许和尚说他名字。和尚生来好客，既然出口邀请，若有哪一位不给面子，和尚可要大感脸上无光了。”

刘元鹤见这老僧处处透着古怪，心中嘀咕，微一拱手，说道：“大师莫怪，下官失陪了。”说罢返身便奔。那老僧笑道：“在这荒山野地之中，居然还能见到一位官老爷，好福气啊，他妈的好福气。”他待刘元鹤奔出一阵，缓缓说完这几句话，斗然间身形晃动，随后追去。只见他在雪地里纵跳疾奔，身法极其难看，又笨又怪，令人不由得好笑。

但尽管他身形又似肥鸭，又似蛤蟆，片刻之间，竟已抄在刘元鹤身前，笑道：“和尚要对不住官老爷了。”不待刘元鹤答话，左手兜了个圈子，忽然翻了过来，抓住他的右腕。

刘元鹤斗感半身酸麻，知道自己胡里胡涂的已被他扣住脉门，情急之下，左手出掌往老僧击去。那老僧左手拇指与食指拿着他的右腕，见他左掌击来，左手提着他右臂一举，中指、无名指、小指三根手指钩出，搭上了他左腕。这一来，他一只手将刘元鹤双手一齐抓住，右手提着念珠，一窜一跳的回来。

众人见刘元鹤双手就如被一副铁铐牢牢铐着，身不由主的给那老僧拖回，都是又惊又喜，惊的是这老僧功夫之高，甚为罕见，喜的是他并非平通镖局所邀的帮手。那老僧拉着刘元鹤走到众人身前，说道：“刘大人已答应赏脸，各位请吧。”

有刘元鹤的榜样在前，即令有人心存疑惧，也不敢再出言相拒，自讨没趣。只见那老僧握着刘元鹤的手腕，缓缓向前，走出数步，忽然转身道：“什么声音？”众人停步侧耳一听，但听得来路上隐隐传来一阵气喘吆喝之声，似乎有人在奋力搏击。阮士中斗然醒悟，叫道：“云奇，快去相助云阳。”曹云奇叫道：“啊哟，我竟忘了。”挺剑向来路奔回。

那老僧仍不放开刘元鹤，拉着他一齐赶去，只赶出十余丈，刘元鹤足下功夫已相形见绌。他虽提气狂奔，仍是不及那老僧快捷，可是双手被握，纵然用力挣扎，那老僧五根又瘦又长的手指竟未放松半点。再奔数步，那老僧又抢前半尺，这一来，刘元鹤立足不稳，身子向前仰跌下去，双臂夹在耳旁举过头顶，被那老僧在雪地里拖曳而行。他又气又急，欲待飞脚向那老僧踢去，但那老僧越拖越快，自己站立尚且不能，哪里说得上发足踢敌？

倏忽之间，众人已回到坑边，只见周云阳与熊元献搂抱着在雪地里滚来滚去。两人兵刃均已脱手，贴身肉搏，连拳脚也使用不上，肘撞膝蹬、头顶口咬，打得狼狈不堪，哪里像什么武林中的好手相斗，直如市井泼妇当街厮打一般。曹云奇仗剑上前，要待往熊元献身上刺去，但两人翻滚缠打，只怕误伤了师弟，急切间下手不得。

那老僧走上几步，右手抓住周云阳背心，提了起来。周熊两人手脚都相互勾缠，提起一人，将另一人也带了上来。两人打得兴发，虽然身子临空，仍是殴击不休。那老僧哈哈大笑，右手一振，两人手足都是一麻，砰的一响，熊元献摔出了五尺之外。那老僧将周云阳放在地下，这才松了刘元鹤的手腕。刘元鹤给他抓得久了，手臂一时之间竟难以弯曲，仍是高举过顶，过了一会才慢慢放下，只见双腕上指印深入肉里，心中不禁骇然。

那老僧道："他奶奶的，大伙儿快走，还来得及去扰主人一顿早饭。"众人相互瞧了一眼，一齐跟在他的身后。郑三娘腿上伤重，熊元献顾不得男女之嫌，将她背在背上。陶氏父子、周云阳等均各负伤。但见雪地里一道殷红血迹，引向北去。

行出数里，伤者哼哼唧唧，都有些难以支持。田青文从背囊中取出一件替换的布衫，撕碎了先给周云阳裹伤，又给陶氏父子包扎。曹云奇哼了一声，待要发话。田青文横目使个眼色，曹云奇虽不明她意思，终于忍住了口边言语。

又行里许，转过一个山坡，地下白雪更深，直没至膝，行走好生为难，众人虽然都有武功，但亦感不易拔足，各自心想："不知那主人之家还有多远？"那老僧似知各人心意，指着左侧一座笔立的山峰道："不远了，就在那上面。"

英雄
敌手

两名僮儿背上各负一柄长剑，眉目如画，形相俊雅，面貌一模一样，毫无分别。田青文对双僮微笑道：“吃些果儿！”

二

众人一望山峰，不禁倒抽一口凉气，全身冷了半截。那山峰虽非奇高，但宛如一根笔管般竖立在群山之中，陡削异常，莫说是人，即令猿猴也是不易上去，心中都将信将疑：“本领高强之人就算能爬得上去，可是在这陡峰的绝顶之上，难道还会有人居住不成?”

那老僧微微一笑，在前引路，又转过两个山坡，进了一座大松林。林中松树都是数百年的老树，枝柯交横，树顶上压了数尺厚的白雪，是以林中雪少，反而好走。这座松林好长，走了半个时辰方始过完，一出松林，即到山峰脚下。

众人仰望山峰，此时近观，更觉惊心动魄，心想即在夏日，亦难爬上，眼前满峰是雪，若是冒险攀援，十成中倒有九成要跌个粉身碎骨。

只听一阵山风过去，吹得松树枝叶相撞，有似秋潮夜至。众人浪迹江湖，都见过不少大阵大仗，但此刻立在这山峰之下，竟不自禁的忽感胆怯。那老僧从怀中取出一个花筒火箭，晃火折点着了。嗤的一声轻响，火箭冲天而起，放出一道蓝烟，久久不散。

众人知道这是江湖上通消息的讯号，只是这火箭飞得如此之高，蓝烟在空中又停留这么久，却是极为罕见。众人仰望峰顶，察看有何动静。

过了片刻，只见峰顶出现一个黑点，迅速异常的滑了下来，越近越大，待得滑到半山，已看清楚是一只极大的竹篮。篮上系着竹索，原来是山峰上放下来接客之用。

竹篮落到众人面前，停住不动。那老僧道：“这篮子坐得三人，让两位女客先上去，还可再坐一位男客。哪一个坐？和尚不揩女施主的油，我是不坐的，哈哈。”众人均想：“这和尚武功极高，说话却恁地粗鲁无聊。”

田青文扶着郑三娘坐入篮中，心道：“我既先上了去，曹师哥定要乘机相害子安。若是我叫子安同上，师叔面前须不好看。”于是向曹云奇招手道：“师哥，你跟我一起上。”曹云奇受宠若惊，向陶子安望了一眼，得意之情，见于颜色，当下跨进篮去，在田青文身旁坐下，拉着竹索，用力摇了几下。

只觉篮子晃动，登时向峰顶升了上去。曹田郑三人就如凭虚御风、腾云驾雾一般，心中空荡荡的甚不好受。篮到峰腰，田青文向下一望，只见山下众人已缩成了小点，原来这山峰远望似不甚高，其实壁立千仞，却是非同小可。田青文只感头晕目眩，当即闭眼，不敢再看。

约莫一盏茶时分，篮子升到了峰顶。曹云奇跨出竹篮，扶田郑二人出来。只见山峰旁好大三个绞盘，互以竹索牵连，三盘互绞，升降竹篮，十余名壮汉扳动三个绞盘，又将篮子放了下去。篮子上下数次，那老僧与群豪都上了峰顶。绞盘旁站着两名灰衣汉子，先见曹云奇等均不理睬，直到老僧上来，这才趋前躬身行礼。

那老僧笑道：“和尚没通知主人，就带了几个朋友来吃白食了。哈哈！”一个长颈阔额的中年汉子躬身道：“既是宝树大师的朋友，敝上自是十分欢迎。”众人心道：“原来这老僧叫作宝树。”

但见那汉子团团向众人作了个四方揖，说道：“敝上因事出门，没能恭迎嘉宾，请各位英雄恕罪。”众人急忙还礼，心中各自纳罕：“这人身居雪峰绝顶，衣衫单薄，却没丝毫怕冷的模样，自然是内功不弱。可是听他语气，却是为人佣仆下走，那他的主人又是何等英雄人物？”

只见宝树脸上微有讶色，问道："你主人不在家么？怎么在这当口还出门？"那汉子道："敝上七日前出门，到宁古塔去了。"宝树道："宁古塔？去干什么？"那汉子向阮士中等望了一眼，似乎不便相告。宝树道："但说不妨。"那汉子道："主人说对头厉害，只怕到时敌他不住，所以赶赴宁古塔，去请金面佛上山助拳。"

众人一听"金面佛"三字，都吓了一跳。此人是武林前辈，二十年来江湖上号称"打遍天下无敌手"。为了这七个字外号，不知给他招来多少强仇，树上多少劲敌，可是他武功也真高，不论是哪一门哪一派的好手，无不一一输在他的手里。近十年来他消声匿迹，武林中不再听到讯息，有人传言他已在西域病死，但无人亲见，也只是将信将疑。这时忽听得他非但尚在人世，而且此间主人正去邀他上山，人人登时都感不安。

原来这金面佛武功既高，为人又是嫉恶如仇，若是有谁干了不端行径，他不知道便罢，只要给他听到了，定要找上门来理会，作恶之人，轻则损折一手一足，重则殒命，决然逃遁不了。上山这伙人个个做过或大或小的亏心事，猛然间听到"金面佛"三字，如何不心惊肉跳？

宝树微微一笑，说道："你主人也忒煞小心了，谅那雪山飞狐有多大本领，用得着这等费事？"那汉子道："有大师远来助拳，咱们原已稳操胜券。但听说那飞狐确是凶狡无比。敝上说有备无患，多几个帮手，也免得让那飞狐走了。"众人又各寻思："雪山飞狐又是什么厉害脚色？"

宝树和那汉子说着话，当先而行，转过了几株雪松。只见前面一座五开间极大的石屋，屋前屋后都是白雪。

众人进了大门，走过一道长廊，来到前厅。那厅极大，四角各生着一盆大炭火。厅上居中挂着一副木板对联，写着廿二个大字：

不来辽东　大言天下无敌手

邂逅冀北　方信世间有英雄

上款是“希孟仁兄正之”，下款是“妄人苗人凤深惭昔年狂言醉后涂鸦”。

众人都是江湖草莽，也不明白对联上的字是什么意思，似乎这苗人凤对自己的外号感到惭愧。每个字都深入木里，当是用利器剜刻而成。

宝树脸色微变，说道：“你家主人跟金面佛交情可深得很哪。”那长颈汉子道：“是！我们庄主跟苗大侠已相交数十年。”宝树“哦”了一声。

刘元鹤一颗心更是怦怦跳动，暗道：“来到苗人凤朋友的家里啦。我这条老命看来已送了九成。”片刻之间，两只手掌中都是冷汗淋漓。

各人分别坐下，那名汉子命人献上茶来，站在下首相陪。

宝树说道：“这金面佛当年号称‘打遍天下无敌手’，原也太过狂妄。瞧这副对联，他自己也知错了。”那长颈汉子道：“不，我家主人言道，这是苗大侠自谦。其实若不是太累赘了些，苗大侠这外号之上，只怕还得加上‘古往今来’四字。”宝树哼了一声，冷笑道：“嘿！佛经上说，当年佛祖释迦牟尼降世，一落地便自称‘天上地下，唯我一人称独尊’，这句话跟‘古往今来，打遍天下无敌手’，倒配得上对儿。”

曹云奇听他言中有讥刺之意，放声大笑。那长颈汉子怒目相视，说道：“贵客放尊重些。”曹云奇愕然道：“怎么？”那汉子道：“若是金面佛知你笑他，只怕贵客须不方便。”曹云奇道：“武学之道无穷，要知天外有天，人上有人。他也是血肉之躯，就算本领再高，怎称得‘打遍天下无敌手’七字？”那汉子道：“小人见识鄙陋，不明世事。只是敝上说称得，想来必定称得。”曹云奇听他言语谦下，神色却极是不恭，心中怒气上冲，心想：“我是一派掌门，焉能受你这低三下四的佣仆之气？”当即冷笑道：“天下除了金面佛，想来贵主人算得第一了？嘿嘿，可笑！”那汉子道：“这个岂敢！”伸手在曹云奇所坐的椅背上轻轻一拍。曹云奇只感椅子一震，身子向上一弹。他手中正拿着茶碗，这一下出其不意，茶碗脱手掉落，眼见要在地下跌得粉碎，那汉子俯身一抄，已将茶碗接住，道："贵客小心了。"曹云奇满脸通红，转过头不理。那汉子自行将茶碗放在几上。

宝树对这事视若不见，向那长颈汉子道："除了金面佛跟老衲之外，你主人还约了谁来助拳？"那汉子道："主人临去时吩咐小人，说青藏派玄冥子道长、昆仑山灵清居士、河南太极门蒋老拳师这几位，日内都要上山，嘱咐小人好好侍奉。大师第一位到，足见盛情，敝上知道了，必定感激得紧。"

宝树大师受此间主人之邀，只道自己一到，便有天大的棘手之事也必迎刃而解，岂知除了自己之外，主人还邀了这许多成名人物。这些人自己虽大都未见过面，却都素来闻名，无一不是武林中顶儿尖儿的高手，早知主人邀了这许多人，倒不如不来了，那金面佛苗人凤更是远而避之的为妙；兼之自己远来相助，主人却不在家接客，未免甚是不敬，心下不快，说道："老衲固然不中用，但金面佛一到，还有办不了的事吗？何必再另约旁人？"那汉子道："敝上言道，乘此机会，和众家英雄聚聚。兴汉丐帮的范帮主也要来。"宝树一凛，道："范帮主也来？那飞狐到底约了多少帮手？"那汉子道："听说他不约帮手，就只孤身一人。"

阮士中、殷吉、陶百岁等均是久历江湖之人，一听雪山飞狐孤身来犯，而这里主人布置了许多一等一的高手之外，还要去请金面佛与丐帮范帮主来助拳，都想这雪山飞狐就算有三头六臂，也用不着对他如此大动干戈。眼见这宝树和尚武功如此了得，单是他一人，多半也足以应付，何况我们上得山来，到时也不会袖手旁观，只不过当时主人料不到会有这许多不速之客而已。

其中刘元鹤心中，却如十五个吊桶打水，七上八下。原来丐帮素来与朝廷作对，在帮名上加上"兴汉"二字，称为"兴汉丐帮"，显是有反清之意。上个月御前侍卫总管赛总管亲率大内侍卫十八高手，将范帮主擒住关入天牢。这事做得甚是机密，江湖上知者极少。刘元鹤自己就是这大内十八高手之一。今日胡里胡涂的深入虎穴，定然是凶多吉少。

宝树见刘元鹤听到范帮主之名时，脸色微变，问道："刘大人识得范帮主么?"刘元鹤忙道："不识。在下只知范帮主是北道上响当当的英雄好汉，当年赤手空拳，曾以'龙爪擒拿手'抓死过两头猛虎。"

宝树微微一笑，不再理他，转头问那长颈汉子道："那雪山飞狐到底是何等样人？他与你家主人又结下了什么梁子？"那汉子道："主人不曾说起，小的不敢多问。"

说话之间，僮仆奉上饭酒，在这雪山绝顶，居然肴精酒美，大出众人意料之外。那长颈汉子道："主人娘子多谢各位光临，各位多饮几杯。"众人谢了。

席上曹云奇与陶子安怒目相向，熊元献与周云阳各自磨拳擦掌，陶百岁对郑三娘恨不得一鞭打去，虽然共桌饮食，却是各怀心病。只有宝树言笑自若，大块吃肉，大碗喝酒，满嘴粗言秽语，哪里像个出家人的模样?

酒过数巡，一名仆人捧上一盘热气腾腾的馒头，各人累了半日，早就饿了，见到馒头，都是大合心意，正要伸手去拿，忽听得空中嗤的一声响，众人一齐抬头，只见一枚火箭横过天空，射到高处，微微一顿，忽然炸了开来，火花四溅，原来是个彩色缤纷的烟花，缓缓散开，隐约是一只生了翅膀的狐狸。宝树推席而起，叫道："雪山飞狐到了。"

众人尽皆变色。那长颈汉子向宝树请了个安，说道："敝上未回，对头忽然来到，此间一切，全仗大师主持。"宝树道："有我呢，你不用慌。便请他上来吧。"那汉子踌躇道："小的有话不敢说。"宝树道："但说无妨。"那汉子道："这雪峰天险，谅那飞狐无法上来。小人想请大师下去跟他说，主人并不在家。"宝树说："你吊他上来，我会对付。"那汉子道："就怕他上峰之后，惊动了主母，小的没脸来见主人。"

宝树脸一沉，说道："你怕我对付不了飞狐么?"那长颈汉子忙又请了个安，道："小的不敢。"宝树道："你让他上来就是。"那汉子无奈，只得应了，悄悄与另一名侍仆说了几句话，想是叫他多加提防，保护主母。

宝树瞧在眼里，微微冷笑，却不言语，命人撤了席。各人散坐喝茶，只喝了一盏茶，那长颈汉子高声报道："客人到!"两扇大门"呀"的一声开了。

众人停盏不饮，凝目望着大门，却见门中并肩进来两名僮儿。这两名僮儿一般高矮，约莫十三四岁年纪，身穿白色貂裘，头顶用红丝结着两根竖立的小辫，背上各负一柄长剑。这两人眉目如画，形相俊雅，最奇的是面貌一模一样，毫无分别，只是走在右边那僮儿的剑柄斜在右肩，另一个僮儿的剑柄斜在左肩，手中多捧了一只拜盒。

众人见了这两个僮儿的模样，都感愕然，心中却均是一宽，本以为来的是那穷凶极恶的"雪山飞狐"，哪知却是两个小小孩童。待这两人走近，只见两人每根小辫儿上各系一颗明珠，四颗珠子都是小指头般大小，发出淡淡光采。熊元献是镖局的镖头，陶百岁久在绿林，识别宝物的眼光均高，一见四颗大珠，都是怦然心动："这四颗宝珠可贵重得很哪，两人所穿的貂裘没一根杂毛，也是难得之极。就算是大富大贵之家，也未必有此珍物。"

两个僮儿见宝树坐在正中，上前躬身行礼，左边那僮儿高举拜盒。那长颈汉子接了过来，打开盒子，呈到宝树面前。宝树见盒中是一张大红帖子，取出一看，见上面浓墨写着一行字道："晚生胡斐谨拜。雪峰之会，谨于今日午时践约。"字迹甚是雄劲挺拔。

宝树见了"胡斐"两字，心中一动："嗯，飞狐的外号，原来是将他名字倒转而成。"当下点了点头道："你家主人到了么?"右边那僮儿道："主人说午时准到，因恐贤主人久候，特命小的前来投刺。"他说话语声清脆，童音未脱。宝树见两童生得可爱，问道："你们是双生兄弟么?"那僮儿道："是。"说着行了一礼，转身便出。那长颈汉子道："兄弟少留，吃些点心再去。"右边那僮儿道："多谢大哥，未得家主之命，不敢逗留。"田青文从果盘里取了些果子，递给两人，微笑道："那么吃些果儿。"左边那僮儿接了，道："多谢姑娘。"

曹云奇最是妒忌，兼之性如烈火，半分儿都忍耐不得，见田青文对两人神态亲密，心中怒气已生，冷笑道："小小孩童，居然背负长剑，难道你们也会剑术么？"两僮愕然向他望了一眼，齐声道："小的不会。"曹云奇喝道："那么装模作样的背着剑干么？给我留下了。"伸出双手，去抓两人背上长剑的剑柄。

两个僮儿绝未想到此时有人要夺他们兵器，曹云奇出手又是极快，只听刷刷两声，众人眼前青光闪动，两柄长剑脱鞘而出，都已被他抢在手中。曹云奇哈哈一笑，道："你两个小……"第五字未出口，两个僮儿一齐纵起，一出左手，一出右手，迅速之极的按在曹云奇颈中。两人同时向前一扳，曹云奇待要招架，双脚被两人一出左脚、一出右脚的一勾，登时身不由主的在空中翻了半个筋斗，拍的一声，结结实实的摔在地下。

他夺剑固快，这一交摔得更快，众人一愕之下，两僮向前扑上，要夺回他手中长剑。曹云奇岂是弱者，适才只因未及防备，方着了道儿，他一落地立即纵起，双剑竖立，要将两僮吓退。不料两僮一纵，不知怎的，一人一手又已攀在他的颈中，一扳一勾，招式便和先前的全无分别，曹云奇又是拍的摔了一交。

第一交还可说是给两僮攻其无备，这第二交却摔得更重。他是天龙门的掌门，正当年富力壮，两僮站着只及到他的胸口，二次又跌，教他脸上如何下得来？狂怒之下，杀心顿起，人未纵起，左剑下垂，右剑突然横劈，要将两个僮儿立毙剑下。

田青文见他这一招是本门中的杀手"二郎担山"，招数狠辣，即令武功高强之人，一时也难以招架，眼见这一双玉雪可爱的孩子要死于非命，忙叫道："师哥，休下杀招。"

曹云奇挥剑削出，听得田青文叫喊，他虽素来听从这师妹的言语，但招已递出，急切间收剑不及，当下腕力一沉，心想在两个小子胸口留个记号也就罢了。哪知左边的僮儿忽从他腋下钻到右边，右边的僮儿却钻到了左边。他一剑登时削空，正要收招再发，突觉两旁人影闪动，两个小小的身躯又已扑到。

曹云奇吃过两次苦头，可是长剑在外，倏忽间难以回刺，眼见这怪招又来，仍是无法拆架闪避，当即双剑撒手，平掌向外推出，喝一声“去！”两掌上各用了十成力，两个僮儿只要给掌缘扫上了，也非得受伤不可。突见人影一闪，两个僮儿忽然不见，急忙转过身来，只见左僮矮身窜到右边，右僮矮身窜到左边，眼睛一花，项颈又被两人攀住。

危急之下，他腰背用力，使劲向后急仰，存心要将两僮向后甩跌出去。劲力刚一用出，斗觉颈上两只小手忽然放开，一惊之下，知道不妙，急忙收劲站直，却已不及，两僮又是一出左足，一出右足，在他双脚后跟向前一挑。曹云奇自己使力大了，本已站立不住，再被两人这一挑，大骂“直娘贼”声中，腾的一下，仰天一交。这一下只跌得他脊骨如要断折，挺身要待站起，腰上使不出劲，竟又仰跌。

周云阳抢步上前，伸手扶起。两个僮儿已乘机拾起长剑。曹云奇本是紫膛脸皮，这时气得紫中发黑，拔出腰中佩剑，一招“白虹贯日”，呼的一声，径向左僮刺去。周云阳见师兄接连三番的摔跌，知道两个僮儿年纪虽幼，却是极不好斗，对方共有二人，自己上前相助，也算不得理亏，当下跟着出剑，向右僮发招。

左僮向右僮使个眼色，两人举剑架开，突然同时跃后三步。左僮叫道：“大和尚，小人奉主人之命前来下书，并没得罪这两位，为什么定要打架?”宝树微微一笑，说道：“这两位要考较一下你们的功夫，并无恶意。你们就陪着练练。”左僮道：“如此请爷们指点。”两人双剑起处，与曹周二人斗在一起。

这庄子中佣仆婢女，个个都会武功，听说对方两个下书的僮儿在厅上与人动手，纷纷走出来，站在廊下观斗。

只见一个僮儿左手持剑，另一个右手持剑，两人进退趋避，简直便是一人，双剑连环进击，紧密无比。看来两人自小起始学剑，就是练这门双剑合璧的剑术。难得的是那左僮左手使剑，竟和右僮的右手一般灵便，定是天生擅用左手。

曹周师兄弟二人连变剑招，始终奈何不了两个孩子。转眼间斗了数十合，曹周二人虽无败象，却也半点占不到上风。

阮士中心中焦躁，细看二僮武术家数，也不过是一路少林派的达摩剑法，毫无出奇之处，只是或刺或架，交叉攻防，出击的无后顾之忧，守御的绝回攻之念，不论攻守，俱可全力以赴而已，自忖以一双肉掌可以夺下二僮兵刃，眼见两个师侄久斗不下，天龙北宗的威名摇摇欲堕，当即喝道："两个孩子果然了得。云奇、云阳退下，老夫跟他们玩玩。"

曹周二人听得师叔叫唤，答应一声，要待退开，哪知二僮出剑奕快，顷刻之间，双剑俱是进手招数。曹周只得挥剑挡架，但二僮一剑跟着一剑，绵绵不尽，挡开了第一剑，第二剑又不得不挡，十余招过去，竟尔不能抽身。

田青文心道："待我接应两位师兄下来，让阮师叔制住这两个小娃娃。阮师叔武功何等厉害，自然一出手便抓住了四根小辫子。"挺剑上前，叫道："两位师哥下来。"她见左僮正向曹云奇接连进攻，当即挥剑架开他的一剑，岂知这僮儿第二剑出招时竟是一剑双击，既刺曹云奇的眼角，又刺田青文左肩。田青文只得招架，这一来，她接替不下师兄，反而连自己也给缠上了。曹云奇愈斗愈怒，心想："我天龙北宗剑术向来有名，今日以我三人合力，还斗不过两个小小孩童，江湖上传言开去，天龙北宗颜面何存?"想到此处，出手加重。

右僮见长兄受逼，回剑向曹云奇刺去。曹云奇转身挡开，左僮已发剑攻向周云阳。二人在倏忽之间调了对手，这一下转换迅速之极，身法又极美妙，旁观众人不自禁的齐声喝采。

殷吉低声道："阮师兄，还是你上去。他们三个胜不了。"阮士中点点头，将铁盒塞入背上腰带，叫道："让我来玩玩。"一纵身，已欺到右僮身边，左指点他肩头"巨骨穴"，右手以大擒拿手径来夺剑。旁人见他身法快捷，出手狠辣，都不禁为这僮儿担心，却见剑光闪动，左僮的剑尖指到了阮士中后心。

阮士中一心夺剑，又想左僮有周云阳敌住，并未想到他会忽施偷袭，只听田青文急叫："师叔，后面！"阮士中忙向左闪避，却听嗤的一声，后襟已划破了一道口子。那左僮叫道："这位爷小心了。"看来他还是有心相让。

阮士中心头一躁，面红过耳，但他久经大敌，适才这一挫折，反而使他沉住了气，当下不敢冒进，展开大擒拿手法，锁、错、闭、分，寻瑕抵隙，来夺二僮手中兵刃。他在这双肉掌上下了数十年苦功，施展开来果然不同寻常。但说也奇怪，曹周二人迎敌之时，二僮并未占到上风，现下加多阮田二人，却仍然是斗了个旗鼓相当。

殷吉心想："南北二宗同气连枝，要是北宗折了锐气，我南宗也无光采。今日之局，纵让旁人说个以多胜少，总也比落败好些。"长剑出鞘，一招"流星赶月"，人未抢入圈子，剑锋却已指向左僮胸口。右僮叫道："又来了一个。"横剑回指，点向他的手腕。殷吉一凛，心道："这两个孩儿连环救应，果已练得出神入化。"手腕急沉，避开了这一剑。避开这一剑并不为难，但他攻向左僮的剑势，却也因此而卸。

大厅上六柄长剑、一对肉掌，打得呼呼风响，一斗数十合，仍是个不胜不败之局。

陶子安见田青文脸现红晕，连伸几次袖口抹汗，叫道："青妹，你歇歇，我来替你。"当即挥刀上前。曹云奇喝道："谁要你讨好！"长剑挡开右僮刺来剑招，左手握拳，却往陶子安鼻上击去。陶子安一笑，滑开三步，绕到了左僮身后。他虽腿上负伤，刀法仍是极为精妙，但二僮的剑术怪异无比，敌人愈众，竟似威力相应而增。陶子安既须防备曹云奇袭击，又得对付二僮出其不意递来的剑招，竟尔闹了个手忙脚乱。

陶百岁慢慢走近，提着钢鞭保护儿子。刀光剑影之中，曹云奇猛地斜剑向陶子安劈去。陶百岁怒吼一声，挥鞭架开，跟着向曹云奇进招。旁观众人见战局变幻，不由得都是暗暗称奇。

熊元献当阮士中下场时见他将铁盒塞入腰带，负在背上，心想不如上前助战，混水摸鱼，乘机下手，抢夺铁盒也好，杀了陶氏父子报仇也好，当下叫道："好热闹啊，刘师兄，咱哥儿俩也上！"刘元鹤与他自小同在师门，彼此知心，听他叫唤，已明其意，双拐摆动，靠向阮士中身畔。

那左僮哪想得到这许多敌手各有图谋，见刘元鹤、熊元献加入战团，竟尔先发制人，出剑向两人直攻。双僮剑术虽精，但以二敌九，本来无论如何非败不可，只是九个人各怀异心，所使招数，倒是攻敌者少，互相牵制防范者多。

田青文见刘熊二人手上与双僮相斗，目光却不住往师叔身上瞟去，已知存心不善，叫道："阮师叔，留神铁盒。"阮士中久斗不下，早已心中焦躁，寻思："我等九个大人，还打不倒两个小孩，今日可算是丢足了脸。若是铁盒再失，以后更难做人了。"微一疏神，只觉一股劲风掠面而过，原来是右僮架开曹云奇、周云阳的双剑后，抽空向他劈了一剑。

阮士中心中一凛，暗道："左右是没了脸面。"斜身侧闪，手腕翻处，已将长剑拔在手里。这九人之中，论到武功原是数他为首。这时将天龙剑法使将开来，只听叮当声响，陶氏父子、刘熊师兄弟等人的兵刃都被他碰了开去。殷吉护住门户，退在后面，乘机观摩北宗剑术的秘奥。

阮士中见众人渐渐退开，自己身旁空了数尺，长剑使动时更为灵便，精神一振，踏前两步，一招"云中探爪"，往右僮当头疾劈下去。这一招快捷异常，右僮手中长剑正与刘元鹤铁拐相交，忽见剑到，急忙矮身相避，只听刷的一响，小辫上的一颗明珠已被利剑削为两半，跌在地下。

双僮同时变色。右僮叫了声："哥哥!"小嘴扁了，似乎就要哭出声来。

阮士中哈哈一笑，突见眼前白影晃动，双僮交叉移位，叮叮数响，周云阳与熊元献的兵刃已被削断。两人大惊之下，急忙跃出圈子，但见双僮手中已各多了一柄精光耀眼的匕首。

左僮叫道："你找他算账。"右手匕首翻处，叮叮两响，又已将曹云奇与殷吉手中长剑削断，原来这匕首竟是砍金切玉的宝剑。曹云奇后退稍慢，嗤的一声，左胁被匕首划过，腰中革带连着剑鞘断为数截。

右僮右手长剑，左手匕首，向阮士中欺身直攻。这时他双刃在手，剑法大异。阮士中又惊又怒，一时瞧不清他的剑路，但觉那匕首刺过来时寒气迫人，不敢以剑相碰，只得不住退后。右僮不理旁人，着着进迫。

左僮与兄弟背脊靠着背脊，一人将余敌尽数接过，让兄弟与阮士中单打独斗，拆了数招，陶百岁的钢鞭又被削断一截。刘元鹤、陶子安不敢迫近，只是绕着圈子游斗。殷吉、曹云奇、周云阳、田青文四人见阮士中被迫到了屋角，已是退无可退，都是焦急异常，要待上前救援，一来三人手中兵刃已断，二来也闯不过左僮那一关。

宝树在旁瞧着双僮剑法，心中暗暗称奇，初时见双僮与曹云奇等相斗，剑术也只平平，但当敌手渐多，双僮剑上威力竟跟着增强。此时亮出匕首，情势更是大变。左僮长剑连晃，逼得敌对众人手忙脚乱，转眼间陶子安与刘元鹤的兵刃又被削断。与左僮相斗的八人之中，就只田青文一人手中长剑完好无缺，显然并非她功夫独到，而是左僮感她相赠果子之情，手下容让。

阮士中背靠墙角，负隅力战，只见右僮长剑径刺自己前胸，当下应以一招"腾蛟起凤"。这是一招洗势。剑诀有云："高来洗，低来击，里来掩，外来抹，中来刺。"这"洗、击、掩、抹、刺"五字，是各家剑术共通的要诀。阮士中见敌剑高刺，以"洗"字诀相应，原本不错，哪知双剑相交，突觉手腕一沉，己剑被敌剑直压下去。阮士中大喜，心想："你剑术虽精，腕力岂有我强？"当下运劲反击。右僮右手剑一缩，左手匕首倏地挥出，当的一声，将他长剑削为两截。

阮士中大吃一惊，立将半截断剑迎面掷去。右僮低头闪开，长剑左右疾刺，将他封闭于屋角，出来不得。殷吉、曹云奇、周云阳齐声大叫，暗器纷纷出手。左僮窜高跃低，右手连挥，将十多枚毒龙锥尽数接去。原来他匕首的柄底装有一个小小网兜，专接敌人暗器。

七星手阮士中兵刃虽失，拳脚功夫仍极厉害，他是江湖老手，虽败不乱，当下以一双肉掌沉着应敌，只是右僮那匕首寒光耀眼，只要被刃尖扫上一下，只怕手掌立时就给割了下来。他最怕的还不是对方武功怪异，而是那匕首实在太过锋利，当下只有竭力闪避，不敢出手还招。

右僮不住叫道："赔我的珠儿，赔我的珠儿。"阮士中心中一百二十个愿意赔珠，可是一来无珠可赔，二来这脸上又如何下得来？

宝树见局势极是尴尬，再僵持片刻，若是那孩童当真恼了，一匕首就会在阮士中胸膛上刺个透明窟窿。他是自己邀上山来的客人，岂能让对头的僮仆欺辱？只是这两个孩童的武功甚为怪异，单独而论，固然不及阮士中，只怕连刘元鹤、陶百岁也有不及，但二人一联手，竟是遇强愈强，自己若是插手，一个应付不了，岂非自取其辱？

当他沉吟难决之时，阮士中处境已更加狼狈。但见他衣衫碎裂，满脸血污，胸前臂上，被右僮长剑割了一条条伤痕。他几次险些儿要脱口求饶，终于强行忍住。右僮只叫："你赔不赔我珠儿？"那长颈仆人走到宝树身边，低声道："大师，请你出手打发了两个小娃娃。"宝树"嗯"了一声，心中沉吟未定，忽听嗤的一声响，雪峰外一道蓝焰冲天而起。那长颈仆人知是主人所约的帮手到了，心中大喜："这和尚先把话儿说得满了，事到临头却支支吾吾，幸好又有主人的朋友赶到。"忙奔出门去，放篮迎宾。

邂逅冀北方信世間有英雄
不来遼東大言天下

苗若兰从内堂出来，说道：“大师，那雪山飞狐要把咱们都困死在这儿？”宝树沉着脸道：“正是。大伙儿坐上了一条船，得想个法儿下峰。”

三

这长颈汉子是山庄的管家，姓于，本也是江湖上的一把好手，甚是精明干练。他见竹篮吊到山腰，便探头下望，要瞧来援的是哪一位英雄。初时但见篮中黑黝黝的几堆东西，似乎并非人形，待吊到临近，见是几只箱笼，另有些花盆、香炉之属，把吊篮装得满满的没一点空隙。于管家不禁大奇："难道是给主人送礼来了？"

二次吊上来的是三个女人。两个四十来岁，都是仆妇打扮。另一个十五六岁年纪，圆圆的一双大眼，左颊上有个酒窝儿，看模样是个丫鬟。她不等竹篮停好，便即跨出，向于管家望了一眼，笑道："这位定是于大哥了。你的头颈长，我听人说过的。"一口京片子，声音极是清脆。于管家生平最不喜别人说他头颈，但见她满脸笑容，倒也生不出气，只得笑着点了点头。

那丫鬟道："我叫琴儿。她是周奶妈，小姐吃她奶长大的。这位是韩婶子，小姐就爱吃她烧的菜。你快放吊篮去接小姐上来。"于管家待要询问是谁家的小姐，琴儿却咭咭咯咯的说个不停，一面在篮中搬出鸟笼、狸猫、鹦鹉架、兰花瓶等许许多多又古怪又琐碎的事物，手中忙着，嘴里也不闲着，说道："这山峰真高，唉，山顶上没什么花儿草儿，我想小姐一定不喜欢。于大哥，你整天在这里住，不气闷吗？"

于管家眉头一皱，心道："主人正要全力应付强敌，却从哪里钻出这门子啰唆个没完没了的人家来？"问道："你家贵姓？是我们亲戚么?”

琴儿说道：“你猜猜看，怎么我一见就知你是于大哥，你却连我家小姐姓什么也不知道呢？我若是不说我叫琴儿，担保你猜上一千年，也猜不到我叫什么。啊，别乱跑，小心小姐生气。”于管家一呆，却见她俯身抱起一只小猫，原来她最后几句话是跟猫儿说的。

于管家帮她把吊篮中的物事取了出来。琴儿说道：“啊唷，你别弄乱了！这箱子里全是小姐的书，这样倒过来，书就乱啦。唉，唉，不行。这兰花闻不得男人气。小姐说兰花最是清雅，男人家走近去，它当晚就要谢了。”

于管家忙将手中捧着的一小盆兰花放下，猛听得背后一人吟道：“欲取鸣琴弹，恨无知音赏。”声音甚是怪异。

他吓了一跳，急忙回头，双掌横胸，摆了迎敌的架式，却见吟诗的是架上那头白鹦鹉。他又好气又好笑，命人放吊篮接小姐上来。那奶妈却说要先开箱子，取块皮裘在篮中垫好，免得小姐嫌篮底硬了，坐得不舒服。她慢吞吞的取钥匙，开箱子，又跟韩婶子商量该垫银狐的还是水貂的。于管家再也忍耐不住，又挂念厅上激斗情势，不知阮士中性命如何，当下向一名仆人嘱咐好好招呼小姐，自行奔进厅去。

他出外迎宾，去了好一阵子，厅上相斗的情势却没多大变动。阮士中仍被右僮迫在屋角之中，只是情形更为狼狈，左脚鞋子已然跌落，头上本来盘着的辫子也给割去了半截，头发散了开来。曹云奇、殷吉、周云阳等已从庄上佣仆处借得兵刃，数次猛扑上前救援，始终被左僮拦住，反而与阮士中越离越远。

刘元鹤等本想乘机劫夺铁盒，但在左僮的匕首上吃了几次亏，只得退在后面。各人心中却兀自不服气，眼见双僮手上招数实在并不怎么出奇，内力修为更是十分有限，只不过仗着两把锋利绝伦的匕首，一套攻守呼应的剑法，竟将一群江湖豪士制得缚手缚脚。

于管家看了一会，心想：“主人出门之时，把庄上的事都交了给我，现下宾客在庄上如此受人欺辱，主人颜面何存？我拼死也要救了这姓阮的。”当下奔到自己房中，取了当年在江湖上所用的紫金刀，转回大厅，再看了看双僮的招式，叫道：“两位小兄弟再不住手，我们玉笔山庄可要无礼了。”右僮叫道：“主人差我们来下书，又没叫我们跟人打架。他只要赔了我的珠儿，我们马上就饶了他。”说着踏上一步，嗤的一剑，阮士中左肩又给划破了一道口子。

于管家正要接话，只听背后一个女子声音说道：“啊哟，别打架，别打架！我就最不爱人家动刀动枪的。”这儿句话声音不响，可是娇柔无伦，听在耳里，人人觉得真是说不出的受用，不由自主的都回过头去。

只见一个黄衣少女笑吟吟的站在门口，肤光胜雪，双目犹似一泓清水，在各人脸上转了几转。这少女容貌秀丽之极，当真如明珠生晕、美玉莹光，眉目间隐然有一股书卷的清气。厅上这些人都是浪迹江湖的武林豪客，斗然间与这样一个文秀少女相遇，宛似走进了另一个世界，不自禁的为她一副清雅高华的气派所慑，各似自惭形秽，不敢亵渎。

两个僮儿却对那少女毫不理会，乘着殷吉等人一怔之间，叮叮当当一阵响，又将他们手中兵刃逐一削断。

那少女道：“两个小兄弟别胡闹啦，把人家身上伤成这个样子，可有多难看。”右僮道：“他不肯赔我的珠儿。”那少女道：“什么珠儿？”右僮剑尖指住阮士中胸膛，俯身拾起半边明珠，哭丧着脸道：“你瞧，是他弄坏的，我要他赔。”那少女走近身去，接过一看，道：“啊，这珠儿当真好，我也赔不起。这样吧，琴儿，”回头对身后小丫鬟道：“取我那对玉马儿来，给了这两个小兄弟。”琴儿心中不愿，说道：“小姐。”那少女笑道：“偏你就有这么小气。你瞧两个小兄弟多俊，佩了玉马，那才叫相得益彰呢。”

两僮对望一眼，只见琴儿打开一只描金箱子，取出一对锦囊交给少女。那少女解开一只锦囊，拿出一只小小玉马，马口里有丝绦为缰。那少女替右僮挂在腰带上，又把另一只锦囊中所装的玉马递给了左僮。左僮请安道谢，接在手里，只见那玉马晶光莹洁，刻工精致异常，马作奔跃之状，形体虽小，却是貌相神骏，的非凡品。他一见之下，便十分喜欢，只是不明那少女来历，心下一时未决，不知是否该当受此重礼。右僮又在墙畔检起另一半边珠儿，说道：“我这颗是夜明宝珠，和哥哥的是一对儿。就算有玉马，总是不齐全啦！”说着十分懊恼。

那少女一见两人相貌打扮，已知这对双生兄弟相亲相爱，毁了明珠事小，不痛快的是在将两人饰物弄成异样，配不成对，当下拿起玉马，将两个半边明珠放在玉马双眼之上，说道：“我有一个主意，将半边珠儿嵌在玉马眼上。珠子既能夜明，玉马晚上两眼放光，岂不好看?”左僮大喜，从辫儿上摘下珠子，伸匕首剖成两半，说道：“兄弟，咱俩的珠儿和玉马都一模一样啦。”右僮回嗔作喜，向少女连连道谢，又向阮士中请了个安，道：“行啦，你老别生气。”阮士中满身血污，心中恼怒异常，却又不敢出声詈骂。

右僮拉着左僮的手，便要走出。左僮向那少女道：“多谢姑娘厚赐。请问姑娘尊姓，主人问起，好有对答。”那少女道：“你家主人是谁?”左僮道：“家主姓胡。”

那少女一听，登时脸上变色，道：“原来你们是雪山飞狐的家僮。”两僮一齐躬身道：“正是！”那少女缓缓说道：“我姓苗。你家主人问起，就说这对玉马是金面佛苗爷的女儿给的！”

此言一出，群豪无不动容。金面佛威名赫赫，万想不到他的女儿竟是这样一个娇柔腼腆的少女。瞧她神气，若非侯门巨室的小姐，就是世代书香人家的闺女，哪里像是江湖大侠之女。双僮对望一眼，齐把玉马放在几上，一言不发的转身出厅。

那少女微微一笑，也不言语。琴儿欢天喜地的收起玉马，说道：“小姐，这两个孩儿不识好歹，小姐赏赐这样好的东西，他们都不要，要是我啊……”那少女笑道：“别多说啦，也不怕人家笑咱们寒蠢。”

宝树大师越众而前，朗声说道："原来姑娘是苗大侠的千金，令尊可好？"那少女道："多谢。家严托福安康。请问大师上下？"宝树微笑道："老衲宝树。姑娘芳名是什么？"

那少女名叫苗若兰，听了这话脸上一红，心道："我的名字，怎胡乱跟人说得的？"当下不答问话，说道："各位请宽坐，晚辈要进内堂拜见伯母。"说着向群豪敛衽行礼。

众人震于她父亲的名头，都恭恭敬敬的还礼，均想："这位姑娘没半点仗势欺人的骄态，当真难得。"苗若兰待众人都坐下了，又告罪一遍，这才入内。只见大门外进来七八名家丁仆妇，抬着铺盖箱笼等物，看来都是服侍苗小姐的。陶百岁、陶子安父子对望一眼，都想："要是我父子在道上遇见这一批人，定然当作是官宦豪富的眷属，势必动手行劫，这乱子可就闯得大了。"

阮士中伸袖拭抹身上血污，幸好右僮并非真欲伤他，每道伤口都只浅浅的划破皮肉，并无大碍。田青文走近相助，取出金创药给他止血。阮士中解开衣襟，让她裹伤，忽然间当啷一响，那只铁盒落在地下。群豪不约而同的一齐跃起，伸手都来抢夺。

阮士中左手划了个圈子，挡开众人，立即俯身拾盒，手指刚触到盒面，突觉一股大力在肩头一撞，身不由主的跌开数步，待得拿桩站定，抬起头来，只见铁盒已捧在宝树手中。群豪都怕他武功了得，只眼睁睁的望着他，没人敢开口说话。

隔了片刻，曹云奇道："大师，这只铁盒乃是先师遗物，决不能落入外人之手，请你还来。"宝树笑道："你说这是尊师遗物，那么盒中藏了什么东西，这只铁盒是何来历，你既是天龙掌门，就该知道。只须说得明白，就拿去罢！"说着双手托了铁盒，向前伸出。

曹云奇满脸通红，双手伸出了一半，不敢去接，却又不好意思缩回，停在空中，慢慢垂下。他只知师父对铁盒十分珍视，守藏严密，但从未见他打开过盒盖，固然不明铁盒来历，其中藏了什么物事也全无所知。阮士中和殷吉面面相觑，也说不出个所以然来。周云阳忽道："我们自然知道，盒里放的是本门的镇门宝刀。"

他在天龙门中论武功只是二流脚色，素来不得师父宠爱，为人又非干练，突然说出这句话来，阮士中和曹云奇都想：“胡说八道！谁说咱们的镇门宝刀是放在这铁盒子里的？”他们每次见到镇门宝刀，都是从一只旧木盒中取出来，向来跟这铁盒拉扯不上干系。哪知宝树却道：“不错，便是那口宝刀。你可知这口刀原来是谁的？怎么会放在这铁盒之中？”

阮士中等不料周云阳居然一语中的，无不大为诧异，一齐注目，等他再说。却见他青白色的脸上红了一红，随即又转青色，悻悻的道：“这是我天龙门祖传下来的宝刀。几百年来就一直放在这铁盒里。”

宝树摇头道：“不对，不对！我料你们也不会知道。”周云阳道：“难道你就知道？”宝树道：“早在二十多年之前，我就已知道了。雪山飞狐与此间庄主的争端，也就由这只铁盒而起。中间若不是有这些瓜葛，老衲又何必邀各位上山？”

天龙群豪、陶氏父子、刘熊师兄弟等都吃了一惊，心想：“这老和尚果然不怀好意，原来也想劫夺铁盒。他引我们上峰，显是要把我们一网打尽，不但夺到铁盒，还要斩草除根，不留后患。我们今日身陷绝地，那可是有死无生了。”

刷的一声，一人亮出了兵刃，接着刷刷、叮叮一阵响声过去，群豪已各执兵刃将宝树围住。阮士中等兵刃被双僮削断了的，也俯身把断刀断剑抢在手里。

宝树在人丛中缓缓转了个圈子，微笑道：“各位要跟老和尚动手么？”群豪怒目而视，无人接口。这时站得近了，人人看得清楚，宝树虽然胡子花白，脸有皱纹，但双目炯炯，年纪其实也不甚大。

刘元鹤退后一步，叫道：“大伙儿齐上，先杀老和尚。咱们自己的事，下了山慢慢商量。”他只觉在山峰上多耽一刻，便多一分危险。群豪都感在这山庄中坐立不安，刘元鹤的话正合心意。正要一涌而上，忽听门外砰的一声巨响，似是开了一炮。

众人愕然相顾。隔了片刻，于管家匆匆从外奔进，脸有惊惶之色，叫道："各位，大事不妙！"曹云奇叫道："雪山飞狐到了么？"于管家道："那倒不是。我们上下山峰的长索和绞盘，都给人家毁了。"众人吓了一跳，七张八嘴的问道："那怎么会？""没第二条索儿了么？""有没别的法儿下去？"于管家道："峰上就只这条长索，小人一时不察，竟然给飞狐手下那两个僮儿毁了。"宝树变色道："怎么毁的？"

于管家道："弟兄们缒了那两个小鬼头下峰，都进屋休息，忽听到爆炸之声，抢出去看时，见绞盘和长索已炸得粉碎。定是这两个天杀的小鬼在绞盘中放了炸药，将药引通下山峰，点了火烧上来的。"众人一呆，纷纷抢出门去，果见绞盘炸成了碎片，长索东一段西一段散得满地。幸好绞盘旁的汉子都已走开，无人死伤。

殷吉问宝树道："大师，飞狐此举有何用意？"宝树道："那有什么难猜？他要咱们尽数饿死在这峰上。"殷吉道："咱们跟他无怨无仇。"宝树道："他可与此间的主人仇深似海。再说，铁盒在你们手里，那就是跟他结上了梁子。"殷吉道："飞狐也要这铁盒？"宝树道："可不是吗？"

众人一想到两个僮儿怪异的武功，心中都是一般的念头："僮儿已是这般了得，正主儿更不用说了。"默默跟着宝树回进大厅。

只见苗若兰已从内堂出来，说道："大师，那雪山飞狐要把咱们都困死在这儿？"宝树沉着脸道："正是。大伙儿坐上了一条船，得想个法儿下峰。"苗若兰道："那不用耽心，我爹爹日内就会上来，自能救咱们下去。"众人一想，金面佛苗人凤的女儿在此，他岂能袖手不顾？不由得顿感宽心。只有刘元鹤暗暗摇头，却也不便明言。

宝树道："苗大侠虽然武功盖世，但这雪峰几百丈高，一时之间怎能上来？"苗若兰道："既有人能上来建了庄子，我爹爹怎会上不来？"宝树道："夏天峰上冰融雪消，上来不难。这时候正当严寒，要待雪消，少说也得三个月。管家，这山上贮备了几个月粮食？”于管家道：“下山采购粮食的管家预计后日能回。此间所贮粮食本来还可用得二十多天，现下添了各位宾客与苗小姐带来的仆妇使女，算来只有十日之粮了。”

众人脸上变色，默然不语，心中都在咒骂雪山飞狐歹毒。

曹云奇忽道：“咱们慢慢从山峰上溜下去……”只说了半句话，便知不妥，忙即住口。这山峰陡峭无比，只怕溜不到两三丈，立时便摔下去了。旁人一齐瞧着他，均想：“这人草包之极。”曹云奇见了各人眼色，不由得胀红了脸。

苗若兰道：“若是大家终于不免饿死，也得知道个缘由。大师，到底雪山飞狐跟咱们有何仇冤？他有什么本事，叫此间主人这生忌惮？这铁盒又有什么干系？”

这一问代众人说出了心头之话。群豪舍命争夺铁盒，有人还因此丧生，可是除了知道盒中藏有重宝之外，没一个说得出原委，当下一齐望着宝树，盼他解释。

宝树道：“好，事已至此，急也无用。大家开诚布公说个明白，齐心合力，也许能想得出下山的法子。若是自相火并残杀，只有死得更快，正好中了飞狐的奸计。”群豪轰然称是，团团坐下。

此时山上寒气渐增，于管家命人在炉中加柴添火。各人静听宝树说话。

宝树端起盖碗，喝了一口茶，先赞声：“好茶！”这才说道：“此事当真说来话长。咱们先看看盒中的宝刀可好？”众人齐声叫好。宝树将铁盒递给曹云奇，说道：“阁下是天龙北宗掌门，请打开给大家瞧瞧。”

曹云奇想起陶子安曾从盒中射出短箭，伤人性命，只怕盒内更藏有什么暗器，双手将盒子接过，却不敢去揭盒盖。宝树笑嘻嘻的瞧着他，一语不发。

众人见盒上生满了铁锈，斑斓驳杂，腐蚀凹凹凸凸，显是百年以上的古物，却也不见有何异处。

曹云奇心想：“我若不敢动手开盒，岂不教陶子安这贼小觑了。”一咬牙，伸右手去揭盒盖。哪知一揭之下，盒盖纹丝不动，凝目察看，盒上并无锁孔钮绊，不知何以竟揭它不开，当下双手加劲，那铁盒宛似用一块整铁铸成，全无动静。

田青文见他胀得满脸通红，知道盒中必有机括，如此蛮开硬揭非但无用，只怕反而受伤，低声道：“周师哥，你来开吧。”周云阳神色迟疑，道：“我……我不知……”田青文从曹云奇手中接过铁盒，放在周云阳手中，柔声道：“我知道你会的。”周云阳向她瞪了一眼，将铁盒放在桌上，伸手摸着盒盖，不向上揭，却在四角挨次揿了三揿，然后伸拇指在盒底正中向上一按，拍的一声，盒盖弹了开来。

阮士中与曹云奇同时向他横了一眼，心中嘀咕：“你怎么会开启此盒？”立即转头望盒，只见盒中果有一柄短刀，套在鞘中。曹云奇“哦”的一声。这口宝刀，他当年曾见师父使过，曾削断过不少英雄豪杰的兵刃。

宝树伸手拿起短刀，指着刀鞘上刻着的一行字道：“众位请看。”只见那刀鞘生满铜绿铁锈，除了镶有一块红宝石外，只是平平无奇的一把旧刀，鞘身刻着两行字道：

杀一人如杀我父

淫一人如淫我母

这十四个字极为平易浅白，却自有一股豪意侠气，跃然而出。

宝树道：“各位可知这十四个字的来历么？”众人都道：“不知。”宝树道：“这是闯王李自成所遗下的军令。这一柄刀，就是李闯王当年指挥百万大军、转战千里的军刀。”

众人一听，一齐离席而起，望着宝树手中托着的这口短刀，心中将信将疑。此时距李闯王已有一百余年，可是在草莽群豪心中，闯王的声威仍是显赫无比。宝树道：“各位不信，请看此面。”说着将刀鞘翻了过来。只见这一边刻着“奉天倡义”四字。宝树道：“李闯王当年的称号，便叫做奉天倡义大元帅。”群豪这才信服。

宝树又道：“当年九十八寨响马、二十四家寨主结义起事，群推李自成为大元帅。他后来称为闯王，转战十余年，终于攻破北京，建大顺国号。崇祯皇帝迫得吊死煤山。若非汉奸吴三桂卖国，引清兵入关，这天下就是姓李的了。自古草莽英雄，从未有如闯王这般威风的。”他叹了一口气道：“唉，只可惜他刚成大事，转眼成空。崇祯十七年三月闯王破北京，四月出京迎战清兵，月底兵败西奔。这花花江山从此送进了满清鞑子的手里。”

刘元鹤向他瞪了一眼，心道：“这和尚好大胆，竟敢出此大逆不道之言。”宝树缓缓还刀入盒，说道：“闯王与吴三桂大战时中箭重伤，从北京退到山西、陕西，清兵和吴三桂一路追来，又退到河南、湖广，将士自相残杀，部属四散。后来退到武昌府通山县九宫山，敌兵重重围困，几次冲杀不出，终于英雄到了末路。”

苗若兰望着盒中军刀，想像闯王当年的英烈雄风，不禁神往，待想到他兵败身死，又自黯然。

宝树道：“闯王身边有四名卫士，个个武艺高强，一直赤胆忠心的保他。这四名卫士一个姓胡，一个姓苗，一个姓范，一个姓田，军中称为胡苗范田。”

殷吉、田青文等一听到“胡苗范田”四字，已知这四名卫士必与今日之事有重大关连。田青文斜眼望了苗若兰一眼，只见她拿着一根拨火棒轻轻拨着炉中炭火，兀自出神，她白玉般的脸颊被火光一映，微现红晕。

宝树抬头望着屋顶，说道：“这四大卫士跟着闯王出死入生，不知经历过多少艰险，也不知救过闯王多少次性命。闯王自将他们待作心腹。这四人之中，又以那姓胡的武功最强，人最能干，闯王军中称他为‘飞天狐狸’！”众人听到这里，都是“哦”的一声。

宝树继续说他的故事：“闯王被围在九宫山上，危急万分，眼见派出去求援的使者一到山脚，就被敌军截住杀死，只得派姓苗、姓范、姓田三名卫士黑夜里冲出去求救。姓胡的留下保护闯王。不料等到苗范田三名卫士领得援军前来救驾，闯王却已被害身死了。

“三名卫士大哭一场，那姓范的当场就要自刎殉主。但另外两名卫士说道，该当先报这血海深仇。三人在九宫山四下里打听闯王殉难的详情，那姓胡的卫士似乎尚在人间。三人心想此人武艺盖世，足智多谋，若得有他主持，闯王大仇可报。当下分头探访他的下落。

“武林中故老相传，只因这番找寻，生出一场轩然大波来。苗范田三人日后将当时情景，都详详细细说给了自己的儿子知道，并立下家规，每一代都须将这番话传给后嗣，好教苗范田三家子孙，世世代代不忘此事。”

宝树说到这里，眼望苗若兰，说道：“老和尚是外人，只知道个大略。苗姑娘若肯给我们说说，定然详细得多。”众人心中均想：“原来苗人凤父女便是这姓苗卫士的后代。”

苗若兰眼望火盆，说道：“在我七岁那一年，有一晚见爹爹磨洗长剑。我说我怕刀剑，要爹爹收起了别玩。爹说这柄剑还得杀一个人，才能收起永远不用。我搂住他头颈，求他不要杀人，他就跟我说了一个故事。

“他说许多许多年以前，老百姓都穷得没饭吃、没衣穿，大家只好吃树皮草根。连树皮草根也吃完了，只好吃泥巴，很多人都饿死了。做妈妈的没饭吃，生不出奶，许多小孩子也都在妈妈怀里饿死了。可是官府还是要向老百姓征粮，财主还要向穷人追租催债。老百姓拿不出，又有许多人给官府杀了，给财主捉去关起来。爹爹教我唱了一个歌儿，说是那时候一位文武双全的公子作的。要不要我念出来啊?”

众人齐声道：“请姑娘念。”宝树听她说“文武双全的公子”七字，知道必是李自成手下的大将李岩，只听她念道：

“年来蝗旱苦频仍，嚼啮禾苗岁不登。米价升腾增数倍，黎民处处不聊生。草根木叶权充腹，儿女呱呱相向哭。釜甑尘飞爨绝烟，数日难求一餐粥。官府征粮纵虎差，豪家索债如狼豺。可怜残喘存呼吸，魂魄先归泉壤埋。骷髅遍地积如山，业重难过饥饿关。

能不教人数行泪？泪洒还成点血斑。”

此时正当乾隆中叶，虽称太平盛世，可是每年水灾旱灾，老百姓日子也不好过。众人听她一字一句，念得字正腔圆，声音中充满了凄楚之情，想起在江湖上的所见所闻，都不禁耸然动容。

苗若兰道：“我爹爹说，到后来老百姓实在再也捱不下去了，终于有一位大英雄出来，领着他们打到北京。但可惜这位英雄做了皇帝之后，处事不当，也没有善待百姓，手下的众将军，反而去害百姓，抢百姓的东西，于是老百姓又不服那英雄了。他以为老百姓的心都向着那位作歌儿的公子，便将那公子杀了。这样一来，他手下的人都乱了起来。这位大英雄没多久就给奸人害死。”说到这里，长长叹了口气，过了一会，才道：“他手下的三名卫士去找寻另一个卫士，要他出个主意，给这位大英雄报仇。

“这时候异族人来做了皇帝，到处捉拿那位大英雄的朋友。这三个卫士没法安身，只得乔装改扮。一个扮成卖药的江湖郎中，一个扮成叫化子，另一个力气最大，就扮成了脚夫。他们和那第四个卫士是结义兄弟，数十年来同甘共苦，真比亲兄弟还要好。他们时时刻刻想念他。可是找了七八年，竟没半点音讯，想来他定是在保护那位大英雄的时候战死了，三个人都是十分伤心。”

众人听她说话的语气声调，就似是给小孩子讲故事一般，料是学着当年父亲的口吻，均想：素闻金面佛外号中虽有个“佛”字，为人却是嫉恶如仇，出手狠辣，可是对女儿却是这般温柔慈爱。只听她道：“再过几年，他们决定不再寻访这位义兄了。三人一商量，都说害死大英雄的那个汉奸现在封了王，在云南享福，决意去刺死他，好替大英雄和义兄报仇。于是三个人动身到云南去。”

刘元鹤、熊元献师兄弟对望了一眼，心知她所说的汉奸，就是爵封平西亲王的吴三桂。

苗若兰又道：“三人到了昆明，在大汉奸的居所前后探访明白。三月初五那天晚上，三人带了兵刃暗器，越墙进去。那大汉奸防备得十分周密，三个人刚进去，就给卫士发觉了。那三人武艺高强，一动手，二十多个卫士或死或伤，阻挡不住，被他们冲进了卧室。眼见那大汉奸逃走不了，哪知旁边突然闪出一人，挡在大汉奸面前。三人一看，不禁大吃一惊，原来这人就是他们寻访了多年的义兄。这人武功比他们高，保护着大汉奸，不许三人杀他。三个人又惊又怒，和他动起手来。不久外面又涌进数十名卫士，三人寡不敌众，只得逃走。脚夫公公却失手被擒。

“大汉奸亲自审问。脚夫公公破口大骂，骂他将汉人江山送给了鞑子。大汉奸打折了他双腿，关在牢里。那个义兄大概想想不好意思，偷偷到牢中放了他出去。脚夫公公与郎中公公、化子公公会面后，三个人抱头痛哭，真想不到这个结义兄长居然会变节投敌。三人暗中再一打听，竟查出一件更加叫人痛恨万分的事来，原来当日三人从九宫山冲出去求救，那义兄等了几天不见援兵，竟亲手将大英雄害死，向敌人投降。满清皇帝封了他一个大官，眼下已在那大汉奸手下做到提督。”

众人听到这里，脸上一齐变色。他们都曾听说闯王是在九宫山为人所害，有的说是老百姓杀的，有的说是官军杀的，却不知凶手竟是他的心腹卫士。

苗若兰叹了一口气，说道：“三个人访查确实，决意去跟他算账。只是三人本就难以胜他，现下脚夫公公受了伤，更加不是敌手。正在踌躇，忽然那义兄派人送来一封信，约三人三月十五晚间在滇池饮酒。

“三人知他必有诡计，但想他对三人的住处动静知道得清清楚楚，在此处他大权在握，要避也避不了。事已至此，就是龙潭虎穴，也只好去闯。到了那日，三人身上暗带兵刃，到滇池边赴约。只见他早在那里等候，孤身一人，并没带亲随卫兵，穿的也是一身粗布青衣，就和当年四人同在军中时所穿的一样。四人在小酒店里买了些熟肉、烧鸡、馒头，打了十几斤白酒，上船到滇池中赏月饮食。

“四人一面喝酒，一面说些从前同在军中的豪事胜概。那三人见他绝口不提那位大英雄的名字，也就忍着不说。但见他一大碗一大碗的喝酒，眼见月至中天，他仰天叫道：‘三位兄弟，咱们久别重逢，我今日好欢喜啊！’”

这样一句豪气奔放的话，从一个温柔文雅的少女口中说出来，未免显得不伦不类，可是众人为故事中外弛内张的情势所慑，皆未在意。

只听她又道：“那位扮成郎中的公公再也忍耐不住，冷笑道：‘你做了大官，身享荣华富贵，自然欢喜。只不知元帅爷现下心中如何？’那位大英雄后来做了皇帝，不过四个卫士一直叫他作元帅爷。

“那义兄叹了口气道：‘唉，元帅爷定然寂寞得紧。待此间大事一了，我就指点三位兄弟去拜见元帅爷。’

“三人一听，个个怒气冲天，心道：‘好哇，你还想杀我们三人，叫我们去阴曹地府和元帅爷相会。’脚夫公公伸手入怀，就要去摸刀子。郎中公公向他使个眼色，提起酒壶向义兄斟了杯酒，说道：‘那日九宫山头别后，元帅爷到底怎样了？’那义兄双眉一扬，说道：‘今日约三位兄弟来，就是要说这回事。’叫化公公忽然伸手向他背后一指，叫道：‘咦，是谁来了？’

“那义兄转头去看，叫化公公与郎中公公双刀齐出，一刀砍断了他的右臂，一刀斩在他背心，深入数寸。那义兄大叫一声，回过头来，左臂连伸，已将两人刀子夺下，抛入了滇池，手掌一探，已抓住了郎中公公的胸口穴道，脸色苍白，喝道：‘咱四人义结金兰，干么……干么施暗算伤我？’郎中公公被他这一抓，登时动弹不得。脚夫公公挺刀叫道：‘你害死元帅爷，卖主求荣，还有脸提到义气两字？’

“那义兄飞起一脚，将他手中刀子踢去，大笑道：‘好，好！有义气，有义气。’三人见他一臂被斩，身受重伤，竟然还是如此神勇，不禁都惊得呆了。那义兄笑声甫毕，忽然流下泪来，说道：‘可惜，可惜我大事不成！’随即放松了郎中公公。叫化公公怕他再施毒手，猛出一拳，正中他的胸膛。这一拳使的是重手法，力道惊人，那义兄‘哇’的一声，喷出一口鲜血，忽地提起左掌，击在船舷之上，只击得木屑纷飞，船舷缺了一块。他苦笑道：‘我虽受重伤，要杀你们，仍是易如反掌。但你们是我好兄弟，我怎舍得啊！’

“那三人一齐退在船梢，并肩而立，防他暴起伤人。那义兄叹道：‘今日之事，千万不可泄漏。若是给我儿子知道，你们三个不是他的对手。我当自刎而死，以免你们负个戕害义兄的恶名。’说着抽出单刀，在颈中一割，一交俯跌下去。脚夫公公心中不忍，抢上去扶住，叫道：‘大哥！’那义兄道：‘好兄弟，做哥哥的去了。元帅爷的军刀大有干系，他……老人家是在石门峡……’这句话没说完，咽喉流血，死在船中。

“三人望着他的尸身，又是难过，又是痛快，只见他用来自刎的那柄刀上刻着十四个字，认得就是那位大英雄的军刀了。”

众人听到此处，眼光一齐转过去望着宝树手中的那柄短刀。刘元鹤忽然摇头道：“我不信。”陶百岁怒喝：“你知道什么？”刘元鹤道：“那李自成流血千里，杀人如麻，怎会下这十四字军令？”众人一怔，不知所对。

于管家忽然接口道：“闯王杀人如麻，是谁见来？”刘元鹤道：“人人都这般说，难道是假？”于管家道：“你们居官之人，自然说他胡乱杀人。其实闯王杀的只是贪官污吏、土豪劣绅。这些本就算不得是人。‘杀一人如杀我父’之令，是不许部属妄杀一个好人，这话一点儿也不错。”

刘元鹤欲待再辩，但见他英气逼人，顿然住口不说。熊元献意欲打开僵局，道：“苗姑娘，后来怎样？请你说下去。”

苗若兰道：“脚夫公公说道：‘他说元帅爷在石门峡，那是什么意思？’郎中公公道：‘难道他说元帅爷葬在石门峡？’叫化公公摇头道：‘这人奸恶之极，临死还要骗人。’原来大英雄死后，汉奸将他的遗体送到北京去领赏。皇帝将大英雄的首级挂在城门上号令示众。三名卫士冒了奇险，将首级盗来，早已葬在一个险峻万分、人迹不到的所在。那义兄说他在石门峡，三人自然不信。

“三人杀了义兄后，又去行刺那大汉奸，但大汉奸防范周密，数次行刺都不成功，而他们大义杀兄的事，却在江湖上传开来了。武林中的英雄好汉听到，都翘起大拇指，赞一声：‘杀得好！’消息传到了那义兄的家乡，他儿子十分悲伤，就赶到昆明来替父亲报仇。”

陶百岁接口道：“那做儿子的这就不是了。虽然说父仇不共戴天，但他父亲做了奸恶之事，人人得而诛之，这仇不报也罢。”

苗若兰道：“我爹当时也这样说，可是那儿子的想法却大大不同。他到了昆明，不久就在一座破庙之中找到三人，动起手来。这儿子武功得到父亲真传，那三人果然不是对手，斗了不到半个时辰，三人被他一一打倒。

“那儿子道：‘三位叔叔，我爹爹忍耻负辱，甘愿负一个卖主求荣的恶名，你们怎懂得其中深意？瞧着你们和我爹爹结义一场，今日饶了你们性命。快快回家去料理后事，明年三月十五是我爹爹死忌，我当来登门拜访。’他说了这番话后，夺了那大英雄的军刀，扬长而去。

“这时已是隆冬，那三人当即北上，将三家家属聚在一起，详详细细的将当日舟中喋血之事说了。大家都道：‘他害死大英雄，保护大汉奸，自己又做异族人手下的大官，还能有什么深意？他儿子强辞狡辩，说出话来没人能信。’江湖朋友得到讯息，纷纷赶来仗义相助。

“到了三月十五那天晚上，那儿子果然孤身赶到。”

众人眼望苗若兰，等她继续述说，却见小丫头琴儿走将过来，手里捧了一个套着锦缎套子的白铜小火炉，放在她的怀里。

苗若兰低声道：“去点一盘香。”琴儿答应了，不一会捧来一个白玉香炉，放在她身旁几上。只见一缕青烟，从香炉顶上雕着的凤凰嘴中袅袅吐出，众人随即闻到淡淡幽香，似兰非兰，似麝非麝，闻着甚是舒泰。

苗若兰道："我独自个在房，点这素馨。这里人多，怎么又点这个？"琴儿笑道："我当真胡涂啦。"捧起香炉，去换了一盘香出来。苗若兰道："这里风从北来，北边虽然没窗，但山顶风大，总有些风儿漏进来。你瞧这香炉放对了么？"琴儿一笑，将小几端到西北角放下，又给小姐泡了一碗茶，这才走开。

众人都想："金面佛苗人凤身为一代大侠，却把个女儿娇纵成这般模样。"只见她慢慢拿起盖碗，揭开盖子，瞧了瞧碗中的茶叶与玫瑰花，轻轻啜了一口，缓缓放下，众人只道她要说故事了，哪知道她却说："我有些儿头痛，要进去休息一会。诸位伯伯叔叔请宽坐。"说着站起身来，入内去了。

众人相顾哑然。曹云奇第一个忍耐不住，正要发作，田青文向他使个眼色。曹云奇话到口边，又咽了下去。苗若兰进去不久，随即出来，只见她换了一件淡绿皮袄，一条鹅黄色百褶裙，脸上洗去了初上山时的脂粉，更显得淡雅宜人，风致天然。原来她并非当真头痛，却是去换衣洗脸。琴儿跟随在后，拿了一个银狐垫子放在椅上。苗若兰慢慢坐下，这才启朱唇、发皓齿，缓缓说道："这天晚上，郎中公公家里大开筵席，请了一百多位江湖上成名的英雄豪杰，静候那义兄的儿子到来。等到初更时分，只听得托的一声响，筵席前已多了一人。厅上好手甚多，却没一个瞧清楚他是怎么进来的。只见他约莫二十岁上下年纪，身穿粗布麻衣，头戴白帽，手里拿着一根哭丧棒，背上斜插单刀。他不理旁人，径向郎中、叫化、脚夫三位公公说道：'三位叔父，请借个僻静处所说话。'

"三位公公尚未答话，峨嵋派的一位前辈英雄叫道：'男子汉大丈夫，有话要说便说，何须鬼鬼祟祟？你父卖主求荣，我瞧你也非善类，定是欲施奸计。三位大哥，莫上了这小贼的当。'只听得拍拍拍、拍拍拍六声响，那人脸上吃了六记耳光，哇的一声，口吐鲜血，数十枚牙齿都撒在地下。

"席上群豪一齐站起，惊愕之下，大厅中百余人竟尔悄无声息，均想：此人身法怎地如此快法？那峨嵋派的名宿受此重创，吓得话也说不出口。那儿子纵上前去打人时群豪并未看清，退回原处时仍是一晃即回，这一瞬之间倏忽来去，竟似并未移动过身子。那三位公公与他父亲数十年同食共宿，知道这是他家传的'飞天神行'轻功绝技，只是他青出于蓝，似乎犹胜乃父。那儿子道：'三位叔叔，若是我要相害，在昆明古庙之中何必放手？现下我有几句要紧说话，旁人听了甚是不便。'

"三人一想不错。那郎中公公当下领他走进内堂的一间小房。大厅上百余位英雄好汉停杯相顾，侧耳倾听内堂动静。

"约莫过了一顿饭功夫，四人相偕出来。郎中公公向群雄作了个四方揖，说道：'多谢各位光临，足见江湖义气。'群雄正要还礼，却见他横刀在颈中一划，登时自刎而死。群雄大惊，待要抢上去救援，却见叫化公公与脚夫公公抢过刀来，先后自刎。这个奇变来得突然之极，群雄中虽有不少高手，却没一个来得及阻拦。

"那义兄的儿子跪下来向三具尸体拜了几拜，拾起三人用以自刎的短刀，一跃上屋。群雄大叫：'莫走了奸贼！'纷纷上屋追赶，那人早已不见了踪影。

"三位公公的子女抱着父亲的尸身，放声大哭。群雄探询三人家属奴仆，竟没一个得知这四人在密室中说些什么，更不知那儿子施了什么奸计，逼得三人当众自杀。群雄见三位英雄尸横当地，个个气愤填膺，立誓要替三人报仇。

"只是那儿子从此消声匿迹，不知躲到了何处。三位公公的子女由群雄抚养成人。群雄怜他们的父亲仗义报主，却落得惨遭横祸，是以无不用心抚育教导。三家子女本已从父亲学过家传武功，有了根基，再得明师指点，到后来融会贯通，各自卓然成家。"她说到这里，轻轻叹了口气，喟然道："他们武功越强，报仇之心愈切。练了武功到底对人是祸是福，我可实在想不明白。"

宝树见她望着炉火只是出神，众人却急欲听下文，于是接口道："苗姑娘这故事说得极是动听。她虽不提名道姓，各位自然也都知道，故事中的义兄，是闯王第一卫士姓胡的飞天狐狸，那脚夫公公姓苗，化子公公姓范，郎中公公姓田。三家后人学得绝技后各树一帜，苗家武功称为苗家剑，姓范的成为兴汉丐帮中的头脑，姓田的到后来建立了天龙门。”

阮士中、殷吉等虽是天龙前辈，但本门的来历却到此刻方知，不由得暗自惭愧。

宝树又道：“这苗范田三家后代，二十余年后终于找到了那姓胡的儿子。那时他正身患重病，当被三家逼得自杀。从此四家后人辗转报复，百余年来，没一家的子孙能得善终。我自己就亲眼见过这四家后人一场惊心动魄的恶斗。”

苗若兰抬起头来，望着宝树道：“大师，这故事我知道，你别说了。”宝树道：“这些朋友们却不知道，你说给大伙儿听吧。”苗若兰摇头道：“那一年爹爹跟我说了这四位公公的故事之后，接着又说了一个故事。他说为了这件事，他迫得还要杀一个人，须得磨利那柄剑。只是这故事太悲惨了，我一想起心里就难受，真愿我从来没听爹说过。”她沉默了半晌，道：“这件事发生的时候，还在我出世之前的十年。不知那个可怜的孩子怎样了，我真盼望他好好的活着。”

众人面面相觑，不知她所说的“可怜孩子”是什么人，又怎与眼前之事有关？众人望望苗若兰，又望望宝树，静待两人之中有谁来解开这个疑团。

忽然之间，站在一旁侍候茶水的一个仆人说道：“小姐，你好心有好报。想来那个可怜的孩子定是好好的活着。”他话声甚是嘶哑。众人一齐转头望去，只见他白发萧索，年纪已老，缺了一条右臂，用左手托着茶盘，一条粗大的刀疤从右眉起斜过鼻子，一直延到左边嘴角。众人心想：“此人受此重伤，居然还能挨了下来，实是不易。”

苗若兰叹道：“我听了爹爹讲的故事之后，常常暗中祝告，求老天爷保佑这孩子长大成人。只是我盼望他不要学武，要像我这样，一点武艺也不会才好。”

众人一怔，都感奇怪：“瞧她这副文雅秀气的样儿，自是不会武艺，但她是‘打遍天下无敌手’金面佛苗大侠的爱女，难道她父亲竟不传授一两手绝技给她？”

苗若兰一见众人脸色，已知大家心意，说道：“我爹说道，百余年来，胡苗范田四家子孙怨怨相报，没一代能得善终。任他武艺如何高强，一生不是忙着去杀人报仇，就是防人前来报仇。一年之中，难得有几个月安乐饭吃，就算活到了七八十岁高龄，还是给仇家一刀杀死。练了武功非但不能防身，反足以致祸。所以我爹立下一条家训，自他以后，苗门的子孙不许学武。他也决不收一个弟子。我爹说道：纵然他将来给仇人杀了，苗家子弟不会武艺，自然无法为他报仇。那么这百余年来愈积愈重的血债，愈来愈是纠缠不清的冤孽，或许就可一笔勾销了。”宝树合什道：“善哉，善哉！苗大侠能如此大彻大悟，甘愿让盖世无双的苗家剑剑法自他而绝，虽是武林的大损失，却也是一件大大善事。”

苗若兰见那脸有刀疤的仆人目中发出异光，心中微感奇怪，向宝树道：“我进去歇歇，大师跟各位伯伯叔叔，失陪了。”说着敛衽行礼，进了内堂。

宝树道：“苗姑娘心地仁善，不忍再听此事。她既有意避开，老衲就跟各位说说。”

这一日自清晨起到此刻，只不过几个时辰，日未过午，但各人已经历了许多怪异之事，心中存了不少疑团，都是急欲明白真相。

只听宝树说道：“自从闯王的四大卫士相互仇杀以后，四家子孙百余年来斫杀不休。只是那姓胡的卖主求荣，为武林同道所共弃，所以每次大争斗，胡家子孙势孤，十九落在下风。可是胡家的家传武功当真厉害无比，每隔三四十年，胡家定有一两个杰出的子弟出来为上代报仇，不论是胜是败，总是掀起了满天腥风血雨。

“苗范田三家虽然人众力强、得道多助，但胡家常在暗中忽施袭击，令人防不胜防。雍正初年，苗范田三家为了争夺掌管闯王的军刀，起了争执。偏巧胡家又出了一对武功极高的兄弟，一口气伤了三家十多人。三家急了，由田家出面，邀请江湖好手，才齐心合力杀了胡氏兄弟。这一年大江南北的英雄豪杰聚会洛阳，结盟立誓，从此闯王军刀由天龙门田氏执掌，若是胡家后人再来寻衅生事，由天龙田氏拿这口军刀号召江湖好汉，共同对付。天下英雄只要见到军刀，不论身有天大的要事，都得搁下了应召赴义。

“这件事过得久了，后人也渐渐淡忘了。只是天龙门掌门对这口宝刀始终十分重视。听说天龙门后来分为南宗北宗，两宗每隔十年，轮流掌管。阮师兄、殷师兄，我说得可对么？”

阮士中和殷吉齐声道：“大师说的不错。”

宝树笑了笑道：“事隔多年，天龙门门下虽然都知这刀是本门的镇门之宝，但此刀到底来历如何，却已极少有人考究。时日久了，原也难怪。只是和尚有一事不明，却要请教曹兄。”曹云奇大声道：“什么事？”宝树道：“老衲曾听人说过，天龙门新旧掌门交替之时，老掌门必将此刀来历说与新掌门知晓。怎地曹兄荣为掌门，竟然不知？难道田归农田老掌门忘了这一条门规么？”

曹云奇胀红了脸，待要说话，田青文接口道：“寒门不幸，先父突然去世，来不及跟曹师哥详言。”宝树道：“这就是了。唉，此刀我已第二次瞧见。首次见到之时，屈指算来已是二十七年之前的事了。”田青文心道：“苗姑娘约莫十七八岁年纪，她说那场惨事发生在她出世之前十年，正是二十七年之前。那么这和尚见到此刀，看来会与苗姑娘所说的事有关。”

胡夫人向金面佛凝望了几眼，叹了口气，对胡一刀道："大哥，并世豪杰之中，除了这位苗大侠，当真再无第二人是你敌手。他对你推心置腹，这副气概，天下就只你们两人。"

四

只听宝树说道："那时老衲尚未出家，在直隶沧州乡下的一个小镇上行医为生。沧州民风好武，少年子弟大都学过三拳两脚。老衲做的是跌打医生，也学过一点武艺。那小镇地处偏僻，只五六百居民。老衲靠一点儿医道勉强糊口，自然养不起家，说不上娶妻生子。

"那一年腊月，老衲喝了三碗冷面汤睡了，正在做梦发了大财，他妈的要娶个美貌老婆，忽听得嘭嘭嘭一阵响，有人用力打门。

"屋子外北风刮得正紧，我炕里早熄了火，被子又薄，实在不想起来，好梦给人惊醒了，更是没好气。但敲门声越来越响，有人大叫：'大夫，大夫！'那人是关西口音，不是本地人，再不开门，瞧来就要破门而入。我不知出了什么事，忙披衣起来，刚拔开门闩，砰的一响，大门就给人用力推开，若不是我闪得快，额角准教给大门撞起一个老大瘤子。只见火光一晃，一条汉子手执火把，撞了进来，叫道：'大夫，请你快去。'

"我道：'什么事？老兄是谁？'那人道：'有人生了急病！'他不答我第二句话，左手一挥，当的一响，在桌上丢了一锭大银。这锭银子足足有二十两重，我在乡下给人医病，总是几十文几百文的医金，哪里见过一出手就是二十两一只大元宝的？心中又惊又喜，忙收了银子，穿衣着鞋。那汉子不住口的催促。我一面穿衣，一面瞧他相貌，但见他神情粗豪，一副会家子的模样，只是脸带忧色。

“他不等我扣好衣钮，一手替我挽了药箱，一手拉了我手就走。我道：‘待我掩上了门。’他道：‘给偷了什么，都赔你的。’拉着我急步而行，走进了平安客店。那是镇上只此一家的客店，专供来往北京的驴夫脚夫住宿，地方虽不算小，可是又黑又脏。我想此人恁地豪富，怎能在这般地方歇足？念头尚未转完，他已拉着我走进店堂。大堂上烛火点得明晃晃地，坐着四五个汉子。拉着我手的那人叫道：‘大夫来啦！’各人脸现喜色，拥着我走进东厢房。

“我一进门，不由得吓了一跳，只见炕上并排躺着四个人，都是满身血污。我叫那汉子拿烛火移近细看，见那四人都受了重伤，有的脸上受到刀砍，有的手臂被斩去一截。我问道：‘怎么伤成这样子？给强人害的么？’那汉子厉声道：‘你快给治伤，另有重谢。可不许多管闲事，乱说乱问。’我心道：‘好家伙，这么凶！’但见他们个个狠霸霸的，身上又各带兵刃，不敢再问，替四人上了金创药，止血包扎定当。

“那汉子道：‘这边还有。’领我走到西厢，炕上也有三个受伤的躺着，身上也都是兵刃的新伤。我给上药止了血，又给他们服些宁神减疼的汤药。七个人先后都睡着了。

“那几个汉子见我用药有效，对我就客气些了，不再像初时那般凶狠。他们叫店伴在东厢房用门板给我搭一张床，以防伤势如有变化，随时可以医治。

“睡到鸡鸣时分，门外马蹄声响，奔到店前，那一批汉子一齐出去迎接。我装睡偷看，只见进来了两人，一个叫化子打扮，双目炯炯有神，另一个面目清秀，年纪不大。这两人走到炕边察看伤者。受伤的人忙忍痛坐起，对两人极是恭敬。我听他们叫那化子为范帮主，叫那青年为田相公。”

他说到这里，顿了一顿，向田青文道：“我初见令尊的时候，姑娘还没出世呢。令尊为人是很精明的，那天早晨他那副果断干练的模样，今日犹在目前。”田青文眼圈儿一红，垂下了头。

宝树道：“没受伤的几个汉子之中，有一人低声说道：‘范帮主、田相公，张家兄弟从关外一路跟随这点子夫妻南来，查得确确实实，铁盒儿确是在点子身上。'”众人听到“铁盒儿”三字，相互望了一眼，都想：“说到正题啦。”

宝树道：“范帮主点了点头。那汉子又道：'咱们都候在唐官屯接应，派人给您两位和金面佛苗大侠送信。不料给那点子瞧破了。他一人拦在道上，说道：“我跟你们素不相识，一路跟着我作甚？你们是苗范田三家派来的是不是？”张大哥道：“你知道就好啦。”那点子脸一沉，夹手将张大哥的刀夺了去，折为两段，抛在地下，说道：“我不想多伤人命，快滚吧！”我们见点子手下厉害，一拥而上。张大哥却飞脚去踢他娘子的大肚子。那点子大怒，说道：“我本欲相饶，你们竟如此无礼！”抢了一把刀，一口气伤了我们七人。'

“田相公道：'他还说了些什么话？'那汉子道：'那点子本来还要伤人，他娘子在车中叫道：“算啦，给你没出世的孩子积积德吧！”那点子笑了笑，双手一拗，将那柄刀折断了。'田相公向范帮主望了一眼，问道：'你瞧清楚了？当真是用手折断的？'那汉子道：'是，小人当时正在他身旁，瞧得清清楚楚。'田相公嗯了一声，抬起了头出神。范帮主道：'贤弟不用耽心，苗大侠定能对付得了他。'

“那汉子道：'他到江南去，定要打从此处过。两位守在这里，管教他逃不了。'范田二人脸色郑重，一面低声商量，慢慢走了出去。

“我等他们出去后，这才假装醒来，起身给七个伤者换药。我心里想：'那点子不知是谁，他可是手下容情。这七人伤势虽重，却个个没伤到要害。'

“这天傍晚，大家正在厅上吃饭，一个汉子奔了进来，叫道：'来啦！'众人脸上变色，抛下筷子饭碗，抽出兵刃，抢了出去。我悄悄跟在后面，心中害怕，可也想瞧个热闹。

“只见大道上尘土飞扬，一辆大车远远驶来。范田二位率众迎了上去。我跟在最后。那大车驶到众人面前，就停住了。范帮主叫道：‘姓胡的，出来吧。’只听得车帘内一人说道：‘叫化儿来讨赏是不是？好，每个人施舍一文！’眼见黄光连闪，众人啊哟、啊哟的几声叫，先后摔倒。范田两位武功高，没摔倒，但手腕上还是各中了一枚金钱镖，一杖一剑，撒手落在地下。田相公叫道：‘范大哥，扯呼！’

“范帮主身手好生了得，弯腰拾起铁杖，如风般抢到倒在地下的几名汉子身旁，要给他们解开穴道。我学跌打之时，师父教过人身的三十六道大穴，所以范帮主伸手解穴，我也懂得一点儿。哪知他推拿按捏，忙个不了，倒在地下的人竟是丝毫不动。车中那人笑道：‘很好，一文钱不够，每人再赏一文。’又是十几枚铜钱一枚跟着一枚撒出来，每人穴道上中了一下，登时四肢活动，纷纷站起身来。

“田相公横剑护身，叫道：‘姓胡的，今日我们甘拜下风，你有种就别逃。’车中那人并不回答，但听得嗤的一声，一枚铜钱从车中激射而出，正打在他剑尖之上，铮的一响，那剑直飞出去，插在土中。田相公举起持剑的右手，虎口上流出血来。

“他见敌人如此厉害，脸色大变，手一挥，与范帮主率领众人奔回客店，背起七个伤者，上马向南驰去。田相公临去之时，又给了我二十两银子。我见他这等慷慨，确是位豪侠君子，心想：‘车中定是个穷凶极恶的歹徒，否则像田相公这样的好人，怎会和他结仇？’正要回家，只见那辆大车驶到了客店门口停下。我好奇心起，要瞧瞧那歹徒怎生模样，当下躲在柜台后面，望着车门。

“只见门帘掀开，车中出来一条大汉，这人生得当真凶恶，一张黑漆脸皮，满腮浓髯，头发却又不结辫子，蓬蓬松松的堆在头上。我一见他的模样，就吓了一跳，心想：‘你奶奶的，从哪里钻出来的恶鬼？’只想快些离开客店回家，但说也奇怪，两只眼睛望住了他，竟然不能避开。我心中暗骂：‘大白日见了鬼，莫非这人有妖法？’

“只听那人说道：‘劳驾，掌柜的，这儿哪里有医生？’掌柜的向我一指，说道：‘这个就是医生。’我双手乱摇，忙道：‘不，不……’那人笑道：‘别怕，我不会将你煮熟来吃了。’我道：‘我……我……’那人沉着脸道：‘若是要吃你，也只生吃。’我更加怕了，那人却哈哈大笑起来。我这才知道他原来是说笑，心想：‘你讲笑话，也得拣拣人，老子是给你消遣的么？’但想是这么想，嘴里却哪敢说出来？

“那人说道：‘掌柜的，给我两间干净的上房。我娘子要生产，快去找个稳婆来。’他眉头一皱，说道：‘路上惊动了胎气，只怕是难产。医生，请你别走开。’掌柜的听说要在他店里生产，弄脏屋子，自然老大不愿意，但见了他这副凶霸霸的模样，半句也不敢多说，可是镇上做稳婆的刘婆婆前几天死啦，掌柜的只得跟他说实话。那人模样更可怕了，摸出一锭大银，抛在桌上，道：‘掌柜的，劳你驾到别处去找一个，越快越好。’我心想：‘怎么这批人一出手都是二十两银子？’

“那恶鬼模样的人等掌柜安排好了房间，从车中扶下一个女人来。这女人全身裹在皮裘之中，只露出了一张脸蛋。这一男一女哪，打个比方，那就是貂蝉嫁给了张飞。我一见那女子如此美法，不禁又吓了一跳，心下琢磨：‘这定是一位官家的千金小姐，不知怎样被逼嫁给了这个恶鬼？是了，定是他抢来做押寨夫人的。’不知怎的，我起了个怪念头：‘这位夫人和田相公才是一对儿，说不定是这恶鬼抢了田相公的，他两人才结下仇怨。’

“没过中午，那位夫人就额头冒汗，哼哼唧唧的叫痛。那恶鬼焦急得很，要亲自去找稳婆，那夫人却又拉着他手，不许他走开。到未牌时分，小孩儿要出来，实在等不得了。那恶鬼要我接生，我自然不肯。你们想，我一个堂堂男子汉，给妇道人家接生怎么成？那是一千一万个晦气，这种事一做，这一生一世就注定倒足了霉。

“那恶鬼道：‘你接嘛，这里有二百两银子。不接嘛，那也由你。’他伸手一拍，将方桌的角儿拍下了一块。我想：‘性命要紧。

再说，这二百两银子，做十年跌打医生也赚不到，倒霉一次又有何妨？'当下给那夫人接下一个白白胖胖的小子。

"这小子哭得好响，脸上全是毛，眼睛睁得大大的，生下来就是一副凶相，倒真像他爹，日后长大了十九也是个歹人。

"那恶鬼很是开心，当真就捧给我十只二十两的大元宝。那夫人又给了我一锭黄金，总值得八九十两银子。那恶鬼又捧出一盘银子，客店中从掌柜到灶下烧火的，每人都送了十两。这一下大伙儿可就乐开啦。那恶鬼拉着大伙儿喝酒，连打杂的、扫地的小厮，都教上了桌。大家管他叫胡大爷。他说道：'我姓胡，生平只要遇到做坏事的，立时一刀杀了，所以名字叫作胡一刀。你们别大爷长大爷短的，我也是穷汉出身。打从恶霸那里抢了些钱财，算什么大爷？叫我胡大哥得啦！'

"我早知他不是好人，他果然自己说了出来。大伙不敢叫他'大哥'，他却逼着非叫不可。后来大伙儿酒喝多了，大了胆子，就跟他大哥长、大哥短起来。这一晚他不放我回家，要我陪他喝酒。喝到二更时分，别人都醉倒了，只有我酒量好，还陪着他一碗一碗的灌。他越喝兴致越高，进房去抱了儿子出来，用指头蘸了酒给他吮。这小子生下不到一天，吮着烈酒非但不哭，反而舐得津津有味，真是天生的酒鬼。

"就在那时，南边忽然传来马蹄声响，一共有二三十匹马，很快的奔近来，到了店门口就止住了。跟着就听得拍门声响。掌柜的早醉得胡涂啦，跌跌撞撞的去开门。门一打开，进来了二三十条汉子，个个身上带着兵刃。这些人在门口排成一列，默不作声。只有其中一人走上前来，在一张桌旁坐下，从背上解下一个黄布包袱，放在桌上。烛光下看得分明，包袱上用黑丝线绣着七个字：'打遍天下无敌手'。"

众人听到这里，都抬起头来，望了望厅中对联上"大言天下无敌手"和"苗人凤"等字。

宝树道："苗大侠这七字外号，直到现下，我还是觉得有点儿过于目中无人。那天晚上见到，自然十分惊讶。只见他身材极高极瘦，宛似一条竹篙，面皮蜡黄，满脸病容，一双破蒲扇般的大手，摊着放在桌上。我说他这对手像破蒲扇，因为手掌瘦得只剩下一根根骨头。我当时自然不知道他是谁，到后来才知是金面佛苗人凤苗大侠。

“那胡一刀自顾自逗弄孩子，竟似没瞧见这许多人进来。苗大侠也是一句话不说，自有他的从人斟上酒来。那几十个汉子瞪着眼睛瞧胡一刀。他却只管蘸酒给孩子吮。他蘸一滴酒，仰脖子喝一碗，爷儿俩竟是劝上了酒。

“我心中怦怦乱跳，只想快快离开这是非之地，可是又怎敢移动一步？那时候啊，只要谁稍稍动一动，几十把刀剑立时就砍将下来，就算不是对准了往我身上招呼，只须挨着一点边儿，那也非重伤不可。

“胡一刀和苗大侠闷声不响的，各自喝了十多碗酒，谁也不向谁瞧一眼。忽然房中夫人醒了，叫了声：‘大哥！’那孩子听到母亲声音，哇的一声，大哭起来。胡一刀手一颤，呛啷一声，酒碗落在地下，跌得粉碎。他脸色立变，抱着孩子站起身来。苗大侠‘嘿、嘿、嘿’的冷笑三声，转身出门。众人一齐跟出，片刻之间，马蹄声渐渐远去。我只道一场恶斗一定是难免的了，哪知道孩子这么一哭，苗大侠居然立刻就走。我和掌柜、伙计们面面相觑，摸不着半点头脑。

“胡一刀抱着孩子走进房去，那房间的板壁极薄，只听夫人问道：‘大哥，是谁来了啊？’胡一刀道：‘几个毛贼，你好好睡罢！别担心。’夫人叹了口气，低声道：‘不用骗我，是金面佛来啦。’胡一刀道：‘不是的，你别瞎疑心。’夫人道：‘那你干么说话声音发抖？你从来不是这样的。’

“胡一刀不语，隔了片刻说道：‘你猜到就算啦。我不会怕他的。’夫人道：‘大哥，你千万别为了我，为了孩子耽心。你心里一怕，就打他不过了。’胡一刀叹了口长气，道：‘也不知道为什么，我从来天不怕地不怕，今晚抱着孩子，见到金面佛进来，他把包袱往桌上一放，眼角向孩子一晃，我就全身出了一阵冷汗。妹子，你说得不错，我就是怕金面佛。’夫人道：‘你不是自己怕他，是怕他害我，怕他害咱们的孩子。’胡一刀道：‘听说金面佛行侠仗义，江湖上都叫他苗大侠，总不会害女人孩子吧？’他说这几句话时声音更加发颤，显是心里半分儿也拿不准。我听了这几句话，忽然可怜他起来，心想：‘这人脸上一副凶相，原来心里却害怕得紧。’

“只听夫人轻声道：‘大哥，你抱了孩子，回家去吧。等我养好身子，到关外寻你。’

“胡一刀道：‘唉，那怎么成？要死，咱俩也死在一块。’夫人叹道：‘早知如此，当年我不阻你南来跟金面佛挑战倒好。那时你心无牵挂，准能胜他。’胡一刀笑道：‘今日相逢，也未必就败在他手里。他那个“打遍天下无敌手”的黄包袱，只怕得换换主儿。’他虽然带笑而说，但声音总是发颤，即是隔了一道板壁，仍然听得出来。

“夫人忽道：‘大哥，你答应我一件事。’胡一刀道：‘什么？’夫人道：‘咱们把一切跟金面佛明说了，瞧他怎么说。他号称大侠，难道不讲道理？’

“胡一刀道：‘我在外面一边喝酒，一边心中琢磨，十几条可行的路子都细细想过了。你刚生下孩子，怎能出外？我自己去，一说就僵。倘若有个人能使，你的主意倒也行得。’夫人想了一会，道：‘那个医生倒挺能干的，口齿伶俐，不如烦他一行。’胡一刀道：‘此人贪财，未必可靠。’夫人道：‘咱们重重酬谢他就是。’哈哈，老和尚年轻之时，确是好酒贪财，说出来也不怕各位笑话，我一听‘重重酬谢’四字，早就打定了主意：‘就是水里火里，也要为他走一遭。’

“他们夫妻俩低声商量了几句，胡一刀就出来叫我进房，说道：‘明日一早，有人送信来。相烦你跟随他前去，送我的回信给金面佛苗大侠，就是刚才来喝酒的那位黄脸大爷。’我想此事何难，当下满口答应。

“次日大清早，果然一个汉子骑马送了一封信来给胡一刀。我听夫人念信，原来是苗大侠约他比武的，要他自择日子地方。胡一刀写了一封回信交给我。我向客店掌柜借了匹马，跟了那汉子前去。向南走了三十多里，那汉子领我进了一座大屋。苗大侠、范帮主、田相公都在里面，此外还有四五十人，男的女的、和尚道士都有。

“田相公看了那信，说道：‘不必另约日子了，我们明日准到。’我道：‘相公还有什么吩咐？’田相公道：‘你去跟胡一刀说，叫他先买定三口棺材，两口大的，一口小的，免得大爷们到头来破费。’我回到客店，把这几句话对胡一刀夫妇说了，心想他们必定破口大骂，哪知他们只对望了一眼，一言不发。两个人轮流抱着孩子，只管亲他疼他，好似自知死期已近，多一刻也是好的。

“这一晚我尽做噩梦，一会儿梦见胡一刀将苗大侠杀了，一会儿梦见苗大侠将胡一刀杀了，一会儿又梦见这两人把我杀了。睡到半夜，忽然给几下怪声吵醒，一听原来是隔壁房里胡一刀在哭泣。

“我好生奇怪，心想：‘瞧他也是个响当当的汉子，大丈夫死就死了，事到临头，还哭些什么？怎地如此脓包？’却听他呜咽着道：‘孩子，你生下三天，便成了没爹没娘的孤儿，将来有谁疼你？你饿了冷了，谁来管你？你受人欺侮，谁来帮你？’

“起初我还骂他脓包，听到后来，却不禁心里酸了，暗想：这么凶恶粗豪的一条猛汉子，对小孩儿竟然如此爱怜。他哭了一阵，他夫人忽道：‘大哥，你不用伤心。若是你当真命丧金面佛之手，我决定不死，好好将孩子带大就是。’胡一刀大喜，道：‘妹子，我最放心不下的就是这件事。若是我不幸死了，你怎能活着？现下你肯毅然挑起这副重担，我就没什么耽忧的了。哈哈，人生自古谁无死？跟这位天下第一高手痛痛快快的大打一场，那也是百年难逢的奇遇啊！’

“我听了这番话，觉得他真是个奇人，只听他大笑了一会，忽又叹气道：‘妹子，刀剑一割，颈中一痛，什么都完事啦。死是很容易的，你活着可就难了。我死了之后，无知无觉，你却要日日夜夜的伤心难过。唉，我心中真是舍不得你。’夫人道：‘我瞧着孩子，就如瞧着你一般。等他长大了，我叫他学你的样，什么贪官污吏、土豪恶霸，见了就是一刀。’胡一刀道：‘我生平的所作所为，你觉得都没有错？要孩子全学我的样？’夫人道：‘都没有错！要孩子全学你的样！’胡一刀道：‘好，不论我是死是活，这一生过得无愧天地。这只铁盒儿，等孩子过了十六岁生日时交给他。’

“我在门缝中悄悄张望，只见夫人抱着孩子，胡一刀从衣囊中取出一只铁盒来，那就是这一只盒子了。不过那时闯王的军刀却在天龙门田家手里，并非放在盒中。

“那么盒中放的是什么呢？你们定然要问。当时我心中也是老大个疑窦。可是胡一刀不打开盒子，我自然也没法看到。

“他交代了这些话后，心中无牵无挂，倒头便睡，片刻间鼾声大作。这打鼾声就如雷鸣一般。我知道没什么听的了，想合眼睡觉，但隔壁那鼾声实在响得厉害，吵得我怎能睡得着？我心里想，这位少年夫人千娇百媚，如花如玉，却嫁了胡一刀这么个又粗鲁又丑陋的汉子，这本已奇了，居然还死心塌地的敬他爱他，那更是教人说什么也想不通。

“第二日天没亮，夫人出房来吩咐店伴，宰一口猪一口羊，又要杀鸡杀鸭，她亲自下厨去做菜。我劝道：‘你生孩子没过三朝，劳碌不得，否则日后腰酸背痛，麻烦可多着了。’她笑了笑道：‘眼前的麻烦已够多了，还管日后呢？’胡一刀见她累得辛苦，也劝她歇歇。夫人也只是朝他笑笑，自顾自做菜。胡一刀笑道：‘好，再吃一次你的妙手烹调，死而无憾。’我这才明白，原来她知夫妻死别在即，无论如何，要再做一次菜给丈夫吃。

“到天色大亮，夫人已做好了二三十个菜，放满了一桌。胡一刀叫店伴打来几十斤酒，放怀大喝。夫人抱着孩子坐在他身旁，给他斟酒布菜，脸上竟自带着笑容。

“胡一刀一口气喝了七八碗白干，用手抓了几块羊肉入口，只听得门外马蹄声响，渐渐驰近。胡一刀与夫人对望一眼，笑了一笑，脸上神色都显得实是难舍难分。胡一刀道：‘你进房去吧。等孩子大了，你记得跟他说：“爸爸叫他心肠狠些硬些。”就是这么一句话。’夫人点了点头，道：‘让我瞧瞧金面佛是什么模样。’

“过不多时，马蹄声在门外停住，金面佛、范帮主、田相公又带了那几十个人进来。胡一刀头也不抬，说道：‘吃罢！’金面佛道：‘好！’坐在他的对面，端起碗就要喝酒。田相公忙伸手拦住，说道：‘苗大侠，须防酒肉之中有甚古怪。’金面佛道：‘素闻胡一刀是铁铮铮的汉子，行事光明磊落，岂能暗算害我？’举起碗一仰脖子，一口喝干，夹块鸡肉吃了，他吃菜的模样可比胡一刀斯文得多了。

“夫人向金面佛凝望了几眼，叹了口气，对胡一刀道：‘大哥，并世豪杰之中，除了这位苗大侠，当真再无第二人是你敌手。他对你推心置腹，这副气概，天下就只你们两人。’胡一刀哈哈笑道：‘妹子，你是女中丈夫，你也算得上一个。’夫人向金面佛道：‘苗大侠，你是男儿汉大丈夫，果真名不虚传。我丈夫若是死在你手里，不算枉了。你若是给我丈夫杀了，也不害你一世英名。来，我敬你一碗。’说着斟了两碗酒，自己先喝了一碗。

“金面佛似乎不爱说话，只双眉一扬，又说道：‘好！’接过酒碗。范帮主一直在旁沉着脸，这时抢上一步，叫道：‘苗大侠，须防最毒妇人心。’金面佛眉头一皱，不去理他，自行将酒喝了。夫人抱着孩子，站起身来，说道：‘苗大侠，你有什么放不下之事，先跟我说。否则若你一个失手，给我丈夫杀了，你这些朋友，嘿嘿，未必能给你办什么事。’

“金面佛微一沉吟，说道：‘四年之前，我有事去了岭南，家中却来了一人，自称是山东武定县的商剑鸣。’夫人道：‘嗯，此人是威震河朔王维扬的弟子，八卦门中好手，八卦掌与八卦刀都很了得。’金面佛道：‘不错。他听说我有个外号叫作“打遍天下无敌手”，心中不服，找上门来比武。偏巧我不在家，他和我兄弟三言两语，动起手来，竟下杀手，将我两个兄弟、一个妹子，全用重手震死。比武有输有赢，我弟妹学艺不精，死在他的手里，那也罢了，哪知他还将我那不会武艺的弟妇也一掌打死。’夫人道：‘此人好横。你就该去找他啊。’金面佛道：‘我两个兄弟武功不弱，商剑鸣既有此手段，自是劲敌。想我苗家与胡家累世深仇，胡一刀之事未了，不该冒险轻生，是以四年来一直没上山东武定去。’夫人道：‘这件事交给我们就是。’金面佛点点头，站起身来，抽出佩剑，说道：‘胡一刀，来吧。’

“胡一刀只顾吃肉，却不理他。夫人道：‘苗大侠，我丈夫武功虽强，也未必一定能胜你。’金面佛道：‘啊，我忘了。胡一刀，你心中有什么放不下之事？’胡一刀抹抹嘴，站起身来，说道：‘你若杀了我，这孩子日后必定找你报仇。你好好照顾他吧。’我心里想：‘常言道：斩草除根。金面佛若将胡一刀杀了，哪肯放过他妻儿？他居然还怕金面佛忘记，特地提上一提。’哪知金面佛说道：‘你放心，你若不幸失手，这孩子我当自己儿子一般看待。’

“范帮主与田相公皱着眉头站在一旁，模样儿显得好不耐烦。我心中也暗暗纳罕：‘瞧胡一刀夫妇与金面佛的神情，互相敬重嘱托，倒似是极好的朋友，哪里会性命相拼？’

“就在此时，胡一刀从腰间拔出刀来，寒光一闪，叫道：‘好朋友，你先请！’金面佛长剑一挺，说声：‘领教！’虚走两招。田相公叫道：‘苗大侠，不用客气，进招吧！’金面佛突然收剑，回头说道：‘各位通统请出门去！’田相公讨了个没趣，见他脸色严重，不敢违背，和范帮主等都退出大厅，站在门口观战。

“胡一刀叫道：‘好，我进招了。’欺进一步，挥刀当头猛劈下去。

“金面佛身子斜走，剑锋圈转，剑尖颤动，刺向对方右胁。胡一刀道：‘我这把刀是宝刀，小心了。’一面说，一面挥刀往剑身砍去。金面佛道：‘承教！’手腕振处，剑刃早已避开。我在沧州看人动刀子比武，也不知看了多少，但两人那么快的身手，却从来没见过。两人只拆了七八招，我手心中已全是冷汗。

“又拆数招，两人兵刃倏地相交，呛啷一声，金面佛的长剑被削为两截。他丝毫不惧，抛下断剑，要以空手与敌人相搏。胡一刀却跃出圈子，叫道：‘你换柄剑吧！’金面佛道：‘不碍事！’田相公却已将自己的长剑递了过去。金面佛微一沉吟，说道：‘我空手打不过你的单刀，还是用剑的好。’接过长剑，两人又动起手来。我心想：‘沧州的少年子弟比武，明明栽了，还是不肯服气，定要说几句话来圆脸。这位金面佛自称打遍天下无敌手，手上并未输招，嘴上却已泄气，也算得古怪。’后来我才明白，这两人都是天下一等一的高手，拆了这几招，心中都已佩服对方，自然不敢相轻。

“这时两人互转圈子，离得远远的，突然间扑上交换一招两式，立即跃开。这般斗了十多个回合，金面佛斗然一剑刺向胡一刀头颈。这一剑去势劲急之极，眼见难以闪避。胡一刀往地下一滚，甩起刀来，当的一响，又将长剑削断了。他随即跃起，叫道：‘对不起！不是我自恃兵器锋利，实是你这一招太过厉害，非此不能破解。’

“金面佛点点头道：‘不碍事。’田相公又递了一柄剑上来。他接在手中。胡一刀道：‘喂，你们借一柄刀来。我这刀太利，两人都显不出真功夫。’田相公大喜，当即在从人手中取过一柄刀交给他。胡一刀掂了一掂。金面佛道：‘太轻了吧？’横过长剑，右手拇指与食指捏住剑尖，拍的一声，将剑尖折了一截下来。这指力当真厉害之极。我心中暗暗吃惊。只听得胡一刀笑道：‘苗人凤，你不肯占人半点便宜，果然称得上一个“侠”字。’

“金面佛道：‘岂敢，有一事须得跟你明言。’胡一刀道：‘说吧。’金面佛道：‘我早知你武功卓绝，苗人凤未必是你对手。可是我在江湖上到处宣扬“打遍天下无敌手”七字，非是苗人凤不知天高地厚，狂妄无耻……’胡一刀左手一摆，拦住了他的话头，说道：‘我早知你的真意。你想找我动手，可是无法找到，于是宣扬这七字外号，好激我进关。’他苦笑了一下，道：‘现在我进关了。你若是打败了我，这七字外号名副其实，尽可用得。进招吧！’”

众人听到这里，才知苗人凤这七字外号的真意。

只听宝树说道：“两人说了这番话，刀剑闪动，又已斗在一起。这一次兵刃上扯平，两人各显平生绝技，起初两百余招中，竟是没分半点上下。后来胡一刀似乎渐渐落败，一路刀法全取守势，范田诸人脸上均现喜色。只见他守得紧密异常，金面佛四面八方连环进攻，却奈何不得他半点。突然之间，胡一刀刀法一变，出手全是硬劈硬斫。金面佛满厅游走，长剑或刺或击，也是灵动之极。

“这单刀功夫，我也曾跟师父下过七八年苦功，知道单刀分‘天地君亲师’五位：刀背为天，刀口为地，柄中为君，护手为亲，柄后为师。这五位之中，自以天地两位为主，看那胡一刀的刀法，天地两位固然使得出神入化，而君亲师三位，竟也能用以攻敌防身。有时金面佛的长剑奇招突生，从出人意料之外的部位刺去，若用刀背刀口，万难挡架，胡一刀竟会突然掉转刀锋，以刀柄打击剑刃，迫使敌人变招。至于‘展、抹、钩、剁、砍、劈’六字诀，更是变幻莫测。

“剑上的功夫，那时我可不大懂啦。只是胡一刀的刀法如此精奇，而金面佛始终跟他打了个旗鼓相当，自然也是厉害之极。刀剑枪是武学的三大主兵，常言道：‘刀如猛虎，剑如飞凤，枪如游龙。’这两人使刀的果如猛虎下山，使剑的也确似凤凰飞舞，一刚一柔，各有各的本事，谁也胜不了谁。起初我还看得出招数架式，到得后来，只瞧得头晕目眩，生怕当场摔倒，只好转过了头不看。

“那时耳中只听得刀剑劈风的呼呼之声，偶而双刃相交，发出铮的一声。我向胡一刀的夫人脸上一望，只见她神色平和，竟丝毫不为丈夫的安危担心。

“我回头再看胡一刀时，只见他愈打愈是镇定，脸露笑容，似乎胜算在握。金面佛一张黄黄的面皮上却不泄露半点心事，既不紧张，亦不气馁。只见胡一刀着着进逼，金面佛却不住倒退。范帮主

和田相公两人神色愈来愈是紧张。我心想：‘难道金面佛竟要输在胡一刀手里？’

“忽听得拍、拍、拍一阵响，田相公拉开弹弓，一阵连珠弹突然往胡一刀上中下三路射去。胡一刀哈哈大笑，将单刀往地下一摔。金面佛脸一沉，长剑挥动，将弹子都拨了开去，纵到田相公身旁，夹手抢过弹弓，拍的一声，折成了两截，远远抛在门外，低沉着嗓子道：‘出去！’我好生奇怪：‘人家怕你打输，才好意相助，你却如此不识好歹。’田相公紫胀了脸皮，怒目向金面佛瞪了一眼，走出门去。

“金面佛拾起单刀，向胡一刀抛去，说道：‘咱们再来。’胡一刀伸手接住，顺势一刀挥出，当的一响，刀剑相交。斗了一阵，眼见日已过午，胡一刀叫道：‘肚子饿啦，你吃不吃饭？’金面佛道：‘好，吃一点。’两人坐在桌边，旁若无人的吃了起来。胡一刀狼吞虎咽，一口气吃了七八个馒头、一只鸡、半只羊腿。金面佛却只吃了两条鸡腿。胡一刀笑道：‘你吃得太少，难道内人的烹调手段欠佳么？’金面佛道：‘很好。’夹了一大块羊肉吃了。

“吃过饭，两人抹抹嘴再打，不久都施开轻身功夫，满厅飞奔来去。别瞧胡一刀身子粗壮，进退闪避，竟是灵动异常；金面佛手长腿长，自也不能慢了。这一番扑击，我看得越加眼花缭乱，忽听得啊的一声，胡一刀左足一滑，跪了下去。这原是金面佛进招的良机，他只要一剑劈下，敌手万难闪避，哪知金面佛反向后跃，叫道：‘你踏着弹子，小心了！’胡一刀膝未点地，早已站起，道：‘不错！’左手拾起弹子，中指一弹，嗤的一声，那弹子从门中直飞出去。

“金面佛叫道：‘看剑！’挺剑又上。两人翻翻滚滚，直斗到夜色朦胧，也不知变换了多少招式，兀自难分胜败。金面佛跃出圈子，说道：‘胡兄，你武艺高强，在下佩服得紧。咱们挑灯夜战呢，还是明日再决雌雄？’胡一刀笑道：‘你让我多活一天吧！’金面佛道：‘不敢！’长剑一伸，一招‘丹凤朝阳’，转身便走。这

‘丹凤朝阳’式虽为剑招，但他退后三步再使将出来，已变为行礼致敬。胡一刀竖起刀来，斜斜向上一指，这一招‘参拜北斗’，也是向对方致意。两人初斗时性命相搏，但打了一日，心中相互钦佩，分手之时，居然都用上了武林中最恭敬的礼节。

“胡一刀待敌人去后，饱餐了一顿，骑上马疾驰而去。我心想，他必是要到南边大屋去窥探敌人动静，说不定要暗施偷袭，只要将金面佛伤了，余人没一个是他对手。我满心要想去跟田相公通风报信，叫他防备，只是害怕撞到胡一刀，却又不敢出外。

“这一晚隔房虽然没人打鼾，我可仍是睡不安稳，一直留神倾听胡一刀回转的马蹄声。但守到半夜，还是没有声息。我想，去南边大屋，快马奔驰，不用一个时辰便可来回，难道他给金面佛发觉了，寡不敌众，因而丧命？

“他越是迟归，我越是放心，但听隔壁房里夫人轻轻唱着歌儿哄孩子，却一点不为丈夫耽心，又觉得奇怪。

“到后来晨鸡报晓，五更天时，胡一刀骑着马回来了。我急忙起来，只见他的坐骑已换了一匹，去时骑青马，回来时骑的却是黄马。那黄马奔到店前，胡一刀一跃落鞍，那马晃了几下，扑地倒了，口吐白沫而死。我过去一看，只见那马全身大汗淋漓，原来是累死的。瞧这情形，这一晚他竟长途跋涉，不知去了何处。我心想：今日他还要跟金面佛拼斗，昨晚不好好安睡，养好气力以备大战，却去累了一晚，真是个怪人。

“这时夫人也已起来，又做了一桌菜。胡一刀竟不再睡，将孩子一抛一抛的玩弄。待得天色大明，金面佛又与田相公等来了。苗胡两人对喝了三碗酒，没说什么话，踢开凳子，抽出刀剑就动手。打到天黑，两人收兵行礼。金面佛道：‘胡兄，你今日气力差了，明日只怕要输。’胡一刀道：‘那也未必。昨晚我没睡觉，今晚安睡一宵，气力就长了。’金面佛奇道：‘昨晚没睡觉？那不对。’

“胡一刀笑道：‘苗兄，我送你一件物事。’从房里提出一个包裹，掷了过去。金面佛接过，解开一看，原来是个割下的首级，首级之旁还有七枚金镖。范帮主向那首级望了一眼，惊叫道：‘是八卦刀商剑鸣！’金面佛拿起一枚金镖，在手里掂了一掂，份量很沉，见镖身上刻着四字：‘八卦门商’，说道：‘昨晚你赶到山东武定县了？’胡一刀笑道：‘累死了五匹马，总算没误了你的约会。’

“我又惊又怕，怔怔的望着胡一刀。从直隶沧州到山东武定，相去近三百里，他一夜之间来回，还割了一个武林大豪的首级，这人行事当真是神出鬼没。

“金面佛道：‘你用什么刀法杀他？’胡一刀道：‘此人的八卦刀功夫，确是了得，我接住了他七枚连珠镖，跟着用“冲天掌苏秦背剑”这一招，破了他八卦刀法第二十九招“反身劈山”。’金面佛一怔，奇道：‘冲天掌苏秦背剑？这是我苗家剑法啊？’胡一刀笑道：‘正是，那是我昨天从你这儿偷学来的功夫。我不用刀，是用剑杀他的。’

“金面佛道：‘好！你替苗家报仇，用的是苗家剑法，足见盛情。’胡一刀笑道：‘你苗家剑独步天下，以此剑法杀他何难，在下只是代劳而已。’

“我这时方才明白，胡一刀是处处尊重金面佛。商剑鸣害了苗家四人，胡一刀若是用刀将他杀了，岂非显得苗家剑不如八卦刀？更加不如胡家刀法？只是他一日之间，能学得苗家剑的绝招，用以杀了另一个武学名家，这番功夫实不由得令人不为之心寒。他直到这日斗完，才拿出首级来，毫无居功卖好之意，更是大方磊落，而其自恃不败，也已明显得很了。

“我想到此节，范田两人早已想到。两人脸色苍白，互相使了个眼色，转身便走。金面佛望望夫人手里抱着的孩子，解下背上的黄包袱，打了开来。我心想这里面不知装着些什么古怪物事，伸长了脖子一瞧，却见包袱里只是几件寻常衣衫。金面佛将那块黄布一抖，瞧着布上绣着的七个字，低声道：‘嘿，打遍天下无敌手！胡吹大气！’伸手抱过孩子，将黄布包在他的身上，对胡一刀道：‘胡兄，若是你有甚三长两短，别担心这孩子有人敢欺侮他。’胡一刀大喜，连连称谢。

“金面佛去后，胡一刀又饱餐了一顿，这才睡觉，这一睡下来，鼾声更是惊天动地。

“待到二更时分，忽听屋顶上脚步声响，有人叫道：‘胡一刀，快滚出来领死！’胡一刀并没惊醒，仍是鼾声大作。不久喝骂声越来越响，人也越来越多。胡一刀如聋了一般，只是沉睡。我想此人武艺虽高，却是太不机灵，屋外来了许多敌人，竟然毫不惊觉。但说也奇怪，胡一刀固然没有听见，夫人明明醒着，却只低声哼歌儿哄孩子，对窗外屋顶的叫嚷，也是置之不理。

“屋外那些人尽是吵嚷，却又不敢闯进屋来，胡一刀则只管打呼。屋内屋外一唱一和，响成一片。吵了半个时辰，夫人忽然柔声说道：‘孩子，外边有许多野狗，想吠叫一夜，吵得爹爹睡不成觉，教他明儿跟苗伯伯比武输了。你说这群野狗坏不坏？’孩子生下来还只几天，自然不会说话，只是咿咿啊啊几声。夫人道：‘真是乖孩子，你也说野狗坏。让妈妈去赶走了，好不好？’那孩子又是啊啊几声。夫人道：‘嗯，你也说好，真不枉了爹妈疼你。’她左手抱了孩子，右手从床头拿起一根绸带，推开窗子，飕的一下，跃了出去。

“我大吃一惊，瞧不出这样娇滴滴的一个女子，轻功竟如此了得。我忙走到窗边，在窗格纸上刺了一个孔，向外张望，只见屋面上高高矮矮，站了二三十条大汉，手中都拿了兵刃，正在大声吆喝。夫人右手一挥，一条白绸带如长蛇也似的伸了出去，卷住一条大汉手上的单刀，一夺一放，那大汉叫声啊哟，单刀脱手，身子却从屋面上摔了下去，蓬的一声，结结实实的跌在地下。

“其余的汉子哗然叫嚷，纷纷扑上。月光之下，只见夫人手中的白绸带就如是一条白龙，盘旋飞舞，纵横上下，但听得呛啷、呛啷、啊哟、啊哟、砰蓬、砰蓬之声连响，不到一顿饭功夫，几十条汉子的兵刃全让夫人用绸带夺下，人都摔下了屋顶。这些人哪敢再斗，爬起身来便逃，有些连马也不敢骑，把牲口撇下也不要了。只把我瞧得目瞪口呆，心惊肉跳。夫人将那些兵刃从屋顶踢在地下，也不检拾，抱了孩子进屋喂奶。胡一刀始终鼾声如雷，似乎浑不知有这一回事。

“次日早晨，夫人做了菜，命店伴拾起兵刃，用绳子系住，一件件都挂在屋檐下，北风一吹，刀啦、剑啦、锤啦、鞭啦，相互撞击，叮叮当当的十分好听。

“吃过早饭，金面佛又来啦。他听得声音，抬头一瞧，见了这些兵刃，已知原委，向跟随他来的众人狠狠瞪了一眼。那些人低了头不敢瞧他。金面佛骂道：‘不要脸！算什么男子汉？都给我滚开！’那些人不敢作声，都退了几步。我想，夫人昨晚若要杀了这些人，当真易如反掌，就算将他们一一点倒，躺在地下，也是毫不为难，只不过这一来，未免削了金面佛的脸面。

“金面佛道：‘胡兄，这批没出息的家伙吵得你难以安睡。咱们今日停战，你好好睡一觉，明日再比。’胡一刀笑道：‘是内人打发的，兄弟睡着不知。来吧！’单刀一振，立个门户。

“金面佛向胡夫人道：‘多承夫人手下容情，饶了这些家伙的性命。’夫人微微一笑。胡一刀和苗人凤两人客气几句，随即刀剑相交。

“这一日打到天黑，仍是不分胜负。金面佛收剑道：‘胡兄，今日兄弟不回去啦，想跟你痛饮一番，然后抵足而眠，谈论武艺。’胡一刀大笑，叫道：‘妙极，妙极。兄弟参研苗兄剑法，尚有许多不明之处，今晚正好领教。’金面佛向范帮主、田相公道：‘你们走吧，今晚我住在这里。’

“范帮主不由得大惊失色，说道：‘苗大侠，小心他的奸计……’金面佛冷然道：‘我爱怎么便怎么，你管得着？’田相公道：‘你别忘了杀父之仇，做个不孝子孙。’金面佛脸一沉。范田二人不敢再说，带着众人走了。

“这一晚两人一面喝酒，一面谈论武功。金面佛将苗家剑的精要，一招一式讲给胡一刀听。胡一刀也把胡家刀法倾囊以授。两人越谈越投机，真说得上是相见恨晚。两人喝几碗酒，站起来试演几招，又坐下喝酒。他二人谈论的都是最精深的武功，我虽清清楚楚的听在耳里，却一句也不懂。

“说到半夜，胡一刀叫掌柜的开了一间上房，他和金面佛当真同榻而眠。我暗自寻思：‘两个活人进房，明日房中定然有个死人，却不知谁先下手？金面佛似乎不是奸险小人，这一回他可要糟了。’

“后来转念又想，胡一刀粗豪卤莽，远不如金面佛精细。两人武功虽然不相上下，但说到斗智弄巧，定是金面佛胜了一筹。那么明日活着出来的，想必是金面佛而不是胡一刀了。

“我好奇心起，悄悄走到他们房外窗边偷听。那时两人谈论的已不是武功，而是江湖上的奇闻秘事，和两人往日的所作所为。有时金面佛说在什么地方杀了一个凶徒，有时胡一刀说在什么时候救了一个苦人，说到痛快处，一齐拍掌大笑。只把我听得张大了口合不拢来。我想胡一刀穷凶极恶，做这些事并不奇怪，但金面佛的外号中有个‘佛’字，竟然也是这般的杀人不眨眼。

“说到后来，金面佛忽然叹道：‘可惜啊可惜！’胡一刀道：‘可惜什么？’金面佛道：‘倘若你不姓胡，或是我不姓苗，咱俩定然结成生死之交。我苗人凤一向自负得紧，这一回见了你，那可真是口服心服了。唉，天下虽大，除了胡一刀，苗人凤再无可交之人。’胡一刀道：‘我若死在你手里，你可和我内人时常谈谈。她是女中豪杰，远胜你那些胆小鬼朋友。’金面佛怒道：‘哼，这些家伙哪里配得上做我朋友？’

“他们说来说去，总是不涉及上代结仇之事。偶尔有人把话带得近了，另一个立即将话题岔开。这一晚两人竟没睡觉，累得我也在窗外站了半夜。院子里寒风刺骨，把我两只脚冻得没了知觉。到天色大明，金面佛忽然走到窗边，冷笑道：‘哼，听够了么？’但听得格的一响，胡一刀道：‘苗兄，此人还好，饶了他吧！’我只觉得头上被什么东西一撞，登时昏了过去。

“待得醒转，我已睡在自己炕上，过了老半天，这才想起，定然金面佛发觉我在外偷听，开窗打了我一拳。若非胡一刀代我求情，我这条小命是早已不在了。我爬下炕来，只觉得脑子昏昏沉沉的，拿镜子一照，半边脸全成了紫色，肿起一寸来高。我吓了一大跳，当啷一声，镜子掉在地下摔得粉碎。

“这一日他二人在堂上比武，我不敢再出去瞧，本来我一直盼望金面佛得胜，但脸上肿起处阵阵发疼，这时却只想胡一刀给我报仇，在苗人凤身上砍他妈的一两刀。到得天黑，隔着板壁听得金面佛说道：‘胡兄，我原想今晚再跟你联床夜话，只是生怕嫂夫人怪责。明晚若是仍旧不分胜败，咱们再谈一夜如何？’胡一刀哈哈大笑，叫道：‘好，好！’

“金面佛辞去后，夫人斟了一碗酒，递给胡一刀，说道：‘恭喜大哥。’胡一刀接过碗来，一口喝干了，笑道：‘恭喜什么？’夫人道：‘明天你可打败金面佛了。’胡一刀愕然道：‘我跟他拆了数千招，始终瞧不出半点破绽，明天怎能胜他？’夫人微笑道：‘我却看出了一点毛病。孩子，你爹才是打遍天下无敌手啊。’她最后一句话却是向孩子说的。

“胡一刀忙问：‘什么毛病？怎么我没瞧出来？’夫人道：‘他这毛病是在背后，你跟他正面对战，自然见不到。’胡一刀沉吟不语。夫人道：‘你跟他连战四天，我细细瞧他的剑路，果然门户严密，没分毫破绽。我看得又惊又怕，心想长此下去，你总有个疏神失手的时候，而他却始终立于不败之地。但到今日下午，我才瞧出了他的毛病。他的剑法之中，你说哪几招最厉害？’胡一刀道：‘厉害招数很多，好比洗剑怀中抱月、迎门腿反劈华山、提撩剑白鹤舒翅、冲天掌苏秦背剑……’夫人道：‘毛病就是出在提撩剑白鹤舒翅这一招上。’胡一刀道：‘这一招以攻为守，刚中有柔，狠辣得紧啊。’夫人道：‘大哥，你用穿手藏刀、进步连环刀、缠身摘心刀这些招式时，他有时会用提撩剑白鹤舒翅反击。但他在出这一招之前，背心必定微微一耸，似乎有点儿怕痒。’

“胡一刀奇道：‘当真如此？’夫人道：‘今日他前后使了两次，每次背心必耸。明日比武之时，我见到他背心一耸，立即咳嗽，那时你制敌机先，不待他这一招使出，抢先用八方藏刀式强攻，他非撤剑认输不可。’胡一刀大喜，连叫：‘妙计！’我听了两人说话，本该去通知金面佛，叫他提防，但一摸到脸上疼处，心想他击我这一拳，使了如此重手，输了也是活该。

“次日比武是第五天了，我脸上的肿稍稍退了些，又站在旁边观战。这天上午夫人没有咳嗽，想是金面佛没使这招。中午吃饭之时，夫人给丈夫斟酒，连使几个眼色，我在旁瞧得清楚，知是叫他诱逼金面佛使出此招，以便乘机取胜。胡一刀摇摇头，似乎心中不忍。夫人指指孩子，将孩子在凳上重重一摔，孩子大哭起来。我明白她的用意，那是说你如比武失手，孩子没了父亲，那可终身受苦了。胡一刀听到孩子啼哭，缓缓点了点头。

“午后两人交手，拆了数十招。胡一刀猛砍几刀，只听得夫人咳嗽一声，胡一刀眉头微皱，不进反退，金面佛果然使了一招提撩剑白鹤舒翅。这一招我本来不识，但昨晚胡一刀与夫人研商定计之时，曾见夫人连使几次。我心想：‘夫人的眼光好厉害。’若是胡一刀依她之计行事，此时已经胜了，但他竟临时缩手，不是他起了惺惺相惜之意不忍伤害金面佛，那便是觉得有人在旁相助，胜之不武。我忽然想起胡一刀曾嘱咐夫人，将来孩子长大，要告诉他一句话，叫他心肠狠些硬些，看来胡一刀面貌虽然凶恶，心肠却软，事到临头，居然下不了手。

“夫人在孩子手臂上用力一捏，孩子大哭起来。刀剑叮当相交声中，杂着孩子的哭声，忽听得嘿的一响，夫人又是一声轻咳。胡一刀踏上一步，八方藏刀式，刀光闪闪，登时把金面佛的剑路尽数封住。

“眼见得金面佛无法抵挡，他那招提撩剑白鹤舒翅只使得出半招。按那剑法，他右手一剑斜刺，左手上扬，就与白鹤将双翅扑开来一般，但胡一刀抢了先着，金面佛双手刚要展开，被他左右连环两刀，金面佛这对臂膀，岂非自行送到刀上去给他砍了下来？

“岂知金面佛的武功，当真是出神入化，就在这危急之间，他双臂一曲，剑尖斗然刺向自己胸口。胡一刀大吃一惊，只道他比武输了，还剑自杀，忙叫道：‘苗兄，不可！’

“殊不知金面佛的剑尖在第一日比武之时就已用手指拗断了的，剑尖本身是钝头，他再胸口一运气，那剑刺在身上，竟然反弹出来。这一招一来变化奇幻，二来胡一刀一心劝他不可自杀，丝毫没防他竟是出奇制胜，但见长剑一弹，剑柄蹦将出来，正好点在胡一刀胸口的‘神藏穴’上。

“这‘神藏穴’是人身大穴，一被剑柄点中，胡一刀登时软倒。金面佛伸手扶住，叫道：‘得罪！’胡一刀笑道：‘苗兄剑法，鬼神莫测，佩服佩服。’金面佛道：‘若非胡兄好意关心，此招何能得手？’两人坐在桌边一口气干了三碗烧酒。胡一刀哈哈一笑，提起刀来往自己颈中一抹，咽喉中喷出鲜血，伏桌而死。

“我惊得呆了，看夫人时，她脸上竟无悲痛之色，只道：‘苗大侠，请你稍待，我再喂一次奶，让孩子吃得饱饱的。’走进房去，过了一顿饭时分，重又出来，在孩子脸上深深一吻，笑道：‘他吃饱了睡着啦。’将孩子交给金面佛，道：‘我本答应咱家大哥，要亲手把孩子养大，但这五天之中，亲见苗大侠肝胆照人，义重如山，你既答允照顾孩子，我就偷一下懒，不挨这二十年的苦楚了。’说着向金面佛福了几福，拿过胡一刀的刀来，也是在颈上一割。夫妻俩并排坐在一条长凳上，夫人拉着胡一刀的手，身子慢慢软倒，伏在丈夫身上，就此不动了。我不忍再看，回过头来，见苗大侠臂中抱着的孩子睡得正沉，小脸儿上似乎还露着一丝微笑。”

“客店后面是一条河，水流很急。眼见血渍一直流到河边，显是孩子被人一刀杀死，尸身投入河里，登时被水冲走了。我爹爹又惊又怒，召集了一干人细细盘问，始终查不到凶手是谁。”

五

宝树说完这故事，大厅中静寂无声。群豪虽然都是心肠刚硬之人，但听了胡一刀夫妇慷慨就死的事迹，不由得均感恻然。

忽听一个女子的声音道："宝树大师，怎么我听到的故事，却跟你说的有点儿不同呢？"

众人一齐转过头来，见说话的是苗若兰。大家凝神倾听宝树述说，都没留心她何时又回到了厅上。

宝树道："年代久远，只怕有些地方是老衲记错了。却不知令尊是怎么说？"苗若兰道："这件事爹爹曾原原本本对我说过。起先的事，也跟大师说的一样，只是胡一刀伯伯和胡伯母逝世的情景，却与大师所说大不相同。"

宝树脸色微变，"嗯"了一声，却不追问。田青文道："苗姑娘，令尊怎么说？"

苗若兰从身边一只锦缎盒子中取出一根淡灰色线香，燃着了插入香炉。众人随即闻到一缕幽幽清香。苗若兰脸上神色庄严肃穆，说道：

"我从小见爹爹每到冬天，总是显得郁郁不乐，不论我怎么逗他欢喜，都难得引他发笑。每年快过年的时候，爹爹总要在一间小室里供两个神位，一个写：'义兄胡公一刀大侠之灵位'，另一个写：'义嫂胡夫人之灵位'，灵位旁边还放了一柄单刀，这把刀生满了铁锈，也没什么特异。爹爹叫厨子做了满桌菜，倒十几碗酒，从十二月廿二起，一连五天，他每晚在灵位边喝这十几碗酒，喝到后来，常常痛哭一场。

“起初我问爹爹，灵位上那位胡伯伯是谁，爹爹总是摇头。有一年爹爹说我年纪大了，能懂事啦，于是把他跟胡伯伯比武的故事说给我听。比武的经过，宝树大师说得很详细了。

“爹爹跟胡伯伯一连比了四天，两人越打越是投契，谁也不愿伤了对方。到第五天上，胡伯母瞧出爹爹背后的破绽，一声咳嗽，胡伯伯立使八方藏刀式，将我爹爹制住。宝树大师说我爹爹忽使怪招，胜了胡伯伯。但爹爹说的却不是这样。当时胡伯伯抢了先着，爹爹只好束手待毙，无法还手。胡伯伯突然向后跃开，说道：‘苗兄，我有一事不解。’爹爹说道：‘是我输了。你要问什么事？’

“胡伯伯道：‘你这剑法反覆数千招，绝无半点破绽，为什么在使提撩剑白鹤舒翅这一招之前，背上却要微微一耸，以致被内人看破？’爹爹叹道：‘先父教我剑法之时，督率极严。当我十一岁那年，先父正教到这一招，背上忽有蚤子咬我，奇痒难当。我不敢伸手搔痒，只好耸动背脊，想把蚤子赶开，但越耸越痒，难过之极。先父看到我的怪样，说我学剑不用心，狠狠打了我一顿。这件事我深印脑海，自此以后，每当使到这一招，我背上虽然不痒，却也习惯成自然，总是耸上一耸。尊夫人当真好眼力。’胡伯伯笑道：‘我有内人相助，不能算赢了！接住了。’说着将手中单刀抛给爹爹。

“爹爹接了单刀，不明他的用意。胡伯伯从爹爹手里取过长剑，说道：‘经过这四天的切磋，你我的武功相互都已了然于胸。这样吧，我使苗家剑法，你使胡家刀法，咱俩再决胜负。不论谁胜谁败，都不损了威名。’

“我爹爹一听此言，已知他的心意。我苗家与胡家累世深仇，是百余年前祖宗积下来的。我爹爹跟胡伯伯以前从没会过面，本身并无仇怨。江湖上固然人言籍籍，我祖父和田归农叔叔的父亲突然同时不知所踪，连尸骨也不得还乡，都是胡一刀下的毒手，我爹爹却是将信将疑，素闻胡伯伯行侠仗义，所作所为很令人佩服，似乎不致于暗算害人，只是几番要和他相见，始终不能如愿。田叔叔、范帮主曾邀爹爹同去辽东寻仇，我爹爹跟范帮主是交情很深的，可是一向不大瞧得起田叔叔的为人。啊哟，田姐姐，对不起，您别见怪，这是我爹爹说的，他说他宁可自行其是，不愿跟田叔叔联手。这次听得胡伯伯来到中原，这才受范田两家之邀，到沧州拦住胡伯伯比武，但首先却要向胡伯伯查问真相。

“后来一问之下，我祖父与田公公果然是胡伯伯害的。我爹爹虽爱惜他英雄，但父仇不能不报。只是我爹爹实在不愿让这四家的怨仇再一代一代的传给子孙，极盼在自己手中了结这百余年的世仇，听胡伯伯说要交换刀剑比武，正投其意。因为若是我爹爹胜了，那是他用胡家刀打败苗家剑，倘若胡伯伯得胜，则是他用苗家剑打败胡家刀。胜负只关个人，不牵涉两家武功的威名。

“当下两人换了刀剑，交起手来。这一场拼斗，与四日来的苦战又自不同。因为两人虽然都是高手，但使的兵刃招数都不顺便，何况自己所使的一招一式，对方无不烂熟于胸，要凭这四天之中从对方学来的武功克敌制胜，那真是谈何容易？我爹爹说，这一天的激战，是他生平最凶险的一次。胡伯伯貌似粗鲁，其实聪明之极，将苗家剑法施展开来，竟似下过数年苦功一般，单以他用苗家剑破去山东大豪商剑鸣的八卦刀，就可想见其余。我爹爹悟性没胡伯伯高，幸好他十八般武艺件件皆通，胡家刀法虽是初见，但少年时曾练过单刀，总算在这点上占了便宜，所以还可跟他打成平手。

“斗到午后，两人各走沉稳凝重的路子，出手越来越慢。胡伯伯忽道：‘苗兄，你这招闭门铁扇刀，还是使得太快了些，劲力不长。’我爹爹道：‘多承指教，我只道已经够慢了。’两人全神拼斗，但对方招数若有不到之处，却相互开诚指点，毫不藏私。翻翻滚滚，又战数百回合，两人招数渐臻圆熟。

“我爹爹见他的苗家剑法越使越精，暗暗惊心，寻思：‘他学剑的本事比我学刀的本事好，时间一长，我少年时所练的刀法根基就要不管用，须得立时变招，否则必败无疑。’当下使一招‘沙鸥掠波’，本来是先砍下手刀，再砍上手刀，但我爹爹故意变招，先砍上手刀，再砍下手刀。

“胡伯伯一怔，刚说得声：‘不对!’我爹爹叫道：‘看刀!’单刀陡然翻起，第二刀下手刀竟又变为上手刀。这是他自创的刀法，虽是脱胎于胡家刀法，但新奇变幻，令人难测。倘若跟他对战的是另一个高手，多半能避过这招，偏偏胡伯伯熟知胡家刀法，万料不到我爹爹临时变招，新创一式，一个措手不及，我爹爹的刀锋已在他左臂上划了一道口子。

“旁观众人，一齐惊呼，胡伯伯蓦地飞出一腿，我爹爹一交摔出，跌在地下，再也爬不起来，原来已被踢中了腰间的‘京门穴’。

“范帮主、田相公和其他的汉子一齐抢上。胡伯伯抛去手中长剑，双手忽伸忽缩，抓住众人一一掷了出去，随即扶起我爹爹，解开他的穴道，笑道：‘苗兄，你自创新招，果然厉害。只是我这胡家刀法，每一招都含有后着，你连砍两招上手刀，腰间不免露出空隙。’

“我爹爹默然不语，腰间阵阵抽痛，话也说不出口。胡伯伯又道：‘若非你手下容情，我这条左膀已让你卸了下来。今日咱们只算打成平手，你回去好好安睡，明日再比如何?’我爹爹忍痛道：‘胡兄，我出刀时固然略有容让，但即令砍下你的左臂，你这一腿仍能致我死命。瞧你这般为人，决不能暗害我爹爹。你倒亲口说一句，到底我爹爹是怎样死的?’胡伯伯脸上露出惊诧之色，道：‘我不是跟你说得明明白白了么?你不相信，定要动武。我只好舍命陪君子。’

“我爹爹大是诧异，问道：‘你跟我说了?几时说的?’胡伯伯转过头来，指着旁边一人道：‘你……你……’只说得两个‘你’字，忽然双膝一软，跪倒在地。我爹爹大惊，忙伸手扶起，只见他脸色大变，叫道：‘好、好、你……’头一垂，竟自死了。

“我爹爹惊异万分，心想他身子壮健，手臂上轻轻划破一道口子，如何能够致命？抱着他身子，连叫：‘胡兄，胡兄。’但见他脸颊渐渐转成紫色，竟是中了剧毒之象，忙撕开他的衣袖，但见一条手臂已肿得粗了一倍，伤口中流出的都是黑血。

“胡伯母又惊又悲，抛下手中孩子，拿起那柄单刀细看。那时我爹爹也知是刀口上喂了剧毒的药物。胡伯母见我爹爹沉吟不语，说道：‘苗大侠，这柄刀是向你朋友借的。咱家大哥固然不知刀上有毒，谅你也不知情，否则这等下流兵刃，你两人怎能用它？这是命该如此，怪不得谁。我本答应咱家大哥，要亲手把孩子养大，但这五日之中，亲见苗大侠肝胆照人，义重如山，你既答允照顾孩子，我就偷一下懒，不挨这二十年的苦楚了。’说着横刀在颈中一割，立时死去。

“我亲听爹爹述说，胡伯伯逝世的情形是这样。但宝树大师说的竟是大不相同。虽然事隔二十余年，或有记不周全之处，但想来不该参差太多，却不知是什么缘故？”

宝树摇头叹息，说道：“令尊当时身在局中，全神酣斗，只怕未及旁观者看得清楚，也是有的。”苗若兰“嗯”了一声，低头不语。

忽然旁边一个嘶哑声音道：“两位说的经过不同，只因为有一个人是在故意说谎。”

众人听得这声音突如其来，一齐转过头去，见说这话的原来是那脸有刀疤的仆人。

宝树和苗若兰都是外客，虽听他说话无礼，却也不便发作。曹云奇最是鲁莽，抢先问道：“是谁说谎了？”那仆人道：“小人是低三下四之人，如何敢说？”苗若兰道：“若是我说得不对，你不妨明言。”她意态闲逸，似乎漫不在意。

那仆人道：“适才大师与姑娘所说之事，小人当时也曾亲见，各位若是不嫌聒噪，小人也来说说。”

宝树喝道：“你当时也曾亲见？你是谁？”那仆人道：“小人认得大师，大师却认不得小人。”宝树铁青了脸，厉声道：“你是谁？”

那仆人不答，却向苗若兰道：“姑娘，只怕小人要说的话，难以讲得周全。”苗若兰道：“为什么？”那仆人道：“只消说得一半，小人的性命就不在了。”苗若兰向宝树道：“大师，此刻在这峰上，一切由你作主。你是武林前辈，德高望重，只要你老人家一句话，无人敢伤他性命。”

宝树冷笑道：“苗姑娘，你是激我来着？”那仆人抢着道：“小人自己的死活，倒也没放在心上，就只怕我所知道的事没法说完。”

苗若兰微一沉吟，指着那副木板对联的下联，道：“劳驾你除下来。”那仆人不明她用意，但依言将木联除下，放在她面前。苗若兰道：“你瞧清楚了，这上面写着我爹爹的名字。你将这木联抱在手里，尽管放胆而言。若是有人伤你一根毛发，那就是有意跟我爹爹过不去。”众人相互望了一眼，心想以金面佛作护符，还有谁敢伤他？

那仆人脸露喜色，微微一笑，只是这一笑牵动脸上伤疤，更是显得诡异，当下果真将木联牢牢抱住。

宝树坐回椅中，凝目瞪视，回思二十七年前之事，始终想不起此人是谁。

苗若兰道：“你坐下了好说话。”那仆人道：“小人站着说的好。请问姑娘，胡一刀大爷遗下的那个孩子，后来怎样了？”

苗若兰轻轻叹息，道：“我爹爹见胡伯伯、胡伯母都死了，心中十分难过，望着两人尸身，呆了半天，跪下拜了八拜，说道：‘胡兄、大嫂，你夫妇尽管放心，我必好好抚养令郎。’拜罢起身，回头去抱孩子，不料竟抱了个空。我爹爹大惊，急忙询问，可是大家都瞧着胡伯伯夫妇之死，谁也没留心孩子。我爹爹忙叫大家赶快追寻。他忍住腰间疼痛，亲自在客店前后查问，忽听得屋后有孩子啼哭，声音洪亮。我爹爹大喜，急奔过去，哪知他腰间中了胡伯伯这一腿，伤势不轻，猛一用力，竟摔在地下爬不起来。

“待得旁人扶他起身，赶到屋后，只见地下一滩鲜血，还有孩子的一顶小帽，孩子却已不知去向。

“客店后面是一条河，水流很急。眼见血渍一直流到河边，显是孩子被人一刀杀死，尸身投入河里，登时被水冲走了。我爹爹又惊又怒，召集了一干人细细盘问，始终查不到凶手是谁。

“这件事他无日不耿耿于怀，立誓要找到那杀害孩子之人。那一年我见他磨剑，他说须得再杀一人，就是要杀那个凶手了。我对爹爹说，或许孩子给人救去，活了下来，也未可知。我爹爹虽说但愿如此，然而心中却绝难相信。唉，这可怜的孩子，我真盼他是好好的活着。有一次爹爹对我说：‘孩儿，我爱你胜于自己的性命。但若老天许我用你去掉换胡伯伯的孩子，我宁可你死了，胡伯伯的孩子却活着。’”

那仆人眼圈一红，声音哽咽，道：“姑娘，胡一刀大爷、胡夫人地下有灵，一定感激你父女高义。”

于管家本来以为他是苗若兰带来的男仆，但瞧他神情，听他言语，却越来越觉不似，正想出言相询，却听他说起故事来，见众人静坐倾听，也不便打断他的话头。

只听他说道：“二十七年之前，我是沧州那小镇上客店中灶下烧火的小厮。那年冬天，我家中遭逢大祸。我爹爹三年前欠了当地赵财主五两银子，利上加利，一年翻一翻，过得三年，已算成四十两。赵财主把我爹爹抓去，逼迫立下文书，要把我妈卖给他做小老婆。

“我爹自然说什么也不肯，当下给财主的狗腿子拷打得死去活来。我爹回得家来，跟妈商量，这四十两银子再过一年，就变成了八十两，这笔债咱们是一辈子还不起的了。我爹妈就想图个自尽，死了算啦，却又舍不得我。三个人只是抱着痛哭。我白天在客店里烧火，晚上回家守着爹妈，心中担惊受怕，生怕他俩寻了短见，丢下我一人孤零零的在这世上。

“一晚店中来了好多受伤的客人，灶下事忙，店主不让我回家。第二日胡一刀大爷来了，他夫人生了位少爷，要烧水烧汤，店主更是不许我回家去。我牵记爹妈，毛手毛脚的撞烂了几只碗，又给店主打了几巴掌。我一个人躲在灶边偷偷的哭。胡大爷走过厨房，听见我哭声，就进来问我什么事。我见他生得凶恶，不敢说话。他越是问，我越是哭得厉害。后来他和和气气的好言好语，我才把家里的事跟他说了。

“胡大爷很生气，说道：‘这姓赵的如此横行霸道，本该去一刀杀了，只是我有事在身，没功夫跟他算帐。我给你一百两银子，你去拿给你爹，让他还债，余下的钱好好过日子，可千万别再借财主的债了。’我只道他说笑话哄我，哪知他当真拿了五只大元宝给我。我哪里敢拿？胡大爷道：‘我今日生了儿子，我甚是疼他怜他，将心比心，你爹妈疼你也是这般。你快回家去。我跟店主说，是我叫你回家的，他不敢难为你。’

“我仍是呆呆望着他，心里扑通扑通直跳，不知如何是好。胡大爷拿了一块包袱，把五只大元宝包了，替我缚在背上，再在我屁股上轻轻踢了一脚，笑道：‘傻小子，还不给我快滚！’

“我胡里胡涂的奔回家去，跟爹妈一说。三个人乐得疯了，真难以相信天下有这般好人，说是做梦罢，白花花的五只大元宝明明放在桌上。我妈和我扶着爹到客店去，要向胡大爷磕头道谢。他连连摇手，说生平最不爱别人谢他，将我们三个推了出来。

“我和爹妈正要回去，忽听马蹄声响，几十个人赶来客店，原来是胡大爷的仇家。我不放心，让爹妈先回家去，自己留着要瞧个究竟。我想胡大爷救了我一家三口的性命，只要有用得着我的，水里就水里去，火里就火里去，决不能皱一皱眉头。

“金面佛苗大侠跟胡大爷坐着对饮，胡大爷舍不得儿子这些情形，宝树大师说得一点不错。只是他却不知道，那跌打医生在隔房听胡大爷夫妇说话，却教一个灶下烧火的小厮全瞧在眼里。”

他说到这里，宝树猛地站起身来，指着他喝道：“你到底是谁？受谁指使在这里胡说八道？”

那仆人不动声色，淡淡的道："我叫平阿四。我识得跌打医生阎基。那跌打医生阎基，自然不识得我这烧火的小厮癞痢头阿四。"

宝树听到他说起"阎基"二字，脸上立时变色，依稀记得当年那小客店之中，果似有个癞痢头小厮，只是他的面貌神情当日就未留意，此时更是半点也记不起了。他向平阿四怀中抱着的木联狠狠瞪了一眼，"呸"了一声。

平阿四道："我半夜里听到胡大爷的哭声，实在放心不下，走到他的房外，却见到隔房窗子上映出一个黑影，一动不动的伏着。我走过去到窗缝里一张，原来是那跌打医生阎基将耳朵凑在板壁上，在偷听胡大爷夫妇说话。我正想去跟胡大爷说，胡大爷却走到阎基房里来了，跟他说了很多很多话。这些话宝树大师始终没跟各位提起一字半句，不知是什么缘故。

"胡大爷的话很长，自然有些我听了不懂，但我明白，胡大爷是派那阎基第二天去跟金面佛苗大侠解释几件事。这些事情牵连重大，本来不该让一个不相干的外人去说。只是胡夫人刚生了孩子，不能走动。胡大爷又脾气暴躁，倘若亲自去向对头言讲，势必跟范帮主、田相公他们引起争执，一个说不明白，到头来还是动刀动枪，说与不说，都是一般，没奈何只得让阎基去传话。适才宝树大师说道，胡大爷派他送信去给金面佛，事成之后必有重谢，这话就不对了。想送一封信轻而易举，何必重谢？何必大妇俩商量半日？宝树大师或许忘了胡大爷当时的说话，我却一句也没忘记。"

众人听了这番话，才知宝树出家之前的俗家姓名叫作阎基。瞧他两人神情，宝树与胡一刀之死必有重大关连，而他先前的话中也必有甚多不尽不实之处。各人好奇心起，都盼平阿四揭破这个疑团，但又怕他当真说出什么重大秘密，宝树老羞成怒，突施毒手，这雪峰上可没一人是他对手，难以阻拦。纵然日后金面佛找到宝树算帐，但平阿四一死，这秘密只怕永远随他而逝了。

各人都代平阿四担心，但他自己却是神色木然，毫无惧意，竟似有恃无恐，只听他说道："胡大爷跟阎基说话之时，我就站在阎基的窗外。我倒不是有心想偷听胡大爷说话，只是我知道这跌打医生一向奉承那欺侮我爹妈的赵财主，实在不是好人，只怕胡大爷上了他的当。那时我年轻识浅，胡大爷的话是不大明白，但一字一句，却都记在心里，等我后来年纪大了，慢慢也都懂了。

“那一晚胡大爷叫阎基去说三件事。第一件说的是胡苗范田四家上代结仇的缘由。第二件说的是金面佛之父与田相公之父的死因。第三件则是关于闯王军刀之事。”

众人一齐转头，向桌上的军刀望了一眼，欲知之心更是迫切。

平阿四道：“胡苗范田四家上代为什么结仇，苗姑娘已经说了，只是中间另有一个重大秘密，却非外人所知，连苗大侠也至今不知。这秘密起因于李闯王大顺永昌二年，那年是乙酉年，也就是顺治二年，当时胡苗范田四家祖宗言明，若是清朝不亡，须到一百年后的乙丑年，方能泄漏这个大秘密。乙丑年是乾隆十年，距今已有三十余年，所以当二十七年前胡大爷跟阎基说话之时，百年期限已过，这个大秘密已不须隐瞒了。

“这一个秘密，果然是牵连重大。原来当日闯王兵败九宫山，他可没有死!”

此言一出，众人都是一震，一齐站起身来，不约而同的问道：“什么?”只有宝树端坐无异，显是早已知晓，不为所动。

平阿四道：“不错，闯王没有死。只不过当时清兵重重围困，实是难以脱身。苗范田三名卫士冲下山去求救，援兵迟迟不至，敌军却愈迫愈近。眼见手下将士死的死，伤的伤，再也抵挡不住，闯王心灰意懒，举起军刀要待横刀自刎，却被那号称飞天狐狸的姓胡卫士拦住。

“姓胡的卫士情急之下，生了一计，从阵亡将士之中检了一个和闯王身材大小相仿的尸首，换上闯王的黄袍箭衣，将闯王的金印挂在尸首颈中。他再举刀将尸首面貌砍得稀烂，叫人难以辨认，亲自驮了，到清兵营中投降，说已将闯王杀死，特来请功领赏。这是一件何等大功，敌将呈报上去，自会升官封爵，莫说丝毫没疑心是假，即令有什么怀疑，也要极力蒙蔽掩饰，以便领功升官。假闯王一死，敌军即日解了九宫山之围。真闯王早已易容改装，扮成平民，轻轻易易的脱险下山。唉，闯王是脱却了危难，这位飞天狐狸可就大难临头了。

“那飞天狐狸行这计策，用心实在是苦到了极处。江湖上英雄好汉，为了‘侠义’二字，替好朋友两肋插刀原非难事，可是他为了相救闯王，不但要委屈万分的投降敌人，还得甘冒一个卖主求荣的恶名。想那飞天狐狸本来名震天下，武林人物一提到他的名头，无不翘起大拇指赞一声：‘好汉子！’现下要他自污一世英名，那可比慷慨就义难上万倍。

“他投降吴三桂后，在这汉奸手下做官。他智勇双全、精明能干，极得吴三桂信任。他想闯王大顺国的天下，硬生生断送在吴三桂手里，此仇不报，非丈夫也。他若要刺死吴三桂，原只一举手之劳，可是飞天狐狸智谋深沉，岂肯如此轻易了事？数年之间，他不露痕迹的连使巧计，安排下许多事端，一面使满清皇帝对吴三桂大起疑心，另一面使吴三桂心不自安，到头来不得不举兵谋反。他将吴三桂在云南招兵买马、跋扈自大的种种事迹，暗中禀报清廷，而清廷各种猜忌防范的手段，他又刺探了去告知吴三桂。

“如此不出数年，吴三桂势在必反。那时天下大乱，满清大伤元气，自是闯王复国的良机。即令吴三桂的反叛迅即敉平，闯王复国不成，但吴三桂也非灭族不可，这比刺死他一个人自是好得多了。

“当那姓苗、姓范、姓田三个结义兄弟到昆明去行刺吴三桂之时，飞天狐狸的计谋正已渐渐有了成效，因此他在危急之中出来拦阻，免得那三人坏了大事。

“那年三月十五，他与三个义弟会饮滇池，正要将闯王未死、吴三桂将反的种种事迹直说出来，哪知三个义弟忌惮他功夫了得，不敢与他多谈，乘他一个措手不及便将他杀死。飞天狐狸临死之际，流泪说道：‘可惜我大事不成。’就是指的此事。他又道：‘元帅爷是在石门夹……’原来闯王是在石门县夹山普慈寺出家，法名叫作奉天玉和尚。闯王一直活到康熙甲辰年二月，到七十岁的高龄方才逝世。闯王起事之时，称为‘奉天倡义大元帅’，他的法名实是‘奉天王’，为了隐讳，才在‘王’字中加了一点，成为‘玉’字。”

众人听苗若兰先前所述故事，只道飞天狐狸奸恶无比，哪知中间另有如此重大的秘密，只是过于怪异，一时实在难以置信。

平阿四见众人将信将疑，苗若兰脸上也有诧异之色，接着道：“苗姑娘，你先前说道，飞天狐狸的儿子三月十五那天找到三位结义叔叔家里，跟他们在密室中说了一阵子话，那三人就出来当众自刎。你道在那密室之中，四人说了些什么话？”苗若兰道：“莫非那儿子将飞天狐狸的苦心跟三位叔叔说了？”

平阿四道：“是啊，这三人若不是自恨杀错了义兄，怎能当众自刎？可是那时闯王尚在人世，这机密万万泄漏不得。只可惜这三人虽然心存忠义，性子却过于卤莽，杀义兄已是错了，当众自杀却又快了一步，事先又没嘱咐众子弟不得找那姓胡的儿子报仇，当时定是悲痛悔恨已极，再也想不到其余，以致一错再错。胡苗范田四家，从此世世代代，结下深仇大怨。

“那儿子与三位叔叔在密室中言明，这秘密必须等到一百年之后的乙丑年方能公之于世。那时闯王寿命再长，也必已经逝世。若是泄露早了，清廷定然大举搜捕，自会危及闯王性命。胡家世代知道这秘密，苗范田三家却不知晓。待传到胡一刀大爷手里，百年之期已过，于是他命那跌打医生阎基去对金面佛说知此事。

“那第二件事，说的是金面佛之父与田相公之父的死因。在苗胡二位拼斗的十余年前，这姓苗姓田的两位上辈同赴关外，从此影踪全无。

“这两人武艺高强，名震江湖，如此不明不白的死了，害死他们的定是大有来头之人。胡大爷向在关外，胡家与苗田两家又是世仇，任谁想来，都必是他下的毒手。金面佛与田相公分别查访了十余年，查不出半点端倪，连胡大爷也始终见不到一面。金面佛无法可施，这才大肆宣扬他‘打遍天下无敌手’的七字外号，好激胡大爷进关。胡大爷知道他的用意，却不理会，一面也在到处寻访苗田两位上辈，心想只有访到这两人的下落，方能与金面佛相见，洗刷自己的冤枉。

“皇天不负苦心人，他访查数年，终于得知二人确息。胡夫人这时已怀了孕，她是江南人，临到生育之时，忽然思乡之情很切。胡大爷体贴夫人，便陪了她南下。行到唐官屯，他先与范田二人动上了手，后来又遇到金面佛。胡大爷命阎基去跟他说，待胡大爷送夫人回归故乡之后，可亲自带他去迎回父亲尸首，他父亲如何死法，一看便知。只是苗田这两位上辈死得太也不够体面，胡大爷不便当面述说，只好领他们亲自去看。

“第三件事，则是关涉到闯王的那柄军刀了。这柄军刀之中藏着一个极大的宝藏，黄金白银不必说，奇珍异宝也就不计其数。”

众人大奇，心想这柄军刀之中连一只小元宝也藏不下，说什么奇珍异宝不计其数？

只听平阿四道：“那天晚上，胡大爷跟阎基说了这回事的缘由。众位一听，那就毫不奇怪。

“闯王破了北京之后，明朝的皇亲国戚、大臣大将尽数投降。这些人无不家资豪富，闯王部下的将领逼他们献出金银珠宝赎命。数日之间，财宝山积，哪里数得清了。后来闯王退出北京，派了亲信将领，押着财宝去藏在一个极稳妥的所在，以便将来卷土重来之时作为军饷。他将藏宝的所在绘成一图，而看图寻宝的关键，却置在军刀之中。九宫山兵败逃亡，闯王将宝藏之图与军刀都交给了飞天狐狸。后来飞天狐狸被杀，一图一刀落入三位义弟手中，但不久又被飞天狐狸的儿子夺去。

“百年来辗转争夺，终于军刀由天龙门田氏掌管，藏宝之图却由苗家家传。只是苗田两家不知其中有这样一个大秘密，是以没去发掘宝藏。这秘密由胡家世代相传，可是姓胡的没军刀地图，自也无法找到宝藏。

“胡大爷将这事告知金面佛，请他去掘出宝藏，救济天下穷人，甚而用这笔大财宝来大举起事，驱逐满人出关，还我汉家河山。

“胡大爷所说这三件事，没一件不是关系极大。金面佛得知之后，何以仍来找他比武，非拼个你死我活不可，胡大爷直到临死，仍是不解。只怕金面佛枉称大侠，是非曲直，却也辨不明白；又或因这三件事说来都是耸人听闻，太过不合情理，金面佛一件都不相信，亦未可知。”说到这里，不禁长长叹了一口气。

陶百岁一直在旁倾听，默不作声，此时忽然插口道：“金面佛何以仍要找胡一刀比武，其中原因我却明白。此事暂且不说。我问你，你到这山峰上来干什么？”这正是众人心中欲问之事。

只听平阿四凛然道：“我是为胡大爷报仇来的。”陶百岁道：“报仇？找谁报仇？”平阿四冷笑一声，道：“找害死胡大爷的人。”

苗若兰脸色苍白，低声道：“你要找我爹爹吗？”平阿四道：“害死胡大爷的不是金面佛，是从前叫做跌打医生阎基、现下出了家做和尚、叫作宝树的那人。”众人大为奇怪，均想：“胡一刀怎会是宝树害死的？”

宝树长身站起，哈哈大笑，道：“好啊，你有本事就来杀我。快动手吧！”平阿四道：“我早已动了手，从今天算起，管教你活不过七日七夜。”

众人一惊，均想不知他怎样暗中下了毒手？宝树不禁暗暗心惊，嘴上却硬，骂道：“凭你这点臭本事，也能算计于我？”平阿四厉声道：“不但是你，这山峰上男女老幼，个个活不过七日七晚！”

众人都是一惊，或愕然离座，或瞪目欠身。各人自上雪峰之后，一直心神不安，平阿四此言虽似荒诞不经，但此时听来，无不为之耸然动容。

宝树厉声道：“你在茶水点心中下了毒药么？”平阿四冷然道：“若是叫你中毒，死得太快，岂能如此便宜？我要叫你慢慢饿死。”

曹云奇、陶百岁、郑三娘等一齐叫道："饿死？"

平阿四不动声色，道："不错！这峰上本有十日之粮，现下却一日也没有了，都给我倒下山峰去了。"

众人惊叫声中，宝树突施擒拿手抓住了他左臂。平阿四右臂早断，毫不抗拒，只是微微冷笑。曹云奇与周云阳伸臂握拳，站在他的身前，只要他微有动武之意，立即发拳殴击。

于管家急奔入内，过了片刻，回到大厅，脸色苍白，颤声道："庄子里的粮食、牛肉羊肉、鸡鸭、蔬菜，果真……果真是一古脑儿，都……都给这厮倒下了山峰。"

只听砰的一响，曹云奇一拳打在平阿四的胸口。这一拳劲力好大，平阿四哇的一声，吐出一口鲜血，但脸上仍是微微冷笑，竟无半点惧色。

宝树道："粮仓和厨房里都没人么？"于管家道："有三个干粗活的，都教这厮给绑了。唉，先前那两个小鬼在厅上闹事，大伙儿都出来观看，谁知是那雪山飞狐的调虎离山之计。苗姑娘，我们只道这厮是您带来的下人。"苗若兰摇头道："不是。我却当他是庄上的管家。"宝树道："吃的东西一点都没留下么？"于管家惨然摇头。

曹云奇举起拳头，又要一拳打去。苗若兰道："且慢，曹大爷，你忘了我说过的话。"曹云奇愕然不解，拳头举在半空，却不落下。苗若兰道："他抱着我爹爹的名号，我说过谁也不许伤他。"曹云奇道："咱们大伙儿性命都要送在他手里，你……你怎么……"

苗若兰摇头道："死活是一回事，说过的话，可总得算数。这人把峰上的粮食都抛了下去，大家固然要饿死，他自己可也活不成。一个人拼着性命不要来做一件事，总有重大之极的原因。宝树大师，曹大爷，生死有命，着急也是没用。且听他说说，到底咱们是否当真该死。"她这番话说得心平气和，但不知怎的，却有一股极大力量，竟说得宝树放开了平阿四的手臂，曹云奇也自气鼓鼓的归座。

苗若兰道："平爷，你要让大伙儿一齐饿死，这中间的原因，能不能给我们说说？你是为胡一刀胡伯伯报仇，是不是？"

平阿四道："你称我平爷可不敢当。我这一生之中，只有称别人做爷的份儿，可没福气受人家这么称呼。苗姑娘，当年胡大爷给我银子，救了我一家三口性命，我自是感激万分。可是有一件事我是同样的感激。你道是什么事？人人叫我癞痢头阿四，轻我贱我，胡大爷却叫我'小兄弟'，一定要我叫他大哥。我平阿四一生受人呼来喝去，胡大爷却跟我说，世人并无高低，在老天爷眼中看来，人人都是一般。我听了这番话，就似一个盲了十几年眼的瞎子，忽然间见到了光明。我遇到胡大爷只不过一天，心中就将他当作了亲人，敬他爱他，便如是我亲生爹娘一般。

"胡大爷和金面佛接连斗了几天，始终不分胜败，我自然很为胡大爷担心。到最后一天相斗，胡大爷受了毒刀之伤而死，胡夫人也自杀殉夫，那情形正如苗姑娘所说。我亲眼目睹，当时情景，决不会忘了半点。阎大夫，那天你左手挽了药箱，背上包裹中装着十多锭大银，是也不是？那天你穿着青布面的老羊皮袍，头上戴一顶穿窟窿的烟黄毡帽，是也不是？"

宝树铁青着脸，拿着念珠的右手微微颤动，双目瞪视，一言不发。

平阿四又道："早一日晚上，胡大爷和金面佛同榻长谈，阎大夫在窗外偷听，后来给金面佛隔窗打了一拳，只打得眼青鼻肿，满脸鲜血。他说他挨打之后，就去睡了。可是，我瞧见他在睡觉之前，还做了一件事。胡大爷与金面佛同房而睡，两人光明磊落，把兵刃都放在大厅之中。阎大夫从药箱里取出一盒药膏，悄悄去涂在两人的刀剑之上。那时候我还是个十多岁的孩子，毫不懂事，一点也没知他是在暗使诡计，直至胡大爷受伤中毒，我才想到阎大夫在两人兵刃上都涂了毒药，他是盼望苗胡二人同归于尽。唉，阎大夫啊阎大夫，你当真是好毒的心肠啊！

"他要金面佛死，自然是为了报那一击之恨。可是胡大爷跟他往日无冤，近日无仇，他干么在金面佛的剑上也要涂上毒药？我当时不明白，后来年纪大了，才猜到了他的心意。哼，此人原来是为了图谋胡大爷那只铁盒。

“阎大夫说他不知那铁盒中装着何物，那是说谎。他是知道的。胡大爷将铁盒交给夫人之时，把盒中各物一起倒在桌上，满桌耀眼生光，都是珍珠宝物。胡大爷说道：‘妹子，你一身本事，但有所需，贪官土豪家中的金银，自是手到拿来。只是出手多了，难免有差失之日，我……我……’夫人道：‘大哥放心。你若有不测，我一心一意抚养孩子，这些珠宝慢慢变卖，也尽够母子俩使一辈子的了。我不再跟人动刀动枪，也不再施展空空妙手如何？’

“胡大爷大笑叫好，拿起一本书来，说道：‘这一本拳经刀谱，是我高祖亲手所书。’夫人接过了，笑道：‘好啊，飞天狐狸一身的本事都写在这里。你瞒得好稳啊，连我也不让知道。’胡大爷笑道：‘我祖宗遗训是传子不传女，传侄不传妻，这才叫作胡家刀法啊。’夫人笑道：‘待孩子识了字，让他自看，我决不偷学就是。’胡大爷叹了口气，将各物都收入铁盒，再将盒子放在夫人枕头底下。

“后来我见夫人一死，急忙奔到她房中，哪知阎大夫已先进了房。我心中怦怦乱跳，忙躲在门后，只见阎大夫左手抱着孩子，右手从枕头底下取出铁盒，依照胡大爷先前开盒的法子，在盒子四角揿了三揿，又在盒底一按，盒盖便弹了开来。他取出珍珠宝物把玩，馋涎都掉了下来，将孩子往地下一放，又从盒里取出拳经刀谱来翻看。孩子没人抱了，放声大哭。阎大夫怕人听见，随手在炕上拉过棉被，将孩子没头没脑的罩住。

“我大吃一惊，心想时候一长，孩子不闷死才怪，念及胡大爷待我的好处，非要抢救孩子出来不可。只是我年纪小，又不会武艺，决不是阎大夫的对手，只见门边倚着一根大门闩，当下悄悄提在手里，蹑手蹑脚走到他的身后，在他后脑上猛力打了一棍。

“这一下我是出尽了平生之力，阎大夫没提防，哼也没哼一声，便俯身跌倒，珠宝摔得满地。我忙揭开棉被，抱起孩子，心想这里个个都是胡大爷的仇人，得将孩子抱回家去，给我妈抚养。我知道那本拳经刀谱干系重大，不能落在旁人手中，当下到阎大夫手中去拿。哪知他晕去时牢牢握着，我心慌意乱，用力一夺，竟将拳经刀谱的前面两页撕了下来，留在他的手中。只听得门外人声喧哗，苗大侠在找孩子，我顾不到旁的，抱了孩子溜出后门，要逃回家去。

"从那时起直到今日，我没再见阎大夫的面，岂知他竟会做了和尚。是不是他自觉罪孽深重，因而出家忏悔呢？他偷得了拳经的前面两页，居然练成一身武艺，扬名江湖。他只道这世上再没人知道他的来历，想不到当日脑后打他一门闩那人，现在还好好活着。阎大夫，你转过身来，让大伙儿瞧瞧你脑后的那块伤疤，这是当年一个灶下烧火小厮一门闩打的啊。"

宝树缓缓站起身来。众人屏息以观，心想他势必出手，立时要了平阿四的性命。哪知他只念了两声"阿弥陀佛"，伸手摸了摸后脑，又坐回椅上，说道："二十七年来，我一直不知是谁在我后脑打了这一记冷棍，老是纳闷。这个疑团，今日总算揭破了。"众人万料不到他竟会直承此事，都是大感诧异。

苗若兰道："那个可怜的孩子呢？后来他怎样了？"

平阿四道："我抱着孩子溜出后门，只奔了几步，身后有人叫道：'喂，小癞痢，把孩子抱回来！'我不理会，奔得更快。那人咒骂几句，赶上来一把抓住我的手臂，就要抢夺孩子。我急了，在他手上用力咬了一口，只咬得他满手背都是鲜血……"

曹云奇突然冲口而出："是我师父！"田青文横了他一眼。曹云奇好生后悔，但话已出口，难以收回，见众人都望着自己，心中甚是不安。

平阿四道："不错，是田归农田相公。他手背上一直留下牙齿咬的伤痕。我猜他也不会跟你们说是谁咬的，更不会说为了什么才给咬的。"

田青文、阮士中、曹云奇、周云阳四人相互对视了一眼，都想田归农手背上齿痕甚深，果然从来不曾说起过原因。

平阿四又道："我这一咬是拼了性命，田相公武功虽高，只怕也痛得难当。他拔出剑来，在我脸上砍了一剑，又一剑将我的手臂卸了下来。他盛怒之下，飞起一脚，将我踢入河中。我一臂虽断，另一臂却仍牢牢抱着那个孩子。"

苗若兰低低的"啊"了一声。平阿四道："我掉入河中时早已痛得人事不知，待得醒转，却是躺在一艘船上，原来给人救了上来。我大叫：'孩子，孩子！'船上一位大娘说道：'阿弥陀佛！总算醒过来啦。孩子在这里。'我抬头一看，却见她抱着孩子在喂奶。后来才知道，我给救上船到醒转，已隔了六日六夜。那时我离家乡已远，又怕胡大爷的仇人害这孩子，从此不敢回去。听苗姑娘说来，苗大侠只当这孩子已经死了。"

苗若兰喜道："是啊，原来这可怜的孩子还活着，是不是？爹爹知道了一定欢喜得紧。这孩子在哪里，你带我们去瞧瞧好不好？"她随即想到，自己一直叫他"可怜的孩子"，其实他已是个二十七岁的男子，比自己还大着十岁，脸上不禁一红。

平阿四道："你瞧他不着了。这里的人，谁也不会活着下山。"苗若兰道："我爹爹必会上峰来救，我一点也不担心。"平阿四道："你爹爹打遍天下无敌手，打的是凡人。他武功再高，也奈何不了这万丈高峰。"苗若兰道："是那孩子叫你来害死我们么？"平阿四摇头道："不是，不是。这孩子英雄豪侠，跟他父亲一模一样，若是知道我来干这种阴毒勾当，定要拦阻。"曹云奇怒道："好啊，原来你也知道这是阴毒勾当。"

苗若兰问道："那孩子怎样了？叫什么名字？武功好吗？在干什么事？他也是个好人吗？"她自小见父亲每年祭奠胡一刀夫妇，一直以未能抚养那孩子为毕生恨事，是以极为关心。

平阿四道："若不是我炸毁了长索，苗姑娘，你今日就能见到他啦。"曹云奇等六七人齐声怒道："长索是你炸毁的？"平阿四道："正是！"苗若兰却问："怎么我今日能见到他？"平阿四道："他与此间主人有约，今日午时要来拜山。眼见午时已到，这会儿想来已来到山峰之下了。"众人齐声叫道："是雪山飞狐？"

平阿四道："不错，胡一刀胡大爷的儿子，叫作胡斐，外号雪山飞狐！"

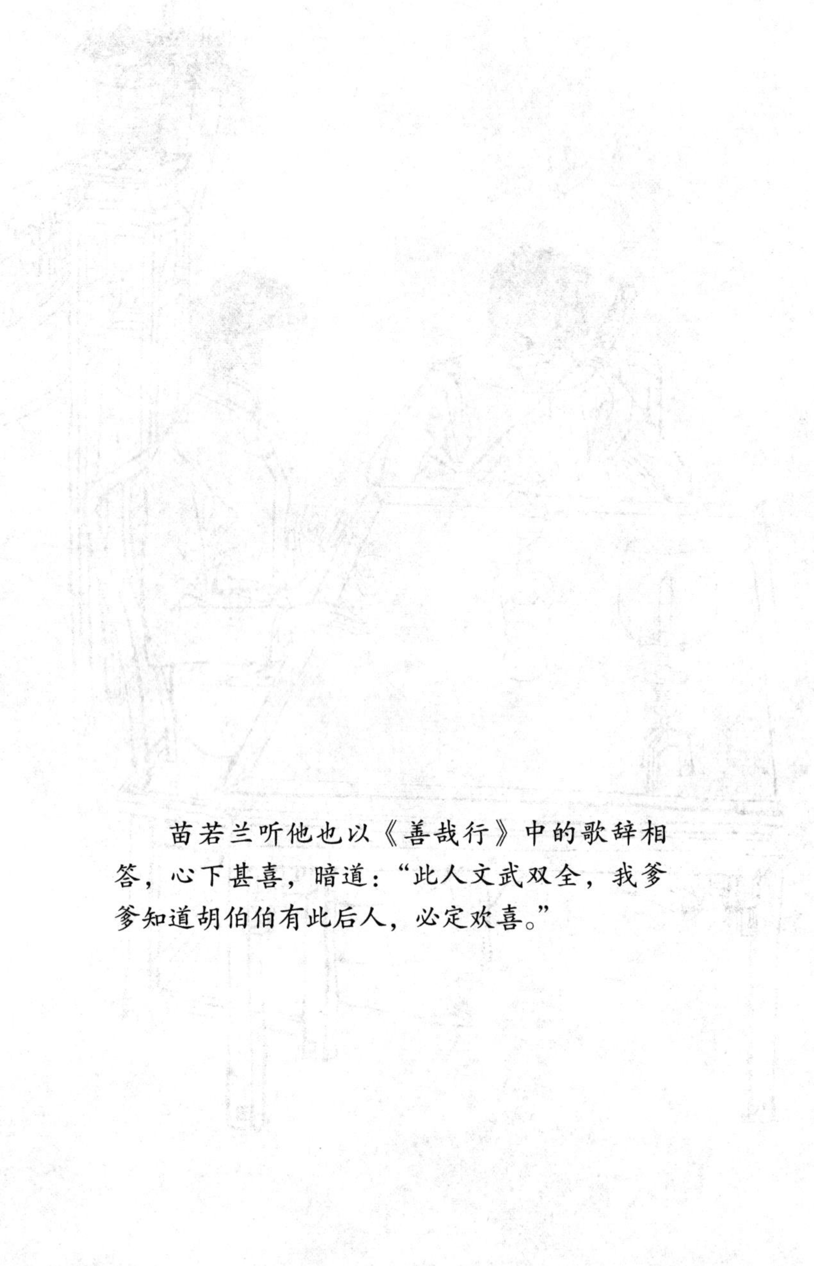

苗若兰听他也以《善哉行》中的歌辞相答，心下甚喜，暗道：“此人文武双全，我爹爹知道胡伯伯有此后人，必定欢喜。”

六

众人听了半天故事，对胡一刀的为人甚是神往，听说雪山飞狐是他儿子，心中都起异样之感，虽想见了他未必有甚好处，却都不自禁的渴欲一见，又想此间主人遍邀高手，以备迎战，只怕此人本领亦不在乃父之下。

苗若兰忽然惊道："啊哟，此间主人所邀的帮手和我爹爹都未上山，如在山下撞到了那雪山飞狐，定要动手。我爹爹不知他是胡伯伯的儿子，若是一剑将他杀了，那便如何是好？"

平阿四淡淡一笑，道："苗大侠虽说是打遍天下无敌手，可是要说能一剑杀了胡相公，却也未必。"他脸上一个长长的伤疤，这么一笑，牵动肌肉，显得加倍的丑陋可怖。

他又道："胡相公今日上山，一来是找此间主人的晦气，二来是要找苗大侠比武复仇。只是我亲眼见到当年胡苗二位大侠肝胆相照的交情，害死胡大爷的其实是另有其人，我劝胡相公别向苗大侠为难了，可是他说要当面向苗大侠问个清楚。后来我在山下见到了这位阎大夫，虽然隔了这么二十几年，我可还是认得他，当下跟上峰来，炸索毁粮，大伙儿在这儿一齐饿死，总算是报了胡大爷待我的恩义啦。"

这一席话，只把众人听得面面相觑，心想宝树当年谋财害命，今日自是死有应得，只是各人与此事并不相干，却在这儿赔上一条性命，也可算得极冤。

宝树见了众人脸色，知道大家对自己颇有怪责之意，站起身来，取过了宝刀铁盒，喝道："今日之事，咱们只有同舟共济，一齐想个下山的法儿。这个恶徒嘛……"

一语未毕，忽听扑翅声响，一只白鸽飞进大厅，停在桌上。

苗若兰喜道："啊，这只小鸽儿多可爱！"上前双手轻轻捧起白鸽，抚摸鸽背羽毛，只见鸽脚上缚着一条丝线。这丝线从鸽脚上一直通到门外，苗若兰向里拉扯，那线竟是极长，拉了好一大截，始终未见线头。她好奇心起，双手交互收线，那线竟似无穷无尽一般。田青文上前相助，两人收了数十丈，忽觉丝线渐渐沉重，看来线头彼端缚得有物。

于管家大喜，叫道："咱们有救啦！"众人齐问："怎么？"于管家道："这白鸽是本庄所养，山上山下用以传递消息。定是山下的本庄伙伴发觉长索炸断，放这鸽子上峰，在丝线上缚着救咱们下峰的物事。"

平阿四听了此语，脸色大变，狂吼一声，扑上去要拉断丝线。殷吉站在邻近，身子一晃，已拦在他面前，双掌起处，将他推倒在地。

田青文道："姊姊，小心拉断了丝线。"苗若兰点了点头。那丝线虽细，却极坚韧，两人手上愈来愈沉，丝线始终不断。再拉一会，苗若兰似乎有点吃力。陶子安道："苗姑娘你歇歇，我来拉。"走上前去接过了丝线。

阮士中、曹云奇、刘元鹤等早已抢出门去，要看那丝线上吊的是什么救星。

陶田二人收了一会，忽听门外欢呼声起，手上顿松，想来所吊之物已上了峰。厅上各人一齐走出，只见阮士中与曹云奇站在崖边，双手此起彼落，忙碌异常，仍是在收线，原来丝线上缚的是一根较粗的丝索。待那丝索收尽，又引上一根极粗的绳索。

众人一齐高呼，七手八脚，将那根粗索缚在崖边两株大松树上。

刘元鹤道："咱们走吧，待我先下。"双手抓住了绳索，就要往下溜去。陶百岁喝道："且慢，干么要让你先下？谁知你在下面会捣什么鬼？”刘元鹤怒道：“依你说便怎地？”陶百岁一怔，心想峰上人人各怀私心，互不信任，不论谁先下去，旁人都难放心，给他这么一问，倒也难以对答。

曹云奇道：“让几位女客先下去，咱们男子汉拈筹以定先后。”熊元献细声细气的道：“这样吧，天龙门、饮马川山寨，跟我们平通镖局的，每一家轮流下去一个。大伙儿互相监守，不用怕有谁使奸行诈。”

阮士中道：“那也好。宝树大师，请您将铁盒儿见还吧。”说着走上一步，向宝树伸出手去。

众人初时只顾念生死安危，此时大难已过，又都想到了那件宝物。本来大家只知这铁盒是件武林异宝，但到底异在哪里，宝于何处，却均不甚了然，待得知道是闯王遗下的军刀，已觉此物非同小可，及至听平阿四说这柄刀与李闯王的大宝藏有关，更是个个眼红心热。故老相传，闯王进京之后，部属大将刘宗敏等拷掠明朝的宗室大臣，所得珍宝堆积如山，不久兵败，这批珍宝连同明宫中皇室历年的库藏，都是从此不知下落，若是由这铁盒宝刀而掘得宝藏，世上尚有何种财物能与之相比？

宝树冷笑道：“你天龙门何德何能，要独占宝刀？这把刀天龙门掌管了一百多年，也该换换主儿了。”

阮士中愕然，眼露凶光。殷吉、曹云奇、周云阳不约而同的抢上一步，站在阮士中身旁。

宝树仰天笑道：“哥儿们想动武，是不是？想当年天龙门在刀头上得宝，今日在刀头上失宝，那也是公平得紧啊。”

阮士中等大怒，恨不得扑将上去，把这老和尚砍成几段，夺过宝刀，只是忌惮他武功了得，却又不敢动手，在他炯炯有神的双目凝视之下，反而倒退了数步。

一时雪峰边寂静无声，忽然苗若兰的婢女琴儿指着山下叫道：“小姐，你瞧，好像有人上来。”

众人一惊，心道：“怎么我们没下山，反倒有人上来了？”纷纷奔到崖边，向下张望，只见长索上有一团白影迅速异常的攀援上来，凝神一看，却是一个白衣男子。

田青文道：“苗姐姐，这位是令尊么？”苗若兰摇头道：“不是，我爹爹从来不穿白衣的。”

说话之间，那男子爬得更加近了。于管家叫道：“喂，尊驾是哪一位？”忽听得半山腰里传上来一声长笑，声音洪亮，只震得山谷鸣响，突然之间，似乎满山都是大笑之声。

阮士中见宝树手捧铁盒，站在崖边，轻轻一拉曹云奇的手，指指宝树背心，用右肩作了个相撞的姿态。曹云奇会意，知道师叔命自己将他撞下山峰，心想这贼秃本领再强，从这万丈高峰上掉将下去，哪里保得住性命？铁盒宝刀是跌不坏的，待会下去寻找便是。阮曹二人一点头，同时发足，猛然冲向宝树后心。此时宝树离崖边不过尺许，全神注视山下，丝毫不知有人在背后突施暗算。

待得听到脚步声响，阮曹二人已冲到身后，宝树见到那白衣男子上来时的身法神态，正自惊疑不定，突觉背心有人来袭，更是大吃一惊，危急中倏施“铁板桥”功夫，身子向左斜出。这“铁板桥”功夫，原是闪避敌人暗器的救命绝招，通常是暗器来得太快，不及跃起或向旁避让，只得身子僵直，突然向后仰天斜倚，让那暗器掠面而过，双脚却仍是牢牢钉住地下。功夫越高，背心越能贴近地面，讲究的是起落快，身形直，所谓“足如铸铁，身挺似板，斜起若桥”。宝树这一招“铁板桥”，又与通常所使的不同，并非向后仰倚，却是向左倾斜，双足钉在崖边，身子凌空，已有一小半凭虚倾在雪峰之外。

阮士中与曹云奇撞到宝树背后，只道袭击得逞，正自大喜，突觉肩头撞出，前面竟然没了受力之处。阮士中武功精湛，急忙一个筋斗，滚在一旁。曹云奇却收脚不住，疾冲而出，直往雪峰下掉落。

众人齐声惊呼。宝树挺腰站直，说道：“阿弥陀佛，罪过！罪过！”背上却也已出了一阵冷汗。

田青文一吓，已晕倒在地。陶子安站在她身旁，忙伸手扶住。

余人望着曹云奇魁梧的身躯向下直落，无不失声惊呼。眼见他势必摔得粉身碎骨，忽见那白衣男子双足钩住绳索，左手在峰壁上一推，长索带着他的身子，如荡秋千般向曹云奇急飞过去。

这一下时机用力都是恰到好处，那白衣人右手探出，已抓住曹云奇的后心。不料曹云奇身躯甚重，这一堕之势更是猛烈异常，但听得喀喇一响，衣衫破裂，竟又掉了下去，那白衣人长身伸手，就在这千钧一发之际，又抓住了曹云奇右足足踝。可是两人仍是向下急落，但见两人身形愈来愈小，一堕数十丈。下堕之势奇急，白衣人武功再高，双足的力道却也钩不住绳索，看来只有松手放脱曹云奇，才保得了自己性命。众人目眩神驰之际，忽见他右手一甩，将曹云奇的身子向绳索甩将过去。

曹云奇早已神智迷糊，双手碰到绳索，立即牢牢抓住。凡是溺水之人，即令在水中碰到一根水草，也必全力抓住，至死不放，原是求生本性，这时曹云奇也是如此。按他武功，本不足以抓住绳索以抗两人急堕之势，但危难之际，不知怎的力气登时大了数倍。那绳索直晃出去，带着二人向左飞荡。

那白衣人腰间使劲，身子倒翻，左手也已抓住绳索。他在曹云奇耳边说了两句话，拍拍他的背心。

曹云奇惊魂未定，但听了他的话，有如接到纶音圣旨一般，忙双手交互拉绳，攀援而上。

众人在崖边见了这场惊心动魄的奇险，尽皆挢舌难下。曹云奇攀到峰边，殷吉与周云阳抢过去拉住他双手，提了上来，齐问：“这白衣人是谁？”曹云奇喘了几口气，说道：“那位英雄命我上来禀报，说道是……是雪山飞狐胡斐到了。”

众人为那白衣人的气势所慑，一时都怔住了，也不知是谁首先叫了声：“啊哟！”往庄内便奔。

众人不及细想，一窝蜂的往大门抢去。陶百岁、刘元鹤、阮士中三人一齐挤在门口，你推我拥，争先而入。曹云奇抢着去扶田青文，与陶子安百忙中又互挥数拳。只一阵乱，门外众人走得干干净净。于管家与琴儿扶着苗若兰走在最后，险些儿给关在门外。

殷吉见熊元献闭上大门，立即取过门闩，横着闩上。陶百岁只怕不固，又取过撑柱，牢牢撑住。

此时田青文已醒了过来，道："那雪山飞狐跟咱们素不相识，怕他怎的？"阮士中横了她一眼，说道："素不相识？哼，你爹爹是他老子的大仇人，他肯放过你么？"刘元鹤也道："咱们伤了平阿四，那雪山飞狐岂肯干休？"

陶子安忽向墙头一指，道："咱们撑住大门，他从上面不能进来么？"阮士中道："不错，陶世兄快上高守着。"陶子安冷笑道："阮师叔武功高，还是你老人家上去。"一言甫毕，猛听喀喇喇几声巨响，那撑柱与门闩突然迸断，砰嘭一响，两扇大门已被人推开。

众人齐声惊呼，直往内院奔去，霎时之间，大厅上又是杳无一人。

群豪初听平阿四说那胡一刀的往事，颇想见见他遗下的孤儿，可是待得雪山飞狐当真上山，眼见他身手竟如此了得，不禁心寒胆怯，又见旁人逃避，相互惊吓，你怕我更怕，平素的豪气雄风，尽数丢到九霄云外去了。

于管家欲觅宝树出去抵挡一阵，可是四下张望，宝树早已不见，不知躲到了哪里，心想："主人将庄上之事托付了给我，拼着一死，也得全了主人的脸面。"当下向苗若兰低声道："苗姑娘，你快到夫人房去，跟夫人一同躲入地窖密室，可别让人瞧见。这里的人没一个安着好心。待我出去见他。"

苗若兰向郑三娘与田青文望了一眼，道："我带这两位姊姊一起去地窖吧。"于管家急忙摇头，低声道："不，这两个女人恐怕不是好人。姑娘跟夫人是千金贵体，莫理会旁人。"

苗若兰道："那姓胡的若是要杀人放火，你挡得了么？"于管家一按腰间单刀的刀柄，惨然道："今日是于某以死报主之时，但求夫人与姑娘平安无事，小人就对得起主人了。”苗若兰想了一想，说道：“我跟你一齐出去会他。”于管家大急，忙道：“苗姑娘，你不听那和尚说，令尊苗大侠与他有杀父大仇？你若不躲开，落在此人手中，那……那……”

苗若兰道：“自从我听爹爹说了胡伯伯的往事，一直就盼那个孩子还活在世上，也盼终须有日能见他一见。今日之事虽险，但若从此不能再与他相见，我可要抱憾一生了。”

她这几句虽说得轻柔温文，然语意极为坚定，于管家竟尔不能违抗。他心道：“这位姑娘手无缚鸡之力，却勇决如此，真不愧是金面佛苗大侠之女。什么镇关东、威震天南，名号儿叫得挺响，与苗姑娘一比，倘不愧死，也可算得脸皮厚极。”

他本来心中害怕，但见苗若兰神色宁定，惊惧之心登减，当下紧一紧腰带，在茶盘中放了两只青花细瓷的盖碗，冲上了茶，走出厅去。苗若兰跟随在后。

于管家转出厅壁，只见那白衣人脸孔朝外，双手叉腰，抬头望天，便高声道：“胡大爷远来，不曾远迎，还请恕罪。”说着献上茶去。那白衣人听得于管家说话，回过头来，见到苗若兰这样一个文秀清雅的少女，弱态生娇，明波流慧，怯生生的站在当地，不禁一怔。

苗若兰见这人满腮虬髯，根根如铁，一头浓发，却不结辫，横生倒竖般有如乱草，也是一惊。她自幼对胡一刀之子心怀怜惜悲悯之情，想到他时，总觉他是个受人欺侮虐待的稚子，今日相见，却不料竟是如此粗豪猛恶的一条汉子，心中不由得三分惊异，三分惶惑，又有三分失望，但随即想到：“胡一刀胡伯伯容貌威严，他生的孩子自也是这般，又何足为奇？却是我一向将他想错了。”当下上前盈盈一福，轻声说道：“相公万福。”

雪山飞狐胡斐此番上峰，准拟与满山高手作一场龙争虎斗，哪知庄中出来相见的竟是一个姣好少女，不禁大是诧异，暗道：“且瞧他们使什么诡计。”当下还了一礼，说道：“在下胡斐奉揖。不敢请问姑娘高姓。”

于管家向苗若兰使个眼色，叫她捏造个假姓，千万不可吐露是苗人凤之女，哪知苗若兰竟似不解，说道：“胡世兄，咱们是累代世交，可惜从来未曾会面。我姓苗。”

胡斐心中更是一凛，脸上却不动声色，道：“姑娘与金面佛苗大侠怎生称呼？”于管家大急，在苗若兰身旁暗扯她的衣袖。她仍是不理，道：“金面佛就是家父。”胡斐一怔，心道：“原来是你。”说道：“令尊怎不出来相见？”

于管家手按刀柄，只怕胡斐出手相害，斜眼看苗若兰时，却见她神色如常，不禁暗叹：“这位姑娘年幼无知，眼前便是杀父的大仇人，她竟不知天高地厚，尽吐真相。”只听她说道：“家父尚未上山。他若知胡世兄是故人之子，纵有天大的要事，也早搁下，必已赶来与世兄相见。”

胡斐更是奇怪，道：“姑娘知道在下身世，令尊却不知晓，敢问何故？”苗若兰道：“还是适才听令友平君说的。”胡斐道：“啊，原来平四叔到了这儿，他人呢？”

于管家一怔，在厅中四下一望，早不见了平阿四的人影，地上的一滩鲜血却兀自未干，心道：“自那鸽儿带线入来，人人想着下峰逃生，竟都将此人忘了。他是胡斐的救命恩人，若是有什么不测，祸患又是加深了一层。”

胡斐见他望着地下的一滩鲜血，脸色有异，大声问道：“这是平四叔的血么？”于管家不敢打诳，只得应声道：“是。”

胡斐父母早丧，自幼由平阿四抚养长大，与他情若父子，一闻此言如何不惊？当下一跃而前，一伸手，握住于管家的右臂，厉声喝问：“他在哪里？他……他怎样了？”于管家只觉手臂剧痛，宛似一道钢箍越收越紧，只得咬紧了牙齿竭力忍痛，额头上黄豆大的汗珠一粒粒渗将出来，竟说不出一句话。

苗若兰缓缓说道：“胡世兄不必焦急，平四爷好好的在那边。”

说着伸手向西边厢房一指。胡斐放脱了于管家的手臂，随即腾身而起，砰的一声，踢开西厢房房门，只见平阿四躺在榻上，正不住喘息。胡斐大喜，叫道："四叔，你没事么?"

平阿四在厢房里早就听到他的声音，低声道："还好，你放心。"胡斐抢上前去，见他脸如金纸，呼吸低微，适才一时之间的喜悦又转为担忧，问道："怎么受的伤？伤得厉害么?"平阿四道："这事说来话长。若不是苗姑娘搭救，今生不能再跟你相见了。"原来众人一见白鸽传丝，一窝蜂般的涌出大厅。苗若兰乘机与琴儿将平阿四扶入了厢房。后来宝树欲待伤他性命，却已找他不到，情势紧急，不及仔细寻找，平阿四因此而得保全。

胡斐点点头，从衣囊中取出一颗朱红丸药，塞在他的口里，道："四叔，你先服了这颗伤药。"

他见平阿四将伤药嚼烂吞下，稍稍放心，回到厅上，向苗若兰一揖到地，道："多谢姑娘救我平四叔。"苗若兰忙即还礼，道："平四爷古道热肠，小妹钦仰得紧。些些微劳，何足挂齿?"胡斐道："生死大事，岂是微劳？在下感激不尽。"

苗若兰见他神情粗豪，吐属却颇为斯文，说道："胡世兄远来，庄上无以为敬。琴儿，快取酒肴出来。"胡斐道："此间主人约定在下今日午时相会，怎么到此刻还不出来相见?"

苗若兰道："主人因有要事下山，想来途中耽搁，未及赶回，致误世兄之约，小妹先此谢过。"

胡斐听她应对得体，心中更奇："苗范田三家向称人材鼎盛，怎么男子汉都缩在后面，却叫这样一个弱不禁风的少女出来推搪？这姑娘对我丝毫不示怯意，难道她竟是一身武艺，却有意的深藏不露么?"只见琴儿托了一只木盘过来，盘中放着一大壶酒，一只酒杯，她左手拿着木盘，右手在杯中斟上了酒，笑道："胡相公，山上的鸡鸭鱼肉、蔬菜瓜果，通统给你的平四爷毁啦。对不起，只好请你喝杯白酒。"

胡斐见那木盘正在他与苗若兰之间，当即伸出左手，在盘边轻轻一推，木盘径向苗若兰肩上撞去。这一推虽似出手甚轻，其实借劲打人，受着的人若是不加抵御，就如中了兵刃之伤无异。苗若兰不会武艺，只是顺乎自然的微微一让，并未出招化劲，眼见这一下便要身受重伤。

于管家大惊，他自知武功与胡斐差得太远，纵然不顾性命的上前救援，也必无济于事，只叫得一声："啊哟！"却见胡斐左手两根手指已迅捷无比的拉住了木盘，这一下时机凑合得准极，盘边与苗若兰的外衣只微微一碰，立即缩回。她丝毫不知就在这一瞬之间，自己已从生到死、从死到生的走了一个循环。

胡斐道："令尊打遍天下无敌手，却何以不传姑娘武功？素闻苗家剑门中，传子传女，一视同仁。"苗若兰道："我爹爹立志要化解这场百余年来纠缠不清的仇怨，是以苗家剑法，至他而绝，不再传授子弟。"

胡斐愕然，拿着酒杯的手停在半空，隔了片刻，方始举到口边，一饮而尽，叫道："苗人凤，苗大侠，好！果然称得上'大侠'二字！"

苗若兰道："我曾听爹爹说起令尊当日之事。那时令堂请我爹爹饮酒，旁人说道须防酒中有毒。我爹爹言道：'胡一刀乃天下英雄，光明磊落，岂能行此卑劣之事？'今日我请你饮酒，胡世兄居然也是坦率饮尽，难道你也不怕别人暗算么？"

胡斐一笑，从口中吐出一颗黄色药丸，说道："先父中人奸计而死，我若再不防，岂非痴呆？这药丸善能解毒，诸害不侵，只是适才听了姑娘之言，倒是我胸襟狭隘了。"说着自己斟了一杯酒，便即干杯。

苗若兰道："山上无下酒之物，殊为慢客。小妹量窄，又不能敬陪君子。古人以汉书下酒，小妹有汉琴一张，欲抚一曲，以助酒兴，但恐有污清听。"胡斐喜道："愿闻雅奏。"琴儿不等小姐再说，早进内室去抱了一张古琴出来，放在桌上，又换了一炉香点起。

苗若兰轻抒素腕，"仙翁、仙翁"的调了几声，弹将起来，随即抚琴低唱："来日大难，口燥舌干。今日相乐，皆当喜欢。经历名山，芝草翻翻。仙人王乔，奉药一丸。"唱到这里，琴声未歇，歌辞已终。

胡斐少年时多历苦难，专心练武，二十余岁后颇曾读书，听得懂她唱的是一曲《善哉行》，那是古时宴会中主客赠答的歌辞，自汉魏以来，少有人奏，不意今日上山报仇，却遇上这件饶有古风之事。她唱的八句歌中，前四句劝客尽欢饮酒，后四句颂客长寿。适才胡斐含药解毒，歌中正好说到灵芝仙药，那又有双关之意了。

他轻轻拍击桌子，吟道："自惜袖短，内手知寒。惭无灵辄，以报赵宣。"意思说主人殷勤相待，自惭无以为报。春秋时灵辄腹饥，赵宣子赠酒肉，并让他携回食物奉母，后来赵宣子遇难，灵辄拼死捍卫解救。

苗若兰听他也以《善哉行》中的歌辞相答，心下甚喜，暗道："此人文武双全，我爹爹知道胡伯伯有此后人，必定欢喜。"当下唱道："月没参横，北斗阑干。亲交在门，饥不及餐。"意思说时候虽晚，但客人光临，高兴得饭也来不及吃。

胡斐接着吟道："欢日尚少，戚日苦多，以何忘忧？弹筝酒歌。淮南八公，要道不烦，参驾六龙，游戏云端。"最后四句是祝颂主人成仙长寿，与主人首先所唱之辞相应答。

胡斐唱罢，举杯饮尽，拱手而立。苗若兰划弦而止，站了起来。两人相对行礼。

胡斐将酒杯放在桌上，说道："主人既然未归，明日当再造访。"大踏步走向西厢房，将平阿四负在背上，向苗若兰微微躬身，走出大厅。苗若兰出门相送，只见他背影在崖边一闪，拉着绳索溜下山峰去了。

她望着满山白雪，静静出神。琴儿道："小姐，你想什么？快进去吧，莫着了冷。"苗若兰道："我不冷。"她自己心中其实也不知到底在想什么。琴儿催了两次，苗若兰才慢慢回进庄子。

一进大厅，只见满厅都坐满了人，众人适才躲得影踪不见，突然之间，又不知都从什么地方出来了。各人一齐站起相询："他走了么?""他说些什么?""他说什么时候再来?""他上山是来报仇么?""他要找谁?"

苗若兰心中鄙视这些人胆怯，危难之时个个逃走，留下她一个弱女子抵挡大敌，当下淡淡的道："他什么也没说。"宝树道："我不信。你在厅上陪了他这许久，总有些话说。"

苗若兰本非喜爱恶作剧之人，但这时胸怀欢畅，一颗心飘飘荡荡的，只想跟人闹着玩，见各人神色古怪，便道："那位胡世兄说道，他这次上山，为的是报杀父之仇，可惜仇人躲了起来。现下他守在山下，待那仇人下去，下一个，杀一个；下两个，杀一双。"

众人一凛，都想："山上没有粮食，山下又守着这一个凶煞太岁，这便如何是好?"

苗若兰道："胡世兄言道：山上众人，个个与他有仇，只是有的仇深，有的仇浅。他恩怨分明，深者重报，浅者轻报，不愿错害了好人。他要我代询各位，为何齐来这关外苦寒之地，是否要合力害他?"

除了宝树之外，余人异口同声的说道："雪山飞狐之名，我们以前从来没听到过，与他有什么仇怨?更加说不上合力害他。"

苗若兰向陶百岁道："陶伯伯，侄女有一事不明，要想请教。"陶百岁道："姑娘请说。"苗若兰道："适才那位平四爷说道：胡一刀胡伯伯请宝树大师去转告我爹爹三件大事，可是我爹爹说到此事经过之时，却从未提起。陶伯伯曾说知道此中原委，不知能见告么?"

陶百岁道："姑娘即使不问，我也正要说。"他指着阮士中、殷吉、曹云奇等人，大声道："这几位天龙门的英雄，诬指我儿害死田归农田亲家。哼哼!"他嗓门本就粗大，这时心中愤激，更加说得响了："我将这事从头说来，且请各位秉公评个是非曲直。"殷吉道："很好，很好，我们正要向陶寨主请教。"

我在后花园凉亭中撞见了她，只见她一双眼哭得红红的，我不管什么，就向她陪不是，说道：“青妹，都是我不好，你就别生气啦！”

七

陶百岁咳嗽一声，说道："我在少年之时，就和归农一起做没本钱的买卖……"

众人都知他身在绿林，是饮马川山寨的大寨主，却不知田归农也曾为盗，大家互望了一眼。曹云奇叫道："放屁！我师父是武林豪杰，你莫胡说八道，污了我师父的名头。"

陶百岁厉声道："你瞧不起黑道上的英雄，可是黑道上的英雄还瞧不起你这种狗熊呢！我们开山立柜，凭一刀一枪挣饭吃，比你们看家护院、保镖做官，又差在哪里了？"

曹云奇站起身来，欲待再辩。田青文拉拉他的衣襟，低声道："师哥，别争啦，且让他说下去。"曹云奇一张脸胀得通红，狠狠瞪着陶百岁，终于坐下。

陶百岁大声道："我陶百岁自幼身在绿林，打家劫舍，从来不曾隐瞒过一字，大丈夫敢作敢当，又怕什么了？"苗若兰听他说话岔了开去，于是道："陶伯伯，我爹爹也说，绿林中尽有英雄豪杰，谁也不敢小觑了。你请说田家叔父的事吧。"陶百岁指着曹云奇的鼻子道："你听，苗大侠也这么说，你狠得过苗大侠么？"曹云奇"呸"了一声，却不答话。

陶百岁胸中忿气略舒，道："归农年轻时和我一起做过许多大案，我一直是他副手。他到成家之后，这才洗手不干。他若是瞧不起黑道人物，干么又肯将独生女儿许配给我孩儿？不过话又得说回来，他和我结成亲家，却也未必当真安着什么好心。他是要堵住我的口，要我隐瞒一件大事。

“那日归农与范帮主在沧州截阻胡一刀夫妇，我还是在做归农的副手。胡一刀在大车中飞掷金钱镖，那些给打中穴道的，其中有一个就是我陶百岁；后来胡夫人在屋顶用白绢夺刀掷人，那些给抛下屋顶的，其中有一个就是我陶百岁；苗人凤骂一群人是胆小鬼，其中有一个就是我陶百岁。只不过当年我没留胡子，头发没白，模样跟眼下全然不同而已。

“胡一刀夫妇临死的情景，我也是在场亲眼目睹，正如苗姑娘与那平阿四所说，宝树这和尚说的却是谎话。苗姑娘问道：苗大侠若知胡一刀并非他杀父仇人，何以仍去找他比武？各位心中必想，定是宝树心怀恶意，没将这番话告知苗大侠了。”众人心中正都如此想，只是碍于宝树在座，不便有所显示。

陶百岁却摇头道：“错了，错了。想那跌打医生阎基当时本领低微，怎敢在苗胡两位面前弄鬼？他确是依着胡一刀的嘱咐，去说了那三桩大事，只是苗大侠却没听见。阎基去大屋之时，苗大侠有事出外，乃是田归农接见。他一五一十的说给归农听，当时我在一旁，也都听到了。

“归农对他说道：‘都知道了。你回去吧，我自会转告苗大侠，你见到他时不必再提。胡一刀问起，你只说已当面告知苗大侠就是。再叫他买定三口棺材，两口大的，一口小的，免得大爷们到头来又要破费。’说着赏了他三十两银子。那阎基瞧在银子面上，自然遵依。

“苗大侠所以再去找胡一刀比武，就因为归农始终没跟他提这三件大事。为什么不提呢？各位定然猜想：田归农对胡一刀心怀仇怨，想借手苗大侠将他杀了。这么想嘛，只对了一半。归农确是盼胡一刀丧命，可是他也盼借胡一刀之手，将苗大侠杀了。

“苗大侠折断他的弹弓，对他当众辱骂，丝毫不给他脸面。我素知归农的性子，他要强好胜，最会记恨。苗大侠如此扫他面皮，他心中痛恨苗大侠，只有比恨胡一刀更甚。那日归农交给我一盒药膏，叫我去设法涂在胡一刀与苗大侠比武所用的刀剑之上。这件事情，老实说我既不想做，也不敢做，可又不便违拗，于是就交给了那跌打医生阎基，要他去干。

“各位请想，胡一刀是何等的功夫，若是中了寻常毒药，焉能立时毙命？他阎基当时只是个乡下郎中，哪有什么江湖好手难以解救的毒药？胡一刀中的是什么毒？那就是天龙门独一无二的秘制毒药了。武林人物闻名丧胆的追命毒龙锥，就全仗这毒药而得名。后来我又听说，田归农这盒药膏之中，还混上了‘毒手药王’的药物，是以见血封喉，端的厉害无比。”

余人本来将信将疑，听到这里，却已信了八九成，向阮士中、曹云奇等天龙弟子望了几眼。阮曹等心中恼怒，却是不便发作。

陶百岁道：“那一日天龙门北宗轮值掌理门户之期届满，田归农也拣了这日闭门封剑。他大张筵席，请了数百位江湖上的成名英雄。我和他是老兄弟，又是儿女亲家，自然早几日就已赶到，助他料理一切。按着天龙门的规矩，北宗值满，天龙门的剑谱、历祖宗牒，以及这口镇门之宝的宝刀，都得交由南宗接掌。殷兄，我说得不错吧？”殷吉点了点头。

陶百岁又道：“这位威震天南殷吉殷大财主，是天龙门南宗掌门，他也是早几日就已到了。田归农是否将剑谱、宗牒与宝刀按照祖训交给你，请殷兄照实说吧。”

殷吉站起身来，说道：“这件事陶寨主不提，在下原不便与外人明言，可是中间实有许多跷蹊之处，在下若是隐瞒不说，这疑团总是难以打破。

“那日田师兄宴客之后，退到内堂，按着历来规矩，他就得会集南北两宗门人，拜过闯王、创派祖宗和历代掌门人的神位，便将宝刀传交在下。哪知他进了内室，始终没再出来。

“我心中焦急，直等到半夜，外客早已散尽，青文侄女忽从内室出来对我说道，她爹爹身子不适，授谱之事待明日再行。

“我好生奇怪，适才田师兄谢客敬酒，脸上没一点疲态，怎么突然感到不适？再说传谱授刀，只是拜一拜列祖列宗，片刻可了，一切都已就绪，何必再等明日？莫非田师兄不肯交出宝刀，故意拖延推委么？”

阮士中插口道：“殷师兄，你这般妄自忖度，那就不是了。那日你若单是为了受谱受刀而去，田师哥早就交了给你。可是你邀了别门别派的许多高手同来，显然不安着好心。”殷吉冷笑道：“嘿，我能有什么坏心眼儿了？”阮士中道：“你是想一等拿到谱牒宝刀，就勒逼我们南北归宗，让你做独一无二的掌门人。那时田师哥已经封剑，不能再出手跟人动武，你人多势众，岂不是为所欲为么？”

殷吉脸上微微一红，道：“天龙门分为南北二宗，原是权宜之计。当年田师兄初任北宗掌门之时，他何尝不想归并南宗？就算兄弟意欲两宗合一，光大我门，那也是一桩美事。这总胜于阮师兄你阁下竭力排挤云奇、意图自为掌门吧？”

众人听他们自揭丑事，原来各怀私欲，除了天龙门中人之外，大家笑嘻嘻的听着，均有幸灾乐祸之感。

苗若兰对这些武林中门户宗派之争不欲多听，轻声问道：“后来怎么了？”

殷吉道：“我回到房里，与我南宗的诸位师弟一商议，大家都说田师兄必有他意，我们可不能听凭欺弄，于是推我去探明真情。

“当下我到田师兄卧室去问候探病。青文侄女一双眼睛哭得红红的，拦在门口，说道：‘爹已睡着啦。殷叔父请回，多谢您关怀。’我见她神情有异，心想田师兄若是当真身子有甚不适，又不是什么难治的重病，她也不用哭得这么厉害，这中间定有古怪。当下回房待了半个时辰，换了衣服，再到田师兄房外去探病……”

阮士中伸掌在桌上用力一拍，喝道：“嘿，探病！探病是在房外探的么？”

殷吉冷笑道：“就算是我偷听，却又怎地？我躲在窗外，只听田师兄道：‘你不用逼我。今日我闭门封剑，当着江湖豪杰之面，已将天龙北宗的掌门人传给了云奇，怎么还能更改？你逼我将掌门之位传给你，这时候可已经迟了。’又听这位阮士中阮师兄说道：‘我怎敢逼迫师哥？但想云奇与青文做出这等事来，连孩子也生下了。如此伤风败俗，大犯淫戒，我门中上上下下，哪一个还能服他？’”

殷吉说到这里，忽听得咕冬一响，田青文连人带椅，往后便倒，已晕了过去。陶子安拔出单刀，迎面往曹云奇头顶劈落。曹云奇手中没有兵刃，只得举起椅子招架。陶百岁听得未过门的媳妇竟做下这等丑事，只恼得哇哇大叫，也举起一张椅子，夹头夹脑往曹云奇头上砸去。

天龙诸人本来齐心对外，但这时五人揭破了脸，竟无人过去相助曹云奇。拍的一响，曹云奇背心上已吃陶百岁椅子重重一击。眼见厅上又是乱成一团。

苗若兰叫道：“大家别动手，我说，大家请坐下！”她话声中自有一股威严之意，竟是教人难以抗拒。陶子安一怔，收回单刀。陶百岁兀自狂怒，挥椅猛击。陶子安抓住父亲打过去的椅子，道：“爹，咱们别先动手，好教这里各位评个是非曲直。”陶百岁听儿子说得有理，这才住手。

苗若兰道：“琴儿，你扶田姑娘到内房去歇歇。”这时田青文已慢慢醒转，脸色惨白，低下头自行走入内堂。众人眼望殷吉，盼他继续讲述。

殷吉道：“只听得田师兄长叹一声，说道：‘作孽，作孽！报应，报应！’他反来覆去，不住口的说‘作孽，报应’，隔了好一阵，才道：‘此事明天再议，你去吧。叫子安来，我有话跟他说。’”

殷吉向陶氏父子望了一眼，续道：“阮师兄还待争辩，田师兄拍床怒道：‘你是不是想逼死我？’阮师兄这才没有话说，推门走出。我听他们说的是自己家中丑事，倒跟我南宗无关，又怕阮师兄出来撞见，大家脸上须不好看，当下抢先回到自己房中。”

阮士中冷笑道："那晚我和田师哥说了话出来，眼见黑影一闪，喝问：'哪个狗杂种在此偷听？'当时没人答话，我只道当真是狗杂种，原来却是殷师兄，这可得罪了。"说着向殷吉一揖。他明是陪罪，实是骂人。殷吉脸色微变，但他涵养功夫甚好，回了一礼，微笑道："不知者不罪，好说好说。"

陶子安道："好，现下轮到我来说啦。既然大家撕破了脸，我……我也不必再隐瞒什么。我……我……"说到这里，喉头哽咽，心情激动，竟然说不下去，两道泪水却流了下来。

众人见他这样一个气宇昂藏的少年英雄竟在人前示弱，不免都有些不忍之意，于是射向曹云奇的目光之中，自亦含着几分气愤，几分怪责。陶百岁喝道："这般不争气干什么？大丈夫难保妻贤子孝。好在这媳妇还没过门，玷辱不到我陶家的门楣。"

陶子安伸袖擦了眼泪，定了定神，说道："以前每次我到田家……田伯父家中……"

曹云奇听他稍一迟疑，对田归农竟改口称为"伯父"，不再称他"岳父"，心中暗喜："哼，这小子恼了，不认青妹为妻，我正是求之不得。"

只听他续道："青妹在有人处总是红着脸避开，不跟我说话，可是背着在没人的地方，咱俩总要亲亲热热的说一阵子话。我每次带些玩意儿给她，她也总有物事给我，绣个荷包啦、做件马甲啦，从来就短不了……"

曹云奇脸色渐渐难看，心道："哼，还有这门子事，倒瞒得我好苦。"

陶子安续道："这次田伯父闭门封剑，我随家父兴兴头头的赶去，一见青妹，就觉得她容颜憔悴，好似生过了一场大病。我心中怜惜，背着人安慰，问她是不是生了什么病。她初时支支吾吾，我寻根究底细问，她却发起怒来，抢白了我几句，从此不再理我。

"我给她骂得胡涂啦，只有自个儿纳闷。那日酒宴完了，我在后花园凉亭中撞见了她，只见她一双眼哭得红红的，我不管什么，就向她陪不是，说道：‘青妹，都是我不好，你就别生气啦。’哪知她脸一沉，发作道：‘哼，当真是你不好，那也罢了！偏生是别人不好，我还是死了的干净。’我更加摸不着头脑，再追问几句，她头一撇就走了。

“我回房睡了一会，越想越是不安，实在不明白什么地方得罪了她，于是悄悄起来，走到她的房外，在窗上轻轻弹了三弹。往日我们相约出来会面，总用这三弹指的记号。哪知这晚我连弹了几次，房中竟是没半点动静。

“隔了半晌，我又轻弹三下，仍是没听到声息。我奇怪起来，在窗格子上一推，那窗子并没闩住，应手而开，房中黑漆漆的，没瞧见什么。我急于要跟她说话，就从窗里跳了进去……”

曹云奇听到此处，满腔醋意从胸口直冲上来，再也不可抑制，大声喝道：“你半夜三更的，偷入人家闺房，想干什么？”陶子安正欲反唇相稽，苗若兰的侍婢快嘴琴儿却抢着道：“他们是未婚夫妇，你又管得着么？”

陶子安向琴儿微一点头，谢她相帮，接着道：“我走到她床边，隐约见床前放着一对鞋子，当下大着胆子，揭开罗帐，伸手到被下一摸……”

曹云奇紫胀了脸，待欲喝骂，却见琴儿怒视着自己，话到口头，又缩了回去。只听陶子安续道：“……触手处似乎是一个包袱，青妹却不在床上。我更是奇怪，摸一摸那是什么包袱，手上一凉，似乎是个婴儿，可把我吓了一大跳。再仔细一摸，却不是婴儿是什么？只是全身冰凉，早已死去多时，看来是把棉被压在孩子身上将他闷死的。”

只听得呛啷一响，苗若兰失手将茶碗摔在地下，脸色苍白，嘴唇微微发颤。

陶子安道：“各位今日听着觉得可怕，当日我黑暗之中亲手摸到，更是惊骇无比，险些儿叫出声来。就在此时，房外脚步声响，有人进来，我忙往床底下一钻。只听那人走到床边，坐在床沿，嘤嘤啜泣，原来就是青妹。她把死孩子抱在手里，不住亲他，低声道：‘儿啊，你莫怪娘亲手害了你的小命，娘心里可比刀割还要痛哪。只是你若活着，娘可活不成啦。娘真狠心，对不起你。’

“我在床下只听得毛骨悚然，这才明白，原来她不知跟哪个狗贼私通，生下了孩儿，竟下毒手将孩儿害死。她抱着死婴哭一阵，亲一阵，终于站起身来，披上一件披风，将婴儿罩住，走出房去。我待她走出房门，才从床下出来，悄悄跟在她后面。那时我心里又悲又愤，要查出跟她私通的那狗贼是谁。

“只见她走到后园，在墙边拿了一把短铲，越墙而出，我一路远远缀着，见她走了半里多路，到了一处坟场。她拿起短铲，正要掘地掩埋，忽然数丈外传来铁器与土石相击之声，深夜之中，竟然另外也有人在掘地。她吃了一惊，急忙蹲下身子，过了好一阵，弯着腰慢慢爬过去察看。我想必是盗墓贼在掘坟，当下也跟着过去。只见坟旁一盏灯笼发着淡淡黄光，照着一个黑影正在掘地。

“我凝目一瞧，这人却不是掘坟，是在坟旁挖个土坑，也在掩埋什么。我心道：‘这可奇了，难道又有谁在埋私生儿？’但见那人掘了一阵，从地下捧起一个长长的包裹，果真与一个婴儿尸身相似。那人将包裹放入坑中，铲土盖上，回过头来，火光下看得明白，原来此人非别，却是这位周云阳周师兄。”

周云阳脸上本来就无血色，听陶子安说到这里，更是苍白。

陶子安接着道：“当时我心下疑云大起：‘难道与青妹私通的竟是这畜生？怎么他也来掩埋一个死婴？’青妹一见是他，身子伏得更低，竟不出来与他相会。周师兄将土踏实，又铲些青草铺在上面，再在草上堆了好多乱石，教人分辨不出，这才走开。

“周师兄一走远，青妹忙掘了一坑，将死婴埋下，随即搬开周师兄所放的乱石，要挖掘出来，瞧他埋的是什么物事。我心想：‘就算你不动手，我也要掘，现下倒省了我一番手脚。’青妹举起铁铲刚掘得几下，周师兄突然从坟后出来，叫道：‘青文妹子，你干什么？’原来他心思也真周密，埋下之后假装走开，过一会却又回来察看。青妹吓了一跳，一松手，铁铲落在地下，无话可说。

“周师兄冷冷的道：‘青文妹子，你知道我埋什么，我也知道你埋什么。要瞒呢，大家都瞒；要揭开呢，大家都揭开。’青妹道：‘好，那么你起个誓。’周师兄当即起个毒誓，青妹跟着他也起了誓。两人约定了互相隐瞒，一齐回进庄去。

“我瞧两人神情，似乎有什么私情，但又有点不像，看来青妹那孩子不会是跟周师兄生的，当下悄悄跟在后面，手里扣了喂毒的暗器，只要两人有丝毫亲昵的神态，有半句教人听不入耳的说话，我立时将他毙了。

“总算他运气好，两人从坟场回进庄子，始终离得远远的，一句话也没说。

“青妹回到自己房里，不断抽抽噎噎的低声哭泣。我站在她的窗下，思前想后，什么都想到了。我想闯进去一刀将她劈死，想放把火将田家庄烧成白地，想把她的丑事抖将出来让人人知道，可又想抱着她大哭一场。终于我打定了主意：‘眼下须得不动声色，且待查明奸夫是谁再说。’

“我全身冰冷，回到房中，爹爹兀自好睡，我却独个儿站着发呆。也不知过了多少时候，忽然阮师叔来叫我，说田伯父有话跟我说。我心道：‘这话儿来了，且瞧他怎生说？是要我答应退婚呢，还是欺我不知，送一顶现成的绿头巾给我戴戴？’阮师叔说夜深不陪我了，叫我自去。我生怕有甚不测，叫醒了爹爹，请他防备，自己身上带了兵刃暗器，连弓箭也暗藏在长袍底下。

“到了田伯父房里，见他躺在床上，眼望床顶，呆呆的出神，手里拿着一张白纸，竟没觉察到我进房。我咳嗽一声，叫道：‘阿爹！’他吃了一惊，将白纸藏入了褥子底下，道：‘啊，子安，是你。’我心想：‘明明是你叫我来的，却这么装腔作势。’但瞧他神色，却当真是异常惊恐。他叫我闩上房门，却又打开窗子，以防有人在窗外偷听，这才颤声说道：‘子安，我眼下危在旦夕，全凭你救我一命，你得去给我办一件事。’”

曹云奇心中訾了半天，听到这里，猛地站起身来，戟指叫道：“放屁，放屁！我师父是何等功夫，你这小子有什么本事救他？”

陶子安眼角儿也不向他瞥上一瞥，便似跟前没这个人一般，向着宝树等人说道：“我听了他这两句话，大是惊疑，忙道：‘阿爹但有所命，小婿赴汤蹈火，在所不辞。’田伯父点点头，从棉被中取出一个长长的、用锦缎包着的包裹，交在我的手里，道：‘你拿了这东西，连夜赶赴关外，埋在隐蔽无人之处。若能不让旁人察觉，或可救得我一命。’

“我接过手来，只觉那包裹又沉又硬，似是一件铁器，问道：‘那是什么东西？有谁要来害你？’田伯父将手挥了几挥，神色极为疲倦，道：‘你快去，连你爹爹也千万不可告知，再迟片刻就来不及啦。这包裹千万不得打开。’我不敢再问，转身出房。刚走到门口，田伯父忽道：‘子安，你袍子底下藏着什么？’我吓了一跳，心道：‘他眼光好厉害！’只得照实说道：‘那是兵刃弓箭。今日客人多，小婿怕混进了歹人来，所以特地防着点儿。’田伯父道：‘好，你精明能干，云奇能学着你一点儿，那就好了。唉，你把弓箭给我。’

“我从袍底下取出弓箭，递给了他。他抽出一枝长箭，看了几眼，搭在弓上，道：‘你快去吧！’我见了这副模样，心下倒有些惊慌：‘他别要在我背心射上一箭！’装着躬身行礼，慢慢反退出去，退到房门，这才突然转身。出房门后我回头一望，只见他将箭头对准窗口，显是防备仇家从窗中进来。

“我回到自己房里，对这事好生犯疑，心想田伯父的神色之中，始终透着七分惊惶、三分诡秘，可以料定他对我决无好意。我将这事对爹爹说了，但为了怕惹他生气，青文妹子的事却瞒着不说。爹爹道：‘先瞧瞧包中是什么东西。’我也正有此意，两人打开包裹，原来正是这只铁盒。

“爹爹当年亲眼见到田伯父将这只铁盒从胡一刀的遗孤手中抢

来，后来就将天龙门镇门之宝的宝刀放在盒里。爹爹当时说道：‘这就奇了。’他知道铁盒旁藏有短箭，也知道铁盒的开启之法，当即依法打开。我爷儿俩一看之下，面面相觑，说不出话来。原来盒中竟是空无一物。爹爹道：‘那是什么意思？’

“我早就瞧出不妙，这时更已心中雪亮，知道必是田伯父陷害我的一条毒计，他将宝刀藏在别处，却将铁盒给我。他必派人在路上截阻，拿到我后，便诬陷我盗他宝刀，逼我交出。我交不出刀，他纵不杀我，也必将青妹的婚事退了，好让她另嫁曹师兄。爹爹不知其中原委，自然瞧不透这毒计。我不便对爹爹明言，发了半天呆，爷儿俩又商量了半天，不知如何是好。”

曹云奇大叫：“你害死我师父，偷窃我天龙门至宝，却又来胡说八道。这套鬼话，连三岁孩儿也瞒骗不过。”陶子安冷笑道：“田伯父虽已死无对证，我手中却有证据。”曹云奇更是暴跳如雷，喝道：“证据？什么证据？拿出来大家瞧瞧。”陶子安道：“到时候我自会拿出来，不用你着忙。各位，这位曹师兄老是打断我的话头，还不如请他来说。”

宝树冷冷的道：“曹云奇，你妈巴羔子的，你要把老和尚撞下山去，和尚还没跟你算帐呢！直娘贼，你瞪眼珠粗脖子干么？”曹云奇心中一寒，不敢再说。

陶子安道：“我知道只要拿着铁盒一出田门，就算没杀身之祸，也必闹个身败名裂。我道：‘爹，这中间大有古怪，我把包裹去还给岳父，不能招揽这门子事。’当下将铁盒包回在锦缎之中，心下琢磨了几句话，要点破他的诡计，大家来个心照不宣。

“待我捧着包裹赶到田伯父房外，他房中灯光已熄，窗子房门都已紧闭。我想这件事随时都能闹穿，片刻延挨不得，当下在窗外叫了几声：‘阿爹，阿爹！’房里却没应声。我心下起疑：‘他这等武功，纵在沉睡之中也必立时惊觉，看来是故意不答。’

“我越想越怕，似觉天龙门的弟子已埋伏在侧，马上就要一拥而上，逼我交出宝刀。我一面拍门，一面把话说明在先：‘阿爹！

我爹爹要我把包裹还您。我们有要事在身，没能跟您老办事。这包裹小婿可没打开过。’拍了几下，房中仍是无声无息。我急了，取出刀子撬开了门闩，推门进去，打火点亮蜡烛，不由得惊得呆了，只见田伯父已死在床上，胸口插了一枝长箭，那正是我常用的羽箭。我那副弓箭放在他棉被之上。他脸色惊怖异常，似乎临死之前曾见到什么极可怕的妖魔鬼怪一般。

“我呆了半晌，不知如何是好，眼见门窗紧闭，不知害死田伯父的凶手怎生进来，下手后又从何处出去？抬头向屋顶一张，但见屋瓦好好的没半点破碎，那么凶手就不是从屋顶出入的了。

“我再想查看，忽听得走廊中传来几个人的脚步之声。我想田伯父死在我的箭下，此时若有人进来，我如何脱得了干系？忙在被上取过我的弓箭，正要去拔他胸口的羽箭，烛光下突然见到床上有两件物事，这一惊更是非同小可，手一颤，烛台脱手，烛火立时灭了。

“各位定然猜不到我见了什么东西。原来一样是这柄宝刀，另一样却是青妹埋在坟中的那个死婴。当时我只道是这婴儿不甘无辜枉死，竟从坟中钻出来索命，慌乱之下，顺手抢了宝刀就逃。刚奔到门口，忽然想起一事，回来在田伯父的褥子下一摸，果然摸到了那张白纸。我料到他的死因跟这张纸一定大有干系，于是塞入怀中，正要伸手再去拔箭，脚步声近，已有三人走到了门口。我暗叫：‘糟糕！这一下门口被堵，我陶子安性命休矣！’

“危急之下，眼见无处躲藏，只得往床底下一钻，但听得那三人推门进来，原来是阮师叔和曹周两位师兄。阮师叔叫了两声：‘师哥！’不听见应声，就命周师兄去点蜡烛来。我想待会取来烛火，他们见到田伯父枉死，一搜之下，我性命难保，此刻乘黑，正好冲将出去。

“阮师叔与曹师哥都是高手，我一人自不是他二人之敌，但出其不意，或能脱身，此时须得当机立断，万万迁延不得，当下慢慢爬到床边，正要跃出，突然手臂伸将出去，碰到一人的脸孔，原来床底下已有人比我先到。

“我险些失声惊呼，那人已伸手扣住我的脉门。我暗暗叫苦，那人在我耳边低声说道：‘别作声，一起出去。’我心中大喜，就在此时，眼前一亮，周师哥已提了灯笼来到。

“只听得噗的一响，那人发了一枚暗器，将灯笼打灭，跟着翻手竟来夺我手中的宝刀。我一个打滚，滚出床底，急冲而出。床底那人追将出来。只听阮师叔叫道：‘好贼子！’挥掌打去。阮师叔武功极高，料想那人也脱不了身。我急忙奔回房中，叫了爹爹，连夜逃出田家。

“这件事的经过就是这样。这只铁盒是田伯父亲手交给我的，他叫我埋在关外，我是依他的遗命而为。天龙门的师叔师兄们见到田伯父胸上羽箭，自然疑心是我下手害他，这原是难怪。只可惜我不知床底那人的底细，否则大可找来作个见证。但就算找不到床下那人，我也知害死田伯父的凶手是谁。各位请看，这张纸是田伯父见到我时塞在褥子底下的，他害怕仇家前来相害，弯弓搭箭对准窗口，等的就是此人。可是此人终于到来，而田伯父也终于逃不出他的毒手。”

他说到这里，从怀里取出一只绣花的锦囊。众人见这锦囊手工精致，料知是田青文所作，不由得转头去望曹云奇。只见他恼得眼中如要喷火，心中都是暗暗好笑。陶子安打开锦囊，摸出一张白纸，要待交给宝树，微一迟疑，却递给了苗若兰。

那白纸折成一个方胜，苗若兰接过来打开一看，轻轻咦了一声，只见纸上浓墨写着两行字道：“恭贺田老前辈闭门封剑，福寿全归。门下侍教晚生胡斐谨拜。”这两行字笔力遒劲，与左右双僮送上山来的拜帖书法一模一样，确是雪山飞狐胡斐的亲笔。苗若兰拿着白纸的手微微颤动，轻声道：“难道是他？”

阮士中从苗若兰手中接过白纸一看，道：“那确是胡斐的笔迹。这样说来，咱们倒是错怪子安了。”他突然回过头来，望着刘元鹤道：“刘大人，那么你躲在我田师哥床底下干什么？你是给雪山飞狐卧底来啦，是不是?”

众人闻言，都吃了一惊，连曹云奇与周云阳也都摸不着头脑。当晚黑暗之中，那床底人与阮士中交手数合，随即逸去，三人事后猜测，始终不知是谁，怎么他此时突然指着刘元鹤叫阵?

刘元鹤只是冷笑一声，却不答话。阮士中又道：“那晚黑暗之中，在下未能得见床下君子的面貌，心中却很佩服此公武艺了得。我们师叔侄三人不但未能将他截住，连他的底细来历也是摸不到半点边儿，当真算得无能。今日雪地一战，得与刘大人过招，却正是当日床下君子的身手。嘿嘿，幸会啊幸会！嘿嘿，可惜啊可惜!”

周云阳知道师叔此时必得要个搭档，就如说相声的下手，否则接不下口去，于是问道：“师叔，可惜什么?”阮士中双眉一扬，高声道：“可惜堂堂一位御前侍卫刘大人，居然不顾身份，来干这等穿堂入户、偷鸡摸狗的勾当!”

刘元鹤哈哈大笑，说道：“阮大哥骂得好，骂得痛快，那晚躲在田归农床下的，不错正是区区在下。你骂我偷鸡摸狗，原也不假。”说到这里，脸上显出一副得意的神情，又道：“只是在下的偷鸡摸狗，却是奉了皇上的圣旨而行!”

众人心中一奇，都觉他胡说八道，但转念一想，他是清宫侍卫，只怕当真是奉旨对付天龙门，亦未可知。天龙诸人都是有家有业之人，闻言不禁气沮。殷吉是两广著名的大财主，心中尤其惊惧。

刘元鹤见一句话便把众人慑伏了，更是洋洋自得，说道：“事到如今，我就把这事跟各位说说，待会或者尚有借重各位之处。这一件东西，或者各位从未见过。”说着从怀中取出一个黄色的大封套来。封套外写着“密令”二字，他开了袋口，取出一张黄纸，朗声读道：“奉密谕，令御前一等侍卫刘元鹤依计行事，不得有误。总管赛。”读毕，将那黄纸摊在桌上，让众人共观。

殷吉、陶百岁等多见博闻，眼见黄纸上盖着朱红的图章，知道确是侍卫总管赛尚鄂所下的密令。那赛总管向称满洲武士的第一高手，素为乾隆皇帝所倚重。

刘元鹤道：“阮大哥，你不用跟我瞪眼珠吹胡子，这件事从头说来，还是令师兄田归农起的因头。有一日，赛总管邀了我们十八个侍卫到总管府去吃晚饭。这十八个人哪，外边朋友送我们一个外号，叫作‘大内十八高手’。其实凭我们这一点儿三脚猫本事，哪里说得上‘高手’二字？不过朋友们要这么叫，要给我们脸上贴金，那也没有法儿，是不是？

“我们一到，赛总管就说，今日要给大伙儿引见一位武林中响当当的脚色。我们忙问是谁，赛总管微笑不说。待会开了酒席，赛总管到内堂引出一个人来。只见他腰板笔挺，步履矫健，双目有神，果然是一派武林高手的风范。他两鬓虽已灰白，但面目仍是极为英俊清秀，想当年定是一位美男子。赛总管朗声道：‘各位兄弟，这位是天龙门北宗掌门，武林中大大有名的人物，田归农田大哥！’

“我们一听，都是微微一惊。田归农的名头大家都是知道的，只是天龙门素来少跟官府往来，不知赛总管凭了什么面子能把他请到。饮酒中间，大伙儿逐一向他把盏敬酒。田大哥也是客气之极，说了许多套交情的言语，可一句不提他上京的原因。直到吃喝完了，赛总管邀大伙儿到厢房喝茶，他两人才把其中原委说了出来。

“原来田大哥虽然身在草莽，可是忠君报国之心，却一点没比我们当差的少了。

“他这次上京，为的是要向皇上进贡一个大宝藏。这大宝藏嘛，那就是反贼李自成在北京所搜刮的金银财宝了。田大哥说道，要找寻这个宝藏，共有两个线索，须得两个线索拼凑起来，方能寻到。一个线索是李自成的一把军刀，那是他天龙门掌管，他就携带在身。另一个线索可就难了，那是一幅宝藏所在的地图，自来由苗家剑苗家世代相传。单有地图而无军刀，不知寻宝关键；单有军刀而无地图，不知宝藏的所在。若是二宝合璧，取那宝藏就如探囊取物一般。

“我们虽在官家当差，可个个出身武林，一听到‘苗家剑’三字，都想：‘那打遍天下无敌手金面佛苗人凤何等厉害，谁敢惹他?’田大哥见我们脸现难色，微微一笑，道：‘在下若不是已经想到了对付苗人凤的计策，又怎敢轻易前来惊动各位?’赛总管忙问何计。田大哥于是说出一番话来，只把众人听得连连点头，齐叫妙计。他到底说的是什么妙计，时候一到，各位自然知晓，此刻也不必多说。

“次日田大哥告别离京，赛总管就派我们依计而行。他一面琢磨此事，总觉田大哥一不想升官、二不想发财，平白无端送我们这样一份大礼，天下哪有这等好人?料得其中必有别因，于是派了几个人暗中出京打探。我离京不久，就听到田大哥闭门封剑的讯息，当下备了一份礼物，上门道贺。

“和田大哥一见面，他显得十分欢喜，说道贵客上门，真是求之不得，跟着悄悄的要我办一件事。殷大哥，说出来你可别生气，他是要我知会官府，随便诬陷你一个罪名，将你拿在狱里，先关上几年再说。”

殷吉吓了一跳，浑身汗毛直竖，颤声道：“田师兄为人原是如此，幸蒙刘大人明鉴，高抬贵手，小的必有厚报。”

刘元鹤笑道：“好说，好说。当时我就问他跟殷大哥有甚仇怨。他道，仇怨是没有，只是依他们天龙门规矩，北宗掌门人轮值掌刀的期限已满，那把镇门之宝的宝刀就须传给南宗，片刻延挨不得。若是落到殷大哥手里，再要索回，不免就多一番周折。

“这话虽是不错，可是我不由得疑心更甚，当时跟他唯唯否否，既不答应，也不拒却，只是在一边厢冷眼旁观。

“酒筵之后，我想田大哥这把宝刀非交不可，难以推托，我倒有法儿给他帮个忙。若是我暗中将宝刀收起，他自然无法交出，殷大哥纵然不满，却也无计可施。这正是我立大功报圣恩的良机，岂能轻易放过?于是我悄悄走进田大哥房中，待要找寻宝刀，却听得门外脚步声响，原来是田大哥回来了。事急之际，只得躲入了床下。

“只听得田大哥走进房来，打开箱子，取出铁盒，突然惊呼：‘咦，刀呢?’听他这呼声惊惶异常，实非作假，看来这宝刀是给人盗去了。他立时叫了女儿来查问，田姑娘毫不知情，也很着急。不久阮大哥进来了。师兄弟俩为了立掌门的事大起争执，提到了曹云奇曹师兄与田姑娘的暧昧之事，过了一会，田大哥要阮大哥去叫陶子安陶世兄来。

“田大哥将铁盒交给陶世兄，命他去埋在关外。我在床下听得清清楚楚，暗想陶子安这傻瓜这番可上了大当。

“陶世兄走后，我在床下听得田大哥只是捶床叹息，喃喃自语：‘好胡一刀，好苗人凤!’当时我不知胡一刀是谁，料想是苗人凤盗了他的刀去。却原来他接到了胡一刀之子胡斐的拜帖，自知难逃一死，是以十分惶恐。但这时候偏巧失了宝刀，又不能就此高飞远走，一溜了之。

“跟着田姑娘走进房来，说道：‘爹，我查到了你宝刀的下落。’田大哥一跃而起，叫道：‘在哪里?’田姑娘走近几步，轻声道：‘给周师兄偷去了。’田大哥道：‘当真?他人呢?刀呢?’田姑娘道：‘我亲眼见到他将刀埋在一个处所。’田大哥道：‘好，你快去掘来。’田姑娘道：‘爹，我要做一件事，你可莫怪我。’田大哥道：‘什么事?’田姑娘道：‘你去把周师兄叫来，我躲在门后。你问他是不是盗了宝刀。他若认了，我就在他背上钉一枚毒龙锥。’我心里想，这位姑娘的手段好狠啊。只听田大哥道：‘我打折他双腿就是，不必取他性命。’田姑娘道：‘你不依我，我就不给你取刀。’田大哥微一迟疑，道：‘好，你快去取了刀来，凭你怎么处置他。’于是田姑娘转身出去。当时我不知田姑娘跟她师兄有什么仇怨，今日听了陶师兄之言，方知田姑娘是要杀人灭口。嘿，好家伙！人家大姑娘掩埋私生儿子，这种事也见得的?”

他说到这里，众人都转眼去瞧周云阳，只见他脸色铁青，双目不住眨动。

又听刘元鹤续道："我索性在床下卧倒，静等瞧这幕杀人的活剧，再则，我还得等那柄刀呢，何况田大哥醒着躺在床上，我又怎能出去？等了没多久，田姑娘匆匆回来，颤声道：'爹，那刀给他掘去啦。我好胡涂，竟迟了一步，他……他还……'田大哥惊怒交集，问道：'他还怎么？'田姑娘其实想说：'他连我孩儿的尸体也掘去啦！'但这句话怎说得出口，呆了一呆，叫道：'我找他去！'拔足急奔而出，想是惊恐过甚，奔到门边时竟一交摔倒。

"我在床下憋得气闷，宝刀又不明下落，本想乘机打灭烛火逃出，哪知田大哥见她女儿摔倒，只叹了口长气，却不下床去扶。田姑娘站起身来，扶着门框喘息一会方走。

"田大哥下床去关上门窗，坐在椅上。但见他将长剑放在桌上，手里拿了弓箭，铁青着脸，神色极是怕人。我心中也是惴惴不安，要是给他发觉了，他一个翻脸无情，我武功不及，只怕性命难保。

"田大哥坐在椅上，竟一动也不动，宛如僵直了一般，但双目却是精光闪烁，显得心下极为烦躁不安。四下一片死寂，只听得远处隐隐有犬吠之声，接着近处一只狗也吠了起来，突然之间，这狗儿悲吠一声，立时住口，似是被人用极快手法弄死了。田大哥猛地站起，房门上却起了几下敲击之声。这声音来得好快，听那狗儿吠叫声音总在数十丈外，岂知这人一弄死狗儿，转瞬间就到了门外。

"田大哥低沉着声音道：'胡斐，你终于来了？'门外那人却道：'田归农，你认得我声音么？'田大哥脸色更是苍白，颤声道：'苗……苗大侠！'门外那人道：'不错，是我！'田大哥道：'苗大侠，你来干什么？'门外那人道：'哼，我给你送东西来啦！'田大哥迟疑片刻，放下弓箭，去开了门。只见一个又高又瘦、脸色蜡黄的汉子走了进来。

"我在床底留神瞧他模样，心道：'此人号称打遍天下无敌手，是当今武林中顶儿尖儿的脚色，果然是不怒自威，气势慑人。'只见他手里捧着两件物事，放在桌上，说道：‘这是你的宝刀，这是你的外孙儿子。’原来一包长长的东西竟是一个死婴。

“田大哥身子一颤，倒在椅中。苗大侠道：‘你徒弟瞒着你去埋刀，你女儿瞒着你去埋私生儿，都给我瞧见啦，现下掘了出来还你。’田大哥道：‘谢谢。我……我家门不幸，言之有愧。’苗大侠突然眼眶一红，似要流泪，但随即满脸杀气，一个字一个字的说道：‘她是怎么死的？’”

只听得当啷一响，苗若兰手里的茶碗摔在地下，跌得粉碎。她举止本来十分斯文镇定，不知怎的，听了这句话，竟自把持不定。琴儿忙取出手帕，抹去她身上茶水，轻声道：“小姐，进去歇歇吧，别听啦！”苗若兰道：“不，我要听他说完。”

刘元鹤向她望了一眼，接着说道：“田大哥道：‘那天她受了凉，伤风咳嗽。我请医生给她诊治，医生说不碍事，只是受了些小小风寒，吃一帖药，发汗退烧就行了。可是她说药太苦，将煎好的药泼了去，又不肯吃饭，这一来病势越来越沉。我一连请了好几个医生，但她不肯服药，不吃东西，说什么也劝不听。’”

苗若兰听到这里，不由得轻轻啜泣。熊元献等都感十分奇怪，不知这不肯服药吃饭之人是谁，与田归农及苗氏父女三人又有什么关连。陶氏父子与天龙诸人却知说的是田归农的续弦夫人，但苗大侠何以关心此事，苗若兰何以伤心，却又不明所以了，都想：“难道田夫人是苗家亲戚？怎么我们从来没听说过？”

刘元鹤道：“当时我在床下听得摸不着半点头脑，不知他们说的是谁，心想苗人凤这么风头火势的赶来，只不过是问一个人的病。那人不服药、不吃饭，这不是撒娇么？但听苗大侠又问：‘这么说来，是她自己不想活了？’田大哥道：‘我后来跪在地下哀求，说得声嘶力竭，她始终不理。’

“苗大侠道：‘她留下了什么话？’田大哥道：‘她叫我在她死后将尸体火化了，把骨灰撒在大路之上，叫千人踩，万人踏！’苗大侠跳了起来，厉声道：‘你照她的话做了没有？’田大哥道：‘尸体是火化了，骨灰却在这里。’说着站起身来，从里床取出一个小小瓷坛，放在桌上。

“苗大侠望着瓷坛，脸上神色又是伤心又是愤怒。我只看了一眼，就不敢再望他的脸。

“田大哥又从怀里取出一枚凤头珠钗，放在桌上，说道：‘她要我把这珠钗还给你，或者交给苗姑娘，说这是苗家的物事。’”

众人听到此处，齐向苗若兰望去，只见她鬓边插了一枚凤头珠钗，微微晃动。那凤头打得精致无比，几颗珠子也是滚圆净滑，只是珠身已现微黄，似是历时已久的古物。

刘元鹤续道：“苗大侠拿起珠钗，从自己头上拔下一根头发，缓缓穿到凤头的口里，那头发竟从钗尖上透了出来，原来钗身中间是空的。但见他将头发两端轻轻一拉，凤头的一边跳了开来。苗大侠侧过珠钗，从凤头里落出一个纸团。他将纸团摊了开来，冷冷的道：‘瞧见了么？’田大哥脸如土色，隔了半晌，叹了口长气。

“苗大侠道：‘你千方百计要弄这张地图到手，可是她终于瞧穿了你的真面目，不肯将机密告知你，仍将珠钗归还苗家。宝藏的地图是在这珠钗之中，哼，只怕你做梦也难以想到罢！’他说了这几句话，又将纸团还入凤头，用头发拉上机括，将珠钗放在桌上，说道：‘开凤头的法儿我教了你啦，你拿去按图寻宝罢！’田大哥哪里敢动，紧闭着口一声不响。我在床下却瞧得焦急异常，地图与宝刀离开我身子不过数尺，可是就没法取得到手。只见苗大侠呆呆的瞧着瓷坛，慢慢伸出双手捧起了瓷坛，放入了怀中，脸上的神色十分可怕。”

只听得轻轻一声呻吟，苗若兰伏在桌上哭了出来，鬓边那凤头珠钗起伏颤动不已。众人面面相觑，不明其故。

刘元鹤接着道：“田大哥伸手在桌上一拍，道：‘苗大侠，你动手吧，我死而无怨。’苗大侠嘿嘿一笑，道：‘我何必杀你？一个人活着，就未必比死了的人快活。想当年我和胡一刀比武，大战数日，终于是他夫妇死了，我却活着。我心中一直难过，但后来想想，他夫妇恩爱不渝，同生同死，可比我独个儿活在世上好得多啦。嘿嘿，这张地图在你身边这许多年，你始终不知，却又亲手交还给我。我何必杀你？让你懊恼一辈子，那不是强得多么？’说着拿起珠钗，大踏步出房。田大哥手边虽有弓箭刀剑，却哪敢动手？

“田大哥唉声叹气，将死婴和宝刀都放在床上，回身闩上了门，喃喃的道：‘一个人活着，就未必比死了的人快活。’坐在床上，叫道：‘兰啊兰，你为我失足，我为你失足，当真是何苦来？’接着嘿的一声，听得什么东西戳入了肉里，他在床上挣了几挣，就此不动了。

“我吃了一惊，忙从床底钻将出来，只见他将羽箭插在自己心口，竟已气绝。各位，田大哥是自尽死的，并非旁人用箭射死。害死他的既不是陶子安，更不是胡斐，那是他自己。我跟陶胡二人绝无交情，犯不着给他们开脱。

“我见他死了，当下吹灭烛火，正想去拿宝刀，然后溜之大吉，陶世兄却已来到房外拍门，我只得躲回床底。以后的事，陶世兄都已说了。他拿了宝刀，逃到关外来。我在床底下弯了这老半天，难道是白挨的么？加上我这位熊师弟跟饮马川向来有梁子，咱哥儿俩就跟着来啦。”

他一番话说完，双手拍拍身上灰尘，拂了拂头顶，恰似刚从床底下钻出来一般，喝了两口茶，神情甚是轻松自得。

曹云奇俯身拾起，原来是一支金铸的小笔，笔身上刻着一个“安”字，就和田青文上峰之前手中所拿的一模一样。曹云奇疑云大起。

八

这些人你说一段，我说一段，凑在一起，众人心头疑团已解了大半，只是饥火上冲，茶越喝得多越是肚饿。

陶百岁大声道：“现下话已说明白了，这柄刀确是田归农亲手交于我儿的，各位不得争夺了吧?”刘元鹤笑道：“田大哥交给陶世兄的，只是一只空铁盒。若是你要空盒，在下并无话说。宝刀却哪有你的份?”殷吉道：“此刀该归我天龙南宗，再无疑问。”阮士中道：“当日田师兄未行授刀之礼，此刀仍属北宗。”众人越争声音越大。

宝树忽然朗声道：“各位争夺此刀，为了何事?”众人一时哑口无言，竟然难以回答。

宝树冷笑道：“先前各位只知此刀削铁如泥，锋利无比，还不知它关连着一个极大宝藏。现今有人说了出来，那更是人人眼红，个个起心。可是老和尚倒要请问：若无宝藏地图，单要此刀何用?”众人心头一凛，一齐望着苗若兰鬓边那只珠钗。

苗若兰文秀柔弱，要取她头上珠钗，直是一举手之劳，只是人人想到她父亲威震天下，若是对她有丝毫冒犯亵渎，她父亲追究起来，谁人敢当?是以眼见那珠钗微微颤动，却无人敢先说话。

刘元鹤向众人横眼一扫，脸露傲色，走到苗若兰面前，右手一探，突然将她鬓边的珠钗拔了下来。苗若兰又羞又怒，脸色苍白，退后了两步。众人见刘元鹤居然如此大胆，无不失色。

刘元鹤道："本人奉旨而行，怕他什么苗大侠，秧大侠？再说，那金面佛此刻是死是活，哼，哼，却也在未知之数呢。"群豪齐问："怎么？"刘元鹤微微一笑，道："眼下计来，那金面佛纵然尚在人世，十之八九，也已全身铐镣、落入天牢之中了。"

苗若兰大吃一惊，登忘珠钗被夺之辱，只挂念着父亲的安危，忙问："你……你说我爹爹怎么了？"宝树也道："请道其详。"

刘元鹤想起上峰之时，被他在雪中横拖倒曳，狼狈不堪，但自己说起奉旨而行种种情由，宝树神色登变，此时听他相询，更是得意，忍不住要将机密大事吐露出来，好在人前自占身份，于是问道："宝树大师，在下先要问你一句，此间主人是谁？"

群豪在山上半日，始终不知主人是谁，听刘元鹤此问，正合心意，一齐望着宝树，只听他笑道："既然大伙儿都不隐瞒，老衲也不用卖那臭关子了。此间主人姓杜名希孟，是武林中一位响当当的脚色。"众人互相望了一眼，心中暗念："杜希孟？杜希孟？"却都想不起此人是谁。宝树微微一笑，道："这位杜老英雄自视甚高，等闲不与人交往，是以武功虽强，常人可不知他名头。然而江湖上一等一的人物，却个个对他极是钦慕。"这几句话说得轻描淡写，可把众人都损了一下，言下之意，明是说众人实不足道。

殷吉、阮士中等都感恼怒，但想苗人凤在那对联上称他为"希孟仁兄"，而自己确够不上与金面佛称兄道弟，宝树之言虽令人不快，却也无可辩驳。

刘元鹤道："咱们上山之时，此间的管家说道：'主人赴宁古塔相请金面佛，又派人前去邀请兴汉丐帮的范帮主。'这话可有点儿不尽不实。想那范帮主在河南开封府被擒，小弟也曾出了一点儿力气。"众人惊道："范帮主被擒？"刘元鹤笑道："这是御前侍卫总管赛大人亲自下的手。想那范帮主虽然也算得上是个人物，却也不必劳动赛总管的大驾啊。我们拿住范帮主，只是把他当作一片香饵，用来钓一条大大的金鳌。那金鳌嘛，自然是苗人凤啦。杜庄主要去邀苗人凤来对付什么雪山飞狐，其实哪里邀得到？苗人凤这当儿定是去了北京，想要搭救范帮主。嘿嘿，赛总管在北京安排下天罗地网，专候苗人凤大驾光临。他若是不上这当，我们原是拿他没有法儿。他竟上京救人，这叫做啄木鸟啃黄连树，自讨苦吃。”

苗若兰与父亲相别之时，确是听父亲说有事赴京，嘱她先上雪峰，到杜家暂居。这时听刘元鹤如此说来，只怕父亲真是凶多吉少，不由得玉容失色。

刘元鹤洋洋得意，说道：“咱们地图有了，宝刀也有了，去把李自成的藏宝发掘出来，献给圣上，这里人人少不了一个封妻荫子的功名。”他见有的人脸现喜色，有的却有犹豫之意，心知如陶百岁等人，把发财瞧得比升官更重，又道：“想那宝藏堆积如山，大伙儿顺手牵羊，取上一些，那就一世吃着不尽，有何不美？”众人轰然喝采，再无异议。

田青文本来羞愧难当，独自躲在内室，听得厅上叫好之声不绝，知道已不在谈论她的丑事，当下悄悄出来，站在门边。

刘元鹤在头上拔下一根头发，慢慢从珠钗的凤嘴里穿了过去，依着当日所见苗人凤的手法，轻轻一拉一甩，凤头机括弹开，果然有个纸团掉了出来。众人都是“哦”的一声。刘元鹤打开纸团，摊在桌上。众人围拢去看。

但见那纸薄如蝉翼，虽然年深日久，但因密藏珠钗之中，却是丝毫未损，纸上绘着一座笔立高耸的山峰，峰旁写着九个字道：“辽东乌兰山玉笔峰后”。

宝树大叫：“啊哈，天下竟有这等巧事？咱们所在之处，就是乌兰山玉笔峰啊。”

众人瞧那图上山峰之形，果真与这雪峰一般无异，上峰时所见崖边的三株古松，图上也画得清清楚楚，当下无不啧啧称异。

宝树道：“此处庄上杜老英雄见闻广博，必是得知了宝藏的消息，是以特意在此建庄。否则此处气候酷寒，上下艰难，又何必费这么大的事？”刘元鹤心中一急，忙道：“啊哟！那可不妙。他这庄子建造已久，还不早将宝藏搬得一干二净？”宝树微笑道：“那也未必。刘大人你想，要是他已找到了宝藏所在，定然早就去了别地，决不会仍在此处居住。”刘元鹤一拍大腿，叫道：“不错，不错！快到后山去。”

宝树指着苗若兰道：“这位苗姑娘与庄上众人怎么办？”刘元鹤转过身来，只见于管家等庄上佣仆，个个已走得不知去向。田青文从门后出来，说道：“不知怎的，庄上男男女女都躲了个干干净净。”刘元鹤抢过一柄单刀，走到苗若兰身前，说道：“咱们所说之事，她句句听在耳里，这祸根可留不得。”举起单刀，就要往她头顶砍落。

突然间人影一闪，琴儿从椅背后跃出，抱住刘元鹤的手，狠命在他手腕上咬了一口。刘元鹤出其不意，手腕一疼，当啷一响，单刀落地。琴儿大骂：“短命的恶贼，你敢伤了小姐一根毫毛，我家老爷上得山来，抽你的筋，剥你的皮，这里人人脱不了干系。”

刘元鹤大怒，反手一拳，猛往琴儿脸上击去。熊元献伸出右臂，格开了他一拳，说道：“师哥，咱们寻宝要紧，不必多伤人命！”要知熊元献一生走镖，向来胆小怕事，谨慎稳重，不像他师兄做了皇帝侍卫，杀几个老百姓不当一回事，他听了琴儿之言，心想若是伤了苗若兰，万一她父亲逃脱罗网，那可大祸临头了。殷吉和他心意相同，也道：“刘师兄，咱们快去寻宝。”

刘元鹤双目一瞪，指着苗若兰道：“这妞儿怎么办？”

宝树笑吟吟的走上两步，大袖微扬，已在苗若兰颈口“天突”与背心“神道”两穴上各点了一指。苗若兰全身酸软，瘫在椅上，心里又羞又急，却说不出话。琴儿只道他伤了小姐，横了心又抓住了和尚的手，要狠狠咬他一口。宝树让她抓住自己右手拉到口边，手指抖动，点了她鼻边“迎香”、口旁“地仓”两穴。琴儿身子一震，摔倒在地。

田青文道：“苗家妹子坐在此处须不好看。”俯身托起她的身子，笑道：“真轻，倒似没生骨头。”走向东边厢房。

那东厢房原是杜庄主款待宾客的所在，床帐几桌、一应起居之具齐备，陈设得甚是考究。田青文掩上了门，替苗若兰除去鞋袜外裳，只留下贴身小衣，将她裹在被中，垂下了罗帐。苗若兰自七八岁后，未在人前除过衣衫，眼前之人虽是女子，也已羞得满脸红晕。田青文望着她身子，笑道："怕我瞧么？妹子，你生得真美，连我也不禁动心呢。"抱了她衣衫走到厅上，道："她衣衫都给我除下了，纵然时辰一过，穴道解了，也叫她走动不得。"群豪一齐大笑。

宝树道："咱们大家来瞧瞧，从这刀子之中，到底如何能寻到宝藏。"说着从怀中取出铁盒，打开盒盖，提刀在手，见刀鞘上除了刻得有字之外，更无别样奇异之处。他一手持鞘，一手持柄，刷的一响，将刀拔了出来，只觉青光四射，寒气透骨，不禁机伶伶的打个冷战。众人同时"啊"的一声叫了出来。

他将宝刀放在桌上，众人围拢观看，见刀身一面光滑平整，另一面却雕镂着双龙抢珠的花纹。两条龙一大一小，形状既极丑陋，而且龙不像龙，蛇不像蛇，倒如两条毛虫，但所抢之珠却是一块红玉，宝光照人，的是珍物。

曹云奇拿起刀来细看，道："哪有什么古怪？"宝树道："这两条虫儿必与宝藏有关，咱们到后山瞧瞧再说。给我！"说着伸手去接宝刀。曹云奇更不打话，回刀护身，急奔而出。宝树怒道："你干什么？"追了出去。

出得大门，只见曹云奇握刀向前急奔，宝树右手一扬，一颗铁念珠激飞而出，正中他右肩肩胛骨。曹云奇手臂酸麻，拿捏不住，擦的一声，宝刀落在雪地之中。宝树大踏步上前，拾起宝刀。曹云奇不敢再争，退在一旁，眼见宝树与刘元鹤一个持刀、一个持图，并肩向山后走去。这时余人也都涌出大门，跟随在后。

宝树笑道："刘大人，适才老衲多有冒犯，请勿见怪。"刘元鹤见他陪笑谢罪，心中乐意，说道："大师武艺高强，在下佩服得紧，日后还有借重之处。"宝树道："不敢。"

两人走了一阵，眼见山峰已无路可行，四顾尽是皑皑白雪，虽然明知宝藏是在这玉笔峰中，但偌大一座山峰，到处冰封雪冻，没留下丝毫痕迹，却到哪里找去？若要把峰上冰雪铲除，即穷千百人之力，也非一年半载之功，何况今日铲了，明日又有大雪落下；想到杜希孟已在峰上住了几十年，必定日日夜夜苦心焦虑、千方百计的寻宝，至今未能成功，寻宝之事，自然大非易易。

众人站在崖边东张西望，束手无策。田青文忽然指着峰下一条丘峦起伏的小小山脉，叫道："你们瞧！"众人顺着她手指望去，未见有何异状。田青文道："各位，看这山丘的模样，是否与军刀上的花纹相似？"

众人给她一语提醒，细看那条山脉，但见一路从东北走向西南，另一路自正南向北，两路山脉相会之处，有一座形似圆墩的矮峰。宝树举起宝刀一看，再望山脉，见那山脉的去势位置，正与刀上所雕的双龙抢珠图一般无异，那圆峰正当刀上宝石的所在，不禁叫了出来："不错，不错，宝藏定是在那圆峰之中。"刘元鹤道："咱们快下去。"

此时众人一意寻宝，倒也算得上齐心合力，不再互相猜疑加害。各人撕下衣襟裹在手上，拉着粗索慢慢溜下峰去。第一个溜下的是刘元鹤，最后一个是殷吉。他溜下后本想将绳索毁去，以免后患，但见众人都已去远，生怕寻到宝藏时没了自己的份，当下不敢停留，展开轻功向前疾追。

自玉笔峰望将下来，那圆峰就在眼前，可是平地走去，路程却也不近，约莫有二十来里。众人轻功都好，不到半个时辰，已奔到圆峰之前。各人绕着那圆峰转来转去，找寻宝藏的所在。陶子安忽向左一指，叫道："那是谁？"

众人听他语声急促，一齐望去，只见一条灰白色的人影在雪地中急驰而过，身法之快，实是难以形容，转眼之间，那白影已奔向玉笔峰而去。宝树失声道："雪山飞狐！胡一刀之子，如此了得！"说话之时脸色灰暗，显是心有重忧。

他正自沉思，忽听田青文尖声大叫，急忙转过头来，只见圆峰的坡上空了一个窟窿，田青文人形却已不见。

陶子安与曹云奇一直都耽在田青文身畔，见她突然失足陷落，不约而同的叫道："青妹!"都欲跃入救援。陶百岁一把拉住儿子，喝道："干什么?"陶子安不理，用力挣脱，与曹云奇一齐跳落。

哪知这窟窿其实甚浅，两人跳了下去，都压在田青文身上，三人齐声惊呼。上面众人不禁好笑，伸手将三人拉了上来。

宝树道："只怕宝藏就在窟窿之中也未可知。田姑娘，在下面见到什么?"田青文抚摸身上撞着山石的痛处，怨道："黑漆漆的什么也没瞧见。"宝树跃了下去，晃亮火折，见那窟窿径不逾丈，里面都是极坚硬的岩石与冰雪，再无异状，只得纵身而上。

猛听得周云阳与郑三娘两人纵声惊呼，先后陷入了东边和南边的雪中窟窿。阮士中与熊元献分别将两人拉起。看来这圆峰周围都是窟窿，众人只怕失足掉入极深极险的洞中，当下不敢乱走，都站在原地不动。

宝树叹道："杜庄主在玉笔峰一住数十年，不知宝藏所在。他无宝刀地图，茫无头绪，那也罢了。但咱们明知是在这圆丘之中，仍是无处着手，那更加算得无能了。"

众人站得累了，各自散坐原地。肚中越来越饿，都是神困气沮。

郑三娘伤处又痛了起来，咬着牙齿，伸手按住创口，一转头间，只见宝树手中刀上的宝石给雪光一映，更是晶莹美艳。她跟着丈夫走镖多年，见过不少珍异宝物，这时见那宝石光头有些异样，心中一动，说道："大师，请你借宝刀给我瞧瞧。"宝树心想，她是女流之辈，腿上又受了伤，怕她何来?当下将刀递了过去。郑三娘接刀细看，果见那宝石是反面嵌镶的。原来宝石两面有阴阳正反之分，有些高手匠人能将宝石雕琢得正反面一般无异，但在行家眼中，仍能分辨清楚。郑三娘道："大师，这宝石反面朝上，只怕中间另有古怪。"宝树正自彷徨无计，一听此言，心道："不管她说得是对是错，弄开来瞧瞧再说。"当下接过刀来，从身边取出一柄匕首，力透指尖，用匕首尖头在宝石下轻轻一挑，宝石离刀跳落。宝树拈起宝石，细看两面，并无特异之处，再向刀身上镶嵌宝石的凹窝儿一瞧，不禁失声叫道："在这里了！"

原来那窝儿之中，刻着一个箭头，指向东北偏北，箭头尽处有个小小的圆圈。宝树喜不自胜，心想这窝儿正中，当是圆峰之顶，一算距离远近，看准了方位，一步步走将过去，待走到所计之处，果然脚下松动，身子下落。他早有防备，双足着地，立即晃亮火折，拨开冰雪，见前面是条长长的通道，当即向前走去。刘元鹤等也跟着跃下。

火折点不多久就熄了，可是那山洞盘旋曲折，接连转了几个弯，仍是未到尽头。

曹云奇道："我去折些枯枝。"他奔出山洞，抱了一大捆枯柴回来，打火点燃了一根火把。他为人卤莽，却也有一样好处，做事勇往直前，手执火把，当先而行。

洞中到处是千年不化的坚冰，有些处所的冰条如刀剑般锋锐突出。陶百岁捧了一块大石，沿途击去阻路的冰尖。众人上山时各怀敌意，此时重宝在望，竟然同舟共济、相互扶持起来。

又转了个弯，田青文忽然叫道："咦！"指着曹云奇身前地下黄澄澄的一物。曹云奇俯身拾起，原来是一枝金铸的小笔，笔身上刻着一个"安"字，就和田青文上峰之前手中所拿的一模一样。曹云奇疑云大起，回头对陶子安厉声说道："嘿，原来你到这儿来过啦！"陶子安道："谁说我来过着？你瞧一路上有没人行的痕迹？"曹云奇心想："这山洞之中，确无人行足迹，那么他这枝金笔又怎会掉在此处？"他心中想到何事，再也藏不住片刻，当即摊开手掌，露出黄金小笔，说道："这不是你的么？上面明明刻着你的名字！"

陶子安一看，摇头道："我从没见过。"曹云奇大怒，手掌一翻，抛笔在地，探手抓住陶子安衣襟，一口唾沫吐了过去，喝道："还想赖！我明明见她拿着你送的笔儿。"

这山洞中转身都不方便，陶子安哪能闪避？这一口唾沫，正吐在他鼻子左侧。他大怒之下，右脚飞出，踢中曹云奇小腹，同时双手一招“燕归巢”，击中了对方胸口。曹云奇身子一震，抛下火把，右手还了一拳，砰的一声，打在陶子安脸上。火把熄灭，洞中一片漆黑，只听得两人吆喝怒骂，夹着砰砰蓬蓬之声。两人拳打足踢，招招都击中对方，到后来扭成一团，滚在地下。

众人又好气又好笑，齐声劝解。曹陶二人哪里肯听？忽听田青文高声叫道：“哪一个再不住手，我永不再跟他说话。”曹陶二人一怔，不由得松开了手，站起身来。

只听熊元献在黑暗中细声细气的说道：“是我熊元献，找火把点火，两位可别喝错了醋，拳脚往在下身上招呼。”他伸手在地下摸索，摸到了火把，重又点燃。只见曹陶二人眼青鼻肿，呼呼喘气，四手握拳，怒目相视。

田青文从怀里取出一枝黄金小笔，再拾起地下的小笔，向曹云奇道：“这两枝笔果真是一对儿，可谁跟你说是他给我的？”曹云奇无话可答，结结巴巴的道：“不是他给的，那你从哪儿来的？为什么笔上又有他的名字？”

陶百岁接过小笔，看了一眼，问曹云奇道：“你师父是田归农，你师祖是谁？”曹云奇一怔，道：“师祖？那是我师父的父亲，他老人家讳上安下豹。”陶百岁冷笑道：“是啊！田安豹，他用什么暗器？”曹云奇道：“我……我没见过师祖。”陶百岁道：“你没见过，你阮师叔的武艺是田安豹亲手所授，你问问他。”

曹云奇还没开口，阮士中已接口道：“云奇不用胡闹啦。这对黄金小笔，是你师祖爷所用的暗器。”曹云奇哑口无言，但心中疑惑丝毫不减。

宝树道：“你们要争风打架，不妨请到外面去拼个死活，我们可是要寻宝。”

熊元献高举火把当先领路，转过了弯去。这时洞穴愈来愈窄，众人须得弓身而行，有时头顶撞上了坚冰尖角，隐隐生疼，但想到重宝在望，也都不以为苦。

行了一盏茶时分，前面已无去路，只见一块圆形巨岩叠在另一块圆岩上，两块巨岩封住了去路。两岩之间都是坚冰牢牢凝结。熊元献伸手一推，巨岩纹丝不动，转过头来，问宝树道："怎么办?"宝树搔头不语。

群豪之中以殷吉最有智计，他微一沉吟，说道："两块圆石相叠，必可推动，只是给冰冻住了。"宝树喜道："对，把冰熔开就是。"熊元献便将火把凑近圆岩，去烧二岩之间的坚冰。曹云奇、周云阳等回到外面，又拾了些柴枝来加火。火焰越烧越大，冰化为水，只听得叮叮之声不绝，一块块碎冰落在地下。

眼见二岩之间的坚冰已熔去大半，宝树性急，双手在巨岩上运力一推，那岩石毫不动弹，再烧一阵，坚冰熔去更多，宝树第二次再推时，那巨岩晃了几晃，竟慢慢转将过去，露出一道空隙，宛似个天造地设的石门一般。

众人大喜，齐声欢呼起来。阮士中伸手相助，和宝树二人合力，将空隙推大。宝树从火堆里拾起一根柴枝，当先而入。众人各执火把，纷纷跟进。一踏进石门，一阵金光照射，人人眼花缭乱，凝神屏气，个个张大了口合不拢来。

原来里面竟是个极大的洞穴，四面堆满了金砖银块，珍珠宝石，不计其数。只是金银珠宝都隐在透明的坚冰之后。料想当年闯王的部属把金珠藏入之后，浇上冷水。该地终年酷寒，坚冰不熔，金珠就似藏在水晶之中一般。各人眼望金银珠宝，好半晌说不出话来，一时洞中寂静无声。突然之间，欢呼之声大作。宝树、陶百岁等都扑在冰上，不知说什么好。

忽然田青文惊呼："有人!"指着内壁。火光照耀下果见有两个黑影，站在靠壁之处。

众人这一惊直是非同小可，万想不到洞内竟会有人，难道洞穴另有入口之处?各人手执兵刃，不由自主的相互靠在一起。隔了好一会，只见两个黑影竟然一动也不动。宝树喝道："是谁?"里面两人并不回答。

众人见二人始终不动，心下惊疑更甚。宝树道："是哪一位前辈高人，请出来相见。"他喝声被洞穴四壁一激，反射回来，只震得各人耳中嗡嗡的甚不好受，但那两人既不回答，亦不出来。

宝树举起火把，走近几步，看清楚两个黑影是在一层坚冰之外，这一层冰就如一堵水晶墙般，将洞穴隔为前后两间。宝树大着胆子，逼近冰墙，见那两人情状怪异，始终不动，显是被人点中了穴道。这时他哪里还有忌惮，叫道："大家随我来。"大踏步绕过冰墙，他右手提起单刀，左手举火把往二人脸上一照，不禁倒抽一口凉气。原来那二人早已死去多时，面目狰狞，脸上筋肉抽搐，异常可怖。

郑三娘与田青文见是死人，都尖声惊呼出来。各人走近尸身，见那二人右手各执匕首，插在对方身上，一中前胸，一中小腹，自是相互杀死。

阮士中看清楚一尸的面貌，突然拜伏在地，哭道："恩师，原来你老人家在这里。"众人听他这般说，都是一惊，齐问："怎么？""这二人是谁？""是你师父？""怎么会死在这里？"

阮士中抹了抹眼泪，指着那身裁较矮的尸身道："这位是我田恩师。云奇刚才拾到的黄金小笔，就是我恩师的。"

众人见田安豹的容貌瞧来年纪不过四十，比阮士中还要年轻，初时觉得奇怪，但转念一想，随即恍然。这两具尸体其实死去已数十年，只是洞中严寒，尸身不腐，竟似死去不过数天一般。

曹云奇指着另一具尸体道："师叔，此人是谁？他怎敢害死咱们师祖爷？"说着向那尸体踢了一脚。众人见这尸体身形高瘦，四肢长大，都已猜到了八九分。

阮士中道："他就是金面佛的父亲，我从小叫他苗爷。他与我恩师素来交好，有一年结伴同去关外，当时我们不知为了何事，但见他二人兴高采烈，欢欢喜喜而去，可是从此不见归来。武林中朋友后来传言，说道他们两位为辽东大豪胡一刀所害，所以金面佛与田师兄他们才大举向胡一刀寻仇，哪知道苗……苗，这姓苗的财迷心窍，见到洞中珍宝，竟向我恩师下了毒手。”说着也向那尸身腿上踢了一脚。那苗田二人死后，全身冻得僵硬，阮士中一脚踢去，尸身仍是挺立不倒，他自己足尖却碰得隐隐生疼。

众人心想：“谁知不是你师父财迷心窍，先下毒手呢?”

阮士中伸手去推那姓苗的尸身，想将他推离师父。但苗田二人这样纠缠着已达数十年，手连刀，刀连身，坚冰凝结，却哪里推得开?

陶百岁叹了口气，道：“当年胡一刀托人向苗大侠和田归农说道，他知道苗田两家上代的死因，不过这两人死得太也不够体面，他不便当面述说，只好领他们亲自去看。现下咱们亲眼目睹，他这话果然不错。如此说来，胡一刀必是曾经来过此间，但他见了宝藏，却不掘取，实不知何故。”

田青文忽道：“我今日遇上一事，很是奇怪。”阮士中道：“什么?”田青文道：“咱们今日早晨追赶他……他……”说着嘴唇向陶子安一努，脸上微现红晕，续道：“师叔你们赶在前头，我落在后面……”曹云奇忍耐不住，喝道：“你骑的马最好，怎么反而落在后面？你……你……就是不肯跟这姓陶的动手。”田青文向他瞧也不瞧，幽幽的道：“你害了我一世，要再怎样折磨我，也只好由得你。陶子安是我丈夫，我对他不起。他虽然不能再要我，可是除了他之外，我心里决不能再有旁人。”

陶子安大声叫道：“我当然要你，青妹，我当然要你。”陶百岁与曹云奇齐声怒喝，一个道：“你要这贱人？我可不要她作儿媳妇。”一个道：“你有本事就先杀了我。”两人同时高声大叫，洞中回音又大，混在一起，竟听不出他二人说些什么。

田青文眼望地下，待他们叫声停歇，轻轻道：“你虽然要我，可是，我怎么还有脸再来跟你？出洞之后，你永远别再见我了。”陶子安急道：“不，不，青妹，都是他不好。他欺侮你，折磨你，我跟他拼了。”提起单刀，直奔曹云奇。

刘元鹤挡在他身前，叫道："你们争风吃醋，到外面去打。"左掌虚扬，右手一伸，扣住他的手腕，轻轻一扭，夺下了他手中单刀，抛在地下。那一边曹云奇暴跳不已，也给殷吉拦着。余人见田青文以退为进，将陶曹二人耍得服服贴贴，心中都是暗暗好笑。

宝树道："田姑娘，你爱嫁谁就嫁谁，总不能嫁我这和尚。所以老和尚只问你，你今日早晨遇见了什么怪事。"

众人哈哈大笑，田青文也是噗哧一笑，道："我的马儿走得慢，赶不上师叔他们，正行之间，忽听得马蹄声响，一乘马从后面驰来。马上的乘客手里拿着一个大葫芦，仰脖子就着葫芦嘴喝酒。我见他满脸络腮胡子，在马上醉得摇摇晃晃，还是咕噜咕噜的大喝，不禁笑了一声。他转过头来，问道：'你是田归农的女儿，是不是？'我道：'是啊，尊驾是谁？'他说道：'这个给你！'手指一弹，将这黄金小笔弹了过来，从我脸旁擦过，打落了我的耳环。我吃了一惊，他却纵马走了。我心下一直在嘀咕，不知他为什么给我这枝小笔。"

宝树问道："你认得此人么？"田青文点点头，轻声道："就是那个雪山飞狐胡斐。他给我小笔之时，我自然不认得他，他后来上得山来，与苗家妹子说话，我认出了他的声音，再在板壁缝中一张，果然是他。"曹云奇醋心又起，问道："这小笔既是师祖爷的，那胡斐从何处得来？他给你干么？"

田青文对别人说话温言软语，但一听曹云奇说话，立时有不愉之色，全不理睬。

刘元鹤道："那胡一刀既曾来过此间，定是在地下拾到，或在田安豹身上得到此笔。只是他死时胡斐生下不过几天，怎能将小笔留传给他？"熊元献道："说不定他将小笔留在家中，后来胡斐年长，回到故居，自然在父亲的遗物中寻着了。"阮士中点头道："那也未始不可。这小笔中空，笔头可以旋下。青文，你瞧瞧笔里有何物事。"

田青文先将洞穴中拾到的小笔旋下笔头，笔内空无一物，再将胡斐掷来的小笔笔头旋下，只见笔管内藏着一个小小纸卷。众人一齐围拢，均想若无阮士中在此，实不易想到这暗器打造得如此精巧，笔管内居然还可藏物。

只见田青文摊开纸卷，纸上写着十六个字，道："天龙诸公，驾临辽东，来时乘马，归时御风。"纸角下画着一只背上生翅膀的狐狸，这十六字正是雪山飞狐的手笔。

阮士中脸色一沉，道："嘿，也未必如此！"他话是这么说，但想到胡斐的本领，又想到他对天龙门人的行踪知道得清清楚楚，却也不禁栗栗自危。曹云奇道："师叔，什么叫'归时御风'？"阮士中道："哼，他说咱们都要死在辽东，变成他乡之鬼，魂魄飘飘荡荡的乘风回去。"曹云奇骂道："操他奶奶的熊！"

天龙门诸人瞧着那小柬，各自沉思。宝树、陶百岁、刘元鹤等诸人，目光却早转到四下里的金银珠宝之上。宝树取过一柄单刀，就往冰上砍去，他砍了几刀，斩开坚冰，捧了一把金珠在手，哈哈大笑。火光照耀之下，他手中金珠发出奇幻夺目的光采。众人一见，胸中热血上涌，各取兵刃，砍冰取宝。但砍了一阵，刀剑卷口，渐渐不利便了。原来众人自用的兵刃都已在峰顶被左右双僮削断，这时携带的是从杜家庄上顺手取来，并非精选的利器。各人取到珍宝，不住手的塞入衣囊，愈取得多，愈是心热，但刀剑渐钝，却是越砍越慢。

田青文道："咱们去拾些柴来，熔冰取宝！"众人轰然叫好。此事原该早就想到，但一见宝树珍宝在手，人人迫不及待的挥刀挺剑砍冰。可是众人虽然齐声附和田青文的说话，却没一人移步去取柴。原来人人都怕自己一出去，别人多取了珍宝。

宝树向众人横目而顾，说道："天龙门周世兄、饮马川陶世兄、镖局子的熊镖头，你们三位出去检柴。我们在这里留下的，一齐罢手休息，谁也不许私自取宝。"周陶熊三人虽将信将疑，但怕宝树用强，只得出洞去检拾枯枝。

胡斐正力敌数名高手，苗人凤脱却手脚上铐镣，竟自将穴道解了，顷刻间连伤数敌。

九

雪山飞狐胡斐与乌兰山玉笔峰杜希孟庄主相约，定三月十五上峰算一笔昔日旧帐，但首次上峰，杜庄主外出未归，却与苗若兰酬答了一番。他下得峰来，心中怔忡不定，眼中所见，似乎只是苗若兰的倩影，耳中所闻，尽是她弹琴和歌之声。他与平阿四、左右双僮在山洞中饱餐一顿干粮，眼见平阿四伤势虽重，性命却是无碍，心中甚慰。当下躺在地下闭目养神，但双目一闭，苗若兰秀丽温雅的面貌更是清清楚楚的在脑海中出现。

胡斐睁大眼睛，望着山洞中黑黝黝的石壁，苗若兰的歌声却又似隐隐从石壁中透了出来。他叹了一口长气，心道："我尽想着她干么？她父亲是杀害我父的大仇人，虽说当时她父亲并非有意，但我父总是因此而死。我一生孤苦伶仃，没爹没娘，尽是拜她父亲之赐。我又想她干么？"言念及此，恨恨不已，但不知不觉又想："那时她尚未出世，这上代怨仇，与她又有什么相干？唉！她是千金小姐，我是个流荡江湖的苦命汉子，何苦没来由自寻烦恼？"

话虽是这般说，可是烦恼之来，岂是轻易摆脱得了的？倘若情丝一斩便断，那也算不得是情丝了。

胡斐在山洞中躺了将近一个时辰，心中所思所念，便是苗若兰一人。他偶尔想到："莫非对头生怕敌我不过，安排下了这美人之计？"但立即觉得这念头太也亵渎了她，心中便道："不，不，她这样天仙一般的人物，岂能做这等卑鄙之事。我怎能以小人之心，冒犯于她？”眼见天色渐黑，再也按捺不住，对平阿四道：“四叔，我再上峰去。你在这里歇歇。”

他展开轻身功夫，转眼又奔到峰下，援索而上。一见杜家庄庄门，已是怦然心动。进了大厅，却见庄中无人相迎，不禁微感诧异，朗声说道：“晚辈胡斐求见，杜庄主可回来了么？”连问几遍，始终无人回答。他微微一笑，心想：“杜希孟枉称辽东大豪，却这般躲躲闪闪，装神弄鬼。你纵安排下奸计，胡某又有何惧？”

他在大厅上坐了片刻，本想留下几句字句，羞辱杜希孟一番，就此下峰，不知怎的，对此地竟是恋恋不舍，当下走向东厢房，推开房门，见里面四壁图书，陈设得甚是精雅。于是走将进去，顺手取过一本书来，坐下翻阅。可是翻来翻去，哪里看得进一字入脑，心中只念着一句话：“她到哪里去了？她到哪里去了？”

不久天色更加黑了，他取出火折，正待点燃蜡烛，忽听得庄外东边雪地里轻轻的几下擦擦之声。他心中一动，知有高手踏雪而来。须知若在实地之上，人人得以蹑足悄行，但在积雪中却是半点假借不得，功夫高的落足轻灵，功夫浅的脚步滞重，一听便知。胡斐听了这几下足步声，心想：“倒要瞧瞧来的是何方高人。”当下将火折揣回怀中，倾耳细听。

但听得雪地里又有几人的足步声，竟然个个武功甚高。胡斐一数，来的共有五人，只听得远处隐隐传来三下击掌，庄外有人回击三下，过不多时，庄外又多了六人。胡斐虽然艺高人胆大，但听高手毕集，转眼间竟到了十一人之多，心下也不免惊疑不定，寻思：“先离此庄要紧，对方大邀帮手，我这可是寡不敌众。”当下走出厢房，正待上高，忽听屋顶喀喀几响，又有人到来。

胡斐急忙缩回，分辨屋顶来人，居然又是七名好手。只听屋顶上有人拍了三下手掌，庄外还了三下，屋顶七人轻轻落在庭中，径自走向厢房。他想敌人众多，这番可须得出奇制胜，事先原料杜希孟会邀请帮手助拳，但想不到竟然请了这么多高手到来。耳听那七人走向房门，当下缩身在屏风之后，要探明敌人安排下什么机关，如何对付自己。

但听噗的一声，已有人晃亮火折。胡斐心想屏风后藏不住身，游目一瞥，见床上罗帐低垂，床前却无鞋子，显是无人睡卧，当下提一口气，轻轻走到床前，揭开罗帐，坐上床沿，钻进了被里。这几下行动轻巧之极，房外七人虽然都是高手，竟无一人知觉。

可是胡斐一进棉被，却是大吃一惊，触手碰到一人肌肤，轻柔软滑，原来被中竟睡着一个女子。他正要一滚下床，眼前火光闪动，已有人走进房来。一人拿着蜡烛在屏风后一探，说道："此处没人，咱们在这里说话。"说着便在椅上坐下。

此时胡斐鼻中充满幽香，正是适才与苗若兰酬唱时闻到的，一颗心直欲跳出腔子来，心道："难道她竟是苗姑娘？我这番唐突佳人，那当真是罪该万死。但我若在此刻跳将出去，那几人见她与我同床共衾，必道有甚暧昧之事。苗姑娘一生清名，可给我毁了。只得待这几人走开，再行离床致歉。"

他身子微侧，手背又碰到了那女子上臂肌肤，只觉柔腻无比，竟似没穿衣服，惊得急忙缩手。其实田青文除去苗若兰的外裳，尚留下贴身小衣，但胡斐只道她身上裸露，闭住了眼既不敢看，手脚更不敢稍有动弹，忙吸胸收腹，悄悄向外床挪移，与她身子相距略远。

他虽闭住了眼，但鼻中闻到又甜又腻、荡人心魄的香气，耳中听到对方的一颗心在急速跳动，忍不住睁开眼来，只见一个少女向外而卧，脸蛋儿羞得与海棠花一般，却不是苗若兰是谁？烛光映过珠罗纱帐照射进来，更显得眼前枕上，这张脸蛋娇美艳丽，难描难画。

胡斐本想只瞧一眼，立即闭眼，从此不看，但双目一合，登时意马心猿，把持不定，忍不住又眼睁一线，再瞧她一眼。

苗若兰被点中了穴道，动弹不得，心中却有知觉，见胡斐忽然进床与自己并头而卧，初时惊惶万分，只怕他欲图非礼，当下闭着眼睛，只好听天由命。哪知他躺了片刻，非但不挨近身子，反而向外移开。不禁惧意少减，好奇心起，忍不住微微睁眼，正好胡斐也正睁眼望她。四目相交，相距不到半尺，两人都是大羞。

只听得屏风外有人说道："赛总管，你当真是神机妙算，人所难测。那人就算不折不扣，当真是打遍天下无敌手的英雄豪杰，落入了你这罗网，也要教他插翅难飞。"

拿着蜡烛的人哈哈大笑，放下烛台，走到屏风之外，道："张贤弟，你也别尽往我脸上贴金。事成之后，我总忘不了大家的好处。"

胡斐与苗若兰听了两人之言，都是吃了一惊，这些人明是安排机关，要加害金面佛苗人凤。苗若兰不知江湖之事，还不怎样，心想爹爹武功无敌，也不怕旁人加害。胡斐却知赛总管是满洲第一高手，内功外功俱臻化境，为人凶奸狡诈，不知害死过多少忠臣义士。他是当今乾隆皇帝手下第一亲信卫士，今日居然亲自率人从北京赶到这玉笔峰上。听那姓张的言语，他们暗中安排下巧计，苗人凤纵然厉害，只怕也难逃毒手。耳听得赛总管走到屏风之外，心想机不可失，轻轻揭起罗帐，右掌对准烛火一挥，一阵劲风扑将过去，嗤的一声，烛火登时熄了。

只听一人说道："啊，烛火灭啦！"就在此时，又有人陆续走进厢房，嚷道："快点火！掌灯吧！"赛总管道："咱们还是在暗中说话的好。那苗人凤机灵得紧，若在屋外见到火光，说不定吞了饵的鱼儿，又给他脱钩逃走。"好几人纷纷附和，说道："赛总管深谋远虑，见事周详，果然不同。"

但听有人轻轻推开屏风，此时厢房中四下里都坐满了人，有的坐在地下，有的坐在桌上，更有三人在床沿坐下。

胡斐生怕那三人坐得倦了，向后一仰，躺将下来，事情可就闹穿，只得轻轻向里床略移。这一来，与苗若兰却更加近了，只觉她吹气如兰，荡人心魄。他既怕与床沿上的三人相碰，毁了苗若兰的名节，又怕自己胡子如戟，刺到她吹弹得破的脸颊，当下心中打定了主意，若是给人发觉，必当将房中这一十八人杀得干干净净，宁教自己性命不在，也不能留下一张活口，累了这位冰清玉洁的姑娘。

幸喜那三人都好端端的坐着，不再动弹。胡斐不知苗若兰被点中了穴道，但觉她竟不向里床闪避，不由得又是惶恐，又是欢喜，一个人就似在半空中腾云驾雾一般。

只听赛总管道："各位，咱们请杜庄主给大伙儿引见引见。"只听得一个嗓音低沉的人说道："承蒙各位光降，兄弟至感荣幸。这位是御前侍卫总管赛总管赛大人。赛大人威震江湖，各位当然都久仰的了。"说话之人自是玉笔庄庄主杜希孟。众人轰言说了些仰慕之言。

胡斐倾听杜希孟给各人报名引见，越听越是惊讶。原来除了赛总管等七人是御前侍卫之外，其余个个是江湖上成名的一流高手。青藏派的玄冥子到了，昆仑山灵清居士到了，河南无极门的蒋老拳师也到了。此外不是哪一派的掌门、名宿，就是什么帮会的总舵主、什么镖局的总镖头，没一个不是大有来头之人；而那七名侍卫，也全是武林中早享盛名的硬手。

苗若兰心中思潮起伏，暗想："我只穿了这一点点衣服，却睡在他的怀中。此人与我家恩怨纠葛，不知他要拿我怎样？今日初次与他相会，只觉他相貌虽然粗鲁，却是个文武双全的奇男子，哪知他竟敢对我这般无礼。"虽觉胡斐这样对待自己，实是大大不该，但不知怎的，心中殊无恼怒怨怪之意，反而不由自主的微微有些欢喜，外面十余人大声谈论，她竟一句也没听在耳里。

胡斐比她大了十岁，阅历又多，知道眼前之事干系不小，是以虽然又惊又喜，六神无主，但于帐外各人的说话，却句句听得十分仔细。他听杜希孟一个个的引见，屈指数着，数到第十六个时，杜希孟便住口不再说了。胡斐心道："帐外共有一十八人，除杜希孟外，该有十七人，这余下一个不知是谁？"他心中起了这疑窦，帐外也有几个细心之人留意到了。有人问道："还有一位是谁？"杜希孟却不答话。

隔了半晌，赛总管道："好！我跟各位说，这位是兴汉丐帮的范帮主。”

众人吃了一惊，内中有一二人讯息灵通的，得知范帮主已给官家捉了去。余人却知丐帮素来与官府作对，决不能跟御前侍卫联手，他突在峰上出现，人人都觉奇怪。

赛总管道：“事情是这样。各位应杜庄主之邀，上峰来助拳，为的是对付雪山飞狐。可是在拿狐狸之前，咱们先得抬一尊菩萨下山。”有人笑了笑，说道：“金面佛？”赛总管道：“不错。我们惊动范帮主，本来为的是要引苗人凤上北京相救。天牢中安排下了樊笼，等候他的大驾。哪知他倒也乖觉，竟没上钩。”侍卫中有人喉头咕噜了一声，却不说话。

原来赛总管这番话中隐瞒了一件事。苗人凤何尝没去北京？他单身闯天牢，搭救范帮主，人虽没救出，但一柄长剑杀了十一名大内侍卫，连赛总管臂上也中了剑伤。赛总管布置虽极周密，终因对方武功太高，竟然擒拿不着。这件事是他生平的奇耻大辱，在旁人之前自然绝口不提。

赛总管道：“杜庄主与范帮主两位，对待朋友义气深重，答允助我们一臂之力，在下实是感激不尽，事成之后，在下奏明皇上，自有大大的封赏……”

说到这里，忽听庄外远处隐隐传来几下脚步之声。他耳音极好，脚步虽然又轻又远，可也听得清楚，低声道：“金面佛来啦，我们宫里当差的埋伏在这里，各位出去迎接。”杜希孟、范帮主、玄冥子、灵清居士、蒋老拳师等都站起来，走出厢房，只剩下七名大内卫士。

这时脚步声倏忽间已到庄外，谁都想不到他竟会来得这样快，犹如船只在大海中遇上暴风，甫见征兆，狂风大雨已打上帆来；又如迅雷不及掩耳，闪电刚过，霹雳已至。

赛总管与六名卫士都是一惊，不约而同的一齐抽出兵刃。赛总管道：“伏下。”就有人手掀罗帐，想躲入床中。赛总管斥道：“蠢才，在床上还不给人知道？”那人缩回了手。七个人或躲入床底，或藏在柜中，或隐身书架之后。

胡斐心中暗笑：“你骂人是蠢才，自己才是蠢才。”但觉苗若兰鼻中呼吸，轻轻的喷在自己脸上，再也把持不定，轻轻伸嘴过去，在她脸颊上吻了一下。苗若兰又喜又羞，待要闪开，苦于动弹不得。胡斐一吻之后，忽然不由自主的自惭形秽，心想：“她这么温柔文雅，我怎能欺辱于她？”待要挪身向外，不与她如此靠近，忽听床底下两名卫士动了几下，低声咒骂。原来几个人挤在床底，一人手肘碰痛了另一人的鼻子。

胡斐对敌人向来滑稽，以他往日脾气，此时或要揭开褥子，往床底下撒一大泡尿，将众卫士淋一个醍醐灌顶，但心中刚有此念，立即想到苗若兰睡在身旁，岂能胡来？

过不多时，杜希孟与蒋老拳师等高声说笑，陪着一人走进厢房，那人正是苗人凤。有人拿了烛台，走在前面。

杜希孟心中纳闷，不知自己家人与婢仆到了何处，怎么一个人影也不见。但赛总管一到，苗人凤跟着上峰，实无余裕再去查察家事，斜眼望苗人凤时，见他脸色木然，不知他心中所想何事。

众人在厢房中坐定。杜希孟道：“苗兄，兄弟与那雪山飞狐相约，今日在此间算一笔旧帐。苗兄与这里几位好朋友高义，远道前来助拳，兄弟实在感激不尽。只是现下天色已黑，那雪山飞狐仍未到来，定是得悉各位英名，吓得夹住狐狸尾巴，远远逃去了。”胡斐大怒，真想一跃而出，劈脸给他一掌。

苗人凤哼了一声，向范帮主道：“后来范兄终于脱险了？”范帮主站起来深深一揖，说道：“苗爷不顾危难，亲入险地相救，此恩此德，兄弟终身不敢相忘。苗爷大闹北京，不久敝帮兄弟又大举来救，幸好人多势众，兄弟仗着苗爷的威风，才得侥幸脱难。”

范帮主这番话自是全属虚言。苗人凤亲入天牢，虽没为赛总管所擒，但大闹一场之后，也未能将范帮主救出。丐帮闯天牢云云，全无其事。赛总管一计不成，二计又生，亲入天牢与范帮主一场谈论，以死相胁。范帮主为人骨头倒硬，任凭赛总管如何威吓利诱，竟是半点不屈。赛总管老奸巨猾，善知别人心意，跟范帮主连谈数日之后，知道对付这类硬汉，既不能动之以利禄，亦不能威之以斧钺，但若给他一顶高帽子戴戴，倒是颇可收效。当下亲自迎接他进总管府居住，命手下最会谄谀拍马之人，每日里“帮主英雄无敌”、“帮主威震江湖”等等言语，流水价灌进他耳中。范帮主初时还兀自生气，但过得数日，甜言蜜语听得多了，竟然有说有笑起来。于是赛总管亲自出马，给他戴的帽子越来越高。后来论到当世英雄，范帮主固然自负，却仍推苗人凤天下第一。赛总管说道：“范帮主这话太谦，想那金面佛虽然号称打遍天下无敌手，依兄弟之见，不见得就能胜过帮主。”范帮主给他一捧，舒服无比，心想苗人凤名气自然极大，武功也是真高，但自己也未必就差了多少。

两个人长谈了半夜。到第二日上，赛总管忽然谈起自己武功来。不久在总管府中的侍卫也来一齐讲论，都说日前赛总管与苗人凤接战，起初二百招打成了平手。到后来赛总管已然胜券在握，若非苗人凤见机逃去，再拆一百招他非败不可。范帮主听了，脸上便有不信之色。

赛总管笑道：“久慕范帮主九九八十一路五虎刀并世无双，这次我们冒犯虎威，虽说是皇上有旨，但一半也是弟兄们想见识见识帮主的武功。只可惜大伙儿贪功心切，出齐了大内十八高手，才请得动帮主。兄弟未得能与帮主一对一的过招，实为憾事。现下咱们说得高兴，就在这儿领教几招如何？”范帮主一听，傲然道：“连苗人凤也败在总管手里，只怕在下不是敌手。”赛总管笑道：“帮主太客气了。”两人说了几句，当即在总管府的练武厅中比武较量。

范帮主使刀，赛总管的兵刃却极为奇特，是一对短柄的狼牙棒。他力大招猛，武功果然十分了得。两人翻翻滚滚斗了三百余招，全然不分上下，又斗了一顿饭功夫，赛总管渐现疲态，给范帮主一柄刀迫在屋角，连冲数次都抢不出他刀圈。赛总管无奈，只得说道："范帮主果然好本事，在下服输了。"范帮主一笑，提刀跃开。赛总管恨恨的将双棒抛在地下，叹道："我自负英雄无敌，岂知天外有天，人上有人。"说着伸袖抹汗，气喘不已。

经此一役，范帮主更让众人捧上了天去。他把众侍卫也都当成了至交好友，对赛总管更是言听计从。这个粗鲁汉子哪知道赛总管有意相让，若是各凭真实功夫相拼，他在一百招内就得输在狼牙双棒之下。

然则赛总管何以要费偌大气力，千方百计的与他结纳？原来范帮主的武功虽未能算是一等的高手，但他有一项家传绝技，却是人所莫及，那就是二十三路"龙爪擒拿手"，沾上身时直如钻筋入骨，敲钉转脚。不论敌人武功如何高强，只要身体的任何部位给他手指一搭上，立时就给拿住，万万脱身不得。赛总管听了田归农之言，要擒住苗人凤取那宝藏的关键，"天牢设笼"之计既然不成，于是想到借重范帮主这项绝技。想那金面佛何等本领，范帮主若是正面和他为敌，他焉能让龙爪擒拿手上身？但范帮主和他是多年世交，要是出其不意的突施暗袭，便有成功之机。

苗人凤见范帮主相谢，当即拱手还礼，说道："区区小事，何必挂齿？"转头问杜希孟道："但不知那雪山飞狐到底是何等样人，杜兄因何与他结怨？"

杜希孟脸上一红，含含糊糊的道："我和这人素不相识，不知他听了什么谣言，竟说我拿了他家传宝物，数次向我索取。我知他武艺高强，自己年纪大了，不是他的对手，是以请各位上峰，大家说个明白。若是他恃强不服，各位也好教训教训这后生小子。"苗人凤道："他说杜兄取了他的家传宝物，却是何物？"杜希孟道："哪有什么宝物？完全胡说八道。"

当年苗人凤自胡一刀死后，心中郁郁，便即前赴辽东，想查访胡一刀的亲交故旧，打听这位生平唯一知己的轶事义举。一查之下，得悉杜希孟与胡一刀相识，于是上玉笔峰杜家庄来拜访。杜希孟于胡一刀的事迹说不上多少，但对苗人凤招待得十分殷勤，又亲自陪他去看胡一刀的故宅，却见胡家门垣破败，早无人居。

苗人凤推爱对胡一刀的情谊，由此而与杜希孟订交，那已是二十多年前的事了。这时听他说得支支吾吾，便道："倘若此物当真是那雪山飞狐所有，待会他上得峰来，杜兄还了给他，也就是了。"杜希孟急道："本就没什么宝物，却教我哪里去变出来给他？"

范帮主心想苗人凤精明机警，时候一长，必能发觉屋中有人埋伏，当即劝道："杜庄主，苗爷的话一点不错，物各有主，何况是家传珍宝？你还给了他，也就是了，何必大动干戈，伤了和气？"杜希孟急了起来，道："你也这般说，难道不信我的说话？"范帮主道："在下对此事不知原委，但金面佛苗爷既这般说，定是不错。范某纵横江湖，对谁的话都不肯信，可就只服了金面佛苗爷一人。"

他一面说，一面走到苗人凤身后，双手舞动，以助言语的声势。

苗人凤听他话中偏着自己，心想："他是一帮之主，究竟见事明白。"突觉耳后"风池穴"与背心"神道穴"上一麻，情知不妙，左臂急忙挥出击去。哪知这两大要穴被范帮主用龙爪擒拿手拿住，登时全身酸麻，任他有天大武功、百般神通，却已是半点施展不出。

但金面佛号称"打遍天下无敌手"，奇变异险，一生中不知已经历凡几，岂能如此束手待毙？当下大喝一声，一低头，腰间用力，竟将范帮主一个庞大的身躯从头顶甩了过去。赛总管等齐声呼叱，各从隐身处窜了出来。

范帮主被苗人凤甩过了头顶，但他这龙爪擒拿手如影随形，似蛆附骨，身子已在苗人凤前面，两只手爪却仍是牢牢拿住了他背心穴道。苗人凤眼见四下里有人窜出，暗想："我一生纵横江湖，今日阴沟翻船，竟遭小人毒手。"只见一名侍卫扑上前来，张臂抱向他头颈。

苗人凤盛怒之下，无可闪避，脖子向后一仰，随即脑袋向前一挺，猛地一个头锤撞了过去。这时他全身内劲，都聚在额头，一锤撞在那侍卫双眼之间，喀的一声，那侍卫登时毙命。余人大吃一惊，本来一齐扑上，忽地都在离苗人凤数尺之外止住。

苗人凤四肢无力，头颈却能转动，他一撞成功，随即横颈又向范帮主急撞。范帮主吓得心胆俱裂，急中生智，一低头，牢牢抱住他的腰身，将脑袋顶住他的小腹。苗人凤四肢活动，一足踢飞一名迫近身旁的侍卫，立即伸手往范帮主背心拍去，哪知手掌刚举到空中，四肢立时酸麻，这一掌竟然击不下来，原来范帮主又已拿住他腰间穴道。

这几下兔起鹘落，瞬息数变。赛总管知道范帮主的偷袭只能见功于顷刻，时候稍长，苗人凤必能化解，当即抢上前去，伸指在他笑腰穴中点了两点。他的点穴功夫出手迟缓，但落手极重。苗人凤嘿的一声，险险晕去，就此全身软瘫。

范帮主钻在苗人凤怀中，不知身外之事，十指紧紧拿在他穴道之中。赛总管笑道："范帮主，你立了奇功一件，放手了吧！"他说到第三遍，范帮主方始听见。他抬起头来，可是兀自不敢放手。

一名侍卫从囊中取出精钢铐镣，将苗人凤手脚都铐住了，范帮主这才松手。

赛总管对苗人凤极是忌惮，只怕他竟又设法兔脱，那可是后患无穷，从侍卫手中接过单刀，说道："苗人凤，非是我姓赛的不够朋友，只怨你本领太强，不挑断你的手筋脚筋，我们大伙儿白天吃不下饭，晚上睡不着觉。"左手拿住苗人凤右臂，右手举刀，就要斩他臂上筋脉，只消四刀下去，苗人凤立时就成了废人。

范帮主伸手架住赛总管手腕，叫道："不能伤他！你答应我的，又发过毒誓。"赛总管一声冷笑，心想："你还道我当真敌你不过。不给你些颜色看看，只怕你这小子狂妄一世！"当下手腕一沉，腰间运劲，右肩突然撞将过去。一来他这一撞力道奇大，二来范帮主并未提防，蓬的一声，身子直飞出去，竟将厢房板壁撞穿一个窟窿，破壁而出。赛总管哈哈大笑，举刀又向苗人凤右臂斩下。

胡斐在帐内听得明白，心想："苗人凤虽是我杀父仇人，但他乃当世大侠，岂能命丧鼠辈之手？"一声大喝，从罗帐内跃出，飞出一掌，已将一名侍卫拍得撞向赛总管。这一来奇变陡起，赛总管猝不及防，抛下手中单刀，将那侍卫接住。

胡斐乘赛总管这么一缓，双手已抓住两名侍卫，头对头的一碰，两人头骨破裂，立时毙命。胡斐左掌右拳，又向二人打去。混乱之中，众人也不知来了多少敌人，但见胡斐一出手就是神威迫人，不禁先自胆怯。

胡斐一拳打在一名侍卫头上，将他击得晕了过去，左手一掌挥出，倏觉敌人一黏一推，自己手掌登时滑了下来，心中一惊，定眼看时，只见对手银髯过腹，满脸红光，虽不识此人，但他这一招"混沌初开"守中有攻，的是内家名手，非无极门蒋老拳师莫属。

胡斐眼见敌手众多，内中不乏高手，当下心生一计，飞起一腿，猛地往灵清居士的胸口踢去。灵清居士练的是外家功夫，见他飞足踢到，手掌往他足背硬斩下去。胡斐就势一缩，双手探出，往人丛中抓去。厢房之中，地势狭窄，十多人挤在一起，众人无处可避。呼喝声中，胡斐一手已抓住杜希孟胸膛，另一手抓住了玄冥子的小腹，将两人当作兵器一般，直往众人身上猛推过去。众人挤在一起，被他抓着两人强力推来，只怕伤了自己人，不敢反手相抗，只得向后退缩。十余人给逼在屋角之中，一时极为狼狈。

赛总管见情势不妙，从人丛中一跃而起，十指如钩，猛往胡斐头顶抓到。胡斐正是要引他出手，哈哈一笑，向后跃开数步，叫道："老赛啊老赛，你太不要脸哪！"赛总管一怔，道："什么不要脸？"

胡斐手中仍是抓住杜希孟与玄冥子二人，他所抓俱在要穴，两人空有一身本事，却半点施展不出，只有软绵绵的任他摆布。胡斐道："你合十余人之力，又施奸谋诡计，才将金面佛拿住，称什么满洲第一高手？"

赛总管给他说得满脸通红，左手一摆，命众人布在四角，将胡斐团团围住，喝道：“你就是什么雪山飞狐了？”胡斐笑道：“不敢，正是区区在下。我先前也曾听说北京有个什么赛总管，还算得是个人物，哪知竟是如此无耻小人。这样的脓包混蛋，到外面来充什么字号？给我早点儿回去抱娃娃吧！”

赛总管一生自负，哪里咽得下这口气去？眼见胡斐虽是浓髯满腮，年纪却轻，心想你本领再强，功力哪有我深，然见他抓住了杜希孟与玄冥子，举重若轻，毫不费力，心下又自忌惮，不敢出口挑战，正自踌躇，胡斐叫道：“来来来，咱俩比划比划。三招之内赢不了你，姓胡的跟你磕头！”

赛总管正感为难，一听此言，心想：“若要胜你，原无把握，但凭你有天大本领，想在三招之中胜我，除非我是死人。”他愤极反笑，说道：“很好，姓赛的就陪你走走。”胡斐道：“倘若三招之内你败于我手，那便怎地？”赛总管道：“任凭你处置便是。赛某是何等样人，那时岂能再有脸面活在世上？不必多言，看招！”说着双拳直出，猛往胡斐胸口击去。他见胡斐抓住杜玄二人，只怕他以二人身子挡架，当下欺身直进，叫他非撒手放人、回掌相格不可。

胡斐待他拳头打到胸口，竟是不闪不挡，突然间胸部向内一缩，将这一拳化解于无形。赛总管万料不到他年纪轻轻，内功竟如此精湛，心头一惊，防他运劲反击，急忙向后跃开。众人齐声叫道：“第一招！”其实这一招是赛总管出手，胡斐并未还击，但众人有意偏袒，竟然也算是一招。

胡斐微微一笑，忽地咳嗽一声，一口唾液激飞而出，猛往赛总管脸上吐去，同时双足“鸳鸯连环”，向前踢出。

赛总管吃了一惊，要躲开这一口唾液，不是上跃便是低头缩身，倘若上跃，小腹势非给敌人左足踢中不可，但如缩身，却是将下颚凑向敌人右足去吃他一脚，这当口上下两难，只得横掌当胸，护住门户，那口唾液噗的一声，正中双眉之间。本来这样一口唾液，连七八岁小儿也能避开，苦于敌人伏下凶狠后着，令他不得不眼睁睁的挺身领受。

众人见他脸上被唾，为了防备敌人突袭，竟是不敢伸手去擦，如此狼狈，那“第二招”这一声叫，就远没首次响亮。

赛总管心道：“我纵然受辱，只要守紧门户，再接他一招又有何难，到那时且瞧他有何话说？”大声喝道：“还剩下一招。上吧！”

胡斐微微一笑，跨上一步，突然提起杜希孟与玄冥子，迎面向他打去。赛总管早料他要出此招，心下计算早定：“常言道无毒不丈夫，当此危急之际，非要伤了朋友不可，那也叫做无法。”眼见两人身子横扫而来，立即双臂一振，猛挥出去。

胡斐双手抓着两人要穴，待两人身子和赛总管将触未触之际，忽地松手，随即抓住两人非当穴道处的肌肉。

杜希孟与玄冥子被他抓住了在空中乱挥，浑浑噩噩，早不知身在何处，突觉穴道松弛，手足能动，不约而同的四手齐施，打了出去。他二人原意是要挣脱敌人的掌握，是以出手都是各自的生平绝招，决死一拼，狠辣无比。但听赛总管一声大吼，太阳穴、胸口、小腹、胁下四处同时中招，再也站立不住，双膝一软，坐倒地下。胡斐双手一放一抓，又已拿住了杜玄二人的要穴，叫道：“第三招！”

他一言出口，双手加劲，杜玄二人哼也没哼一声，都已晕了过去。这一下重手拿穴，力透经脉，纵有高手解救，也非十天半月之内所能治愈。他跟着提起二人，顺手往身前另外二人掷去。那二人吃了一惊，只怕杜玄二人又如对付赛总管那么对付自己，急忙上跃闪避。胡斐一纵而前，乘二人身在半空、尚未落下之际，一手一个，又已抓住，这才转过身来，向赛总管道：“你怎么说？”

赛总管委顿在地，登觉雄心尽丧，万念俱灰，喃喃的道：“你说怎么就怎么着，又问我怎地？”胡斐道：“快放了苗大侠。”赛总管向两名侍卫摆了摆手。那两人过去解开了苗人凤的镣铐。

苗人凤身上的穴道是赛总管所点，那两名侍卫不会解穴。胡斐正待伸手解救，哪知苗人凤暗中运气，正在自行通解，手脚上镣铐一松，他深深吸一口气，小腹一收，竟自将穴道解了，左足起处，已将灵清居士踢了出去，同时一拳递出，砰的一声，将另一人打得直掼而出。

范帮主被赛总管撞出板壁，隔了半晌，方能站起，正从板壁破洞中跨进房来，不料苗人凤打出的那人正好撞在他的身上。这一撞力道奇大，两人体内气血翻涌，昏昏沉沉，难分友敌，立即各出绝招，互相缠打不休。

灵清居士虽被苗人凤一脚踢出，但他究是昆仑派的名宿，武功有独到造诣，身子飞在半空，腰间一扭，已头上脚下，换过位来，腾的一声，跌坐在床沿之上。

胡斐大吃一惊，待要抢上前去将他推开，忽觉一股劲风扑胸而至，同时右侧又有金刃劈风之声，原来蒋老拳师与另一名侍卫同时攻到。侍卫的一刀还易闪避，蒋老拳师这一招“斗柄东指”却是不易化解，只得双足站稳，运劲接了他一招。但那无极拳绵若江河，一招甫过，次招继至，一时竟教他缓不出手足。

灵清居士跌在床边，嗤的一响，将半边罗帐拉了下来，跃起身时，右足一带，竟将苗若兰身上盖着的棉被掠在一旁，露出了上身。

苗人凤正斗得兴起，忽见床上躺着一个少女，亵衣不足以蔽体，双颊晕红，一动也不动，正是自己的独生爱女，这一下他如何不慌，叫道：“兰儿，你怎么啦?”苗若兰开不得口，只是举目望着父亲，又羞又急。

苗人凤双臂一振，从四名敌人之间硬挤了过去，一拉女儿，但觉她身子软绵绵的动弹不得，竟是被高手点中了穴道。他亲眼见胡斐从床上被中跃出，原来竟在欺侮自己爱女。他气得几欲晕去，也不及解开女儿穴道，只骂了一声：“奸贼!”双拳挥出，疾向胡斐打去。

此时他眼中如要喷出火来，这双拳击出，实是毕生功力之所聚，势道犹如排山倒海一般。胡斐吃了一惊，他适才正与蒋老拳师凝神拆招，心无旁骛，没见到苗人凤如何去拉苗若兰，心中只觉奇怪，明明自己救了他，何以他反向自己动武，但见来势厉害，不及喝问，急忙向左闪让，但听砰的一声大响，苗人凤双拳已击中一名拳师背心。

这人所练下盘功夫直如磐石之稳，一个马步一扎，纵是几条壮汉一齐出力，也拖他不动。苗人凤双拳击到之时，他正背向胡斐，不意一个打得急，一个避得快，这双拳头正好击中他的背心。若是换作旁人，中了这两拳势必扑地摔倒，但这拳师下盘功夫实在太好，以硬碰硬，喀的一响，脊骨从中断绝，一个身子软软的折为两截，双腿仍是牢钉在地，上身却弯了下去，额角碰地，再也挺不起来。

众人见苗人凤如此威猛，发一声喊，四下散开。苗人凤左腿横扫，又向胡斐踢到。

胡斐见苗若兰在烛光下赤身露体，几个存心不正之徒已在向她斜睨直望，心想先保她洁白之躯要紧，顺手拉过一名侍卫，在自己与苗人凤之间一挡，身形一斜，窜到床边，扯过被子裹在苗若兰身上。这几下起落快捷无伦，众人尚未看清，他已抱起苗若兰从板壁缺口钻了出去。

苗人凤一脚将那名侍卫踢得飞向屋顶，见胡斐掳了女儿而走，又惊又怒，大叫："奸贼，快放下我儿！"纵身欲追，但室小人挤，被几名敌人缠住了手足，任他拳劈足踢，一时竟是难以脱身。

月光下只见一人一跛一拐的走近，正是杜希孟杜庄主。他将一个尺来长的包裹递给胡斐，颤声道："这是你妈的遗物，里面一件不少，你收着吧。"

一〇

胡斐见到苗人凤发怒时神威凛凛，心中也自骇然，抱着苗若兰不敢停留，抢到崖边，一手拉索，溜下峰去。他知附近有个山洞人迹罕至，当下展开轻身功夫，直奔而去，手中虽抱了人，但苗若兰身子甚轻，全没减了他奔跑之速。

不到一盏茶功夫，已抱着苗若兰进了山洞，将棉被紧紧裹住她身子，让她靠在洞壁，心中踌躇："若要解她穴道，非碰到身子不可，如不解救，时间一长，她不会内功，只怕身子有损。"实在好生难以委决，当下取火折点燃了一根枯枝。

火光下但见苗若兰美目流波，俏脸生晕，便道："苗姑娘，在下绝无轻薄冒渎之意，但要解开姑娘穴道，难以不碰姑娘贵体，此事该当如何？"苗若兰虽不能点头示意，但日光柔和，似羞似谢，殊无半点怒色，胡斐大喜，先吹熄柴火，伸手到衾中在她几处穴道上轻轻按摩，替她通了经脉。

苗若兰手足渐能活动，低声道："行啦，多谢您！"胡斐急忙缩手，待要说话，却不知说什么好，过了良久，才道："适才冒犯，实是无意之过，此心光明磊落，天日可鉴，务请姑娘恕罪。"苗若兰低声道："我知道。"

两人在黑暗之中，相对不语。山洞外虽是冰天雪地，但两人心头温暖，山洞中却如春风和煦，春日融融。

过了一会，苗若兰道："不知我爹爹现下怎样了。"胡斐道：

“令尊英雄无敌，这些人不是他的对手。你放心好啦。”苗若兰轻轻叹了口气，说道：“可怜的爹爹，他以为你……你对我不好。”胡斐道：“这也难怪，适才情势确甚尴尬。”

苗若兰脸上一红，道：“我爹爹因有伤心之事，是以感触特深，请胡爷不要见怪。”胡斐道：“什么事？”一问出口，立觉失言，想要用言语岔开，却一时不知说什么好。他号称雪山飞狐，平时聪明伶俐，机变百出，但今日在这个温雅的少女之前，不知怎的，竟似变成了另一个人，显得十分拙讷。

苗若兰道：“此事说来有愧，但我也不必瞒你，那是我妈的事。”胡斐“啊”了一声。苗若兰道：“我妈做过一件错事。”胡斐道：“人孰无过？那也不必放在心上。”苗若兰缓缓摇头，说道：“那是一件大错事。一个女子一生不能错这么一次。我妈妈教这件事毁了，连我爹也险险给这事毁了。”

胡斐默然，心下已料到了几分。苗若兰道：“我爹是江湖豪杰。我妈却是出身官家的一个千金小姐。有一次我爹无意之中救了我妈的性命，他们才结了亲。两人本来不大相配，那也罢了。可是我爹有一件事大大不对，他常在我妈面前，夸奖你妈的好处。”

胡斐奇道：“我的母亲？”苗若兰道：“是啊。我爹跟令尊比武之时，你妈妈英风飒爽，比男子汉还有气概。我爹平时闲谈，常自羡慕令尊，说道：‘胡大侠得此佳偶，活一日胜过旁人百年。’我妈听了虽不言语，心中却甚不快。后来天龙门的田归农到我家来作客。他相貌英俊，谈吐风雅，又能低声下气的讨人喜欢。我妈一时胡涂，竟撇下了我，偷偷跟着那人走了。”

胡斐轻轻叹了口气，难以接口。苗若兰话声哽咽，说道：“那时我还只三岁，爹抱了我连夜追赶，他不吃饭不睡觉，连追三日三夜，终于赶上了他们。那田归农见到我爹，哪敢动手？我妈却全力护着他。我爹见我妈妈对这人如此真心相爱，无可奈何，抱了我走了，回到家来生了一场大病，险些死去。他对我说，若不是见我孤苦伶仃，在这世上没人照顾，他真不想活啦。一连三年，他不出大门一步，有时叫着：‘兰啊兰，你怎地如此胡涂？’我妈妈的名字之中，也是有个‘兰’字的。”她说到此处，脸上一红。要知当时女子的名字也是秘密，旁人只知女子姓氏，只有对至亲至近之人方能告知名字。她这么说，等于是对胡斐说自己名字中有个“兰”字。

胡斐虽见不到她脸上神色，但听她竟把家中最隐秘的可耻私事，也毫不讳言的告知了自己，不禁大是感激，最后听她提到她自己小名，更是如饮醇醪，颇有微醺薄醉之意，说道：“苗姑娘，那田归农存心极坏，对你妈未必有什么真正的情意。”

苗若兰叹了口气道：“我爹也是这么说。只是他时常埋怨自己，说道若非他对我妈不够温存体贴，我妈也不致受了旁人之骗。我爹号称打遍天下无敌手，但说到待人处世，却不及田归农了。那姓田的欺骗我妈，其实是想得我苗家家传的一张藏宝之图。可是他虽令我一家受苦，令我自幼就成了个无母之人，到头来却仍是白费了心机。我妈看穿了他的用心，临终之时，仍将藏着地图的凤头珠钗还给了我爹。”于是将刘元鹤在田归农床底的所见所闻，说了一遍，最后说到那图如何给宝树他们抢去，那些人如何凭了闯王军刀与地图去找藏宝。

胡斐恨恨的道：“这姓田的心思也忒煞歹毒。他畏惧你爹爹，又弄不到地图，就想假手官家，将你爹爹擒住，好迫他交出图来。哪知天网恢恢，终于难逃孽报。唉，这宝藏不知害了多少人。”

他停了片刻，又道：“苗姑娘，我爹和我妈就是因这宝藏而成亲的。”

苗若兰道：“啊，是么？快说给我听。”她虽矜持，究竟年纪幼小，心喜之下，伸手去握住了胡斐的手，但随即觉得不妙，要待缩回，胡斐却翻过手掌，轻轻握住了她手不放。苗若兰脸上一红，也就不再缩回，只觉胡斐手上热气，直透进自己的心里。

胡斐道：“你道我妈是谁？她是杜希孟杜庄主的表妹。”苗若兰更加惊奇，说道：“我自幼识得杜伯伯，爹爹却从来没提起过。”

胡斐道：“我在爹爹妈妈的遗书中得悉此事，想来令尊未必知道其中详情。杜庄主得到一些线索，猜到宝藏必在雪峰附近，是以长住峰上找寻。只是他一来心思迟钝，二来机缘不巧，始终参透不出藏宝的所在。我爹爹暗中访查，却反而先他得知。他进了藏宝之洞，见到田归农的父亲与你祖父死在洞中，正想发掘藏宝，哪知我妈跟着来了。

“我妈的本事要比杜庄主高得多。我爹连日在左近出没，她早已看出了端倪。她跟进宝洞，和我爹动起手来。两人不打不成相识，互相钦慕，我爹就提求亲之议。我妈说道：她自幼受表哥杜希孟抚养，若是让我爹取去藏宝，那是对表哥不起，问我爹要她还是要宝藏，两者只能得一。

“我爹哈哈大笑，说道就是十万个宝藏，也及不上我妈。他提笔写了一篇文字，记述此事，封在洞内，好令后人发现宝藏之时，知道世上最宝贵之物，乃是两心相悦的真正情爱，决非价值连城的宝藏。”

苗若兰听到此处，不禁悠然神往，低声道：“你爹娘虽然早死，可比我爹妈快活得多。”

胡斐道：“只是我自幼没爹没娘，却比你可怜得多了。”苗若兰道：“我爹爹若知你活在世上，就是抛尽一切，也要领你去抚养。那么咱们早就可以相见啦。”胡斐道：“我若住在你家里，只怕你会厌憎我。”

苗若兰急道：“不！不！那怎么会？我一定会待你很好很好，就当你是我亲哥哥一般。”胡斐怦怦心跳，问道：“现在相逢还不迟么？”苗若兰不答，过了良久，轻轻说道：“不迟。”又过片刻，说道：“我很欢喜。”

古人男女风怀恋慕，只凭一言片语，便传倾心之意。

胡斐听了此言，心中狂喜，说道：“胡斐终生不敢有负。”

苗若兰道：“我一定学你妈妈，不学我妈。”她这两句话说得天真，可是语意之中，充满了决心，那是把自己一生的命运，全盘交托给了他，不管是好是坏，不管将来是祸是福，总之是与他共同担当。

两人双手相握，不再说话，似乎这小小山洞就是整个世界，登忘身外天地。

过了良久，苗若兰才道："咱们去找到我爹，一起走吧，别理杜庄主他们啦。"胡斐道："好的。"可是他一生之中，从未有如此刻之乐，实是不愿离开山洞。苗若兰也有此心，觉得不如说些闲话，多留一刻好一刻，于是问道："杜庄主既是你长亲，何以你要跟他为难？"

胡斐恨恨的道："这件事说来当真气人。我妈临终之时，拜恳你爹照看，养我成人。我妈在我襁褓中放了一包遗物，一通遗书，其中记明我的生日时辰，我胡家的籍贯、祖宗姓名，以及世上的亲戚。后来变生不测，平四叔抱了我逃走。他以为你父有害我之意，见到遗书中有杜庄主的姓名，便抱了我前去投奔。哪知杜庄主起心不良，想得我爹的武学秘本。他又隐约猜到我爹妈知道藏宝秘密，竟来搜查我妈给我的遗物。平四叔情知不妙，抱着我连夜逃下雪峰。我爹的武学秘本是带走了，但我妈给我的一包遗物，却失落在庄上。这次我跟他约会，是要问他为什么欺侮我一个幼年孤儿，又要向他要回我妈所遗的物事。"

苗若兰道："杜庄主对人温和谦善，甚是好客，想不到待你竟这么坏。"胡斐道："这人假仁假义，单是他阴谋害你爹爹，就可想见其余……"随即语气转柔，说道："不过现在我也不恼他了。若不是他，我又怎能跟你相逢？"

正说到此处，忽听洞外传来一阵兵刃相交之声，隐隐夹杂着呼喝叱骂。只是声音极沉极闷，胡斐依稀分辨得出，苗若兰却还道是风动松柏，雪落山巅。

胡斐道："这声音来自地底，那可奇了。你留在这里，我瞧瞧去。"说着站起身来。苗若兰道："不，我跟你去。"胡斐也不愿留她一人孤身在此，说道："好。"携着她手，出洞寻声而去。

两人在雪地上缓缓走出数十丈。这天是三月十五，月亮正圆，银色的月光映着银色的雪光，再与苗若兰皎洁无瑕的肌肤一映，当真是人间仙境，此夕何夕？这时胡斐早已除下自己长袍，披在苗若兰身上。月光下四目交投，于身外之事，竟是全不萦怀。

两人心中柔和，古人咏叹深情蜜意的诗句，忽地一句句似欲脱口而出。胡斐不自禁低声说道："宜言饮酒，与子偕老。"苗若兰仰起头来，望着他的眼睛，轻轻的道："琴瑟在御，莫不静好。"这是《诗经》中一对夫妇的对答之词，情意绵绵，温馨无限。突然之间，地底呼声转剧，两人当即止步，侧耳倾听。

胡斐一辨声音，说道："他们找到了宝藏所在，正在地下厮杀争夺。"他从父亲遗书之中得知宝藏地点，曾进入数次，取出父母当年封存的文字，又取了田归农之父的黄金小笔。这日早晨他用小笔投射田青文，就是示警之意。他虽知宝藏所在，但体念父母遗志，不肯发掘。这时辨声知向，料定宝树等必是见财眼红，正在互相争夺。

胡斐所料丝毫不错，那地底山洞之中，天龙门、饮马川山寨、平通镖局诸路人马，为了争夺宝物，正自杀成一团。宝树袖手旁观，只是冷笑，心想且让你们打个三败俱伤，老僧再慢慢一个个的收拾。

周云阳与熊元献又是扭在一起，在地下滚来滚去。两人突然间滚到了火堆之旁。初时互欲将对方压在火上，哪知几个打滚，险险将火头压熄。宝树骂道："压灭了火，大伙儿都冻死么？"伸出右脚，抄到周云阳身底一挑，两个人一齐飞了起来，腾的一声，落在地下。

宝树嘿嘿一笑，弯腰拿起几根粗柴，添入火堆。正要挺直身子，忽见火光突突跳动，在对面冰壁上映出两个人影，人影也在微微跳动。宝树吃了一惊，转过身来，见山洞口并肩站着二人。一个脸带娇羞，乃是苗若兰；另一个虬髯戟张，眼露杀气，却是雪山飞狐胡斐。

宝树“啊”的一声，右手一扬，一串铁念珠激飞而出。念珠初掷出似是一串，其实串着铁珠的丝线早被他捏断，数十颗铁珠忽然上下左右，分打胡苗二人的要害。这是他苦练十余年的绝技，恃以保身救命，临敌之时从未用过，此时陡逢大敌，事势紧迫，立施杀手。

胡斐一声冷笑，踏上一步，挡在苗若兰身前。宝树见他并无特异功夫挡避，心下大喜，暗道：“原来你装模装样，功夫也不过尔尔，这番可要叫你死无葬身之地了。”正自得意，但见胡斐双手衣袖倏地挥出，已将数十颗来势奇急的铁念珠尽行卷住，衣袖振处，嗒嗒急响，如落冰雹，铁念珠都飞向冰壁，只打得碎冰四溅。

宝树一见之下，不由得心胆俱裂，急忙倒跃，退在曹云奇身后，生怕胡斐跟着上前，大叫一声：“不好了！”双手抓住曹云奇背心，提起他一个魁伟长大的身子，就往火堆中掷将过去。他本意将火堆压灭，好教胡斐瞧不见自己，哪知道火堆刚得他添了干柴，烧得正旺。曹云奇跌在火中，衣服着火，洞中更是明亮。

胡斐见宝树一上来就向自己和苗若兰猛施毒手，想起平阿四适才所言，这和尚卑鄙贪财，害了自己父母性命，心中怒火大炽，立时也如那火堆一般烧了起来，弯腰抄起了一把珠宝，托在左手掌心，右手食指不住弹动。

但见珍珠、珊瑚、碧玉、玛瑙、翡翠、宝石、猫儿眼、祖母绿，各种各样的珍物，如雨点般往宝树身上飞去。每一块宝物射到，都打得他剧痛难当。宝树纵高窜低，竭力闪避，但胡斐手指弹出，珍宝飞到，准头不偏半点，宝树又怎避得开？洞中人数不少，这些珠宝却始终不碰到别人身上。

刘元鹤、陶百岁等见此情景，个个贴身冰壁，一动也不敢动。宝树初时还东西奔跃，后来足踝上连中了两块碧玉，就此倒地，再也站不起来，高声号叫，在地下滚来滚去。他先前只愁珍宝不多，此时却但愿珍宝越少越好。

胡斐越弹手劲越重，但避开了宝树的要害，要让他多吃些苦头。众人缩在洞角，凝神观看，个个吓得心惊肉跳，连大气也不敢喘一口。

苗若兰听宝树叫得凄惨，心中不忍，低声道："这人确是很坏，但也够他受的了，饶了他吧！"胡斐生平除恶务尽，何况这人正是杀父害母的大仇人，但一听苗若兰之言，突然觉得自己此刻福祉无穷，喜乐无尽，对这世上最大的恶人，憎恨之心登时淡了许多，当即左手一掷，掌中余下的十余件珍宝激飞而出，叮叮当当一阵响，尽数嵌入了冰壁。

众人尽皆骇然："这些珠宝若要宝树受用，单只一件就要了他的性命。"

胡斐睁大双目，自左至右逐一望过去，眼光射到谁的脸上，谁就不自禁的低下头去，不敢与他目光相接。洞中寂静无声。宝树身上虽痛，却也不敢发出半声呻吟。

隔了良久，胡斐喝道："各位如此贪爱珍宝，就留在这里陪伴宝藏吧！"说着携了苗若兰的手，转身便出。

众人万料不到他居然肯这么轻易罢手，个个喜出望外，但听他二人脚步声在隧道中逐渐远去，各人齐声低呼，俯身又去检拾珠宝。

胡斐和苗若兰来到两块圆岩之外。胡斐道："我们在这里等上一会，瞧他们出不出来。哪一个贪念稍轻，自行出来，就饶了他性命。"

洞内各人双手乱扒，拼命的执拾珠宝，只恨爹娘当时少生了自己两三只手。过了良久，突然隧道中传来一阵郁闷的轧轧之声，众人初尚不解，转念之间，个个惊得脸如土色，齐叫："啊哟，不好啦！""他堵死了咱们出路。""快跟他拼了。"众人情急之下，争先恐后的拥出，奔到圆岩之后，果见那块巨岩已被胡斐推回原处，牢牢的堵住了洞门。

洞门甚窄，在外尚有着力之处，内面却只容得一人站立，岩面光滑，无所拉扯，这么一堵上，过不多时，融化了的冰水重行冻结，若非外面有人来救，洞内诸人万万不能出来。

苗若兰心中不忍，道："你要他们都死在里面么？"胡斐道："你说，里面哪一个是好人，饶得他活命？"

苗若兰叹了口气，道："这世上除了爹爹和你，我不知道还有谁是真正的好人。可是，你总不能把天下的坏人都杀了啊。"胡斐一怔，道："我哪算得是好人？"

苗若兰抬头望着他，说道："我知道你是好的。我没见你面的时候就知道啦！大哥，你可知在什么时候，我这颗心就已交了给你？"

这是她第一次出口叫他"大哥"，可是这一声叫得那么自然流畅，随随便便的脱口而出，却似已经叫了一辈子一般。胡斐再也抑制不住，张臂抱住了她。苗若兰伸手还抱，倚在他的怀中。两人搂抱在一起，但愿这一刻无穷无尽。

两人这样抱着，也不知过了多少时候，忽然洞口传进来几下脚步之声。胡斐心道："不好！我堵死别人，别要螳螂捕蝉，黄雀在后，另有别人来堵死了我们。"手臂搂着苗若兰不放，急步抢出洞去。

月光之下，但见雪地里有两人在发力奔逃，显然便是雪峰上与自己动过手的武林豪客。胡斐笑道："你爹爹把那些家伙都赶跑啦。"弯腰在地下抓起一把雪，手指用劲，这把雪立时团得坚如铁石。他手臂一挥，雪团直飞过去，击中前面一人后腰。那人一交俯跌，再也站不起来。后面一人吃了一惊，回过头来，一个雪团飞到，正中胸口，立时仰天摔倒。两人跌法不同，却是同样的再不站起。

胡斐哈哈一笑，忽然柔声道："你什么时候把心交给了我？我想一定没我早。我第一眼瞧你，我……我就管不住自己了。"苗若兰轻声道："十年之前，那时候我还只七岁，我听爹爹说你爹妈之事，心中就尽想着你。我对自己说，若是那个可怜的孩子活在世上，我要照顾他一生一世，要教他快快活活，忘了小时候别人怎样欺侮他、亏待他。”

胡斐心下感激，不知说什么才好，只是紧紧的将她搂在怀里，眼光从她肩上望去，忽见雪峰上几个黑影，正缘着绳索往下急溜。

胡斐叫道：“咱们帮你爹爹截住这些歹人。”说着足底加劲，抱着苗若兰急奔，片刻间已到了雪峰之下。

这时两名豪客已踏到峰下实地，尚有几名正急速下溜。胡斐放下苗若兰，双手各握一个雪团，双臂齐扬，峰下两名豪客应声倒地。

胡斐正要再掷雪团，投击尚未着地之人，忽听半山间有人朗声说道：“是我放人走路，旁人不必拦阻。”这两句话一个字一个字的从半山里飘将下来，洪亮清朗，正是苗人凤的说话。

苗若兰喜叫：“爹爹！”胡斐听这声音尚在百丈以外，但语音遥传，若对其面，金面佛内力之深，确是己所莫及，不禁大为钦佩，双手一振，扣在掌中的雪团双双飞出，又中躺伏在地的两名豪客身上，不过上次是打穴，这次却是解穴。那二人蠕动了几下，撑持起来，发足狂奔而去。

但听半空中苗人凤叫道：“果然好俊功夫，就可惜不学好。”这十二字评语，一字近似一字，只见他又瘦又长的人形缘索直下，“好”字一脱口，人已站在胡斐身前。

两人互相对视，均不说话。但听四下里乞乞擦擦，尽是踏雪之声，这次上峰的好手中留得性命的，都四散走了。

月光下只见一人一跛一拐的走近，正是杜希孟杜庄主。他将一个尺来长的包裹递给胡斐，颤声道：“这是你妈的遗物，里面一件不少，你收着吧。”胡斐接在手中，似有一股热气从包裹传到心中，全身不禁发抖。

苗人凤见杜希孟的背影在雪地里蹒跚远去，心想此人文武全才，结交遍于天下，也算得是个人杰，与自己二十余年的交情，只因一念之差，落得身败名裂，实是可惜。他不知杜希孟与胡斐之母有中表之亲，更不知胡斐就是二十多年来自己念念不忘的孤儿，当下缓缓转过头来，只见女儿身披男人袍服，怯生生的站在雪中，心想眼前此人虽然救了自己性命，却玷污了女儿清白，念及亡妻失节之事，恨不得杀尽天下轻薄无行之徒，一时胸口如要迸裂，低沉着声音道："跟我来!"说着转身大踏步便走。

苗若兰叫道："爹，是他……"苗人凤沉默寡言，素来不喜多说一个字，也不喜多听一个字，此时盛怒之下，更不让女儿多说。他见胡斐伸手去拉女儿，喝道："好大胆!"闪身欺近，左手倏地伸出，破蒲扇一般的手掌已将胡斐左臂握住，说道："兰儿你留在这儿，我和这人有几句话说。"说着向右侧一座山峰一指。那山峰虽远不如玉笔峰那么高耸入云，但险峻巍峨，殊不少逊。他放开胡斐手臂，向那山峰急奔过去。

胡斐道："兰妹，你爹既这般说，我就过去一会儿，你在这里等着。"苗若兰道："你答应我一件事。"胡斐道："别说一件，就是千件万件，也全凭你吩咐。"苗若兰道："我爹若要你娶我……"最后两字声若蚊鸣，几不得闻，低下了头，羞不可抑。

胡斐将适才从杜希孟手里接来的包裹交在她手里，柔声道："你放心。我将我妈的遗物交于你手。天下再没一件文定之物，能有如此隆重的。"

苗若兰接过包裹，身子不自禁的微微颤动，低声道："我自然信得过你。只是我知道爹爹脾气，若是他恼了你，甚至骂你打你，你都瞧在我脸上，便让了他这一回。"胡斐笑道："好，我答应你了。"远远望去，只见苗人凤的人影在白雪山石间倏忽出没，正自极迅捷的向山峰奔上，当下轻轻的在苗若兰的脸颊上亲了一亲，提气向苗人凤身后跟去。

他顺着雪地里的足迹，一路上山，转了几个弯，但觉山道愈来愈险，当下丝毫不敢大意，只怕一个失足，摔得粉身碎骨。奔到后来，山壁间全是凝冰积雪，滑溜异常，竟难有下足之处，心道：

"苗大侠故意选此险道，必是考较我的武功来着。"于是展开轻功，全力施为，山道越险，他竟奔得越快。

又转过一个弯，忽见一条瘦长的人影站在山壁旁一块凸出的石上，身形衬着深蓝色的天空，犹似一株枯槁的老树，正是打遍天下无敌手金面佛苗人凤。

胡斐一怔，急忙停步，双足使出"千斤坠"功夫，将身子牢牢定住峭壁之旁。苗人凤低沉着嗓子说道："好，你有种跟来。上吧！"他背向月光，脸上阴沉沉的瞧不清楚神色。

胡斐喘了口气，面对着这个自己生平想过几千几万遍之人，一时之间竟尔没了主意：

"他是我杀父仇人，可是他又是若兰的父亲。

"他害得我一生孤苦，但听平四叔说，他豪侠仗义，始终没对不起我的爹妈。

"他号称打遍天下无敌手，武功艺业，举世无双，但我偏不信服，倒要试试是他强呢还是我强？

"他苗家与我胡家累世为仇，百余年来相斫不休，然而他不传女儿武功，是不是真的要将这场世仇至他而解？

"适才我救了他的性命，可是他眼见我与若兰同床共被，认定我对他女儿轻薄无礼，不知能否相谅？"

苗人凤见胡斐神情粗豪，虬髯戟张，依稀是当年胡一刀的模样，不由得心中一动，但随即想起，胡一刀之子早已为人所害，投在沧州河中，此人容貌相似，只是偶然巧合，想起他欺辱自己的独生爱女，怒火上冲，左掌一扬，右拳呼的一声，冲拳直出，猛往胡斐胸口击去。

胡斐与他相距不过数尺，见他挥拳打来，势道威猛无比，只得出掌挡架。两人拳掌相交，身子都是一震。

苗人凤自那年与胡一刀比武以来，二十余年来从未遇到敌手，此时自己一拳被胡斐化解，但觉对方掌法精妙，内力深厚，不禁敌忾之心大增，运掌成风，连进三招。

胡斐一一拆开，到第三招上，苗人凤掌力猛极，他虽急闪避开，但身子连晃几晃，险险坠下峰去，心道："若再相让，非给他逼得摔死不可。"眼见苗人凤左足飞起，急向自己小腹踢到，当即右拳左掌，齐向对方面门拍击，这一招攻敌之不得不救，是拆解他左足一踢的高招。

胡斐这一招用的虽是重手，究竟未出全力。但高手比武，半点容让不得，苗人凤伸臂相格，使的却是十成力。四臂相交，咯咯两响，胡斐只觉胸口隐隐发痛，急忙运气相抵。岂知苗人凤的拳法刚猛无比，一占上风，拳势愈来愈强，再不容敌人有喘息之机。若在平地，胡斐原可跳出圈子，逃开数步，避了他掌风的笼罩，然后反身再斗，但在这巉崖峭壁之处，实是无地可退，只得咬紧牙关，使出"春蚕掌法"，密密护住全身各处要害。

这"春蚕掌法"招招全是守势，出手奇短，抬手踢足，全不出半尺之外，但招术绵密无比，周身始终不露半点破绽。这路掌法原本用于遭人围攻而大处劣势之时，不求有功，但求无过，虽然守得紧密，却有一个极大不好处，一开头即是"立于不胜之地"，名目叫做"春蚕掌法"，确是作茧自缚，不能反击，不论敌人招数中露出如何重大破绽，若非改变掌法，永难克敌制胜。

苗人凤一招紧似一招，眼见对方情势恶劣，但不论自己如何强攻猛击，胡斐必有方法解救，只是他但守不攻，自己却无危险，当下不顾防御，十分力气全用在攻坚破敌之上。

斗到酣处，苗人凤一拳打出，胡斐一避，那拳打在山壁之上，冰凌飞溅，一小块射上了他左眼。眼皮极是柔软，这一下又是出乎意料之外，难以防备，胡斐但觉眼上剧痛，虽不敢伸手去揉，拳脚上总是一缓。苗人凤乘势抢进，靠身山壁，已将胡斐逼在外档。

此时强弱优劣之势已判，胡斐半身凌空，只要足底微出，身子稍有不稳，立时掉下山谷，苗人凤却是背心向着山壁，招招逼迫对手硬接硬架。胡斐极是机伶，却也偏不上这个当，出手柔韧滑溜，尽力化解来势，决不正面相接。

两人武功本在伯仲之间，平手相斗，胡斐已未必能胜，现下加上许多不利之处，如何能够持久？又斗数招，苗人凤忽地跃起，连踢三脚。胡斐急闪相避，但见对手第三脚踢过，双掌齐出，直击自己胸口。这两掌难以化解，自己站立之处又是无可避让，只得也是双掌拍出，硬接来招。

四掌相交，苗人凤大喝一声，劲力直透掌心。胡斐身子一晃，急忙运劲反击。两人都将毕生功力运到了掌上，这是硬碰硬的比拼，半点取巧不得。两人气凝丹田，四目互视，竟是僵住了再也不动。

苗人凤见他武功了得，不由得暗暗惊心："近年来少在江湖上走动，竟不知武林中出了这等厉害人物！"双腿稍弯，背脊已靠上山壁，一收一吐，先将胡斐的掌力引将过来，然后借着山壁之力，猛推出去，喝道："下去！"

这一推本就力道强劲无比，再加上借了山壁的反激，更是难以抵挡，胡斐身子连晃，左足已然凌空。但他下盘之稳，实是非同小可，右足在山崖边牢牢定住，宛似铁铸一般。苗人凤连催三次劲，也只能推得他上身晃动，却不能使他右足移动半分。

苗人凤暗暗惊佩："如此功夫，也可算得是旷世少有，只可惜走上了邪路。他年岁尚轻，今日若不杀他，日后遇上，未必再是他敌手。他恃强为恶，世上有谁能制？"想到此处，突然间左足一登，一招"破碑脚"，猛往胡斐右膝上踹去。

胡斐全靠单足支持，眼见他一脚踹到，无可闪避，叹道："罢了，罢了，我今日终究命丧他手。"危难下死中求生，右足一登，身子斗然拔起丈余，一个鹞子翻身，凌空下击。苗人凤道："好！"肩头一摆，撞了出去。胡斐双拳打中了他肩头，却被他巨力一撞，跌出悬崖，向下直坠。

胡斐惨然一笑，一个念头如电光般在心中一闪："我自幼孤苦，可是临死之前得蒙兰妹倾心，也自不枉了这一生。"突然臂上一紧，下坠之势登时止住，原来苗人凤已抓住他手臂，将他拉了上来，喝道："你曾救我性命，现下饶你相报。一命换一命，谁也不亏负了谁。来，咱们重新打过。"说着站在一旁，与胡斐并排而立，不再占倚壁之利。

胡斐死里逃生，已无斗志，拱手说道："晚辈不是苗大侠敌手，何必再比？苗大侠要如何处置，晚辈听凭吩咐就是。"苗人凤皱眉道："你上手时有意相让，难道我就不知？你欺苗人凤年老力衰，不是你对手么？"胡斐道："晚辈不敢。"苗人凤喝道："出手！"胡斐要解释与苗若兰同床共衾，实是出于意外，决非存心轻薄，说道："在那厢房之中……"

苗人凤听他提及"厢房"二字，怒火大炽，劈面就是一掌。胡斐只得接住，经过了适才之事，知道只要微一退让，立时又给他掌力罩住，只得全力施为。两人各展平生绝艺，在山崖边拳来脚往，斗智斗力，斗拳法，斗内功，拆了三百余招，竟是难分胜败。

苗人凤愈斗心下愈疑，不住想到当年在沧州与胡一刀比武之事，忽地向后跃开两步，叫道："且住！你可识得胡一刀么？"

胡斐听他提到亡父之名，悲愤交集，咬牙道："胡大侠乃前辈英雄，不幸为奸人所害。我若有福气能得他教诲几句，立时死了，也所甘心。"

苗人凤心道："是了，胡一刀去世已二十七年。眼前此人也不过二十多岁，焉能相识？他这几句话说得甚好，若不是他欺辱兰儿，单凭这几句话，我就交了他这个朋友。"顺手在山边折下两根极坚硬的树枝，掂了一掂，重量相若，将一根抛给胡斐，说道："咱们拳脚难分高下，兵刃上再决生死。"说着树枝一探，左手捏了剑诀，树枝走偏锋刺出，使的正是天下无双、武林绝艺的"苗家剑法"。虽是一根小小树枝，但刺出时势挟劲风，又狠又准，要是给尖梢刺上了，实也与中剑无异。

胡斐见来势厉害，哪敢有丝毫怠忽，树枝一摆，向上横格，这一格刚中有柔，确是名家手法。苗人凤一怔，心道："怎么他武功与胡一刀这般相似?”但高手相斗，刀剑一交，后着绵绵而至，决不容他有丝毫思索迟疑的余裕，但见胡斐树刀格过，跟着提手上撩，苗人凤挥树剑反削，教他不得不回刀相救。

这一番恶斗，胡斐一生从未遇过。他武功全是凭着父亲传下遗书修习而成，招数虽然精妙，实战经验毕竟欠缺，功力火候因年岁所限，亦未臻上乘，好在年青力壮，精力远过对方，是以数十招中打得难解难分。两人迭遇险招，但均在极危急下以巧妙招数拆开。胡斐奋力拆斗，心中佩服:“金面佛苗大侠果然名不虚传，若是他年轻二十岁，我早已败了。难怪当年他和我爹爹能打成平手，当真英雄了得。”

两人均知要凭招数上胜得对方，极是不易，但只须自己背脊一靠上山壁，占了地利，这一场比拼就是胜了。因此都是竭力要将对方逼向外围，争夺靠近山壁的地势。但两人招招扣得紧密，只要向内缘踏进半步，立时便受对方刀剑之伤。

斗到酣处，苗人凤使一招“黄龙转身吐须势”疾刺对方胸口，眼见他无处闪避，而树刀砍在外档，更是不及回救。

胡斐吃了一惊，忙伸左手在他树枝上横拨，右手一招“伏虎式”劈出。苗人凤叫了一声:“好!”树剑一抖。胡斐左手手指剧痛，急忙撤手。

苗人凤踏上半步，正要刺出一招“上步摘星式”，哪知崖边坚壁给二人踏得久了，竟渐渐松裂熔化，他剑势向前，全身重量尽在后边的左足之上，只听喀喇一响，一块岩石带着冰雪，坠入下面深谷。

苗人凤脚底一空，身不由主的向下跌落，胡斐大惊，忙伸手去拉。只是苗人凤一坠之势着实不轻，虽然拉住了他袖子，可是一带之下，连自己也跌出崖边。

二人不约而同的齐在空中转身，贴向山壁，施展“壁虎游墙功”，要爬回山崖。但那山壁上全是冰雪，滑溜无比，那“壁虎游墙功”竟然施展不出，莫说是人，就是当真壁虎到此，只怕也游不上去。可是上去虽然不能，下坠之势却也缓了。

二人慢慢溜下，眼见再溜十余丈，是一块向外凸出的悬岩，如不能在这岩上停住，那非跌个粉身碎骨不可。念头刚转得一转，身子已落在岩上。二人武功相若，心中所想也是一模一样，当下齐使“千斤坠”功夫，牢牢定住脚步。

岩面光圆，积了冰雪更是滑溜无比，二人武功高强，一落上岩面立时定身，竟没滑动半步。只听格格轻响，那数万斤重的巨岩却摇晃了几下。原来这块巨岩横架山腰，年深月久，岩下沙石渐渐脱落，本就随时都能掉下谷中，现下加上了二人重量，沙石夹冰纷纷下坠，巨岩越晃越是厉害。

那两根树枝随人一齐跌在岩上。苗人凤见情势危急异常，左掌拍出，右手已拾起一根树枝，随即“上步云边摘月”，挺剑斜刺。胡斐头一低，弯腰避剑，也已拾起树枝，还了一招“拜佛听经”。

两人这时使的全是进手招数，招招狠极险极，但听得格格之声越来越响，脚步难以站稳。两人均想：“只有将对方逼将下去，减轻岩上重量，这巨岩不致立时下坠，自己才有活命之望。”其时生死决于瞬息，手下更不容情。

片刻间交手十余招，苗人凤见对方所使的刀法与胡一刀当年一模一样，疑心大盛，只是形格势禁，实无余暇相询，一招“返腕翼德闯帐”削出，接着就要使出一招“提撩剑白鹤舒翅”。这一招剑掌齐施，要逼得对方非跌下岩去不可，只是他自幼习惯使然，出招之前不禁背脊微微一耸。

其时月明如洗，长空一碧，月光将山壁映得一片明亮。那山壁上全是晶光的凝冰，犹似镜子一般，将苗人凤背心反照出来。

胡斐看得明白，登时想起平阿四所说自己父亲当年与他比武的情状，那时母亲在他背后咳嗽示意，此刻他身后放了一面明镜，不须旁人相助，已知他下一步非出此招不可，当下一招“八方藏刀式”，抢了先着。

苗人凤这一招“提撩剑白鹤舒翅”只出得半招，全身已被胡斐树刀罩住。他此时再无疑心，知道眼前此人必与胡一刀有极深的渊源，叹道："报应，报应！"闭目待死。

胡斐举起树刀，一招就能将他劈下岩去，但想起曾答应过苗若兰，决不能伤她父亲。然而若不劈他，容他将一招"提撩剑白鹤舒翅"使全了，自己非死不可，难道为了相饶对方，竟白白送了自己性命么？

霎时之间，他心中转过了千百个念头：

这人曾害死自己父母，教自己一生孤苦，可是他豪气干云，是个大大的英雄豪杰，又是自己意中人的生父，按理这一刀不该劈将下去；但若不劈，自己决无活命之望，自己甫当壮年，岂肯便死？倘使杀了他吧，回头怎能有脸去见苗若兰？要是终生避开她不再相见，这一生活在世上，心中痛苦，生不如死。

那时胡斐万分为难，实不知这一刀该当劈是不劈。他不愿伤了对方，却又不愿赔上自己性命。

他若不是侠烈重义之士，这一刀自然劈了下去，更无踌躇。但一个人再慷慨豪迈，却也不能轻易把自己性命送了。当此之际，要下这决断实是千难万难……

苗若兰站在雪地之中，良久良久，不见二人归来，当下缓缓打开胡斐交给她的包裹。只见包裹里是几件婴儿衣衫，一双婴儿鞋子，还有一块黄布包袱，月光下看得明白，包上绣着"打遍天下无敌手"七个黑字，正是她父亲当年给胡斐裹在身上的。

她站在雪地之中，月光之下，望着那婴儿的小衣小鞋，心中柔情万种，不禁痴了。

胡斐到底能不能平安归来和她相会？他这一刀到底劈下去还是不劈？

后　记

《雪山飞狐》的结束是一个悬疑，没有肯定的结局。到底胡斐这一刀劈下去呢还是不劈，让读者自行构想。

这部小说于一九五九年发表，十多年来，曾有好几位朋友和许多不相识的读者希望我写个肯定的结尾。仔细想过之后，觉得还是保留原状的好，让读者们多一些想像的余地。有余不尽和适当的含蓄，也是一种趣味。在我自己心中，曾想过七八种不同的结局，有时想想各种不同结局，那也是一项享受。胡斐这一刀劈或是不劈，在胡斐是一种抉择，而每一位读者，都可以凭着自己的个性，凭着各人对人性和这个世界的看法，作出不同的抉择。

关于李自成之死，有好几种说法。第一种是《明史》说的，他在九宫山为村民击毙，当时谣言又说是为神道所殛。第二种是《明纪》说他为村民所困，不能脱，自缢而死。第三种是《明季北略》说他在罗公山军中病死。第四种是《澧州志》所载，他逃到夹山出家为僧，到七十岁才坐化。第五种是《吴三桂演义》小说的想像，说是为牛金星所毒杀。

历史小说有想像的自由，可以不必讨论。其他各种说法经后人考证，似乎都有疑点。何腾蛟的奏章中说："为闯死确有证据，闯级未敢扶同，谨具实回奏事……道阻音绝，无复得其首级报验。今日逆首已误死于乡兵，而乡兵初不知也……"得不到李自成的首级，总之是含含糊糊。清将阿济格的奏疏则说：“有降卒言，自成窜入九宫山，为村民所困，自缢死，尸朽莫辨。”尸首腐烂，也无法验明正身。

江宾谷（名昱）所撰《李自成墓志》全文如下：

“何璘《澧州志》云：‘李闯之死，野史载通城罗公山，《明史》载通城九宫山，其以为死于村民，一也。今按罗公山，实在黔阳，而九宫山实在通山县，其言通城，皆误也。有孙教授为余言：李自成实窜澧州，至清化驿，随十余骑走牯牛坝，在今安福县境。复乘骑去，独窜石门之夹山为僧，今其坟尚在。’云云。余讶之，特至夹山。见寺旁有石塔，覆以屋，塔面大书‘奉天玉和尚’。前有碑，乃其徒野拂文，载和尚不知何氏子。一老僧年七十余，尚能言夹山旧事，云和尚顺治初入寺，事律门，不言来自何处，其声似西人。后数年复有一僧来，云是其徒，乃宗门，号野拂，江南人，事和尚甚谨。和尚卒于康熙甲寅岁二月，约年七十。临终，有遗言于野拂，彼时幼，不与闻。寺尚藏有遗像，命取视之，则高颧深颐，鸱目蝎鼻，状貌狰狞，与《明史》所载正同。自成僭号奉天倡义大元帅，后复自称新顺王。其自称奉天玉和尚，盖自寓加点以讳之。而野拂以宗门为律门弟子，事之甚谨，岂其旧日臣相与左右者与？《明史》于九宫山鉏死之自成，亦云：‘我兵遣识者验其尸，朽莫辨。’而老僧亲闻謦欬，其西音又足异也。”

所谓“西人”“西音”，指陕西人和陕西口音。李自成是陕西米脂县人。李自成瞎了一只眼睛，是在围攻开封时给陈永福射瞎的，本是一个极明显的特征，但那老僧描述奉天玉和尚时没有提及，似是一个重大疑点。

李自成在此以前，当被明兵逼得势穷力竭时，曾假死过一次，那是在崇祯十二年。他幼时做过和尚。阿英在剧本《李闯王》的考据中说：“……自成再过和尚生涯，也是‘驾轻就熟’的，何况‘成则为王，败则为僧’，是中国的老一套呢！”

在小说中加插一些历史背境，当然不必一切细节都完全符合史实，只要重大事件不违背就是了。至于没有定论的历史事件，小说作者自然更可选择其中的一种说法来加以发挥。但旧小说《吴三桂演义》和《铁冠图》叙述李自成故事，和众所公认的事实距离太远，如《铁冠图》中描写费宫娥所刺杀的闯军大将竟是李岩，未免自由得过了份。

《雪山飞狐》于一九五九年在报上发表后，没有出版过作者所认可的单行本。坊间的单行本，据我所见，共有八种，有一册本、两册本、三册本、七册本之分，都是书商擅自翻印的。总算承他们瞧得起，所以一直也未加理会。只是书中错字很多，而翻印者强分章节，自撰回目，未必符合作者原意，有些版本所附的插图，也非作者所喜。

现在重行增删改写，先在《明报晚报》发表，出书时又作了几次修改，约略估计，原书十分之六七的句子都已改写过了。原书的脱漏粗疏之处，大致已作了一些改正。只是书中人物宝树、平阿四、陶百岁、刘元鹤等都是粗人，讲述故事时语气仍嫌太文，如改得符合各人身份，满纸“他妈的”又未免太过不雅。限于才力，那是无可如何了。

《雪山飞狐》有英文译本，曾在纽约出版之“Bridge”双月刊上连载。

《雪山飞狐》与《飞狐外传》虽有关连，然而是两部各自独立的小说，所以内容并不强求一致。按理说，胡斐在遇到苗若兰时，必定会想到袁紫衣和程灵素。但单就“雪山飞狐”这部小说本身而言，似乎不必让另一部小说的角色出现，即使只是在胡斐心中出现。事实上,《雪山飞狐》撰作在先，当时作者心中，也从来没有袁紫衣和程灵素那两个人物。

鸳鸯刀

袁冠南和萧中慧使到第九招“碧箫声里双鸣凤”时，双刀便如凤舞鸾翔，灵动翻飞，卓天雄哪里招架得住？

四个劲装结束的汉子并肩而立，拦在当路！

若是黑道上山寨的强人，不会只有四个，莫非在这黑沉沉的松林之中，暗中还埋伏下大批人手？如是剪径的小贼，见了这么声势浩大的镖队，远避之唯恐不及，哪敢这般大模大样的拦路挡道？难道竟是武林高手，冲着自己而来？

凝神打量四人：最左一人短小精悍，下巴尖削，手中拿着一对峨嵋钢刺。第二个又高又肥，便如是一座铁塔摆在地下，身前放着一块大石碑，碑上写的是“先考黄府君诚本之墓”，这自是一块墓碑了，不知放在身前有何用意？黄诚本？没听说江湖上有这么一位前辈高手啊！第三个中等身材，白净脸皮，若不是一副牙齿向外凸出了一寸，一个鼻头低陷了半寸，倒算得上是一位相貌英俊的人物，他手中拿的是一对流星锤。最右边的是个病夫模样的中年人，衣衫褴褛，咬着一根旱烟管，双目似睁似闭，嘴里慢慢喷着烟雾，竟是没将这一队七十来人的镖队瞧在眼里。

那三人倒还罢了，这病夫定是个内功深湛的劲敌。顷刻之间，江湖上许多轶闻往事涌上了心头：一个白发婆婆空手杀死了五名镖头，劫走了一支大镖；一个老乞丐大闹太原府公堂，割去了知府的首级，倏然间不知去向；一个美貌大姑娘打倒了晋北大同府享名二十余年的张大拳师……越是貌不惊人、漫不在乎的人物，越是武功了得，江湖上有言道：“真人不露相，露相不真人。”

瞧着这个闭目抽烟的病夫，陕西西安府威信镖局的总镖头、“铁鞭镇八方”周威信不由得深自踌躇起来，不由自主的伸手去摸了一摸背上的包袱。

他这支镖共有十万两银子，那是西安府的大盐商汪德荣托保的。十万两银子的数目确是不小，但威信镖局过去二十万两银子的镖也保过，四十万两银子的也保过，金银财物，那算不了什么。自从一离西安，他挂在心头的只是暗藏在背上包袱中的两把刀，只是那天晚上在川陕总督府中所听到的一番话。

跟他说话的竟是川陕总督刘于义刘大人。周威信在江湖上虽然赫赫有名，但生平见过的官府，最大的也不过是府台大人，这一次居然是总督大人亲自接见，那自然要受宠若惊，自然要战战兢兢，坐立不安。

刘大人那几句话，在心头已不知翻来覆去的重温了几百遍：“周镖头，这一对刀，叫作‘鸳鸯刀’，当真是非同小可，你好好接下了。今上还在当贝勒的时候，便已密派亲信，到处寻觅。接位之后，更下了密旨，命天下十八省督抚着意查访。好容易逮到了‘鸳鸯刀’的主儿，可是这对宝刀却给那两个刁徒藏了起来，不论如何侦查，始终如同石沉大海一般。天幸是本督祖上积德，托了皇上洪福，终于给我得到了。嘿嘿，你们威信镖局做事还算牢靠，现下派你护送这对鸳鸯宝刀进京，路上可不许泄漏半点风声。你把宝刀平安送到北京，回头自然重重有赏。”

“鸳鸯刀”的大名，他早便听师父说过：“鸳鸯刀一短一长，刀中藏着武林的大秘密，得之者无敌于天下。”“无敌于天下”这五个字，正是每个学武之人梦寐以求的最大愿望。周威信当时听了，心想这不过是说说罢了，世上哪有什么藏着“无敌于天下”大秘密的“鸳鸯刀”？哪知道川陕总督刘大人竟是真的得到了“鸳鸯刀”，而且差他护送进京，呈献皇上。这对刀用黄布密密包裹，封上了总督大人的火漆印信。他当然极想见识见识宝刀的模样，倘若侥幸得知了刀中秘密，“铁鞭镇八方”变成了“铁鞭盖天下”，自然更是妙不可言，但总督大人的封印谁敢拆破？周大镖头数来数去，自己总数也不过一个脑袋而已。

总督大人派了四名亲信卫士，扮作镖师，随在他镖队之中，可以说是相助，也可以说是监视。在镖队启程的前一天，总督府又派了几名戈什哈来，将他一家老小十二口，全都“请”到了驻防军的营房里，说道周总镖头赴京之后，家中乏人照料，怕他放心不下，因此接了他家眷去安置。周威信久在江湖行走，其中的过节岂有不知？那不是怕周大镖头放心不下一家老小，而是刘大人放心不下这一对宝刀，因此将他高堂老母和妻妾儿女一齐逮了去为质。这对“鸳鸯刀”倘若在道中有甚失闪，自己脑袋要跟身子分家，那是不用客气了，全家老小也都不必活了。他一生经历过不少大风大浪，风头出过，钉板滚过，英雄充过，狗熊做过，砍过别人的脑袋，就差自己的脑袋没给人砍下来过，算得是见多识广的老江湖了，但从未像这一次走镖那样又惊又喜，心神不宁。如果护送宝刀平安抵京，刘大人曾亲口许下重赏，自然是“君子一言，快马一鞭”，说不定皇上一欢喜，竟然赏下一官半职，从此光宗耀祖，飞黄腾达，周大镖头变成了周大老爷周大人。

从西安到北京路程说远不远，说近可也不近，一路上大山小寨少说也有三四十处。寻常黑道上的人物，他铁鞭镇八方也未必便放在心上，八方镇不了，镇他妈的一方半方也还将就着对付，但“得了鸳鸯刀，无敌于天下”这两句话，要引起多少武林高手眼红？于是他明保盐镖，暗藏宝刀。纵然镖银有甚失闪，只要宝刀抵京，仍无大碍。一做上官，周大老爷公堂上朝外一坐，招财进宝，十万两银子还怕赔不起？再说，大老爷只有伸手要银子，哪有赔银子的？

周威信左手一按腰间铁鞭，瞪视身前的四个汉子，终于咳嗽一声，抱拳说道：“在下道经贵地，没跟朋友们上门请安，甚是失礼，要请好朋友恕罪。”心中打定了主意：“能够不动手便最好，否则那痨病鬼可有些难斗！江湖上有言道：‘小心天下去得，莽撞寸步难行’。”只听得那病夫左手按胸，咳嗽起来。

那矮小的瘦子一摆峨嵋刺，细声细气的道：“磕头请安倒是不用了。你保的是什么宝贝，给我们留下吧！”周威信一惊，心道：“镖车启程时，连我最亲信的镖师也只知保的是银子，怎地这人却知我保的是宝物？江湖上有言道：‘善者不来，来者不善。’真须小心在意。”于是抱拳又道：“请恕在下眼生，要请教四位好朋友的万儿。”那瘦子道：“你先说吧。”周威信道：“在下姓周名威信，江湖上朋友们送了个外号，叫作‘铁鞭镇八方’。”那病夫冷笑道：“嘿，这外号倒也罢了，只是这‘镇’字得改一改，改一个‘拜’字。”那瘦子一楞，道：“改成‘拜’字？嗯，姓周的，我大哥给你改了个匪号，叫作‘铁鞭拜八方’！我大哥料事如神，言之有理。”说罢四个汉子一齐捧腹大笑。

周威信心想：“江湖上有言道：‘忍得一时之气，可免百日之灾。’”当下强忍怒气，说道：“取笑了！四位是哪一路的好汉？在哪一座宝山开山立柜？掌舵的大当家是哪一位？”那瘦子指着那病夫道：“好，说给你听也不妨，只是小心别吓坏了。咱大哥是烟霞神龙逍遥子，二哥是双掌开碑常长风，三哥是流星赶月花剑影，区区在下是八步赶蟾、赛专诸、踏雪无痕、独脚水上飞、双刺盖七省盖一鸣！”

周威信越听越奇，心道：“这人的外号怎地如此啰里啰唆一大串！”只听那瘦子又道：“咱四兄弟义结金兰，行侠仗义，专门锄强扶弱，劫富济贫，江湖上人称‘太岳四侠’，那便是了！”周威信心想：“听这四人外号，想来这瘦子轻功了得，那壮汉掌力沉雄，这白脸汉子流星锤功夫有独到的造诣，那‘烟霞神龙逍遥子’七字，更是武林前辈、世外高人的身份。‘太岳四侠’的名头倒没听见过，但既称得上一个‘侠’字，定然非同小可。江湖上有言道：‘宁可不识字，不可不识人。’”于是抱拳说道：“久仰久仰！敝镖局跟四侠素来没有过节，便请让道，日后专诚拜谒。”

盖一鸣双刺一击，叮叮作响，说道："要让道那也不难，我们也不要你的镖银，只须借一两件宝物用用，那也行了。"周威信道："什么宝物？"盖一鸣道："嘿嘿，你来问我，这可奇了。你自己不知道，我怎知道？"

周威信听到这里，知道今日之事决计不能善罢，这"太岳四侠"自是冲着自己背上这对"鸳鸯刀"而来，心想："江湖上有言道：'容情不动手，动手不容情。'这四人一出手必是厉害杀着。"当下缓缓抽出双鞭，道："既是如此，在下便领教太岳四侠的高招，哪一位先上？"他回头一招手，五名镖师和总督府的四名卫士一齐走近。周威信低声道："对付这些绿林盗贼，不用讲什么江湖规矩，大伙儿来个一拥而上。江湖上有言道：'只要人手多，牌楼抬过河。'"自己心中却另有主意："让他们跟四侠接战，我却是夺路而行，护送鸳鸯刀赴京才是上策。江湖上有言道：'相打一蓬风，有事各西东。'"

只听盖一鸣道："大镖头，我是双刺盖七省，斗斗你的铁鞭拜八方。咱哥儿俩打一个七上八落，七荤八素！"说着身形一晃，抢了上来。周威信竟不下马，举起铁鞭一格，使一招"桃园夺槊"，将他峨嵋刺格在外档，双腿一夹，骑马窜了出去。盖一鸣叫道："好家伙，大镖头要扯呼！"周威信转头叫道："我到林外瞧瞧，是否尚有埋伏！"说着纵马向外奔出。花剑影流星锤飞出，径打他后心。周威信左鞭后挥，使一招"夜闯三寨"，当的一声响，将流星锤荡了回去。

他和花盖两人兵刃一交，只觉二人的招数并不如何精妙，内力也是平平，一转头，但见那逍遥子仍是靠在树上，手持旱烟管，瞧着众镖师将太岳三侠围在垓心，竟是丝毫不动声色。周威信心中一惊："待等那人一出手，我稍迟片刻，便要无法脱身了。江湖上有言道：'晴天不肯走，等到雨淋头。'"回手将铁鞭鞭梢在马臀上一戳，坐骑发足狂奔，一瞥眼间，猛见逍遥子右手一扬，叫道："看镖！"身侧风声响动，黑黝黝一件暗器打到。周威信举鞭一挡，拍的一响，那暗器竟黏在钢鞭之上，并不飞开。他心中更惊："这逍遥子果是高手，连所使暗器也大不相同。江湖上有言道：'行家一伸手，便知有没有。'"这时坐骑丝毫不停，奔出了林子。周威信见身后无人追来，定一定神，瞧钢鞭上所黏的暗器时，原来是一只沾满了泥污的破鞋，烂泥湿腻，是以黏在鞭上竟不脱落。

他更加吃惊，心想："武林高手飞花摘叶也能伤人，他这双破鞋飞来，没伤我性命，算得是手下留情。"一时拿不定主意，该当纵马奔驰，还是静以待变。忽听得林中有人杀猪似的大叫一声，接着一片寂静，兵刃相交之声尽皆止歇。周威信惊疑不定："难道在这顷刻之间，众镖师和四名卫士一起遭了太岳四侠的毒手？"

忽听得一人大声叫道："总镖头——总镖头——"听口音正是张镖师。周威信摸一摸背上包着鸳鸯刀的包袱，却不答应，心道："江湖上有言道：'若要精，听一听；站得远，望得清。'"过了片刻，又有人叫道："总镖头——快回来！贼子跑了，给我们赶跑啦。"

周威信一怔，心道："哪有这么容易之事？"一拉马缰，圈过马头，只见林中奔出一名趟子手来，欢天喜地的叫道："总镖头，点子走啦，脓包得紧，全不济事。"周威信惊喜交集，道："当真？"趟子手道："大伙儿一拥而上，奋勇迎敌。那痨病鬼给张镖师一刀，砍得肩头带花，四个人便都跑了。"周威信眼见事情不假，心中大喜，纵马回入林中，说道："林外有十来个点子埋伏，给我一阵赶杀，通统逃了！"说着这谎话时，不自禁脸上微微一红，心道："江湖上有言道：'做贼的心虚，放屁的脸红。'我可得定下神来，别让人瞧出了破绽。"

张镖师扬着单刀，得意洋洋的道："什么太岳四侠，原来是胡吹大气！"众镖子和卫士纵声大笑。周威信瞧着竖立在地下的那块墓碑，兀自不明所以。忽听得林子后面传来"哎哟、哎哟"的呻吟之声。周威信道："是受伤的点子！"众人一阵风般奔了过去。听那呻吟声是从一片荆棘丛中发出，数十人四下散开，登时将棘丛团团围住。周威信喝道：“小毛贼！快出来吧！”棘丛中呻吟声却更加响了。周威信手一扬，拍的一声，一枝甩手箭打了进去。里面那人“啊”的一声惨叫，显已中箭。

两名趟子手齐声欢呼：“打中了！总镖头好箭法！”提刀抢进，将那人揪了出来。众人一见，面面相觑，做声不得。

原来那人却是押解镖银的大胖子汪盐商，衣服已给棘刺撕得稀烂。江湖上有言道：“十个胖子九个富，只怕胖子没屁股。”这个大胖子汪盐商屁股倒是有的，就是屁股上赫然插了一枝甩手箭！

太岳四侠躲在密林之中，眼见威信镖局一行人走得远了，这才出来。花剑影撕下一块衣襟，给逍遥子裹扎肩头的刀伤。常长风道：“大哥，不碍事么？”逍遥子道：“没事，没事！咱们好汉敌不过人多，算不了什么。”花剑影道：“我早说敌人声势浩大，很不好斗，二哥偏要出马，累得大哥受了伤。”盖一鸣道：“这批浑人胡涂得紧，听得咱们太岳四侠响当当的英名居然不退，那有什么法子？”逍遥子道：“这也怪不得二弟，要劫宝贝嘛，总得找镖局子下手。”常长风道：“现下怎生是好？咱们两手空空，总不能去见人啊。”

盖一鸣道：“依我说……”话犹未了，忽听得林外脚步声响，有人自南而北，急奔而来。盖一鸣探头一望，下垂的眉毛向上一扬，说道：“来的共是两人！这一次咱们两个服侍一个，管教这两只肥羊走不了！”常长风道：“对！好歹也得弄他几十两银子！”捧起了墓碑，抱在手里。原来他外号叫作“双掌开碑”，便以墓碑作兵器，仗着力大，端起大石碑当头砸将过去，敌人往往给他吓跑了。至于墓碑是谁的，倒也不拘一格，顺手牵碑，瞧是哪个死人晦气，死后不积德，撞上他老人家罢了。当下四人一打手势，分别躲在大树之后。

那两人一前一后，奔进林子。前面那人是个二十七八岁的汉子，手执单刀，大声喝骂：“贼婆娘，这么横，当真要杀人么？”太岳四侠一怔，瞧后面追来那人却是个少妇。那女子背上负着个婴儿，手持弹弓，吧吧吧吧，一阵声响，连珠弹猛向那壮汉打去。那壮汉挥单刀左挡右格，却不敢回身砍杀。

逍遥子见一男一女互斗，喝道："来者是谁？为何动手？"盖一鸣一声唿哨，四人齐从大树后奔出，喝道："快快住手。"那壮汉向前直冲，回头骂道："贼婆娘，你这般狠毒，我可要手下无情了！"那少妇骂道："狗贼！今日不打死你，我任飞燕誓不为人。"

便在此时，太岳四侠已拦在那壮汉身前。少妇任飞燕叫道："林玉龙，你还不给我站住？"林玉龙对阻在身前的常长风喝道："闪开！"头一低，让开身后射来的一枚弹丸，只听得"哎哟"一声，弹丸恰好打中了常长风鼻子。常长风大怒，骂道："臭婆娘！你打中我啦！"任飞燕道："打了你又怎样？"吧吧两响，两枚弹丸对准了他射出。常长风高举墓碑，挡了个空，两枚弹丸一中胸口，一中手臂，不由得手臂一酸，墓碑砰的一响掉在地下，"哎哟"一声，跳将起来，原来墓碑显灵，砸中了他脚趾。

盖一鸣和花剑影见二哥吃亏，齐向任飞燕扑去。任飞燕拉开弹弓，一阵连珠弹打出。盖一鸣眉心中了一弹，花剑影却被打落了一颗门牙。盖一鸣大叫："风紧，风紧！"

任飞燕被四人这么一阻，眼见林玉龙已头也不回的奔出林子，心中大怒，急步抢出，回首吧的一响，一弹打出，将逍遥子手中的烟管打落在地。这一弹手劲既强，准头更是奇佳，乃是弹弓术中出名的"回马弹"。任飞燕微微一笑，转头骂道："林玉龙你这臭贼，还不给我站住。"只听林玉龙遥遥叫道："有种的便跟你大爷真刀真枪战三百回合，用弹弓赶人，算什么本事？"

耳听得两人越骂越远，向北追逐而去。花剑影道："大哥，这林玉龙和任飞燕是什么人物？"逍遥子沉吟道："林玉龙是使单刀的好手，那妇人任飞燕定是用弹弓的名家。"盖一鸣道："大哥料事如神，言之有理。"花剑影道："这少妇相貌不差，想是那姓林的瞧上了她，意图非礼。"逍遥子道："正是，想咱们太岳四侠行侠仗义，最爱打抱不平，日后撞上了林玉龙这淫棍，定要好好叫他吃点苦头。”常长风道：“说不定那林任二人有杀父之仇，也不知谁是谁非。他妈的，脚上这一下子好痛。”说着伸手抚脚。逍遥子正色道：“那姓林的满脸横肉，一见便知不是善类。那姓任的女子虽然出手鲁莽，但瞧她武功，确是名门正宗。”盖一鸣道：“大哥料事如神，言之有理。”

常长风还待辩驳，忽听得林外一人长声吟道：“黄金逐手快意尽，昨日破产今朝贫，丈夫何事空啸傲？不如烧却头上巾……”随着吟声，一个少年书生手中轻摇折扇，缓步入林，后面跟着一个书僮，挑着一担行李。

花剑影手指间拈着一枚掉下的门牙，心中正没好气，见那书生自得其乐的漫步而至，口里还在吟哦，只听得他说什么黄金、白银，当下向盖一鸣使个眼色，一跃而前，喝道：“兀那书生，你在这里叽哩咕噜的噜苏什么？吵得大爷们头昏脑胀，快快赔来。”

那书生见了四人情状，吃了一惊，问道：“请问仁兄，要赔什么？”盖一鸣道：“赔我们四个的头昏脑胀啊。每个人一百两银子，一共是四百两！”那书生舌头一伸，道：“这么贵？便是当今皇上头疼，也不用这许多银子医治。”盖一鸣道：“皇帝老儿算什么东西？你拿我们比作皇帝，当真大胆，这一次不成了，四百两得翻上一翻，共是八百两。”那书生道：“仁兄比皇上还要尊贵，当真令人好生佩服。请问仁兄尊姓大名，是什么来头。”盖一鸣道：“嘿嘿，在下姓盖名一鸣，江湖上人称八步赶蟾、赛专诸、踏雪无痕、独脚水上飞、双刺盖七省。太岳四侠中排行第四。”那书生拱手道：“久仰，久仰。”向花剑影道：“这一位仁兄呢？”

花剑影眉头一皱，道：“谁有空跟你这酸丁称兄道弟？”一把推开那书僮，提起他所挑的篮子一掂，入手只觉重甸甸的，心头一喜，打开篮子一看，不由得倒抽一口凉气，原来满篮子都是旧书。常长风喝道：“呸！都是废物。”那书生忙道：“仁兄此言差矣！圣贤之书，如何能说是废物？有道是书中自有黄金屋。”常长风道：

“书中有黄金？这些破书一文钱一斤，也没人要。”这时盖一鸣已打开扁担头另一端的行李，除了布被布衣之外，竟无丝毫值钱之物。太岳四侠都是好生失望。

那书生道：“在下游学寻母，得见四位仁兄，幸如何之？四位号称太岳四侠，想必是扶危济困，行侠仗义，江湖上大大有名的了。”逍遥子道：“你这几句话倒还说得不错。”那书生道：“今日得见英侠，当真是三生有幸。在下眼前恰好有一件为难之事，要请四位大侠拔刀相助，赐予援手。”逍遥子道：“这个容易！我们做侠客的，倘若见到旁人有难而不伸手，那可空负侠义之名。”那书生连连作揖道谢。盖一鸣道：“到底是谁欺侮了你？”那书生道：“这件事说来惭愧，只怕四位兄台见笑。”花剑影恍然大悟，道：“啊，原来是你妹子生得美貌，给恶霸强抢去了。”那书生摇头道：“不是，我没有妹子。”盖一鸣鼓掌道：“嗯，定是什么土豪还是赃官强占了你的老婆。”那书生摇头道：“也不是。我还没娶亲，何来妻室？”常长风焦躁起来，大声道：“到底是什么事？快给我爽爽快快的说了吧。”那书生道：“说便说了，四位大侠可别见怪。”

太岳四侠虽然自称“四侠”，但江湖之上，武林之中，从来没让人这么大侠前、大侠后的恭敬称呼，这时听那书生言语之中对自己如此尊重，各人都是胸脯一挺，齐道：“快说快说，有什么为难之事，太岳四侠定当为你担代。”那书生团团一揖，说道：“在下江湖飘泊，道经贵地，阮囊羞涩，床头金尽，只有求恳太岳四侠相助几十两纹银。四侠义薄云天，乐善好施，在下这里先谢过了。”

四侠一听，不由得一齐皱起眉头，说不出话来。他们本要打劫这个书生，哪知被他一番言语，反给挤得下不了台。双掌开碑常长风伸手一拍胸口，大声道：“大丈夫为朋友两肋插刀，尚且不辞，何况区区几十两纹银？大哥、三弟、四弟，拿钱出来啊。我这里有——”伸手到怀里一掏，单掌不开，原来衣囊中空空如也，连一文铜钱也没有。

幸好花剑影和盖一鸣身边都还有几两碎银子，两人掏了出来，交给书生。那书生打躬作揖，连连称谢，说道："助银之恩，在下终身不忘，他日山水相逢，自当报德。"说着携了书僮，扬长出林。

他走出林子，哈哈大笑，对那书僮道："这儿两银子，都赏了你吧！"那书僮整理给四人翻乱了的行李，揭开一本旧书，太阳下金光耀眼，书页之间，竟是夹着无数一片片薄薄的金叶子，笑道："相公跟他们说书中自有黄金，他们偏偏不信。"

太岳四侠虽然偷鸡不着蚀把米，但觉做了一件豪侠义举，心头倒是说不出的舒畅。盖一鸣道："这书生漫游四方，定能传扬咱们太岳四侠的名头……"话犹未了，忽听得鸾铃声响，蹄声得得，一乘马自南而来。逍遥子道："各位兄弟，听这马儿奔跑甚速，倒是一匹骏马。不管怎么，将马儿扣下来再说，便是没什么其他宝物，这匹马也可当作礼物了。"盖一鸣道："大哥料事如神，言之有理。"忙解下腰带，说道："快解腰带，做个绊马索。"当下将四根腰带接了起来，正要在两棵大树之间拉开，那骑马已奔进林来。

马上乘客见四人蹲在地下拉扯绳索，一怔勒马，问道："你们在干什么？"盖一鸣道："安绊马索儿……"话一出口，知道不妥，回首一瞧，只见马上乘客是个美貌少女，这一瞧之下，先放下了一大半心。那少女问道："安绊马索干么？"盖一鸣站直身子，拍了拍手上的尘土，说道："绊你的马儿啊！好，你既已知道，这绊马索也不用了。你乖乖下马，将马儿留下，你好好去吧。咱们太岳四侠决不能欺侮单身女子，自坏名头。"那少女嫣然一笑，说道："你们要留下我马儿，还不是欺侮我吗？"盖一鸣结结巴巴的道："这个嘛……自有道理。"逍遥子道："我们不欺侮你，只欺侮你的坐骑。一头畜牲，算得什么？"他见这马身躯高大，毛光如油，极是神骏，兼之金勒银铃，单是这副鞍具，所值便已不菲，不由得越看越爱。

盖一鸣道："不错，我们太岳四侠，是江湖上铁铮铮的好汉，决不能难为妇孺之辈。你只须留下坐骑，我们不碰你一根毫毛。想我八步赶蟾、赛专诸、踏雪无痕……”那少女伸手掩住双耳，忙道：“别说，别说。你们不知道我是谁，我也不知道你们是谁，是不是?”盖一鸣奇道：“是啊！不知道那便如何?”那少女微笑道：“咱们既然互不相识，若有得罪，爹爹便不能怪我。呔！好大胆的毛贼，四个儿一齐上吧!”

四人眼前一晃，只见那少女手中已多了一对双刀，这一下兵刃出手，其势如风，纵马向前一冲，俯身右手一刀割断了绊马索，左手一刀便往盖一鸣头顶砍落。盖一鸣叫道：“好男不与女斗！何必动手……”眼见白光闪动，长刀已砍向面门，急忙举起钢刺一挡。铮的一响，兵刃相交，但觉那少女的刀上有股极大黏力，一推一送，手中兵刃拿捏不住，登时脱手飞出，直射上数丈之高，钉入了一棵大树的树枝。

花剑影和常长风双双自旁抢上，那少女骑在马上，居高临下，左右双刀连砍，花常二人堪堪招架不住。那少女见了常长风手中的石碑，甚是奇怪，问道：“喂，大个子，你拿着的是什么玩意儿?”常长风道：“这是常二侠的奇门兵刃，不在武林十八般兵器之内，招数奇妙，啊哟……哎唷!”却原来那少女反转长刀，以刀背在他手腕上一敲。常长风吃痛，奇门兵刃脱手，无巧不巧，又砸上先前砸得肿起了的脚趾。

逍遥子见势头不妙，提起旱烟管上前夹攻，他这烟管是精铁所铸，使的是判官笔招数，居然出手点穴打穴，只是所认穴道不大准确，未免失之尺寸，谬以万里。那少女瞧得暗暗好笑，卖个破绽，让他烟管点中自己左腿，只感微微生疼，喝道：“痨病鬼，你点的是什么穴?”逍遥子道：“这是‘中渎穴’，点之腿膝麻痹，四肢软瘫，还不给我束手待缚?”那少女笑道：“中渎穴不在这里，偏左了两寸。”逍遥子一怔，道：“偏左了，不会吧?”伸出烟管，又待来点。那少女一刀砍下，将他烟管打落，随即双刀交于右手，左手一把抓住他的衣领，足尖在马腹上轻轻一点，那马一声长嘶，直窜出林。逍遥子给她拿住了后颈，全身麻痹，四肢软瘫，只有束手待缚。太岳四侠中剩下的三侠大呼："风紧，风紧！"没命价撒腿追来。

那马瞬息间奔出里许。逍遥子给她提着，双足在地下拖动，擦得鲜血淋漓，说道："你抓住我的风池穴，那是足少阳和阳维脉之会，我自然是无法动弹，那也不足为奇，非战之罪，虽败犹荣。"那少女格格一笑，勒马止步，将他掷在地下，说道："你自身的穴道倒说得对！"突然冷笑一声，伸刀架在他颈中，喝道："你对姑娘无礼，不能不杀！"逍遥子叹了口气道："好吧！不过你最好从我天柱穴中下刀，一刀气绝，免得多受痛苦！"那少女忍不住好笑，心想这痨病鬼临死还在钻研穴道，我再吓他一吓，瞧是如何，于是将刀刃抵在他头颈"天柱"和"风池"两穴之间，说道："便是这里了。"逍遥子大叫："不，不，姑娘错了，还要上去一寸二分……"

只听得来路上三人气急败坏的赶来，叫道："姑娘连我们三个一起杀了……"正是常长风等三侠。那少女道："干什么自己来送死？"盖一鸣道："我太岳四侠义结金兰，不求同年同月同日生，但愿同年同月同日死。姑娘杀我大哥，我兄弟三人不愿独生，便请姑娘一齐杀了。有谁皱一皱眉头，不算是好汉！"说着走到逍遥子身旁，直挺挺的一站，竟是引颈待戮。

那少女举刀半空，作势砍落，盖一鸣裂嘴一笑，毫不闪避。那少女道："好！你们四人武艺平常，义气却重，算得是好汉子，我饶了你们吧。"说着收刀入鞘。四人喜出望外，大是感激。盖一鸣道："请问姑娘尊姓大名，我们太岳四侠定当牢牢记在心中，日后以报不杀之恩。"那少女听他仍是口口声声自称"太岳四侠"，丝毫不以为愧，忍不住又是格的一笑，说道："我的姓名你们不用问了。我倒要问你们，干么要抢我的坐骑？"

盖一鸣道："今年三月初十，是晋阳大侠萧半和的五十诞辰……"那少女听到萧半和的名字，微微一怔，道："你们识得萧老英雄么？"盖一鸣道："我们不识萧老英雄，只是素来仰慕他老人家的英名，算得上是神交已久，要乘他五十诞辰前去拜寿。说来惭愧，我们四兄弟少了一份贺礼，上不得门，因此……便……所……以……这个……”那少女笑道：“原来你们要抢我坐骑去送礼。嗯，这个容易。”说着从头上拔下一枚金钗，说道：“这只金钗给了你们，钗上这颗明珠很值钱，你们拿去作为贺礼，萧老英雄一定喜欢。”说着一提马缰，那骏马四蹄翻飞，远远去了。

盖一鸣持钗在手，但见钗上一颗明珠又大又圆，宝光莹然，四侠虽然不大识货，却也知是一件希世之珍。四侠呆呆望着这颗明珠，都是欢喜不尽。逍遥子道：“这位姑娘慷慨豪爽，倒是我辈中人。”盖一鸣道：“大哥料事如神，言之有理。”

那少女坐在甘亭镇汾安客店的一间小客房里，桌上放着一把小小酒壶，壶里装的是天下驰名的汾酒。这甘亭镇在晋南临汾县与洪洞县之间，正是汾酒的产地。可是她只喝了一口，嘴里便辣辣的又麻又痛，这酒实在并不好喝。为什么爹爹却这么喜欢？爹爹常说：“女孩子不许喝酒。”在家中得听爹爹的话，这次一个人偷偷出来，这汾酒非得好好喝上一壶不可。但要喝干这一壶，可还真不容易。她又喝了一大口，自觉脸上有些发热，伸手一摸，竟是有些烫手。

隔壁房里的镖客们却是你一杯、我一杯的不停干杯，难道他们不怕辣么？一个粗大的嗓子叫了起来：“伙计，再来三斤！”那少女听着摇了摇头。另一个声音说道：“张兄弟，这道上还是把细些的好，少喝几杯！江湖上有言道：‘手稳口也稳，到处好藏身。’待到了北京，咱们再痛痛快快的大醉一场。”先前那人笑道：“总镖头，我瞧你也是稳得太过了。那四个点子胡吹一轮什么太岳四侠，就把你吓得……嘿，嘿……伙计，快打酒来。”

那少女听到“太岳四侠”的名头，忍不住便要笑出声来，想来这批镖师也跟太岳四侠交过手啦。只听那总镖头说道：“我怕什么了？你哪知道我身上挑的千斤重担啊。这十万两盐镖，也没放在我姓周的心上。哼，这时也不便跟你细说，到了北京，你自会知道。”那张镖师笑道：“不错，不错！我不知道，我不知道。嘿嘿，鸳鸯刀啊鸳鸯刀!”

那少女一听到“鸳鸯刀”三字，心中怦的一跳，将耳朵凑到墙壁上去，想听得仔细些，但隔房刹时之间声息全无。那少女心里一动，从房门中溜了出去，悄步走到众镖师的窗下一站。只听得周总镖头说道：“你怎知道？是谁泄漏了风声？张兄弟，这件事可不是闹着玩的。”他压低了嗓门，但语调却极是郑重。那张镖师轻描淡写的道：“这里的兄弟们谁人不知，哪个不晓？单就你自己，才当是个什么了不起的大秘密。”周总镖头声音发颤，忙问：“是谁说的？”张镖师道：“哈哈，还能有谁？是你自己。”周总镖头更急了，道：“我几时说过了？张兄弟，今日你不说个明明白白，咱哥儿们可不能算完。我姓周的平素待你不薄啊……”只听另一人道：“总镖头，你别急。张大哥的话没错，是你自己说的。”周总镖头道：“我？我？我怎么会？”那人道：“咱们镖车一离西安，每天晚上你睡着了，便尽说梦话，翻来覆去总是说：‘鸳鸯刀，鸳鸯刀！这一次送去北京，可不能出半点岔子，得了鸳鸯刀，无敌于天下……’”

周威信又惊又愧，哪里还说得出话来？怎想得到自己牢牢守住的大秘密，只因为白天里尽是想着，脑中除了“鸳鸯刀”之外没再转其他念头，日有所思，夜有所梦，在睡梦中竟会说了出来。他向众镖师团团一揖，低声道：“各位千万不可再提‘鸳鸯刀’三字。从今晚起，我用布包着嘴巴睡觉。”

那少女在窗外听了这几句话，心中大乐，暗想：“踏破铁鞋无觅处，得来全不费功夫。这一对鸳鸯刀，竟然在这镖师身上。我盗了回去，瞧爹爹怎么说？”

原来这少女姓萧名中慧，她爹爹便是晋阳大侠萧半和。

萧半和威名远震，与江湖上各路好汉广通声气，上月间得到讯息，武林中失落有年的一对鸳鸯刀重现江湖，竟为川陕总督刘于义所得。这对刀和萧半和大有渊源，他非夺到手中不可，心下计议，料想刘于义定会将宝刀送往京师，呈献皇帝，与其到西安府重兵驻守之地抢夺，不如拦路截劫。岂知那刘于义狡猾多智，一得到宝刀，便大布疑阵，假差官、假贡队，派了一次又一次，使得觊觎这对宝刀的江湖豪士接连上当，反而折了不少人手。萧半和想起自己五十生辰将届，于是撒下英雄帖，广邀秦晋冀鲁四省好汉来喝一杯寿酒，但有些英雄帖中却另有附言，嘱托各人竭尽全力，务须将这对宝刀劫夺下来。当然，若不是他熟知其人的血性朋友，请帖中自无附言，否则风声泄漏，打草惊蛇，别说宝刀抢不到，只怕还累了好朋友们的性命。

萧中慧一听父亲说起这对宝刀，当即跃跃欲试。萧半和派出徒儿四处撒英雄帖，她便也要去，萧半和派人在陕西道上埋伏，她更加要去。但萧半和总是摇头说道："不成！"她求得急了，萧半和便道："你问你大妈去，问你妈妈去。"萧半和有两位夫人，大夫人姓袁，二夫人姓杨。中慧是杨夫人所生，可是袁夫人对她十分疼爱，和自己亲生的女儿一般无异。杨夫人说不能去，中慧还可撒娇，还可整天说非去不可，但袁夫人一说不能去，中慧便不敢辩驳。这位袁夫人对她很是慈和，但神色间自有一股威严，她从小便不敢对大妈的话有半点违拗。

然而抢夺宝刀啊，又凶险，又奇妙，这是多么有趣的事。萧中慧一想到，无论如何按捺不住，终于在一天半夜里，留了个字条给爹爹、大妈和妈妈，偷偷牵了一匹马，便离了晋阳。她遇到了要去给爹爹拜寿的太岳四侠，觉得天下的英雄好汉，武功也不过如此；她听到了镖师们的说话，觉得要劫夺鸳鸯刀，也不是什么难事。

她转过身来，要待回到房中，再慢慢盘算如何向镖队动手，只跨出两步，突然之间，隔着天井的对面房中传出当的一声响，这是她从小就听惯了的兵刃撞击声。她心中一惊："啊哟，不好！人家瞧见我啦！"却听得一人骂道："当真动手么？"一个女子声音叫道："那还跟你客气？"但听得乒乒乓乓之声不绝，打得甚是激烈，还夹杂一个婴儿的大声哭叫。对面房中窗格上显出两个黑影，一男一女，每人各执一柄单刀，纵横挥霍，拼命砍杀。

这么一打，客店中登时大乱。只听得周总镖头喝道：“大伙儿别出去，各人戒备，守住镖车，小心歹人的调虎离山之计。”萧中慧一听，心想：“这么不要性命拼斗，哪里是调虎离山的假打？只可惜他不出来瞧瞧，否则倒真是盗刀的良机。”再瞧那两个黑影时，女的显已力乏，不住倒退，那男的却步步进逼，毫不放松。她侠义之心登起，心想：“这恶贼好生无礼，夤夜抢入女子房中，横施强暴，这抱不平岂可不打？”待要冲进去助那女子，但转念一想：“不好！我一出手，不免露了行藏，若是教那些镖师瞧见了，再下手盗刀便不容易。”当下强忍怒气，只听得兵刃相击之声渐缓，男女两人破口大骂起来，说的是鲁南土语，萧中慧倒有一大半没能听懂。

她听了一会，烦躁起来，正要回房，忽听得呀的一声，东边一间客房的板门推开，出来一个少年书生。只听他朗声说道：“两位何事争吵？有话好好分辨道理，何以动刀动枪？”他一面说，一面走到男女两人的窗下，似要劝解。萧中慧心道：“那恶徒如此凶蛮，谁来跟你讲理？”只听得那房中兵刃相交之声又起，小儿啼哭之声越来越响，蓦地里一粒弹丸从窗格中飞出，拍的一声，正好将那书生的帽子打落在地。那书生叫道：“啊哟，不好！”接着喃喃自言自语：“城门失火，殃及池鱼。君子不立于危墙之下，这还是明哲保身要紧。”说着便慢慢退回房中。

萧中慧既觉好笑，又替那女子着急，心想那恶贼肆无忌惮，这女子非吃大亏不可。但这时那房中斗殴之声已息，客店中登时静了下来。萧中慧心下琢磨：“爹爹常说，行事当分轻重缓急，眼前是盗刀要紧，只好让那凶徒无法无天。”当下回到房中，关上了门，躺在炕上，寻思如何劫那宝刀：“这镖队的人可真不少，我一个人怎对付得了？本该连夜赶回晋阳，去跟爹爹说知，让他来调兵遣将。可是倘若我用计将刀盗来，双手捧给爹爹，岂不是更妙？”想到得意之处，左边脸颊上那个酒窝儿深深陷了进去。可是用什么计呢？她自幼得爹爹调教，武功甚是不弱。但说到用计，咱们的萧姑娘可不大在行，肚里计策不算多，简直可以说不大有。

她躺在炕上，想得头也痛了，虽想出了五六个法儿，但仔细一琢磨，竟是没一条管用。朦朦胧胧间眼皮重了起来，静夜之中，忽听得笃、笃、笃……一声一声自远而近的响着，有人以铁杖敲击街上的石板，一路行来，显然是个盲人。

敲击的声音响到客店之前，戛然而止，接着那铁杖便在店门上突、突、突的响了起来，跟着是店小二开门声、呵斥声，一个苍老的声音哀求着要一间店房。店小二要他先给钱，那老瞎子给了钱，可是还差着两吊。于是推拒声、祈恳声、店小二骂人的污言秽语，一句一句传入萧中慧的耳里。

她越听越觉那盲人可怜，当下翻身坐起，在包袱中拿了一小锭银子，开门出去，却见那个书生已在指手划脚、之乎者也的和店小二理论，看来他虽要明哲保身，还是不免喜欢多管闲事。只听他说道："小二哥，敬老恤贫，乃是美德，差这两吊钱，你就给他垫了，也就完啦。"店小二怒道："相公的话倒说得好听，你既好心，那你便给他垫了啊。"那书生道："你这话又不对了。想我是行旅之人，盘缠带得不多，宝店的价钱又大得吓人，倘若随便出手，转眼间便如夫子之厄于陈蔡了。因此，所以，还是小二哥少收两吊钱吧。"

萧中慧噗哧一笑，叫道："喂，小二哥，这钱我给垫了，接着！"店小二一抬头，只见白光一闪，一块碎银飞了过来，忙伸手去接。他这双手银子是接惯了的，可说百不失一，这般空中飞来的银子，这次却是生平头一遭遇上，不免少了习练，噗的一声，那块银子已打中他的胸口，虽说是银子，打在身上毕竟也有些疼痛，忍不住"啊哟"一声叫了出来。

那书生道："你瞧，人家年纪轻轻的一位大姑娘，尚自如此好心。小二哥，你枉为男子汉，那可差得远了。"萧中慧向他扫了一眼，只见他长脸俊目，剑眉斜飞，容颜间英气逼人，心中一跳，忙低下头去。只听那老瞎子道："多谢相公好心，你给老瞎子付了房饭钱，真是多谢多谢，但不知恩公高姓大名，我瞎子记在心中，日后也好感恩报德。”那书生道：“小可姓袁名冠南，区区小事，何足挂齿？老丈你尊姓大名啊？”那老瞎子道：“我瞎子的贱名，叫做卓天雄。”

萧中慧心中正自好笑：“这老瞎子当真是眼盲心也盲，明明是我给的银子，却去多谢旁人。”突然间听到“卓天雄”三字，心头一震：“这名字好像听见过的。那天爹爹和大妈似乎曾低声说过这个名字，那时我刚好走过大妈房门口，爹爹和大妈一见到我，立时便住了口。但说不定是同名同姓，更许是音同字不同。我爹爹怎能识得这个老瞎子？”

袁冠南伴了卓天雄，随着店小二走到内院。经过萧中慧身旁时，袁冠南突然躬身长揖，说道：“姑娘，你带了很多银子出来么？”萧中慧没料到他竟会跟自己说话，脸上一红，似还礼不似还礼的蹲了一蹲，说道：“怎么？”袁冠南道：“小可见姑娘如此豪阔，意欲告贷几两盘缠之资！”萧中慧更没料到他居然会单刀直入的开口借钱，越加发窘，满脸通红，不知如何回答才是，呆了一呆，转过脸去。那书生道：“好，既不肯借，那也不妨。待小可去打别人主意吧！”说着又是一揖，转身回进了房中。

萧中慧心头怦怦而跳，一时定不下神来，忽然之间，那边房里兵刃声和喝骂声又响了起来，砰的一声大响，窗格飞开，一个壮汉手持单刀，从窗中跃出，左手中却抱了个婴儿。跟着一个少妇从窗里追了出来，头发散乱，舞刀叫骂：“快还我孩子，你抱他到哪里去？”两人一前一后，直冲出店房。萧中慧见那少妇满脸惶急之情，怒气再也难以抑制，心道：“这凶徒抢了她的孩子，如此伤天害理，非伸手管一管不可！”忙回房取了双刀，赶将出去。

远远听见那少妇不住口的叫骂：“快放下孩子，半夜三更的，吓坏他啦！你这千刀万剐的恶贼，吓坏了孩子，我……我……”萧中慧循声急追，哪知这凶徒和少妇的轻身功夫均自不弱，直追出里许，眼见二人双刀相交，正自恶斗。那凶徒怀抱孩子，形势不利，当即将孩子放在一块青石之上，挥刀砍杀。萧中慧停步站住，先瞧一瞧那凶徒的武功，但见他膂力强猛，刀法凶悍，那少妇边打边退，看来转眼间便要伤在他的刀下。萧中慧提刀跃出，喝道："恶贼，还不住手？"右手短刀使个虚式，左手长刀径刺那凶徒的胸膛。

那少妇见萧中慧杀出，呆了一呆，心疼孩子，忙抢过去抱起。那凶徒举刀一架，问道："你是谁？"萧中慧微微冷笑，道："打抱不平的姑娘。"挥刀砍出，她除了跟爹爹及师兄们过招之外，当真与人动手第一次是对付太岳四侠，第二次便是斗这凶徒了。这凶徒的武功可比太岳四侠强得太多，招数变幻，一柄单刀盘旋飞舞，左手不时还击出沉雄的掌力。萧中慧叫道："好恶贼，这么横！"左手刀着着进攻，蓦地里使个"分花拂柳式"，长刀急旋。那凶徒吃了一惊，侧身闪避。萧中慧叫道："躺下！"短刀斜削，那凶徒左腿上早着。他大吼一声，一足跪倒，兀自举刀还招。萧中慧双刀齐劈，引得他横刀挡架，一腿扫去，将他踢倒在地，跟着短刀又刺他右腿。

陡然间风声飒然，一刀自后袭到，萧中慧吃了一惊，顾不到伤那凶徒，急忙回刀招架，这一招"狮子回首"分寸拿捏得恰到好处，当的一声，双刀相交，黑暗中火星飞溅。她一看之下，更加惊得呆了，原来在背后偷袭的，竟然是那怀抱孩子的少妇。这少妇一刀被她架开，跟着又是一刀。萧中慧识得这一招"夜叉探海"志在伤敌，竟是不顾自身安危的拼命打法，当即挥短刀挡过，叫道："你这女人莫不是疯了？"那少妇道："你才是疯了！"单刀斜闪，溜向萧中慧长刀的刀盘，就势推拨，滑近她的手指。萧中慧一惊，见这少妇力气不及那凶徒，但刀法之狡谲，却远有过之。

这时那凶徒已包扎了腿上伤口，提刀上前夹击，两人一攻一拒，招招狠辣。萧中慧暗暗叫苦："原来这两人设下圈套，故意引我上当。"她刀法虽精，究是少了临敌的经历，这时子夜荒坟，受人夹击，不知四下里还伏了多少敌人，不由得心中先自怯了，一面打，一面骂道："我和你们无怨无仇，干么设下这毒计害我？"那凶徒骂道："谁跟你相识了？小贱人，无缘无故的来砍我一刀。"那少妇也喝道："你到底是什么路道，不问青红皂白便出手伤人。"问那凶徒道："龙哥，你腿上伤得怎样？"语意之间，极是关切。那凶徒道："他妈的，痛得厉害。"萧中慧奇道："你们不是存心害我么？"那少妇道："你到底干什么的？这么强凶霸道，自以为武艺高强么？我瞧也不见得，可真是不要脸哪。"萧中慧怒道："我见你给这凶徒欺侮，好心救你，谁知你们是假装打架。"那少妇道："谁说假装打架？我们夫妇争闹，平常得紧，你多管什么闲事？"

萧中慧听得"夫妇争闹"四字，大吃了一惊，结结巴巴的道："你们……你们是夫妻？"当即向后跃开，脑中一阵混乱。那壮汉道："怎么啦？我们一男一女住在一房，又生下了孩子，难道不是夫妻么？"萧中慧奇道："这孩子是你们的儿子？"那少妇道："他是孩子爸爸，我是孩子妈妈，碍着你什么事了？他叫林玉龙，我叫任飞燕，你还要问什么？"说着气鼓鼓的举刀半空，又要抢上砍落。

萧中慧道："你们既是夫妻，怎地又打又骂，又动刀子？"任飞燕冷笑道："哈哈，大姑娘，等你嫁了男人，那就明白啦。夫妻若是不打架，那还叫什么夫妻？有道是床头打架床尾和，你见过不吵嘴不打架的夫妻没有？"萧中慧脱口而出，说道："我爹爹妈妈就从来不吵嘴不打架。"林玉龙抚着伤腿，骂道："他妈的，这算什么夫妻？定然路道不正！啊唷，啊唷……"任飞燕听得丈夫呼痛，忙放下孩子，去瞧他伤口，这神情半点不假，当真是一对恩爱夫妻。林玉龙兀自喃喃叫骂："他妈的，不拌嘴不动刀子，这算是什么夫妻？"

萧中慧一怔，心道："嘿，这可不是骂我爹娘来着！"胸口怒气上冲，又想上前教训教训他，但以一敌二，料想打不过，眼见那婴儿躺在石上，啼哭不止，一转身抱起婴儿，飞步便奔。

任飞燕替丈夫包好伤口，回头却不见了儿子，惊道："儿子呢？”林玉龙“啊哟”一声，跳了起来，说道：“给那贱人抱走啦。”任飞燕道：“你怎不早说？”林玉龙道：“你自己抱着的，谁教你放在地下？”任飞燕大怒，飞身上前，吧的一声，打了他一个嘴巴，喝道：“我给你包伤口啊！死人！”林玉龙回了一拳，骂道：“儿子也管不住，谁要你讨好？”任飞燕道：“畜生，快去抢回儿子，回头再跟你算帐。”说着拔步狂追。林玉龙道：“不错，抢回儿子要紧。臭婆娘，自己亲生的儿子也管不住，有个屁用？”跟着追了下去。

萧中慧躲在一株大树背后，按住小孩嘴巴，不让他哭出声来，眼见林任夫妇边骂边追，越追越远，心中暗暗好笑，突然间身上一阵热，一惊低头，只见衣衫上湿了一大片，原来那孩子拉了尿。她好生烦恼，轻轻在孩子身上一拍，骂道：“要拉尿也不说话？”那孩子未满周岁，如何会说话？给她这么一拍，放声大哭起来。萧中慧心下不忍，只得“乖孩子、好宝贝”的慢慢哄他。哄了一会，那孩子合眼睡着了。萧中慧见他肥头胖耳，脸色红润，傻里傻气的甚是可爱，不由得颇为喜欢，心想：“去还给他爹爹妈妈吧，吓得他们也够了。”眼见这对夫妇双双向北，当下也不回客店，向北追去。

行了十余里，天已黎明，那对夫妻始终不见，待得天色大明，到了一座树木茂密的林中，鸟鸣声此起彼和，野花香气扑鼻而至。萧中慧见林中景色清幽，一夜不睡，也真倦了，于是拣了一处柔软的草地，倚树养神，低头见怀中孩子睡得香甜，过不多时，自己竟也睡着了。

阳光渐烈，树林中浓荫匝地，花香愈深，睡梦中忽听得“威武——信义，威武——信义”一阵阵镖局的趟子声远远传来，萧中慧打个呵欠，双眼尚未睁开，却听得那趟子声渐渐近了。

来的正是威信镖局的镖队。

铁鞭镇八方周威信率领着镖局人众，迤逦将近枣香林，只要过了这座林子，前面到洪洞县一直都是阳关大道，眼见红日当空，真是个好天，本来今日说什么也不会出乱子，可是他心中却不自禁的暗暗发毛。镖队后面那老瞎子的铁杖在地下笃的一声敲，他心中便是突的一跳。

一早起行，那老瞎子便跟在镖队后面，初时大伙儿也不在意，但坐骑和大车赶得快了，说也奇怪，那瞎子竟始终跟在后面。周威信觉得有些古怪，向张镖师和詹镖师使个眼色，鞭打牲口，急驰疾奔，刹时间将老瞎子抛得老远。他心中一宽。但镖车沉重，奔行不快，一会儿便慢了下来。过不多久，笃、笃、笃声隐隐起自身后，这老瞎子居然又赶了上来。

这么一露功夫，镖队人众无不相顾失色，老瞎子这等轻功，当真厉害之极。镖队一慢，那瞎子却也并不追赶上前，铁杖击地，总是笃、笃、笃的，与镖队相距这么十来丈远。

眼见前面黑压压的是一片林子，周威信低声道："张兄弟，大伙儿得留上了神，这老瞎子可真有点邪门，江湖上有言道：'念念当如临敌日，心心便似过桥时。'"张镖师昨天打跑了太岳四侠，一直飘飘然的自觉英雄了得，听周威信这么说，心道："就算他轻身功夫不坏，一个老瞎子又怕他何来？我瞧你啊，见了耗子就当是大虫。"弯腰从地下拾起一块小石子，使出打飞蝗石手法，沉肘扬腕，向那瞎子打了出去。只听得嗤嗤声响，石子破空，去势甚急，那瞎子更不抬头，铁杖微抬，当的一声响，将那石子激了回来。张镖师叫道："啊哟！"那石子打中了他额角，鲜血直流。镖队中登时一阵大乱。

张镖师叫道："贼瞎子，有你没我！"纵马上前，举刀便往瞎子肩头砍了下去。那瞎子举杖一格，张镖师手中单刀倒翻上来，只震得手臂酸麻，虎口隐隐生疼。詹镖师叫道："有强人哪，并肩子齐上啊。"众人虽见那瞎子武功高强，但想他终究只是一人，眼睛又瞎了，好汉敌不过人多，于是刀枪并举，七八名镖师、卫士，将他围在垓心。那瞎子毫不在意，铁杖轻挥，东一敲，西一戳，只数合间，已将一名卫士打倒在地。

周威信远远瞧着，只见这老瞎子出手沉稳，好整以暇，竟似丝毫没将众敌手放在心上，蓦地里见他眼皮一翻，一对眸子精光闪烁，竟然不是瞎子，跟着一转身，抬腿将詹镖师踢了个筋斗。周威信大骇，知道这瞎子决非太岳四侠中的逍遥子可比，却是当真身负绝艺的高手，想到自己背上的重任，高叫："张兄弟，你将这老瞎子拿下了，可别伤他性命。我先行一步，咱们洪洞县见。"心道："江湖上有言道：'路逢险处须当避，不是才子莫吟诗。'"双腿一夹，纵马奔向林子。

刚驰进树林，只见一株大树后刀光闪烁，他是老江湖了，心下暗暗叫苦："原来那瞎子并非独脚大盗，这里更伏下了帮手。"当下没命价鞭马向前急驰，只驰出四五丈，便见一个人影从树后闪了出来。

周威信见这人手持单刀，神情凶猛，当下更不打话，手一扬，一枝甩手箭脱手飞出，向那人射去，同时纵骑冲前。那人挥刀格开甩手箭，骂道："什么人，乱放暗青子？"另一人跟着赶到，喝道："你有暗青子，我便没有么？"拉开弹弓，吧吧吧一阵响，八九枚连珠弹打了过来，有两枚打在马臀上，那马吃痛，后腿乱跳，登时将周威信掀下马来。周威信早已执鞭在手，在地下打个滚，刚跃起身来，吧的一声，手腕上又中一枚弹丸，铁鞭拿捏不住，掉在地下。那两人一左一右，同时抢上，双刀齐落，架在他颈中，一人问道："你是什么人？"另一个问道："干么乱放暗青子？"先一人又道："你瞧见我的孩子没有？"另一人又问："有没有见一个年青姑娘走过？"先一人又问："那年青姑娘有没抱着孩子？"

片刻之间，每个人都问了七八句话，周威信便是有十张嘴，也答不尽这许多话。原来这两人正是林玉龙和任飞燕夫妇。

林玉龙向妻子喝道："你住口，让我来问他。"任飞燕道："干么要我住口？你闭嘴，我来问。"两人你一言，我一语，争吵了起来。周威信被两柄单刀架在颈中，生怕任谁一个脾气大了，随手一按，自己的脑袋和身子不免各走各路，江湖上有言道："你去你的阳关道，我走我的独木桥。”又想：“江湖上有言道：‘光棍不吃眼前亏，伸手不打笑脸人。’”当下满脸堆笑，说道：“两位不用心急，先放我起来，再慢慢说不迟。”林玉龙喝道：“干么要放你？”任飞燕见他右手反转，牢牢按住背上的包袱，似乎其中藏着十分贵重之物，喝道：“那是什么？”

周威信自从在总督大人手中接过了这对鸳鸯刀之后，心中片刻也没忘记过“鸳鸯刀”三字，只因心无旁骛，竟在睡梦之中也不住口的叫了出来，这时钢刀架颈，情势危急，任飞燕又问得紧迫，实无思索余地，不自禁冲口而出：“鸳鸯刀！”

林任两人一听，吃了一惊，两只左手齐落，同时往他背上的包袱抓去。周威信一言既出，立时懊悔无已，当下情急拼命，百忙中脑子里转过了一个念头：“江湖上有言道：‘一夫拼命，万夫莫当。’何况他们只有两夫？”顾不得冷森森的利刃架在颈中，向前一扑，待要滚开。但林任夫妻同时运劲，猛力一扯，却将他连人带包袱提了起来。原来周威信用细铁链将这对宝刀缚在背上，林任两人虽是一齐使力，还是拉不断铁链。

三个人缠作一团。周威信回手一拳，砰的一下，打在林玉龙脸上。任飞燕倒转刀柄，在周威信后颈重重的砸了一下，问道：“龙哥，你痛不痛？”林玉龙怒道：“那还用问？自然痛啦。”任飞燕怒道：“哈，我好心问你，难道问错了？”两人一面抢夺包袱，一面又拌起嘴来。

斗然间草丛中钻出一人，叫道：“要不要孩子？”林任二人一抬头，只见那人正是萧中慧，双手高举着自己的儿子，心中大喜，立即一齐伸手去接。萧中慧右手递过孩子，左手短刀嗤的一声，已割开了周威信背上的包袱，跟着右手一探，从包袱中拔出一把刀来，青光闪耀，寒气逼人，随手一挥，果真好宝刀，铁链应刃断绝。萧中慧抢过包袱，翻身便上了周威信的坐骑，这几下手法兔起鹘落，迅捷利落之至。

她一提马缰，喝道：“快走！”哪知那马四只脚便如牢牢钉在地下，竟然不动。萧中慧伸足去踢马腹，蓦地里双足膝弯同时一麻。她暗叫："不好！"待要跃下马背，可哪里还来得及，早已被人点中穴道，身子骑在马上，却是一动也不能动了。

只见马腹下翻出一人，原来便是那老瞎子，也不知他何时已摆脱镖队的纠缠，赶来悄悄藏在马腹之下，他一伸手便夺过萧中慧手中的那对鸳鸯刀。任飞燕将孩子往地下一放，拔刀扑上。林玉龙跟着自旁侧攻。那瞎子提着出了鞘的长刃鸳刀往上一挡，叮当两响，林任夫妇手中双刀齐断。两人呆得一呆，腰间穴道酸麻，已被点中大穴，再也动弹不得了。

周威信势如疯虎，喝道："贼瞎子，有你没我！"拾起地下铁鞭，使一招"呼延十八鞭"的"横扫千军"，向那瞎子横砸过来。那瞎子竟不闪避，提起鸳鸯长刀，向前一刺，但说也奇怪，这一刺既非刺向铁鞭，也不是刺向周威信胸口，却是刺在包袱中的刀鞘之内，跟着连刀带鞘横砸而至。他竟将刀鞘当作铁鞭使，而招数一模一样，也是"呼延十八鞭"中的"横扫千军"，刀鞘在铁鞭上一格，周威信这一条十六斤重的铁鞭登时被拦在半空，再也砸不下分毫，是否"铁鞭镇八方"，大有商量余地。一刀一鞭略一相持，呼的一声响，那铁鞭竟已被那瞎子的内劲震得脱手飞出，这一招"铁鞭飞八方"使出来，周威信虎口破裂，满掌是血。那瞎子白眼一翻，冷笑道："呼延十八鞭最后一招，你没学会吧？"

周威信这一惊当真是非同小可，"呼延十八鞭"虽然号称十八鞭，但传世的只有十七招，他师父曾道，最后一招叫做"一鞭断十枪"，当年北宋大将呼延赞受敌人围攻，曾以一根钢鞭震断十条长枪，这一路鞭法，不论招数，单凭内力，当世只有他师伯有此神功。周威信从未见过师伯，只知他是清廷侍卫，"大内七大高手"之首，向来深居禁宫，从不出外，因此始终无缘拜见。这时心念一动，颤声道："你……你老人家姓卓？"那瞎子道："不错。"周威信惊喜交集，拜伏在地，说道："弟子周威信，叩见卓师伯。"

那老瞎子微微一笑，道："亏得你知道世上还有个卓天雄。"周威信道：“师父在日，常称道师伯的神威。弟子未识师伯，刚才多有冒犯。江湖上有言道：‘有缘千里来相会，无缘对面不相逢。’不知师伯几时从北京出来的？”卓天雄微笑道：“皇上派我来接你的啊。”周威信又是惶恐，又是欢喜，道：“若不是师伯伸手相援，这对鸳鸯刀只怕要落入匪徒手中了。”卓天雄道：“皇上明见万里，早料到这对刀上京时会出乱子。你一离西安，我便跟在镖队后面啦。你晚上睡着时，口中直嚷些什么啊？”周威信面红过耳，嗫嚅着说不出话来，心道：“师伯一路蹑着我们镖队，连我夜里说梦话也给听去了，我却丝毫不觉，倘若不是师伯而是想盗宝刀的大盗，我这条小命还在么？江湖上有言道：‘万事不由人计较，一生都是命安排。’”

卓天雄道：“你的伙计们胆子都小着点儿，这会儿也不知躲到了哪儿。你去叫叫齐，咱们一块儿赶路吧。”周威信连声称是。卓天雄举起那对刀来，略一拂拭，只觉一股寒气，直逼眉目，不禁叫道：“好刀！”

周威信正要出林，忽听左边一人叫道：“喂，姓卓的，乖乖的便解开我穴道，咱们好好来斗一场。”另一个女子道：“你乘人不备，出手点穴，算是哪一门子的英雄好汉？”卓天雄转过头去，但见林玉龙、任飞燕夫妇各举半截断刀，作势欲砍，苦在全身动弹不得，空自发狠。卓天雄伸指在短刀上一弹，铮的一响，声若龙吟，悠悠不绝，说道：“不论你有多少匪徒，来一个，擒一个，来两个，捉一双。”转头向萧中慧道：“小姑娘，你也随我进京走一遭，去瞧瞧京里的花花世界吧。”

萧中慧大急，叫道：“快放了我，你再不放我，要叫你后悔无穷。”卓天雄哈哈大笑，道：“这么说，我更加不能放你了，且瞧瞧你怎地使我后悔无穷。”萧中慧暗运内气，想冲开腿上被点的穴道，但一股内气降到腰间便自回上，心中越是焦急，越觉全身酸麻，半分力气也使不出来，一张俏脸胀得通红，泪水在眼中滚来滚去，便欲夺眶而出。

忽听得林外一人纵声长吟："天子重英豪，文章教尔曹，万般皆下品，唯有读书高……"高吟声中，一人走进林来。萧中慧一看，正是昨晚在客店中见到的那个少年书生袁冠南，自己这副窘状又多了一人瞧见，更是难受，心中一急，眼泪便如珍珠断线般滚了下来。

卓天雄手按鸳鸯双刀，厉声道："姓袁的，这对刀便在这里，有本事不妨来拿了去。你装腔作势，瞒得过别人，可乘早别在卓天雄眼前现世。"说着双刀平平一击，铮的一响，声振林梢。

袁冠南右手提着一枝毛笔，左手平持一只墨盒，说道："在下诗兴忽来，意欲在树上题诗一首，阁下大呼小叫，未免扫人清兴。"说着东张西望，寻觅题诗之处。卓天雄早瞧出他身有武功，见他如此好整以暇，倒也不敢轻敌，当下将双刀还入刀鞘，交给周威信，铁棒一顿，喝道："你要题诗，便题在我瞎子的长衫上吧！"说着挥动铁棒，往袁冠南脑后击去。

萧中慧情不自禁，脱口而出的叫道："别打！"她见袁冠南文诌诌的手无缚鸡之力，这一棒打上去，还不将他砸得脑浆迸裂？哪知袁冠南头一低，叫声："啊哟！"从铁棒下钻了过去，说道："姑娘叫你别打，你怎地不听话？"

卓天雄回过铁棒，平腰横扫。袁冠南扑地向前一跌，铁棒刚好从头顶掠过。卓天雄喝道："这一下不错！"左手成掌劈出。袁冠南含胸沉肩，毛笔在墨盒中一蘸，往他手腕上点去。两人数招一过，萧中慧暗暗惊异："这书生原来有一身武功，这一次我可走了眼啦。"但见他身形飘动，东闪西避，卓天雄的铁棒始终打不到他身上。萧中慧暗自祷祝："老天爷生眼睛，保佑这书生得胜，让他助我脱困。"

林玉龙喝采道："秀才相公，瞧不出你武功还这样强，快杀了这瞎子，解开我们的穴道。"任飞燕道："你这不是一厢情愿么？我瞧这小秀才未必便是老瞎子的对手。"林玉龙喝道："臭婆娘，尽说不吉利的话，你懂得什么？"任飞燕道："嘿，我瞧得见他们动手，你瞧见么?”原来她面对卓袁两人，林玉龙却是背向。林玉龙道：“瞧得见便又怎地?我听那瞎子的铁棒乱挥，一味呼呼风响，全不管事。”任飞燕啐了一口，道：“不管事，不管事！哼，他可点得你动弹不得。”林玉龙道：“那你呢?你倒动给我瞧瞧!”两人你一言，我一语，越吵越凶，苦于身子转动不得，否则早又拳脚交加起来。任飞燕气忿不过，一口唾沫向丈夫吐了过去。林玉龙无法闪避，眼睁睁的任那唾沫飞过来黏在自己鼻梁正中，当下波的一声，也吐了一口唾沫过去。夫妻俩你一口，我一口，相互吐得满头满脸都是唾沫。

萧中慧见他夫妻身在危难之中，兀自不停吵闹，又是好气，又是好笑，斜目再瞧袁卓二人时，不由得芳心暗惊，但见袁冠南不住倒退，似乎已非卓天雄的敌手，心道：“但愿他这是装腔作势，故意戏弄那老瞎子，其实并非真败!”

可是事与愿违，卓天雄的武功，实在比袁冠南高得太多。初时卓天雄见他以毛笔与墨盒作武器，心想他如此有恃无恐，定有惊人艺业，因而小心翼翼，不敢强攻，待得试了几招，见他身法虽快，终究不免稚嫩，而毛笔的招数之中更无异状，当下铁棒横扫直砸，使出“呼延十八鞭”中的精妙家数来。袁冠南没料到竟会遇上如此厉害的对手，手中又无武器，立时左支右绌，迭遇险着，不由得暗暗叫苦：“我忒也托大，把这假瞎子瞧得小了，哪知他竟是这等的硬手?”眼见铁棒斜斜砸来，忙缩肩闪避。卓天雄叫声：“躺下!”铁棒翻起，打中了袁冠南左腿。萧中慧心中怦的一跳，叫道：“啊哟!”

袁冠南强自支撑，脚步略一踉跄，退出三步，却不跌倒，知道今日之事凶险万状，腿上既已受伤，便欲全身退走，亦已不能，情急智生，叫道：“好啊！小爷有好生之德，不愿用这‘腐骨穿心膏’。你既无礼，说不得，只好叫你尝尝滋味。”说着将毛笔在墨盒中蘸得饱饱的，提笔往卓天雄脸上抹去。卓天雄听得“腐骨穿心膏”五字，吃了一惊，叫道：“且住！五毒圣姑是你何人?”

原来五毒圣姑是贵州安香堡出名的女魔头，武林中闻名丧胆，她所使的毒药之中，尤以“腐骨穿心膏”最为驰名，据说只要肌肤略沾半分，十二个时辰烂肉见骨，廿四个时辰毒血攻心，天下无药可救。袁冠南数年前曾听人说过，当时也不在意，这时被卓天雄逼得无法，随口说了出来，只见他一听之下，立时脸色大变，心下暗喜，说道：“五毒圣姑是我姑母，你问她怎的?”卓天雄将信将疑，说道：“既是如此，我也不来难为你，快快给我走吧。”袁冠南冷笑道：“你打了我一棒，难道就此了局?”说着走上两步。卓天雄望着他左手所端的墨盒，如见蛇蝎，心想：“毛笔墨盒原本不能用作兵器，他如此和我相斗，其中定有古怪。”见他上前，不自禁的退了两步。他哪知袁冠南倜傥自喜，仗着武功了得，往往空手制胜，手拿笔墨，只不过意示闲暇，今日撞到卓天雄如此扎手的人物，心中其实早在叫苦不迭，不知几十遍的在自骂该死了。

袁冠南又走上两步，说道：“我姑母武功又不怎样，也不过会配制一些儿毒药，你又何必吓成这个样子?”见卓天雄迟迟疑疑的又退了一步，突然转身，向左一闪，欺到周威信身畔，提起毛笔，便往他双眼抹去。周威信大骇，举臂来格。袁冠南手肘一撞，墨盒交在右手，左手探出，已将鸳鸯双刀抢了过来。卓天雄大吃一惊，心想皇上命我来迎接宝刀进京，如给这小子夺去，那是多大的罪名？纵然要冒犯五毒圣姑，可也说不得了，当下飞身来抢，右掌斜劈袁冠南肩头，左手五指成爪，往鸳鸯双刀抓落。

袁冠南早已防到这一着，自知硬抢硬夺，必败无疑，提起毛笔，对准他左手一抹，跟着便哈哈大笑。卓天雄猛觉手背上一凉，一惊之下，只见手背上已被浓浓的抹了一大条墨痕，从前听人所说五毒圣姑如何害人惨死的话，瞬时间在脑中闪过，不由得全身大震。他五根手指虽已碰到了鸳鸯刀的刀鞘，竟是抓不下去，一呆之下，越想越怕，大叫一声，飞奔出林。周威信见师伯尚且如此，哪里还敢逗留，跟在卓天雄后面，冲了出去。

袁冠南暗叫：“惭愧!”生怕卓天雄察觉真相，重行追来，当下不敢在林中多耽，拿起鸳鸯双刀，转身便行。林玉龙叫道："喂，小秀才，你怎地不给我们解开穴道?"袁冠南道："过了六个时辰，穴道自解。"萧中慧大急，叫道："再等六个时辰，人也死了。"袁冠南笑道："别心急，死不了!"萧中慧嗔道："好，坏书生！下次你别撞在我手里。"袁冠南想起卓天雄棒击自己之时，这姑娘曾出言阻止，良心倒好，但她三人显然也是为了鸳鸯刀而来，若是给他们解开穴道，只怕又起枝节，微一沉吟，从地下检起两块小石子，右手挥动，两块石子飞出，分击林任夫妇的穴道，虽然相隔数丈，认穴之准，仍是不爽分毫。

林任夫妇各自积着满腔怒火，穴道一解，提着半截单刀，立时乒乒乓乓的打了起来。袁冠南又是一枚石子掷出，正中萧中慧腰间的"京门穴"。萧中慧"啊"的一声，从马上倒摔下来，横卧在地，双目紧闭，一动也不动了。袁冠南吃了一惊，自忖这枚石子并未打错穴道，如何竟会伤了她?忙走近身去，弯腰看时，只见她脸色有异，似乎呼吸也没有了。袁冠南这一下更是心惊，伸手去探她鼻息。萧中慧突然大叫一声，翻身跃起，从他手中抢过了短刃的鸯刀。袁冠南出其不意，一惊之下，"啊哟"一声，那刀已给她抢去。萧中慧知他武功胜过自己，偷袭得手，不敢再转长刀的念头，格格一笑，转身便逃。

林玉龙叫道："啊，鸳鸯刀!"任飞燕从地下抱起孩子，叫道："快追!"两人向萧中慧追去。袁冠南骂道："好丫头，恩将仇报!"提气疾追，但他左腿中了卓天雄一棒，伤势大是不轻，一跷一拐，轻功只剩下五成，眼看萧林任三人向西北荒山疾驰而去，竟是追赶不上，但想鸳鸯刀少了一把，不能成其鸳鸯，腿上虽痛，仍是穷追不舍。

奔出二十余里，地势越来越是荒凉，他奔上一个高冈，四下里一望，见西北方四五里外，树木掩映之中露出一角黄墙，似是一座小庙，心想这三人别处无可藏身，多半在这庙中，于是折了一根树干当作拐杖，撑持着奔去。

走近庙来，只见匾额上写着“紫竹庵”三字，原来是座尼庵。袁冠南走进庵去，见大殿上站着一个老尼姑，衣履洁净，面目慈祥。袁冠南作了一揖，说道：“师太请了，可有一位蓝衫姑娘，来到宝庵随喜么？”那老尼道：“小庵地处荒僻，并无施主到来。”袁冠南不信，道：“师太不必隐瞒……”话未说完，忽听得门外笃、笃、笃连响，传来铁棒击地之声，正是卓天雄追到了。袁冠南大吃一惊，忙道：“师太，请你做做好事。我有仇人找来，千万别说我在此处。”也不等那老尼回答，向后院直窜进去，只见东厢有座小佛堂，推门进去，见供着一座白衣观音的神像。这时不暇思索，纵身上了佛座，揭开帷幕，便躲在神像之后。

岂知神像之后，早有人在，定睛一看，正是萧中慧。她似笑非笑的向袁冠南瞧了一眼，说道：“好吧，算你有本事，找到这里，这刀拿去吧！”说着将短刀递了过来。只听他身后一人说道：“别给他，要动手，咱三人打他一个。”原来林任夫妇带着孩子，也躲在此处。

袁冠南此时逃命要紧，无暇去夺刀，低声道：“别作声，那老瞎子追了来啦！”萧中慧一惊，道：“他不是中了你的毒药？”袁冠南微笑道：“毒药是假的。”萧中慧还待再问，只听卓天雄粗声粗气的道：“四下里并无人家，不在这里，又在何处？”那老尼道：“施主再往前面找找，想必是已走过了头。”卓天雄道：“好！四下里我都伏下了人，也不怕这小子逃到天边去。若是找不到，回头来跟你算帐，小心我一把火烧了你这臭尼姑庵。”林玉龙和任飞燕听得心头火起，便欲反唇相稽，口还未张，袁冠南和萧中慧双指齐出，已分点了二人穴道。卓天雄走进后院，待了片刻，料想是在东张西望，听得他喃喃咒骂，铁棒拄地，转身出庵去了。

原来卓天雄手背上被黑墨抹中，心惊胆战，忙到溪水中去洗，墨渍一洗即去，不留丝毫痕迹。他放心不下，拼命擦洗，这用力一擦，皮肤破损，真的隐隐作疼起来。他更是吃惊，呆了良久，不再见有何异状，才知是上了当，于是随后追来。他虽轻功了得，奔驰如飞，但这么一耽搁，却给袁冠南等躲到了紫竹庵中。

袁冠南和萧中慧待他走远，这才解开林任夫妇穴道，从观音大士的神像后跃下地来。四人想起卓天雄之言，都是皱起了眉头，心想此人轻功了得，追出数十里后不见踪迹，又必寻回，四下里无房无舍，没地可躲，打是打不过，逃又逃不了，难道是束手待毙不成？袁萧二人相对无言，寻思脱逃之计。

林玉龙骂道："都是你这臭婆娘不好，咱们若是练成了夫妻刀法，二人合力，又何必怕这老瞎子？"任飞燕道："练不成夫妻刀法，到底是你不好，还是我不好？那老和尚明明要你就着我点儿，怎地你一练起来便只顾自己？"两人你一言，我一语，又吵个不休。袁冠南听他二人不住口的吵什么"夫妻刀法"，说道："咱们四个，连着你们孩子，还有那老尼姑，眼前都是大祸临头，只要那老瞎子一回来，谁都活不成。你俩还吵什么？到底那夫妻刀法是怎么回事？"林任夫妇俩又说又吵，半天才说了个明白。

原来三年之前，林任夫妇新婚不久，便大打大吵，恰好遇到了一位高僧，他瞧不过眼，传了他夫妇俩一套刀法。这套刀法传给林玉龙的和传给任飞燕的全然不同，要两人练得纯熟，共同应敌，两人的刀法阴阳开阖，配合得天衣无缝，一个进，另一个便退，一个攻，另一个便守。那老和尚道："以此刀法并肩行走江湖，任他敌人武功多强，都奈何不了你夫妇。但若单独一人使此刀法，却是半点也无用处。"他怕这对夫妇反目，终于分手，因此要他二人练这套奇门刀法，令他夫妇长相厮守，谁也不能离得了谁。这路刀法原是古代一对恩爱夫妻所创，两人形影不离，心心相印，双刀施展之时，也是互相回护。哪知林任两人性情暴躁，虽都学会了自己的刀法，但要相辅相成，配成一体，始终是格格不入，只练得三四招，别说互相回护，夫妻俩自己就砍砍杀杀的斗了起来。

袁冠南听两人说完，心念一动，向萧中慧说道："姑娘，我有一句不知进退的话，原不该说，只是事在危急，此处人人有性命之忧……”萧中慧接口道：“我知道啦，你要我和你学这夫妻……夫妻……”说到这里，满脸红晕。袁冠南道：“嗯，小可决不敢有意冒犯，实是……实是……”萧中慧不再跟他多说，向任飞燕道：“大嫂，请你指点于我，若是我和他……和他都学会了，抵挡得了那老瞎子，便可救得众人性命。”任飞燕道：“这路刀法学起来很难，可非一朝一夕之功。”萧中慧道：“学得多少，便是多少，总胜于白白在这里等死。”任飞燕道：“好，我便教你。”林任夫妇分别口讲刀舞，一招一式的演将起来。袁萧二人在旁各瞧各的，用心默记。

袁萧二人武功虽均不弱，但这套夫妻刀法招数极是繁复，一时实不易记得许多。林任夫妇教得几招，百忙中又拌上几句嘴。两个人教，两个人学，还只教到第十二招，忽听得门外大喝一声：“贼小子，你躲到哪里去？”人影一闪，卓天雄手持铁棒，闯进殿来。

林玉龙见他重来，不惊反怒，喝道：“我们刀法尚未教完，你便来了，多等一刻也不成么？”提刀向他砍去。卓天雄举铁棒一挡，任飞燕也已从右侧攻到。林玉龙叫道：“使夫妻刀法！”他意欲在袁萧两人跟前一献身手，长刀斜挥，向卓天雄腰间削了下去。这时任飞燕本当散舞刀花，护住丈夫，哪知她急于求胜，不使夫妻刀法中的第一招，却是使了第二招中的抢攻，变成双刀齐进的局面。卓天雄一见对方刀法中露出老大破绽，铁棒一招“偷天换日”，架开双刀，左手手指从棒底伸出，咄咄两声，林任夫妇又被点中了穴道。他二人倘若不使夫妻刀法，尚可支持得一时，但一使将出来，只因配合失误，仅一招便已受制。

林玉龙大怒，骂道：“臭婆娘，咱们这是第一招。你该散舞刀花，护住我腰胁才是。”任飞燕怒道：“你干么不跟着我使第二招？非得我跟着你不可？”二人双刀僵在半空，口中却兀自怒骂不休。

袁冠南知道今日之事已然无幸，低声道：“萧姑娘，你快逃走，让我来缠住他。”萧中慧没料到他竟有这等侠义心肠，一呆之下，胸口一热，说道：“不，咱们合力斗他。”袁冠南急道：“你听我话，快走！倘若我今日逃得性命，再和姑娘相见。”萧中慧道：“不成啊……”话未说完，卓天雄已挥铁棒抢上。袁冠南刷的一刀砍去。萧中慧见他这一刀左肩露出空隙，不待卓天雄对攻，抢着挥刀护住他的肩头。两人事先并未拆练，只因适才一个要对方先走，另一个却定要留下相伴，均动了舍己为人之念，临敌时自然而然的互相回护。林玉龙看得分明，叫道：“好，‘女貌郎才珠万斛’，这夫妻刀法的第一招，用得妙极！”

袁萧二人都是脸上一红，没想到情急之下，各人顺手使出一招新学的刀法，竟然配合得天衣无缝。卓天雄横过铁棒，正要砸打，任飞燕叫道：“第二招，‘天教艳质为眷属’！”萧中慧依言抢攻，袁冠南横刀守御。卓天雄势在不能以攻为守，只得退了一步。林玉龙叫道：“第三招，‘清风引珮下瑶台’！”袁萧二人双刀齐飞，飒飒生风。任飞燕道：“‘明月照妆成金屋’！”袁萧二人相视一笑，刀光如月，照映娇脸。卓天雄被逼得又退了一步。

只听林任二人不住口的吆喝招数。一个叫：“刀光掩映孔雀屏。”一个叫：“喜结丝萝在乔木。”一个叫：“英雄无双风流婿。”一个叫：“却扇洞房燃花烛。”一个叫：“碧箫声里双鸣凤。”一个叫：“今朝有女颜如玉。”林玉龙叫道：“千金一刻庆良宵。”任飞燕叫道：“占断人间天上福。”

喝到这里，那夫妻刀法的十二招已然使完，余下尚有六十招，袁萧二人却未学过。袁冠南叫道：“从头再来！”挥刀砍出，又是第一招“女貌郎才珠万斛”。二人初使那十二招时，搭配未熟，已杀得卓天雄手忙脚乱，招架为难。这时从头再使，二人灵犀暗通，想起这路夫妻刀法每一招都有个风光旖旎的名字，不自禁的又惊又喜，鸳鸯双刀的配合，更加紧了，使到第九招“碧箫声里双鸣凤”时，双刀便如凤舞鸾翔，灵动翻飞，卓天雄哪里招架得住？“啊”的一声，肩头中刀，鲜血迸流。他自知难敌，再打下去定要将这条老命送在尼庵之中，铁棒急封，纵身出墙而逃。

袁萧二人脉脉相对，情愫暗生，一时不知说什么好。忽听得林玉龙大声叫道："妙极，妙极！女貌郎才珠万斛！"

他其实是在称赞自己那套夫妻刀法，萧中慧却羞得满脸通红，低头奔出尼庵，远远的去了。

袁冠南追出庵门，但见萧中慧的背影在一排柳树边一晃，随即消失。忽听得身后有人叫道："相公！"袁冠南回过头来，只见小书僮笑嘻嘻的站着，打开了的书篮中睡着一个婴儿，正是林任夫妇的儿子，篮中书籍上湿了一大片，自不免"书中自有孩儿尿"了。

三月初十，这一天是晋阳大侠萧半和的五十寿诞。

萧府中贺客盈门，群英济济。萧半和长袍马褂，在大厅上接待来贺的各路英雄，白道上的侠士、黑道上的豪客、前辈名宿、少年新进……还有许多和萧半和本不相识、却是慕名来致景仰之意的生客。

在后堂，袁夫人、杨夫人、萧中慧也都喜气洋洋，穿戴一新。两位夫人在收拾外面不断送进来的各式各样寿礼。萧中慧正对着镜子簪花，突然之间，镜中的脸上满是红晕，她低声念道："清风引珮下瑶台，明月照妆成金屋。"

袁夫人和杨夫人对望了一眼，均想："这小妮子自从抢了那把鸳鸯刀回家，一忽儿喜，一忽儿愁，满怀心事。她今年二十岁啦，定是在外边遇上了一个合她心意的少年郎君。"杨夫人见她簪花老不如意，忽然又发觉她头上少了一件物事，问道："慧儿，大妈给你的那枝金钗呢？"中慧格格一笑，道："我给了人啦。"袁夫人和杨夫人又对望一眼，心想："果然不出所料，这小妮子连定情之物也给了人家。"杨夫人问道："给了谁啦？"中慧笑得犹似花枝乱颤，说道："他……他么？今儿多半会来跟爹拜寿，人家是大名鼎鼎的人物，非同小可。"

杨夫人还待再问，只见佣妇张妈捧了一只锦缎盒子进来，说道："这份寿礼当真奇怪，怎地送一枝金钗给老爷？"袁杨二夫人一齐走近，只见盒中所盛之物珠光灿烂，赫然是中慧的那枝金钗。

杨夫人一转头，见女儿喜容满脸，笑得甚欢，忙问："送礼来的人呢?"张妈道："正在厅上陪老爷说话呢。"

袁杨二夫人心急着要瞧瞧到底是怎么样的一位人物，居然能令女儿如此神魂颠倒，相互一颔首，一同走到大厅的屏风背后，只听得一人结结巴巴的道："小人名叫盖一鸣，外号人称八步赶蟾、赛专诸、踏雪无痕、独脚水上飞、双刺盖七省，今日特地和三个兄弟来向萧老英雄拜寿。"二位夫人悄悄一张，见那人是个形容委琐的瘦子，身旁还坐着三个古里古怪的人物。萧半和抚须笑道："太岳四侠大驾光临，还赠老夫金钗厚礼，真是何以克当。"盖一鸣道："好说，好说!"袁杨二夫人满心疑惑，难道女儿看中了的，竟是这个矮子?两位夫人见多识广，知道人不可以貌相，那人的外号说来甚是响亮，想来武艺必是好的，既然称得上一个"侠"字，人品也必是好的。

鼓乐声中，门外又进来三人，齐向萧半和行下礼去。一个英俊书生朗声说道："晚辈林玉龙、任飞燕、袁冠南，恭祝萧老前辈福如东海，寿比南山。薄礼一件，请老前辈笑纳。"说着呈上一只开了盖的长盒。萧半和谢了，接过一看，不由得呆了，三个字脱口而出："鸳鸯刀!"

萧府的后花园中，林玉龙在教袁冠南刀法，任飞燕在教萧中慧刀法。耗了大半天功夫，林任二人已将余下的六十路夫妻刀法，倾囊相授。

冠南和中慧用心记忆，但要他们这时专心致志，实是大不容易。因为萧半和问明了得刀经过之后，跟两位夫人一商量，当下将女儿许配给了袁冠南，言明今晚喜上加喜，就在寿诞之中，给两人订亲。两个人心花怒放，若不是知道这一路刀法威力无穷，也真的无心在这时候学武习艺；再说，若不是武学之士不拘世俗礼法，未婚夫妻也当避嫌，不该在此日还相聚一堂。

"刀光掩映孔雀屏，喜结丝萝在乔木……碧箫声里双鸣凤，今朝有女颜如玉……”

林玉龙和任飞燕教完了，让他们这对未婚夫妇自行对刀练习。两夫妇居然收了这样一对徒弟，私心大是欣慰。

太岳四侠一直在旁边瞧他们练刀，逍遥子和盖一鸣不断指指点点，说这一招有破绽，那一招有漏洞。林玉龙心头有气，抹了抹头上的汗水，道：“盖兄，咱夫妇以一路刀法，送给袁兄夫妻作新婚贺礼。你们太岳四侠，送什么礼物啊？”太岳四侠一听此言，心头都是一凛，一时无言可对。要知说到送礼，实是他们最犯忌之事。

任飞燕有意开开他们的玩笑，说道：“那边污泥河中，产有碧血金蟾，学武之士服得一只，可抵十年功力，只不过甚难捉到。盖兄号称八步赶蟾、独脚水上飞，何不去捉几只来，送给了新夫妇，岂不是一件重礼？”盖一鸣大喜，道：“当真？”林玉龙道：“我们怎敢相欺？只可惜咱夫妇的轻功不行，又不通水性，不敢下水去捉。”盖一鸣道：“说到轻功水性，那是盖某的拿手好戏。大哥、二哥、三哥，咱们这就捉去。”任飞燕笑道：“哈哈，盖兄，这个你可又外行了。那碧血金蟾须得半夜子时，方从洞中出来吸取月光精华。大白天哪里捉得到？”盖一鸣道：“是，是。我本就知道，只不过一时忘了。若是白天能随便捉到，那还有什么希罕？”

大厅上红烛高烧，中堂正中的锦轴上，贴着一个五尺见方的金色大“寿”字。

这时客人拜寿已毕，寿星公萧半和抚着长须，笑容满面的宣布了一个喜讯：他的独生爱女萧中慧，今晚与少年侠士袁冠南订亲，请列位高朋喝一杯寿酒之后，再喝一杯喜酒。

众宾朋喝采声中，袁冠南跪倒在红毡毯上，拜见岳父岳母。萧半和笑嘻嘻的摸出了一柄沉香扇，作为见面礼，袁冠南谢着接过了。袁夫人也笑嘻嘻的摸出了一只玉班指，袁冠南谢着伸手接过……

突然之间，铮的一响，那玉班指掉到了地下，袁冠南脸色大变，望着袁夫人的右手。原来袁夫人右手小指上，生着一个枝指。他抓起袁夫人的左手，只见小指上也有一个枝指。袁冠南颤声道："岳……岳母大人，你……你可识得这东西么？"说着伸手到自己项颈之中，摸出一只串在一根细金链上的翡翠狮子。袁夫人抓住狮子，全身如中雷电，叫道："你……你是狮官？"袁冠南道："妈，正是孩儿，你想得我好苦！"两人抱在一起，放声大哭起来。

寿堂上众人肃静无声，瞧着他母子相会这一幕，人人心里又是难过，又是欢喜，更杂着几分惊奇。只听得袁夫人哭道："狮官，狮官，这十八年来，你是在哪里啊？我无时无刻，不是在牵记着你。"袁冠南道："妈，我已走遍了天下十八省，到处在打听你的下落。我只怕，只怕今生今世，再也见不到妈了。"

萧中慧听得袁冠南叫出一声"妈"来，身子一摇，险险跌倒，脑海中只响着一个声音："原来他是我哥哥，原来他是我哥哥……他是我哥哥……"

林玉龙悄声问妻子道："怎么？袁相公是萧太太的儿子？我弄得胡涂啦。"任飞燕道："袁相公不是说出来寻访母亲么？他还托了咱们帮他寻访，说他母亲每只手的小指头上都有一根枝指。这萧太太不也认了他么？"林玉龙搔头道："怎么他姓袁，他爹爹又姓萧？"任飞燕道："蠢人，袁相公说他三岁时就跟母亲失散，三岁的孩子，怎知道自己姓什么，胡乱安个姓，不就是了。"林玉龙道："这么说来，萧姑娘是他的妹子了。兄妹俩怎能成亲？"任飞燕道："既是兄妹，怎么还能成亲？你这不是废话？"林玉龙怒道："呸！你说的才是废话。"

他夫妻俩越争越大声。萧中慧再也忍耐不住，"啊"的一声，掩面奔出。

萧中慧心中茫然一片，只觉眼前黑濛濛的，了无生趣。她奔出大门，发足狂走，突然间砰的一下，肩头与人一撞。她"啊哟"一声叫，暗道："不妙！我一身武功，只怕撞伤了人。"急忙伸手去扶，突然手腕一紧，左臂酸麻，竟是被人扣住了脉门。她一惊之下，抬起头来，右掌自然而然的击了出去。那人反腕擒拿，一带一扣，又抓住了她右腕脉门。这时她已看清，眼前之人正是卓天雄。

卓天雄哈哈大笑，叫道："威信，先收一把！"周威信应声而上，解下了萧中慧腰间挂着的短刃鸯刀。卓天雄道："萧半和名满江湖，今日五十寿辰，府中高手如云。威信，你有没有胆子去取那一把长刃鸳刀？"周威信道："弟子有师伯撑腰，便是龙潭虎穴，也敢去一闯。江湖上有言道：'路大好跑马，树大好遮荫。'"卓天雄哼的一声，笑道："没出息，先得把师伯拉扯上！"他生平自负，罕逢敌手，但被袁冠南和萧中慧以"夫妻刀法"联手击败后，不禁心怯气馁，此时无意间与萧中慧相遇，暗想他男女两人双刀联手固然厉害，但我既已擒住了一人，只剩下袁冠南这小子一人，就不足为惧。何况萧中慧落入自己手中，萧府上人手再多，也不怕萧半和不乖乖的将那柄长刃鸳刀交出。

当下卓天雄押着萧中慧，知会了知县衙门，与周威信等一干镖师，径投萧府而来。

那"卓天雄"三字的名刺递将进去，萧半和矍然一凛，叫道："快请！"过不多时，只见卓天雄昂首阔步，走进厅来。萧半和抢上相迎，一瞥眼，见女儿双手反剪，一名大汉手执短刃鸯刀，抵在她的背心。

萧半和心中虽然惊疑不定，却是丝毫不动声色，脸含微笑，说道："村夫贱辰，敢劳侍卫大人玉趾？"

卓天雄在京师中久闻萧半和的大名，但见他躯体雄伟，满腮虬髯，果然极是威武，当下伸出右手，说道："萧大侠千秋华诞，兄弟拜贺来迟，望乞恕罪。"萧半和笑道："好说，好说。"伸手与他相握。两人一运劲，手臂一震，均感半身酸麻。这一下较量，两人竟是功力悉敌，谁也不输于谁，当下携手同进寿堂。

两人之中，却以卓天雄更加惊异，他以"震天三十掌"与"呼延十八鞭"称雄武林，那"震天三十掌"惟有"混元炁"可与匹敌，适才萧半和所使的，正是“混元炁”功夫。但“混元炁”必须童子身方能修习，不论男女，成婚后即行消失，因其练时艰辛，散失却又极其容易，因此武林中向来极少人练。他来萧府之前，早已打听明白，知道萧半和一妻一妾，女儿也已是及笄之年，怎么还能保有这童子功的“混元炁”功夫，岂非武学中的一大奇事？

袁冠南见萧中慧受制于人，自是情急关心，从人丛中悄悄绕到众镖师身后，待要伺机相救。但卓天雄眼力何等厉害，早已瞧见，喝道：“姓袁的，你给我站住！”又向周威信道：“有谁动一动手，你就一刀在这女娃子身上戳个透明窟窿！”周威信道：“是。江湖上有言道：‘强中更有强中手，恶人自有……’”一想这句话不大对头，下面“恶人磨”三字便吞入了肚中。袁冠南深恐这些人真的伤了萧中慧，哪敢上前一步？

卓天雄道：“萧大侠，咱们打开天窗说亮话。兄弟今日造访尊府，一来是跟萧大侠磕头拜寿，二来是想以一件无价之宝，跟萧大侠换一件有价之宝。”萧半和道：“小人愚鲁，不明卓大人言中之意。”

卓天雄白眼一翻，笑道：“那无价之宝嘛，便是令爱千金，有价之宝却是那柄长刃的鸳刀。兄弟跟萧大侠无冤无仇，只求能在皇上御前交得了差，保全了这许多兄弟们的身家性命，还盼萧大侠高抬贵手，救一救兄弟。”说着拱了拱手。他的话说得似乎低声下气，但神色之间却极是倨傲。

萧半和伸手在椅背上一按，喀喇一响，椅背登时碎裂，笑道：“卓大人望重武林，今日却如何这等胡涂？鸳鸯刀既不在小人手中，这位姑娘更不是小人的女儿。难道练童子功混元炁的人，还能生儿育女么？”说着衣袖一拂，一股疾风激射而出。卓天雄侧身避开，心道：“半点不假，这果然是童子功混元炁。”

萧中慧初时听说袁冠南是自己同胞兄长，已是心如刀绞，这时见父亲为了相救自己，更咬定了不肯认是父女，忍不住叫道：“爹爹！”

便在此时，只听得外面齐声呐喊：“莫走了反贼萧义！”人喧马嘶，不知府门外来了多少军马。萧府几名仆人气急败坏的奔了进来，叫道：“老爷……不好了！无数官兵……官兵围住了府门。”

卓天雄听得“莫走了反贼萧义”这句话，心念一动，立时省悟，喝道：“好啊！什么萧半和？原来你便是皇上追捕了十六年的反贼萧义。”只见大门口人影晃动，抢进来四名清宫侍卫，当先一人叫道：“卓大哥，这便是反贼萧义，还不动手么？”

萧半和哈哈大笑，说道：“乔装改扮一十六年，今日还我萧义的本来面目。”伸手在脸上一抹，众人一看，无不惊得呆了。大厅上本已乱成一团，但顷刻之间，人人望着萧半和的脸，竟是鸦雀无声。

原来瞬息之间，萧半和竟尔变了一副容貌，本来浓髯满腮，但手掌只这么一抹，下巴登时光秃秃的，一根胡须也没有了，便是连根拔去，也没这等光法。

这时袁冠南的书僮提着两只书篮，从内堂奔将出来，说道：“公子爷，快走！”袁冠南心念一动，从书篮中抓起一本书来，向外一扬，只见金光闪闪，飘出了数十张薄薄的金叶子。众镖师和官兵只见黄金耀眼，如何能不动心？何况那金叶子直飘到身前，各人伸手便抓。袁冠南扬动破书，不住手的向周威信打去，大厅上便如穿花蝴蝶一般，满空飞舞的都是金叶。周威信倒想着“鸳鸯刀”不可有失，心想：“江湖上有言道：‘光棍教子，便宜莫贪。’”虽见金叶飞到，却不去抓。袁冠南一运劲，拍的一声，一本数斤重的夹金破书掷去，击中了他的面门。

周威信叫声：“啊哟！”身子一晃。袁冠南双足一登，扑了过去。卓天雄横掌阻截，只觉胁下风声飒然，萧半和使混元炁击到。卓天雄知道厉害，只得反掌回挡，真力碰真力，砰的一响，两人各自倒退了两步。便在此时，袁冠南左手使刀将周威信杀得晕头转向，右手已解开了萧中慧的穴道。

贺客之中，一小半怕事的远远躲开，一大半却是萧半和的知交好友，或舞兵刃，或挥拳脚，和来袭的清宫侍卫、镖师官兵恶斗起来。

萧中慧憋了半天气，欺到周威信身边，左手斜引，右手反勾，拍的一声，结结实实的打了他个耳括子，顺手扭住他的手腕，已将他手中的短刃鸯刀夺了过来。袁冠南大喜，叫道："慧妹！清风引珮下瑶台！"萧中慧眼眶一红，心道："我还能和你使这劳什子的夫妻刀法吗？"游目四顾，只见爹爹和卓天雄四掌飞舞，打得难解难分，其余各人，也均找上了对手厮杀，但两名清宫侍卫却迫得袁杨两夫人不住倒退，险象环生。袁冠南叫道："慧妹，快救妈妈！"两人双刀联手，一招"碧箫声里双鸣凤"，一名侍卫肩头中刀，重伤倒地，再一招"今朝有女颜如玉"，又一名侍卫被萧中慧刀柄击中颧骨，大叫晕去。

鸳鸯双刀联手，一使开"夫妻刀法"，果真是威不可当，两人并肩打到哪里，哪里便有侍卫或是镖师受伤，六十路刀法没使得一半，来袭的敌人已纷纷夺门而逃。只是这路刀法却有一桩特异之处，伤人甚易，杀人却是极难，敌人身上中刀的所在全非要害，想是当年创制这路刀法的夫妻双侠心地仁善，不愿伤人性命，因此每一招极厉害的刀法之中，都为敌人留下了余地。

打到后来，敌人中只剩下卓天雄一个兀自顽抗。袁冠南和萧中慧双刀倏至，一攻左肩，一削右腿。卓天雄从腰里抽出钢鞭一架，铮的一声，将萧中慧的短刃鸯刀刀头打落。

夫妻刀法那一招"喜结丝萝在乔木"何等神妙，袁冠南长刀晃处，嗤的一声，卓天雄小腿中刀，深及胫骨，鲜血长流。

卓天雄小腿受伤不轻，不敢恋战，向萧中慧挥掌拍出，待她斜身闪避，双足一登，已闪入天井，跟着窜高上了屋顶。本来袁萧二人双刀合璧，使一招"英雄无双风流婿"，便能将卓天雄截住，但萧中慧刀头既折，这一招便用不上了。

萧半和见满厅之中打得落花流水，幸好己方各人只有七八个人受伤，无人丧命，当下大声道："各位好朋友，官兵虽然暂退，少时定当重来，这地方是不能安身的了。咱们急速退向中条山，再定后计。”众人轰然称是。

当下萧半和率领家人，收拾了细软，在府中放起火来。乘着火焰冲天，城中乱成一片，众人冲出东门，径往中条山而去。

在一个大山洞前的乱石冈上，萧半和、袁杨二夫人、袁冠南、萧中慧、林玉龙夫妇，二十来个家人弟子，三百余位宾客朋友团团围着几堆火。火堆上烤着獐子、黄麖，香气送入了每个人的鼻管。

萧半和咳嗽一声，伸手一摸胡子，这是他十多年来的惯例，每次有什么要紧话说，总是先摸胡子。可是这一次却摸了个空，他下巴光秃秃地了，一根胡子也没有了。他微微一笑，说道：“承江湖上朋友们瞧得起，我萧义在武林中还算是一号人物。可是有谁知道，我萧义是个太监。”

众人耸然一惊，“我萧义是个太监”这句话传入耳中，人人都道是听错了，但见萧半和脸色郑重，决非玩笑。袁杨二夫人相互望了一眼，低下头去。

萧半和道：“不错，我萧义是个太监。我在十六岁上便净了身子，进宫服侍皇帝，为的是要刺死满清皇帝，给先父报仇。我父亲平生跟满清鞑子势不两立，终于惨被害死。我父亲的七个结义兄弟歃血为盟，誓死要给先父报仇，但满清势大，我这七位伯父叔父无一能得善终，不是在格斗中被清宫的侍卫杀死，便是被捕到了凌迟处死，这一场冤仇越结越深。我细细思量，要练到父亲和这七位伯叔一样的功夫，便是竭一生之力也未必能够做到，便算练成了，也未必能报得了血海深仇，于是我甘心净身，去做一个低三下四、为人人瞧不起的太监。”众人听到这里，想起他的苦心孤诣，无不钦佩。

萧半和接着道：“可是禁宫之中，警卫何等森严，实非我初时所能想像。别说走近皇帝跟前，便是想见皇帝一面，那也是着实不容易。在十多年之中，虽然每日每夜我在等待机会，始终下不了手。十六年前的一天晚上，我听得宫中的两名侍卫谈起，皇帝得知世上有一对‘鸳鸯宝刀’，得之者可以无敌于天下，这对刀分在一位姓袁和一位姓杨的英雄手中。于是皇帝将袁杨二人全家捕来，勒逼二人交出宝刀。两位大英雄不屈而死，两位英雄的夫人却被逮进了天牢。”他说到这里，袁杨二夫人珠泪滚滚而下，突然间相抱大哭。

袁冠南和萧中慧对望了一眼，心中又悲又喜。只听得萧半和说道：“当时我心中细一琢磨，替死人报仇，实不如救活人要紧，于是混进天牢，杀了几名狱卒，将二位夫人救出牢来。狱官以二位夫人是女流之辈，本来看守不紧，又万万料不到一个太监居然会去相救钦犯，因此给我一举得手。只是敌人势大，仓皇奔逃之时，袁夫人的公子终于在途中失落。这件事我生平耿耿于怀，想不到袁公子已长大成人，并且学得一身高强武艺，当真是天大的喜事。至于中慧呢，你今年十八岁啦，我初见到你时，还只两岁。你爹爹姓杨，乃是名震当世的三湘大侠杨伯冲杨大侠。”袁冠南和萧中慧（应该说杨中慧了）分别抱着自己母亲，想起父仇时不胜悲愤，想起萧半和的义薄云天，又是感激无已。

萧半和又道：“我们逃出北京，皇帝自是侦骑四出，严加搜捕。为了瞒过清廷的耳目，我老萧留起了胡子，又委屈袁杨两位夫人做了我的夫人。好在老萧是个太监，这一时权宜之计，也不致辱了袁杨两位大侠的英名。”袁冠南和萧中慧相视一笑，心道：“谁说咱俩是亲兄妹啊？”

萧半和一拍大腿，道：“老萧是太监，羡慕大明三宝太监郑和远征异域，宣扬我中华的德威，因此上将名字改为‘半和’，意思说盼望有郑和的一半英雄，嘿嘿，那是老萧的痴心妄想。这些年来，倒也太平无事，哪知鸳鸯刀出世，老萧一心要夺回宝刀，以慰袁杨二位英雄之灵，没再小心掩饰行藏，终于给清廷识破了真相。事到如今，那也没有什么了。只是鸳鸯双刀只剩下一柄鸳刀，慧儿那柄短刃鸯刀，自然是假的，否则怎能折断？定是给卓天雄这奸贼调了去，只可惜咱们没能截住他。”

这时烤獐子的香气愈来愈浓了，任飞燕取出刀子，一块一块的割切。林玉龙忽地向杨中慧大声道：“我说的不错么？你说你爹爹妈妈从来不吵架，我说不吵架的夫妻便不是真夫妻，定然有些儿邪门，你林大哥可不是料事如神，言之有理？”任飞燕刀尖上带着一块獐肉，一刀送进了他的口中，喝道：“吃獐子肉，胡说八道什么？”林玉龙待要反驳，却满口是肉，说不出话来。

众人正觉好笑，忽听得林外守望的一个弟子喝道：“是谁？”跟着另一人喝道：“太岳四侠！”杨中慧噗哧一笑。只见太岳四侠满身泥泞，用一根木棒抬着一只大渔网，渔网中黑黝黝地一件巨物，不知是什么东西。杨中慧笑道：“太岳四侠，你们抬的是什么宝贝啊？”

盖一鸣得意洋洋的道：“袁公子、萧姑娘，咱兄弟四个到那污泥河中去捉碧血金蟾，想给两位送一份大礼。哪知道金蟾还没捉到，一个人闯了过来，这人腿上受了伤，口中哼哼唧唧，行路一跛一拐。太岳四侠一瞧，嘿，这不是卓天雄么？咱们悄悄给他兜头渔网一罩，将他老人家给拿了来啦。”

众人惊喜交集。袁冠南伸手到卓天雄腰间一摸，抽出一柄短刀来，精光耀眼，泥污不染，自是真正的鸯刀了。

袁夫人将鸳鸯双刀拿在手中，叹道：“满清皇帝听说这双刀之中，有一个能无敌于天下的大秘密，这果然不错，可是他便知道了这秘密，又能依着行么？各位请看！”众人凑近看时，只见鸳刀的刀刃上刻着“仁者”两字，鸯刀上刻着“无敌”两字。

“仁者无敌”！这便是无敌于天下的大秘密。

白馬嘯西風

李文秀转过身来，见眼前那人是个老翁，身上穿的是汉人装束。李文秀道："老伯伯，你叫什么名字？这里是什么地方？"

得得得，得得得……

得得得，得得得……

在黄沙莽莽的回疆大漠之上，尘沙飞起两丈来高，两骑马一前一后的急驰而来。前面是匹高腿长身的白马，马上骑着个少妇，怀中搂着个七八岁的小姑娘。后面是匹枣红马，马背上伏着的是个高瘦的汉子。

那汉子左边背心上却插着一枝长箭。鲜血从他背心流到马背上，又流到地下，滴入了黄沙之中。他不敢伸手拔箭，只怕这枝箭一拔下来，就会支持不住，立时倒毙。谁不死呢？那也没什么。可是谁来照料前面的娇妻幼女？在身后，凶悍毒辣的敌人正在紧紧追踪。

他跨下的枣红马奔驰了数十里地，早已筋疲力尽，在主人没命价的鞭打催踢之下，逼得气也喘不过来了，这时嘴边已全是白沫，猛地里前腿一软，跪倒在地。那汉子用力一提缰绳，那红马一声哀嘶，抽搐了几下，便已脱力而死。那少妇听得声响，回过头来，忽见红马倒毙，吃了一惊，叫道："大哥……怎……怎么啦？"那汉子皱眉摇了摇头。但见身后数里外尘沙飞扬，大队敌人追了下来。

那少妇圈转马来，驰到丈夫身旁，蓦然见到他背上的长箭，背心上的大滩鲜血，不禁大惊失色，险险晕了过去。那小姑娘也失声惊叫起来："爹，爹，你背上有箭！"那汉子苦笑了一下，说道：

"不碍事!"一跃而起，轻轻巧巧的落在妻子身后鞍上，他虽身受重伤，身法仍是轻捷利落。那少妇回头望着他，满脸关怀痛惜之情，轻声道："大哥，你……"那汉子双腿一夹，扯起马缰。白马四蹄翻飞，向前疾驰。

白马虽然神骏，但不停不息的长途奔跑下来，毕竟累了，何况这时背上乘了三人。白马似乎知道这是主人的生死关头，不用催打，竟自不顾性命的奋力奔跑。

但再奔驰数里，终于渐渐的慢了下来。

后面追来的敌人一步步迫近了。一共六十三人，却带了一百九十多匹健马，只要马力稍乏，就换一匹马乘坐。那是志在必得，非追上不可。

那汉子回过头来，在滚滚黄尘之中，看到了敌人的身形，再过一阵，连面目也看得清楚了。那汉子一咬牙，说道："虹妹，我求你一件事，你答不答应?"那少妇回头来，温柔的一笑，说道："这一生之中，我违拗过你一次么?"那汉子道："好，你带了秀儿逃命，保全咱两个的骨血，保全这幅高昌迷宫的地图。"说得极是坚决，便如是下令一般。

那少妇声音发颤，说道："大哥，把地图给了他们，咱们认输便是。你……你的身子要紧。"那汉子低头亲了亲她的左颊，声音突然变得十分温柔，说道："我俩一起经历过无数危难，这一次或许也能逃脱。'吕梁三杰'不但要地图，他们……他们还为了你。"那少妇道："他……他总该还有几分同门之情，说不定，我能求求他们……"那汉子厉声道："难道我夫妇还能低头向人哀求?这马负不起我们三个。快去!"提身纵起，大叫一声，摔下马来。

那少妇勒定了马，想伸手去拉，却见丈夫满脸怒容，跟着听得他厉声喝道："快走!"她一向对丈夫顺从惯了的，只得拍马提缰，向前奔驰，一颗心却已如寒冰一样，不但是心，全身的血都似乎已结成了冰。

自后追到的众人望见那汉子落马，一齐大声欢呼起来："白马李三倒啦！白马李三倒啦！”十余人纵马围了上去。其余四十余人继续追赶少妇。

那汉子蜷曲着卧在地下，一动也不动，似乎已经死了。一人挺起长枪，嗤的一声，在他右肩刺了进去。拔枪出来，鲜血直喷，白马李三仍是不动。领头的虬髯汉子道：“死得透了，还怕什么？快搜他身上。”两人翻身下马，去扳他身子。猛地里白光闪动，白马李三长刀回旋，擦擦两下，已将两人砍翻在地。

众人万不料到他适才竟是装死，连长枪刺入身子都浑似不觉，斗然间又会忽施反击，一惊之下，六七人勒马退开。虬髯大汉挥动手中雁翎刀，喝道：“李三，你当真是个硬汉！”呼的一刀向他头顶砍落。李三举刀挡架，他双肩都受了重伤，手臂无力，腾腾腾退出三步，哇的一口鲜血喷了出来。十余人纵马围上，刀枪并举，劈刺下去。

白马李三一生英雄，一直到死，始终没有屈服，在最后倒下去之时，又手刃了两名强敌。

那少妇远远听得丈夫的一声怒吼，当真是心如刀割：“他已死了，我还活着干么？”从怀中取出一块羊毛织成的手帕，塞在女儿怀里，说道：“秀儿，你好好照料自己！”挥马鞭在白马臀上一抽，双足一撑，身子已离马鞍。但见那白马鞍上一轻，驮着女孩儿如风疾驰，心中略感安慰：“此马脚力天下无双，秀儿身子又轻，这一下，他们再也追她不上了。”前面，女儿的哭喊声“妈妈，妈妈”渐渐隐去，身后马蹄声却越响越近，心中默默祷祝：“老天啊老天，愿你保佑秀儿像我一般，嫁着个好丈夫，虽然一生颠沛流离，却是一生快活！”

她整了整衣衫，掠好了头发，转瞬间数十骑马先后驰到，当先一人是吕梁三杰中老二史仲俊。

吕梁三杰是结义兄弟。老大“神刀震关西”霍元龙，便是杀死白马李三的虬髯汉子。老二“梅花枪”史仲俊是个瘦瘦长长的汉子。老三“青蟒剑”陈达海短小精悍，原是辽东马贼出身，后来却在山西落脚，和霍史二人意气相投，在山西省太谷县开设了晋威镖局。

史仲俊和白马李三的妻子上官虹原是同门师兄妹，两人自幼一起学艺。史仲俊心中一直爱着这个娇小温柔的小师妹，师父也有意从中撮合，因此同门的师兄弟们早把他们当作是一对未婚夫妇。岂知上官虹无意中和白马李三相遇，竟尔一见钟情，家中不许他俩的婚事，上官虹便跟着他跑了。史仲俊伤心之余，大病了一场，性情也从此变了。他对师妹始终余情不断，也一直没娶亲。

一别十年，想不到吕梁三杰和李三夫妇竟在甘凉道上重逢，更为了争夺一张地图而动起手来。他们六十余人围攻李三夫妇，从甘凉直追逐到了回疆。史仲俊妒恨交迸，出手尤狠，李三背心上那枝长箭，就是他暗中射的。

这时李三终于丧身大漠之中，史仲俊骑马驰来，只见上官虹孤零零的站在一片大平野上，不由得隐隐有些内疚：“我们杀了她的丈夫。从今而后，这一生中我要好好的待她。”大漠上的西风吹动着她的衣带，就跟十年以前，在师父的练武场上看到她时一模一样。上官虹的兵刃是一对匕首，一把金柄，一把银柄，江湖上有个外号，叫作“金银小剑三娘子”。这时她手中却不拿兵刃，脸上露着淡淡的微笑。

史仲俊心中蓦地升起了指望，胸口发热，苍白的脸上涌起了一阵红潮。他将梅花枪往马鞍一搁，翻身下马，叫道：“师妹！”

上官虹道：“李三死啦！”史仲俊点了点头，说道：“师妹，我们分别了十年，我……我天天在想你。”上官虹微笑道：“真的吗？你又在骗人。”史仲俊一颗心怦怦乱跳，这个笑靥，这般娇嗔，跟十年前那个小姑娘没半点分别。他柔声道：“师妹，以后你跟着我，永远不教你受半点委曲。”上官虹眼中忽然闪出了奇异的光芒，叫道：“师哥，你待我真好！”张开双臂，往他怀中扑去。

史仲俊大喜，伸开手将她紧紧的搂住了。霍元龙和陈达海相视一笑，心想：“老二害了十年相思病，今日终于得偿心愿。”

史仲俊鼻中只闻到一阵淡淡的幽香，心里迷迷糊糊的，又感到上官虹的双手也还抱着自己，真不相信这是真的。突然之间，小腹上感到一阵剧痛，像什么利器插了进来。他大叫一声，运劲双臂，要将上官虹推开，哪知她双臂紧紧抱着他死命不放，终于两人一起倒在地下。

这一着变起仓卒，霍元龙和陈达海一惊之下，急忙翻身下马，上前抢救。扳起上官虹的身子时，只见她胸口一滩鲜血，插着一把小小的金柄匕首，另一把银柄匕首，却插在史仲俊的小腹之中，原来金银小剑三娘子决心一死殉夫，在衣衫中暗藏双剑，一剑向外，一剑向己。史仲俊一抱着她，两人同时中剑。

上官虹当场气绝，史仲俊却一时不得毙命，想到自己命丧师妹之手，心中的悲痛，比身上的创伤更是难受，叫道：“三弟快帮我了断，免我多受痛苦。”陈达海见他伤重难治，眼望大哥。霍元龙点点头。陈达海一咬牙，挺剑对准了史仲俊的心口刺入。

霍元龙叹道：“想不到金银小剑三娘子竟然这般烈性。”这时手下一名镖头驰马来报：“白马李三的尸身上又搜了一遍，没有地图。”霍元龙指着上官虹道：“那么定是在她身上。”

一番细细搜索，上官虹身上除了零碎银两、几件替换衣服之外，再无别物。霍元龙和陈达海面面相觑，又是失望，又是奇怪。他们从甘凉道上追到回疆，始终紧紧盯着李三夫妇，地图如在中途转手，决不能逃过他们数十人的眼睛，何况他夫妇舍命保图，绝无随便交给旁人之理。陈达海再将上官虹小包裹中之物细细检视一遍，翻到一套小女孩的衫裤时，猛地想起，说道：“大哥，快追那小女孩！”霍元龙“哦”了一声，说道：“不用慌，谅这女娃娃在大漠上逃得到哪里？”左臂一挥，叫道：“留下两人把史二爷安葬了，余下的跟我来！”一提马缰，当先驰去。蹄声杂沓，吆喝连连，百余匹马追了下去。

那小女孩驰出已久，这时早在二十余里之外。只是在平坦无垠大漠之上，一眼望去看得到十余里远近，那小女孩虽已逃远，时候一长，终能追上。果然赶到傍晚，陈达海忽然大声欢呼："在前面!"

只见远远一个黑点，正在天地交界处移动。要知那白马虽然神骏，但自朝至晚足不停蹄的奔跑，终于也支持不住了。霍元龙和陈达海不住掉换生力坐骑，渐渐追近。

小女孩李文秀伏在白马背上，心力交疲，早已昏昏睡去。她一整日不饮不食，在大沙漠的烈日下晒得口唇都焦了。白马甚有灵性，知道后面追来的敌人将不利于小主人，迎着血也似红的夕阳，奋力奔跑。突然之间，前足提起，长嘶一声，它嗅到了一股特异的气息，嘶声中隐隐有恐怖之意。

霍元龙和陈达海都是武功精湛，长途驰骋，原不在意，但这时两人都感到胸口塞闷，气喘难当。霍元龙道："三弟，好像有点不对!"陈达海游目四顾，打量周遭情景，只见西北角上血红的夕阳之旁，升起一片黄濛濛的云雾，黄云中不住有紫色的光芒闪动，景色之奇丽，实是生平从所未睹。

但见那黄云大得好快，不到一顿饭时分，已将半边天都遮住了。这时马队中数十人个个汗如雨下，气喘连连。陈达海道："大哥，像是有大风沙。"霍元龙道："不错，快追，先把女娃娃捉到，再想法躲……"一句话未毕，突然一股疾风刮到，带着一大片黄沙，只吹得他满口满鼻都是沙土，下半截话也说不出来了。

大漠上的风沙说来便来，霎时间大风卷地而至。七八人身子一晃，都被大风吹下马来。霍元龙大叫："大伙儿下马，围拢来!"

众人力抗风沙，将一百多匹健马拉了过来，围成一个大圈子，人马一齐卧倒。各人手挽着手，靠在马腹之下，只觉疾风带着黄沙吹在脸上，有如刀割一般，脸上手上，登时起了一条条血痕。

这一队人虽然人马众多，但在无边无际的大沙漠之中，在那遮天铺地的大风沙下，便如大海洋中的一叶小舟一般，只能听天由命，全无半分自主之力。

风沙越刮越猛，人马身上的黄沙越堆越厚……

连霍元龙和陈达海那样什么也不怕的剽悍汉子，这时在天地变色的大风暴威力之下，也只有战栗的份儿。这两人心底，同时闪起一个念头："没来由的要找什么高昌迷宫，从山西巴巴的赶到这大沙漠中来，却葬身在这儿。"

大风呼啸着，像千千万万个恶鬼在同时发威。

大漠上的风暴呼啸了一夜，直到第二天早晨，才渐渐的平静了下来。

霍元龙和陈达海从黄沙之中爬起身来，检点人马，总算损失不大，死了两名伙伴，五匹马。但人人都已熬得筋疲力尽，更糟的是，白马背上的小女孩不知到了何处，十九是葬身在这场大风沙中了。身负武功的粗壮汉子尚且抵不住，何况这样娇嫩的一个小女孩儿。

众人在沙漠上生火做饭，休息了半天，霍元龙传下号令："谁发现白马和小女孩的踪迹，赏黄金五十两！"跟随他来到回疆的，个个都是晋陕甘凉一带的江湖豪客，出门千里只为财，五十两黄金可不是小数目。众人欢声呼啸，五十多人在莽莽黄沙上散了开去，像一面大扇子般。"白马，小女孩，五十两黄金！"每个人心中，都是在转着这三个念头。

有的人一直向西，有的向西北，有的向西南，约定天黑之时，在正西六十里处会合。

两头蛇丁同跨上一匹健马，纵马向西北方冲去。他是晋威镖局中已干了十七年的镖师，武功虽然算不上如何了得，但精明干练，实是吕梁三杰手下一名极得力的助手。他一口气驰出二十余里，众同伴都已影踪不见，在茫茫的大漠中，突然起了孤寂和恐怖之感。纵马上了一个沙丘，向前望去，只见西北角上一片青绿，高耸着七八棵大柳树。在寸草不生的大沙漠中忽然见到这一大块绿洲，心中当真说不出的欢喜：“这大片绿洲中必有水泉，就算没有人家，大队人马也可好好的将息一番。”他跨下的坐骑也望见了水草，陡然间精神百倍，不等丁同提缰催逼，泼剌剌放开四蹄，奔了过去。

十余里路程片刻即到，远远望去，但见一片绿洲，望不到边际，遍野都是牛羊。极西处搭着一个个帐篷，密密层层的竟有六七百个。

丁同见到这等声势，不由得吃了一惊。他自入回疆以来，所见到的帐篷人家，聚在一起的最多不过三四十个，这样的一个大部族却是第一次见到。瞧那帐篷式样，显是哈萨克族人。

哈萨克人在回疆诸族中最为勇武，不论男女，六七岁起就长于马背之上。男子身上人人带刀，骑射刀术，威震西陲。向来有一句话说道：“一个哈萨克人，抵得一百个懦夫；一百个哈萨克人，就可横行回疆。”

丁同曾听见过这句话，寻思：“在哈萨克的部族之中，可得小心在意。”

只见东北角的一座小山脚下，孤另另的有一座草棚。这棚屋土墙草顶，形式宛如内地汉人的砖屋，只是甚为简陋。丁同心想：“先到这小屋去瞧瞧。”于是纵马往小屋走去。他跨下的坐骑已饿了一日一夜，忽然见到满地青草，走一步，吃两口，行得极是缓慢。

丁同提脚狠命在马肚上一踢，那马吃痛，一口气奔向小屋。丁同一斜眼，只见小屋之后系着一匹高头白马，健腿长鬣，正是白马李三的坐骑。他忍不住叫出声来：“白马，白马，在这儿！”心念一动，翻身下马，从靴桶中抽出一柄锋利的短刀，笼在左手衣袖之中，悄悄的掩向小屋后面，正想探头从窗子向屋内张望，冷不防那白马“呜哩哩……”一声长嘶，似是发觉了他。

丁同心中怒骂：“畜生！”定一定神，再度探头望窗中张去时，哪知窗内有一张脸同时探了上来。丁同的鼻子刚好和他的鼻子相碰，但见这人满脸皱纹，目光炯炯。丁同大吃一惊，双足一点，倒纵出去，喝道："是谁？"那人冷冷的道："你是谁？到此何干？"说的却是汉语。

丁同惊魂略定，满脸笑容，说道："在下姓丁名同，无意间到此，惊动了老丈。请问老丈高姓大名。"那老人道："老汉姓计。"丁同陪笑道："原来是计老丈，大沙漠中遇到乡亲，真是见到亲人了。在下斗胆要讨口茶喝。"计老人道："你有多少人同来？"丁同道："便是在下一人在此。"计老人哼了一声，似是不信，冷冷的眼光在他脸上来回扫视。丁同给他瞧得心神不定，只有强笑。

一个冷冷的斜视，一个笑嘻嘻地十分尴尬，僵持片刻。计老人道："要喝茶，便走大门，不用爬窗子吧！"丁同笑道："是，是！"转身绕到门前，走了进去。小屋中陈设简陋，但桌椅整洁，打扫得干干净净。丁同坐下后四下打量，只见后堂转出一个小女孩来，手中捧着一碗茶。两人目光相接，那女孩吃了一惊，呛啷一响，茶碗失手掉在地下，打得粉碎。

丁同登时心花怒放。这小女孩正是霍元龙悬下重赏要追寻之人，他见到白马后，本已有八分料到那女孩会在屋中，但斗然间见到，仍是高兴得一颗心似乎要从胸口跳了出来。

昨夜一晚大风沙，李文秀昏晕在马背之上，人事不省，白马闻到水草气息，冲风冒沙，奔到了这绿草原上。计老人见到小女孩是汉人装束，忙把她救了下来。半夜中李文秀醒转，不见了父母，不住啼哭。计老人见她玉雪可爱，不禁大起怜惜之心，问她怎么会到大漠来，她父母是谁。李文秀说父亲叫"白马李三"，妈妈就是妈妈，听到追赶他们的恶人远远叫她"三娘子"，有的还叫"金银小剑三娘子"，到回疆来干什么，她却说不上来了。计老人喃喃的道："白马李三，白马李三，那是横行江南的侠盗，怎地到回疆来啦？"

他给李文秀饱饱的喝了一大碗乳酪，让她睡了。老人心中，却翻来覆去的想起了十年来的往事，思潮起伏，再也睡不着了。

李文秀这一觉睡到次日辰时才醒，一起身，便求计爷爷带她去寻爸爸妈妈。就在此时，两头蛇丁同鬼鬼祟祟的过来，在窗外探头探脑，这一切全看在计老人的眼中。

李文秀手中的茶碗一摔下，计老人应声走了过来。李文秀奔过去扑在他的怀里，叫道："爷爷，他……他就是追我的恶人。"计老人抚摸着她的头发，柔声道："不怕，不怕。他不是恶人。"李文秀道："是的，是的。他们几十个人追我们，打我爸爸妈妈。"计老人心想："白马李三跟我无亲无故，不知结下了什么仇家，我可不必卷入这是非圈子。"

丁同侧目打量计老人，但见他满头白发，竟无一根是黑的，身材甚是高大，只是弓腰曲背，衰老已极，寻思："这糟老头子没一百岁，也有九十，屋中若无别人，将他一下子打晕，带了女孩和白马便走，免得夜长梦多，再生变故。"突然将手掌放在右耳旁边，作倾听之状，说道："有人来了。"跟着快步走到窗口。

计老人却没听到人声，但听丁同说得真切，走到窗口一望，只见原野上牛羊低头嚼草，四下里一片寂静，并无生人到来，刚问了一句："哪里有人啊?"忽听得丁同一声狞笑，头顶掌风飒然，一掌猛劈下来。

哪知计老人虽是老态龙钟，身手可着实敏捷，丁同的手掌与他头顶相距尚有数寸，他身形一侧，已滑了开去，跟着反手一勾，施展大擒拿手，将他右腕勾住了。丁同变招甚是贼滑，右手一挣没挣脱，左手向前一送，藏在衣袖中的匕首已刺了出去，白光闪处，波的一响，匕首锋利的刃口已刺入计老人的左背。

李文秀大叫一声："啊哟!"她跟父母学过两年武功，眼见计老人中刀，纵身而上，两个小拳头便往丁同背心腰眼里打去。便在此时，计老人左手一个肘锤，捶中了丁同的心口，这一锤力道极猛，丁同低哼一声，身子软软垂下，委顿在地，口中喷血，便没气了。

李文秀颤声道："爷爷，你……你背上的刀子……"计老人见她泪光莹然，心想：“这女孩子心地倒好。”李文秀又道：“爷爷，你的伤……我给你把刀子拔下来吧？”说着伸手去握刀柄。计老人脸色一沉，怒道：“你别管我。”扶着桌子，身子晃了几晃，颤巍巍走向内室，拍的一声，关上了板门。李文秀见他突然大怒，很是害怕，又见丁同在地下蜷缩成一团，只怕他起来加害自己，越想越怕，只想飞奔出外，但想起计老人身受重伤，无人服侍，又不忍置之不理。

她想了一想，走到室门外，轻轻拍了几下，听得室中没半点声音，叫道：“爷爷，爷爷，你痛吗？”只听得计老人粗声道：“走开，走开！别来吵我！”这声音和他原来慈和的说话大不相同，李文秀吓得不敢再说，怔怔的坐在地下，抱着头呜呜咽咽的哭起来。忽然呀的一声，室门打开，一只手温柔地抚摸她头发，低声道：“别哭，别哭，爷爷的伤不碍事。”李文秀抬起头来，见计老人脸带微笑，心中一喜，登时破涕为笑。计老人笑道：“又哭又笑，不害羞么？”李文秀把头藏在他怀里。从这老人身上，她又找到了一些父母的亲情温暖。

计老人皱起眉头，打量丁同的尸身，心想：“他跟我无冤无仇，为什么忽下毒手？”李文秀关心地问：“爷爷，你背上的伤好些了么？”这时计老人已换过了一件长袍，也不知他伤得如何。

哪知他听到李文秀重提此事，似乎适才给刺了这一刀实是奇耻大辱，脸上又现恼怒，粗声道：“你啰唆什么？”只听得屋外那白马嘘溜溜一声长嘶，微一沉吟，到柴房中提了一桶黄色染料出来。那是牧羊人在牲口身上涂染记号所用，使得各家的牛羊不致混杂，虽经风霜，亦不脱落。他牵过白马，用刷子自头至尾都刷上了黄色，又到哈萨克人的帐篷之中，讨了一套哈萨克男孩的旧衣服来，叫李文秀换上了。李文秀很是聪明，说道：“爷爷，你要那些恶人认不出我来，是不是？”计老人点了点头，叹了口气道：“爷爷老了。唉，刚才竟给他刺了一刀。”这一次他自己提起，李文秀却不敢接口了。

计老人埋了丁同的尸体，又将他乘来的坐骑也宰了，没留下丝毫痕迹，然后坐在大门口，拿着一柄长刀在磨刀石上不住手的磨着。

他这一番功夫果然没白做，就在当天晚上，霍元龙和陈达海所率领的豪客，冲进了这片绿洲之中，大肆掳掠。这一带素来没有盗匪，哈萨克人虽然勇武善战，但事先绝无防备，族中精壮男子又刚好大举在北边猎杀为害牛羊的狼群，在帐篷中留守的都是老弱妇孺，竟给这批来自中原的豪客攻了个措手不及。七名哈萨克男子被杀，五个妇女被掳了去。这群豪客也曾闯进计老人的屋里，但谁也没对一个老人、一个哈萨克孩子起疑。李文秀满脸泥污，躲在屋角落中，谁也没留意到她眼中闪耀着的仇恨光芒。她却看得清清楚楚，父亲的佩剑悬在霍元龙的腰间，母亲的金银小剑插在陈达海的腰带之中。这是她父母决不离身的兵刃，她年纪虽小，却也猜到父母定是遭到了不幸。

第四天上，哈萨克的男子们从北方拖了一批狼尸回来了，当即组织了队伍，去找这批汉人强盗复仇。但在茫茫的大漠之中，却已失却了他们的踪迹，只找到了那五个被掳去的妇女。那是五具尸身，全身衣服被脱光了，惨死在大漠之上。他们也找到了白马李三和金银小剑三娘子的尸身，一起都带了回来。

李文秀扑在父母的尸身上哀哀痛哭。一个哈萨克人提起皮靴，重重踢了她一脚，粗声骂道：“真主降罚的强盗汉人！”

计老人抱了李文秀回家，不去跟这个哈萨克人争闹。李文秀小小的心灵之中，只是想：“为什么恶人这么多？谁都来欺侮我？”

半夜里，李文秀又从睡梦中哭醒了，一睁开眼，只见床沿上坐着一个人。她惊呼一声，坐了起来，却见计老人凝望着她，目光中爱怜横溢，伸手温柔地抚摸她的头发，说道：“别怕，别怕，是爷爷。”李文秀泪水如珍珠断线般流了下来，伏在计老人的怀里，把他的衣襟全哭湿了。计老人道：“孩子，你没了爹娘，就当我是你的亲爷爷，跟我住在一起。爷爷会好好的照料你。”

李文秀哭着点头，想起了那些杀害爸爸妈妈的恶人，又想起了踢了她一脚的那个凶恶的哈萨克汉子。这一脚踢得好重，使她腰里肿起了一大块，她不禁又问："为什么谁都来欺侮我？我又没做坏事？"

计老人叹口气，说道："这世界上给人欺侮的，总是那些没做坏事的人。"他从瓦壶里倒了一碗热奶酪，瞧着她喝下了，又替她拢好被窝，说道："秀儿，那个踢了你一脚的人，叫做苏鲁克。他是个正直的好人。"李文秀睁着圆圆的眼珠，很是奇怪，道："他……他是好人么？"计老人点头道："不错，他是好人。他跟你一样，在一天之中死了两个最亲爱的人，一个是他妻子，一个是他的大儿子。都是给那批恶人强盗害死的。他只道汉人都是坏人。他用哈萨克话骂你，说你是'真主降罚的强盗汉人'。你别恨他，他心里的悲痛，实在跟你一模一样。不，他年纪大了，心里感到的悲痛，可比你多得多，深得多。"

李文秀怔怔的听着，她本来也没怎么恨这个满脸胡子的哈萨克人，只是见了他凶狠的模样很是害怕，这时忽然想起，那个大胡子的双眼之中满含着眼泪，只差没掉下来。她不懂计老人说的，为什么大人的悲痛会比小孩子更深更多，但对这个大胡子却不自禁的起了同情。

窗外传进来一阵奇妙的宛转的鸟鸣，声音很远，但听得很清楚，又是甜美，又是凄凉，便像一个少女在唱着清脆而柔和的歌。

李文秀侧耳听着，鸣歌之声渐渐远去，终于低微得听不见了。她悲痛的心灵中得到了一些安慰，呆呆的出了一会神，低声道："爷爷，这鸟儿唱得真好听。"

计老人道："是的，唱得真好听！那是天铃鸟，鸟儿的歌声像是天上的银铃。这鸟儿只在晚上唱歌，白天睡觉。有人说，这是天上的星星掉下来之后变的。又有些哈萨克人说，这是草原上一个最美丽、最会唱歌的少女死了之后变的。她的情郎不爱她了，她伤心死的。"李文秀迷惘地道："她最美丽，又最会唱歌，为什么不爱她了？"

计老人出了一会神，长长的叹了口气，说道：“世界上有许多事，你小孩子是不懂的。”这时候，远处草原上的天铃鸟又唱起歌来了。

唱得令人心中又是甜蜜，又是凄凉。

就这样，李文秀住在计老人的家里，帮他牧羊煮饭，两个人就像亲爷爷、亲孙女一般。晚上，李文秀有时候从梦中醒来，听着天铃鸟的歌唱，又在天铃鸟的歌声中回到梦里。她梦中有江南的杨柳和桃花，爸爸的怀抱，妈妈的笑脸……

过了秋天，过了冬天，李文秀平平静静地过着日子，她学会了哈萨克话，学会了草原上的许许多多事情。

计老人会酿又香又烈的美酒，哈萨克的男人就最爱喝又香又烈的美酒。计老人会医牛羊马匹的疾病，哈萨克人治不好的牲口，往往就给他治好了。牛羊马匹是哈萨克人的性命，他们虽然不喜欢汉人，却也少他不得，只好用牛羊来换他又香又烈的美酒，请了他去给牲口治病。

哈萨克人的帐篷在草原上东西南北的迁移。计老人有时跟着他们迁移，有时就留在棚屋之中，等着他们回来。

一天晚上，李文秀又听到了天铃鸟的歌声，只是它越唱越远，隐隐约约地，随着风声飘来了一些，跟着又听不到了。李文秀悄悄穿衣起来，到屋外牵了白马，生怕惊醒计老人，将白马牵得远远地，这才跨上马，跟着歌声走去。

草原上的夜晚，天很高、很蓝，星星很亮，青草和小花散播着芳香。

歌声很清晰了，唱得又是婉转，又是娇媚。李文秀的心跟着歌声而狂喜，轻轻跨下马背，让白马自由自在的嚼着青草。她仰天躺在草地上，沉醉在歌声之中。

那天铃鸟唱了一会，便飞远几丈。李文秀在地下爬着跟随，她听到了鸟儿扑翅的声音，看到了这只淡黄色的小小鸟儿，见它在地下啄食。它啄了几口，又向前飞一段路，又找到了食物。

天铃鸟吃得很高兴，突然间拍的一声，长草中飞起黑黝黝的一件物件，将天铃鸟罩住了。

李文秀的惊呼声中，混和着一个男孩的欢叫，只见长草中跳出来一个哈萨克男孩，得意地叫道："捉住了，捉住了！"他用外衣裹着天铃鸟，鸟儿惊慌的叫声，郁闷地隔着外衣传出来。

李文秀又是吃惊，又是愤怒，叫道："你干什么？"那男孩道："我捉天铃鸟。你也来捉么？"李文秀道："干么捉它？让它快快活活的唱歌不好么？"那男孩笑道："捉来玩。"将右手伸到外衣之中，再伸出来时，手里已抓着那只淡黄色的小鸟。天铃鸟不住扑着翅膀，但哪里飞得出男孩的掌握？

李文秀道："放了它吧，你瞧它多可怜？"那男孩道："我一路撒了麦子，引得这鸟儿过来。谁叫它吃我的麦子啊？哈哈！"

李文秀一呆，在这世界上，她第一次懂得"陷阱"的意义。人家知道小鸟儿要吃麦子，便撒了麦子，引着它走进了死路。她年纪还小，不知道几千年来，人们早便在说着"人为财死，鸟为食亡"这两句话。她只隐隐的感到了机谋的可怕，觉到了"引诱"的令人难以抗拒。当然，她只感到了一些极模糊的影子，想不明白中间包藏着的道理。

那男孩玩弄着天铃鸟，使它发出一些痛苦的声音。李文秀道："你把小鸟儿给了我，好不好？"那男孩道："那你给我什么？"李文秀伸手到怀里一摸，她什么也没有，不禁有些发窘，想了一想，道："赶明儿我给你缝一只好看的荷包，给你挂在身上。"那男孩笑道："我才不上这个当呢。明儿你便赖了。"李文秀胀红了脸，道："我说过给你，一定给你，为什么要赖呢？"那男孩摇头道："我不信。"月光之下，见李文秀左腕上套着一只玉镯，发出晶莹柔和的光芒，随口便道："除非你把这个给我。"

玉镯是妈妈给的，除了这只玉镯，已没有纪念妈妈的东西了。她很舍不得，但看了那天铃鸟可怜的样子，终于把玉镯褪了下来，说道："给你！"

那男孩没想到她居然会肯，接过玉镯，道："你不会再要回吧？"李文秀道："不！"那男孩道："好！"于是将天铃鸟递了给她。李文秀双手合着鸟儿，手掌中感觉到它柔软的身体，感觉到它迅速而微弱的心跳。她用右手的三根手指轻轻抚摸一下鸟儿背上的羽毛，张开双掌，说道："你去吧！下次要小心了，可别再给人捉住。"天铃鸟展开翅膀，飞入了草丛之中。男孩很是奇怪，问道："为什么放了鸟儿？你不是用玉镯换了来的么？"他紧紧抓住了镯子，生怕李文秀又向他要还。李文秀道："天铃鸟又飞，又唱歌，不是很快活么？"

男孩侧着头瞧了她一会，问道："你是谁？"李文秀道："我叫李文秀，你呢？"男孩道："我叫苏普。"说着便跳了起来，扬着喉咙大叫了一声。

苏普比她大了两岁，长得很高，站在草地上很有点威武。李文秀道："你力气很大，是不是？"苏普非常高兴，这小女孩随口一句话，正说中了他最引以为傲的事。他从腰间拔出一柄短刀来，说道："上个月，我用这把刀砍伤了一头狼，差点儿就砍死了，可惜给逃走了。"

李文秀很是惊奇，道："你这么厉害？"苏普更加得意了，道："有两头狼半夜里来咬我家的羊，爹不在家，我便提刀出去赶狼。大狼见了火把便逃了，我一刀砍中了另外一头。"李文秀道："你砍伤了那头小的？"苏普有些不好意思，点了点头，但随即加上一句："那大狼倘使不逃走，我就一刀杀了它。"他虽是这么说，自己却实在没有把握。但李文秀深信不疑，道："恶狼来咬小绵羊，那是该杀的。下次你杀到了狼，来叫我看，好不好？"苏普大喜道："好啊！等我杀了狼，就剥了狼皮送给你。"李文秀道："谢谢你啦，那我就给爷爷做一条狼皮垫子。他自己那条已给了我啦。"苏普道："不！我送给你的，你自己用。你把爷爷的还给他便了。"李文秀点头道："那也好。"

在两个小小的心灵之中，未来的还没有实现的希望，和过去的事实没有多大分别。他们想到要杀狼，好像那头恶狼真的已经杀死了。

便这样，两个小孩子交上了朋友。哈萨克的男性的粗犷豪迈，和汉族的女性的温柔仁善，相处得很是和谐。

过了几天，李文秀做了一只小小的荷包，装满了麦糖，拿去送给苏普。这一件礼物使这小男孩很出乎意料之外，他用小鸟儿换了玉镯，已经觉得占了便宜。哈萨克人天性的正直，使他认为应当有所补偿，于是他一晚不睡，在草原上捉了两只天铃鸟，第二天拿去送给李文秀。这一件慷慨的举动未免是会错了意。李文秀费了很多唇舌，才使这男孩明白，她所喜欢的是让天铃鸟自由自在，而不是要捉了来让它受苦。苏普最后终于懂了，但在心底，总是觉得她的善心有些傻气，古怪而可笑。

日子一天天的过去，在李文秀的梦里，爸爸妈妈出现的次数渐渐稀了，她枕头上的泪痕也渐渐少了。她脸上有了更多的笑靥，嘴里有了更多的歌声。当她和苏普一起牧羊的时候，草原上常常飘来了远处青年男女对答的情歌。李文秀觉得这些情致缠绵的歌儿很好听，听得多了，随口便能哼了出来。当然，她还不懂歌里的意义，为什么一个男人会对一个女郎这么颠倒？为什么一个女郎要对一个男人这么倾心？为什么情人的脚步声使心房剧烈地跳动？为什么窈窕的身子叫人整晚睡不着？只是她清脆地动听地唱了出来。听到的人都说："这小女孩的歌儿唱得真好，那不像草原上的一只天铃鸟么？"

到了寒冷的冬天，天铃鸟飞到南方温暖的地方去了，但在草原上，李文秀的歌儿仍旧响着：

"啊，亲爱的牧羊少年，
请问你多大年纪？
你半夜里在沙漠独行，

我和你作伴愿不愿意?”

歌声在这里顿了一顿，听到的人心中都在说：“听着这样美丽的歌儿，谁不愿意要你作伴呢?”

跟着歌声又响了起来：

“啊，亲爱的你别生气，
谁好谁坏一时难知。
要戈壁沙漠变为花园，
只须一对好人聚在一起。”

听到歌声的人心底里都开了一朵花，便是最冷酷最荒芜的心底，也升起了温暖：“倘若是一对好人聚在一起，戈壁沙漠自然成了花园，谁又会来生你的气啊?”老年人年轻了二十岁，年轻人心中洋溢欢乐。但唱着情歌的李文秀，却不懂得歌中的意思。

听她歌声最多的，是苏普。他也不懂这些草原上情歌的含意，直到有一天，他们在雪地里遇上了一头恶狼。

这一头狼来得非常突然。苏普和李文秀正并肩坐在一个小丘上，望着散在草原上的羊群。

就像平时一样，李文秀跟他说着故事。这些故事有些是妈妈从前说的，有些是计老人说的，另外的是她自己编的。苏普最喜欢听计老人那些惊险的出生入死的故事，最不欣赏李文秀自己那些孩子气的女性故事，但一个惊险故事反来覆去的说了几遍，便变成了不惊不险，于是他也只得耐心的听着：白兔儿怎样找不到妈妈，小花狗怎样去帮它寻找。突然之间，李文秀“啊”的一声，向后翻倒，一头大灰狼尖利的牙齿咬向她的咽喉。

这头狼从背后悄无声息的袭来，两个小孩谁都没有发觉。李文秀曾跟妈妈学过一些武功，自然而然的将头一侧，避开了凶狼对准着她咽喉的一咬。苏普见这头恶狼这般高大，吓得脚也软了，但他立即想起：“非救她不可!”从腰间拔出短刀，扑上去一刀刺在大灰狼的背上。

灰狼的骨头很硬，短刀从它背脊上滑开了，只伤了一些皮肉。但灰狼也察觉了危险，放开了李文秀，张开血盆大口，突然纵起，双足搭在苏普的肩头，便往他脸上咬了下去。

苏普一惊之下，向后便倒。那灰狼来势似电，双足跟着按了下去，白森森的獠牙已触到苏普脸颊。李文秀极是害怕，但仍是鼓起勇气，拉住灰狼尾巴用力向后拉扯。大灰狼给她一拉之下，向后退了一步，但它饿得慌了，后足牢牢据地，叫李文秀再也拉它不动，跟着又是一口咬落。

只听得苏普大叫一声，凶狼已咬中他左肩。李文秀惊得几乎要哭了出来，鼓起平生之力一拉。灰狼吃痛，张口呼号，却把咬在苏普肩头的牙齿松了。苏普迷迷糊糊的送出一刀，正好刺中在狼肚腹上柔软之处，这一刀直没至柄。他想要拔出刀来再刺，那灰狼猛地跃起，在雪地里打了几个滚，仰天死了。

灰狼这一翻腾，带得李文秀也摔了几个筋斗，可是她兀自拉住灰狼的尾巴，始终不放。苏普挣扎着站起身来，看见这么巨大的一头灰狼死在雪地之中，不禁惊得呆了，过了半晌，才欢然叫道："我杀死了大狼，我杀死了大狼！"伸手扶起李文秀，骄傲地道："阿秀，你瞧，我杀了大狼！"得意之下，虽是肩头鲜血长流，一时竟也不觉疼痛。李文秀见他的羊皮袄子左襟上染满了血，忙翻开他皮袄，从怀里拿出手帕，按住他伤口中不住流出的鲜血，问道："痛不痛?"苏普若是独自一个儿，早就痛得大哭大喊，但这时心中充满了英雄气概，摇摇头道："我不怕痛！"

忽听得身后一人说道："阿普，你在干什么?"两人回过头来，只见一个满脸虬髯的大汉，骑在马上。

苏普叫道："爹，你瞧，我杀死了一头大狼。"那大汉大喜，翻身下马，只见儿子脸上溅满了血，眼光又掠过李文秀的脸，问苏普道："你给狼咬了?"苏普道："我在这儿听阿秀说故事，忽然这头狼来咬她……"突然之间，那大汉脸上罩上了一层阴影，望着李文秀冷冷的道："你便是那个真主降罚的汉人女孩儿么?"

这时李文秀已认了他出来，那便是踢过她一脚的苏鲁克。她记起了计老人的话："他的妻子和大儿子，一夜之间都给汉人强盗杀了，因此他恨极了汉人。"她点了点头，正想说："我爹爹妈妈也是给那些强盗害的。"话还没出口，突然刷的一声，苏普脸上肿起了一条长长的红痕，是给父亲用马鞭重重的抽了一下。

苏鲁克喝道："我叫你世世代代，都要憎恨汉人，你忘了我的话，偏去跟汉人的女孩儿玩，还为汉人的女儿拼命流血！"刷的一声，夹头夹脑的又抽了儿子一鞭。

苏普竟不闪避，只是呆呆的望着李文秀，问道："她是真主降罚的汉人么？"苏鲁克吼道："难道不是？"回过马鞭，刷的一下又抽在李文秀脸上。李文秀退了两步，伸手按住了脸。苏普给灰狼咬后受伤本重，跟着又被狠狠的抽了两鞭，再也支持不住，身子一晃，摔倒在地。

苏鲁克见他双目紧闭，晕了过去，也吃了一惊，急忙跳下马来，抱起儿子，跟着和身纵起，落在马背之上，一个绳圈甩出，套住死狼头颈，双腿一夹，纵马便行。死狼在雪地中一路拖着跟去，雪地里两行蹄印之间，留着一行长长的血迹。苏鲁克驰出十余丈，回过头来恶毒地望了李文秀一眼，眼光中似乎在说："下次你再撞在我的手里，瞧我不好好的打你一顿。"

李文秀倒不害怕这个眼色，只是心中一片空虚，知道苏普从今之后，再不会做她的朋友，再也不会来听她唱歌、来听她说故事了。只觉得朔风更加冷得难受，脸上的鞭伤随着脉搏的跳动，一抽一抽地更加剧烈的疼痛。

她茫茫然的赶了羊群回家。计老人看到她衣衫上许多鲜血，脸上又是肿起一条鞭痕，大吃一惊，忙问她什么事。李文秀只淡淡的道："是我不小心摔的。"计老人当然不信。可是一再相询，李文秀只是这么回答，问得急了，她哇的一声大哭起来，竟是一句话也不肯再说。

那天晚上，李文秀发着高烧，小脸蛋儿烧得血红，说了许多胡话，什么“大灰狼!”“苏普，苏普，快救我!”什么“真主降罚的汉人”。计老人猜到了几分，心中很是焦急。幸好到黎明时，她的烧退了，沉沉睡去。

这一场病直生了一个多月，到她起床时，寒冬已经过去，天山上的白雪开始融化，一道道雪水汇成的小溪，流到草原上来。原野上已茁起了一丝丝的嫩草。

这一天，李文秀一早起来，打开大门，想赶了羊群出去放牧，只见门外放着一张大狼皮，做成了垫子的模样。李文秀吃了一惊，看这狼皮的毛色，正是那天在雪地中咬她的那头大灰狼。她俯下身来，见狼皮的肚腹处有个刃孔。她心中怦怦跳着，知道苏普并没忘记她，也没忘记他自己说过的话，半夜里偷偷将这狼皮放在她的门前。她将狼皮收在自己房中，不跟计老人说起，赶了羊群，便到惯常和苏普相会的地方去等他。

但她一直等到日落西山，苏普始终没来。她认得苏普家里的羊群，这一天却由一个十七八岁的青年放牧。李文秀想：“难道苏普的伤还没有好？怎地他又送狼皮给我？”她很想到他帐篷里去瞧瞧他，可是跟着便想到了苏鲁克的鞭子。

这天半夜里，她终于鼓起了勇气，走到苏普的帐篷后面。她不知道为什么要去，是为了想说一句“谢谢你的狼皮”？为了想瞧瞧他的伤好了没有？她自己也说不上来。她躲在帐篷后面。苏普的牧羊犬识得她，过来在她身上嗅了几下便走开了，一声也没吠。帐篷中还亮着牛油烛的烛光，苏鲁克粗大的嗓子在大声咆哮着。

“你的狼皮拿去送给了哪一个姑娘？好小子，小小年纪，也懂得把第一次的猎物拿去送给心爱的姑娘。”他每呼喝一句，李文秀的心便剧烈地跳动一下。她听得苏普在讲故事时说过哈萨克人的习俗，每一个青年最宝贵自己第一次的猎物，总是拿去送给他心爱的姑娘，以表示情意。这时她听到苏鲁克这般喝问，小小的脸蛋儿红了，心中感到了骄傲。他们二人年纪都还小，不知道真正的情爱是什么，但隐隐约约的，也尝到了初恋的甜蜜和苦涩。

“你定是拿去送给了那个真主降罚的汉人姑娘，那个叫做李什么的贱种，是不是？好，你不说，瞧是你厉害，还是你爹爹的鞭子厉害？”

只听得刷刷刷刷，几下鞭子抽打在肉体上的声音。像苏鲁克这一类的哈萨克人，素来相信只有鞭子下才能产生强悍的好汉子，管教儿子不能用温和的法子。他祖父这样鞭打他父亲，他父亲这样鞭打他自己，他自己便也这样鞭打儿子，父子之爱并不因此而减弱。男儿汉对付男儿汉，在朋友和亲人是拳头和鞭子，在敌人便是短刀和长剑。但对于李文秀，她爹爹妈妈从小连重话也不对她说一句，只要脸上少了一丝笑容，少了一些爱抚，那便是痛苦的惩罚了。这时每一鞭都如打在她的身上一般痛楚。“苏普的爹爹一定恨极了我，自己亲生的儿子都打得这么凶狠，会不会打死了他呢？”

“好！你不回答！你回不回答？我猜到你定是拿去送给了那个汉人姑娘。”鞭子不住的往下抽打。苏普起初咬着牙硬忍，到后来终于哭喊起来：“爹爹，别打啦，别打啦，我痛，我痛！”苏鲁克道：“那你说，是不是将狼皮送给了那个汉人姑娘？你妈死在汉人强盗手里，你哥哥是汉人强盗杀的，你知不知道？他们叫我哈萨克第一勇士，可是我的老婆儿子却让汉人强盗杀了，你知不知道？为什么那天我偏偏不在家？为什么总是找不到这群强盗，好让我给你妈妈哥哥报仇雪恨？”

苏鲁克这时的鞭子早已不是管教儿子，而是在发泄心中的狂怒。他每一鞭下去，都似在鞭打敌人。“为什么那狗强盗不来跟我明刀明枪的决一死战？你说不说？难道我苏鲁克是哈萨克第一勇士，还打不过几个汉人的毛贼……”

他被霍元龙、陈达海他们所杀死的孩子，是他最心爱的长子，被他们侮辱而死的妻子，是自幼和他一起长大的爱侣。而他自己，二十余年来人人都称他是哈萨克族的第一勇士，不论竞力、比拳、斗力、赛马，他从来没输过给人。

李文秀只觉苏普给父亲打得很可怜，苏鲁克带着哭声的这般叫喊也很可怜。“他打得这样狠，一定永远不爱苏普了。他没有儿子了，苏普也没有爹爹了。都是我不好，都是我这个真主降罚的汉人姑娘不好！”忽然之间，她也可怜起自己来。

她不能再听苏普这般哭叫，于是回到了计老人家中，从被褥底下拿出那张狼皮来，看了很久很久。她和苏普的帐篷相隔两里多地，但隐隐的似乎听到了苏普的哭声，听到了苏鲁克的鞭子在辟拍作响。她虽然很喜欢这张狼皮，但是她不能要。

“如果我要了这张狼皮，苏普会给他爹爹打死的。只有哈萨克的女孩子，他们伊斯兰的女孩子才能要了这张大狼皮。哈萨克那许多女孩子中，哪一个最美丽？我很喜欢这张狼皮，是苏普打死的狼，他为了救我才不顾自己性命去打死的狼。苏普送了给我，可是……可是他爹爹要打死他的……”

第二天早晨，苏鲁克带着满布红丝的眼睛从帐篷中出来，只听得车尔库大声哼着山歌，哩啦哩啦的唱了过来。他侧着头向苏鲁克望着，脸上的神色很奇怪，笑咪咪的，眼中透着亲善的意思。车尔库也是哈萨克族中出名的勇士，千里外的人都知道他驯服野马的本领。他奔跑起来快得了不得，有人说在一里路之内，任何骏马都追他不上，即使在一里路之外输给了那匹马，但也只相差一个鼻子。原野上的牧民们围着火堆闲谈时，许多人都说，如果车尔库的鼻子不是这样扁的话，那么还是他胜了。

苏鲁克和车尔库之间向来没多大好感。苏鲁克的名声很大，刀法和拳法都是所向无敌，车尔库暗中很有点妒忌。他比苏鲁克要小着六岁。有一次两人比试刀法，车尔库输了，肩头上给割破长长一条伤痕。他说：“今天我输了，但五年之后，十年之后，咱们再走着瞧。”苏鲁克道：“再过二十年，咱哥儿俩又比一次，那时我下手可不会像这样轻了！”

今天，车尔库的笑容之中却丝毫没有敌意。苏鲁克心头的气恼还没有消，狠狠的瞪了他一眼。车尔库笑道：“老苏，你的儿子很有眼光啊！”苏鲁克道：“你说苏普么？”他伸手按住刀柄，眼中发出凶狠的神色来，心想：“你嘲笑我儿子将狼皮送给了汉人姑娘。”

车尔库一句话已冲到了口边：“倘若不是苏普，难道你另外还有儿子？”但这句话却没说出口，他只微笑着道：“自然是苏普！这孩子相貌不差，人也挺能干，我很喜欢他。”做父亲的听到旁人称赞他儿子，自然忍不住高兴，但他和车尔库一向口角惯了，说道：“你眼热吧？就可惜你生不出一个儿子。”车尔库却不生气，笑道：“我女儿阿曼也不错，否则你儿子怎么会看上了她？”

苏鲁克“呸”的一声，道：“你别臭美啦，谁说我儿子看上了阿曼？”车尔库伸手挽住了他膀子，笑道：“你跟我来，我给你瞧一件东西。”苏鲁克心中奇怪，便跟他并肩走着。车尔库道：“你儿子前些时候杀死了一头大灰狼。小小孩子，真是了不起，将来大起来，可不跟老子一样？父是英雄儿好汉。”苏鲁克不答腔，认定他是摆下了什么圈套，要自己上当，心想：“一切须得小心在意。”

在草原上走了三里多路，到了车尔库的帐篷前面。苏鲁克远远便瞧见一张大狼皮挂在帐篷外边。他奔近几步，嘿，可不是苏普打死的那头灰狼的皮是什么？这是儿子生平打死的第一头野兽，他是认得清清楚楚的。他心下一阵混乱，随即又是高兴，又是迷惘：“我错怪了阿普，昨晚这么结结实实的打了他一顿，原来他把狼皮送了给阿曼，却不是给那汉人姑娘。该死的，怎么他不说呢？孩子脸嫩，没得说的。要是他妈妈在世，她就会劝我了。唉，孩子有什么心事，对妈妈一定肯讲……”

车尔库粗大的手掌在他肩上一拍，说道：“喝碗酒去。”

车尔库的帐篷中收拾得很整洁，一张张织着红花绿草的羊毛毯挂在四周。一个身材苗条的女孩子捧了酒浆出来。车尔库微笑道：“阿曼，这是苏普的爹。你怕不怕他？这大胡子可凶得很呢！”阿曼羞红了的脸显得更美了，眼光中闪烁着笑意，好像是说：“我不怕。”苏鲁克呵呵笑了起来，笑道：“老车，我听人家说过的，说你有个女儿，是草原上一朵会走路的花。不错，一朵会走路的花，这话说得真好。”

两个争闹了十多年的汉子，突然间亲密起来了。你敬我一碗酒，我敬你一碗酒。苏鲁克终于喝得酩酊大醉，眯着眼伏在马背，回到家中。

过了些日子，车尔库送来了两张精致的羊毛毯子。他说：“这是阿曼织的，一张给老的，一张给小的。”

一张毛毯上织着一个大汉，手持长刀，砍翻了一头豹子，远处一头豹子正夹着尾巴逃走。另一张毛毯上织着一个男孩，刺死了一头大灰狼。那二人一大一小，都是威风凛凛，英姿飒爽。苏鲁克一见大喜，连赞：“好手艺，好手艺!”原来回疆之地本来极少豹子，那一年却不知从哪里来了两头，为害人畜。苏鲁克当年奋勇追入雪山，砍死了一头大豹，另一头负伤远遁。这时见阿曼在毛毯上织了他生平最得意的英勇事迹，自是大为高兴。

这一次，喝得大醉而伏在马背上回家去的，却是车尔库了。苏鲁克叫儿子送他回去。在车尔库的帐篷之中，苏普见到了自己的狼皮。他正在大惑不解，阿曼已红着脸在向他道谢。苏普喃喃的说了几句话，全然不知所云，他不敢追问为什么这张狼皮竟会到了阿曼手中。第二天，他一早便到那个杀狼的小丘去，盼望见到李文秀问她一问。可是李文秀并没有来。

他等了两天，都是 场空。到第三天上，终于鼓起了勇气走到计老人家中。李文秀出来开门，一见是他，说道：“我从此不要见你。”拍的一声，便把板门关上了。苏普呆了半晌，莫名其妙的回到自己家里，心里感到一阵怅惘：“唉，汉人的姑娘，不知她心里在想些什么?”

他自然不会知道，李文秀是躲在板门之后掩面哭泣。此后一直哭了很久很久。她很喜欢再和苏普在一起玩，说故事给他听，可是她知道只要给他父亲发觉了，他又得狠狠挨一顿鞭子，说不定会给他父亲打死的。

时日一天一天的过去，三个孩子给草原上的风吹得高了，给天山脚下的冰雪冻得长大了，会走路的花更加袅娜美丽，杀狼的小孩变成了英俊的青年，那草原上的天铃鸟呢，也是唱得更加娇柔动听了。只是她唱得很少，只有在夜半无人的时候，独自在苏普杀过灰狼的小丘上唱一支歌儿。她没一天忘记过这个儿时的游伴，常常望到他和阿曼并骑出游，有时，也听到他俩互相对答，唱着情致缠绵的歌儿。

这些歌中的含意，李文秀小时候并不懂得，这时候却嫌懂得太多了。如果她仍旧不懂，岂不是少了许多伤心？少了许多不眠的长夜？可是不明白的事情，一旦明白之后，永远不能再回到从前幼小时那样迷惘的心境了。

是一个春深的晚上，李文秀骑了白马，独自到那个杀狼的小山上去。白马给染黄了的毛早已脱尽，全身又是像天山顶上的雪那样白。

她立在那个小山丘上，远远望见哈萨克人的帐篷之间烧着一堆大火，音乐和欢闹的声音一阵高，一阵低的传来。原来这天是哈萨克人的一个节日，青年男女聚在火堆之旁，跳舞唱歌，极尽欢乐。

李文秀心想："他和她今天一定特别快乐，这么热闹，这么欢喜。"她心中的"他"，没有第二个人，自然是苏普，那个"她"自然是那朵会走路的花，阿曼。

但这一次李文秀却没猜对，苏普和阿曼这时候并不特别快乐，却是在特别的紧张。在火堆之旁，苏普正在和一个瘦长的青年摔跤。这是节日中最重要的一个项目，摔跤第一的有三件奖品：一匹骏马、一头肥牛，还有一张美丽的毛毯。

苏普已接连胜了四个好汉，那个瘦长的青年叫做桑斯儿。他是苏普的好朋友，可也要分一个胜败。何况，他心中一直在爱着那朵会走路的花。这样美丽的脸，这样婀娜的身材，这样巧妙的手艺，谁不爱呢？桑斯儿明知苏普和阿曼从小便很要好，但他是倔强的高傲的青年。草原上谁的马快，谁的力大，谁便处处占了上风。他心中早便在这样想："只要我在公开的角力中打败了苏普，阿曼便会喜欢我的。"他已用心的练了三年摔跤和刀法。他的师父，便是阿曼的父亲车尔库。

至于苏普的武功，却是父亲亲传的。

两个青年扭结在一起。突然间桑斯儿肩头上中了重重的一拳，他脚下一个踉跄，向后便倒，但他在倒下时右足一勾，苏普也倒下了。两人一同跃起身来，两对眼睛互相凝视，身子左右盘旋，找寻对方的破绽，谁也不敢先出手。

苏鲁克坐在一旁瞧着，手心中全是汗水，只是叫道："可惜，可惜！"车尔库的心情却很难说得明白。他知道女儿的心意，便是桑斯儿打胜了，阿曼喜欢的还是苏普，说不定只有喜欢得更加厉害些。可是桑斯儿是他的徒弟，这一场角力，就如是他自己和"哈萨克第一勇士"苏鲁克的比赛。车尔库的徒弟如果打败了苏鲁克的儿子，那可有多光采！这件事会传遍数千里的草原。当然，阿曼将会很久很久的郁郁不乐，可是这些事不去管它。他还是盼望桑斯儿打胜。虽然苏普是个好孩子，他一直很喜欢他。

围着火堆的人们为两个青年呐喊助威。这是一场势均力敌的角斗。苏普身壮力大，桑斯儿却更加灵活些，到底谁会最后获胜，谁也说不上来。

只见桑斯儿东一闪，西一避，苏普数次伸手扭他，都给躲开了。青年男女们呐喊助威的声音越来越响。"苏普，快些，快些！""桑斯儿，反攻啊！别尽逃来逃去的。""啊哟，苏普摔了一交！""不要紧，用力扳倒他。"

声音远远传了出去，李文秀隐隐听到了大家叫着"苏普，苏普"。她有些奇怪："为什么大家叫苏普？"于是骑了白马，向着呼叫的声音奔去。在一棵大树的后面，她看到苏普正在和桑斯儿搏斗，旁观的人兴高采烈地叫嚷着。突然间，她在火光旁看到了阿曼的脸，脸上闪动着关切和兴奋，泪光莹莹，一会儿耽忧，一会儿欢喜。李文秀从来没这样清楚的看过阿曼，心想："原来她是这样的喜欢苏普。”

蓦地里众人一声大叫，苏普和桑斯儿一齐倒了下去。隔着人墙，李文秀看不到地下两个人搏斗的情形。但听着众人的叫声，可以想到一时是苏普翻到了上面，一时又是给桑斯儿压了下去。李文秀手中也是汗水，因为瞧不见地下的两人，她只有更加焦急些。忽然间，众人的呼声全部止歇，李文秀清清楚楚听到相斗两人粗重的呼吸声。只见一个人摇摇晃晃的站了起来。众人欢声呼叫：“苏普，苏普！”

阿曼冲进人圈之中，拉住了苏普的手。

李文秀觉得又是高兴，又是凄凉。她圈转马头，慢慢的走了开去。众人围着苏普，谁也没注意到她。

她不再拉缰绳，任由白马在沙漠中漫步而行。也不知走了多少时候，她蓦地发觉，白马已是走到了草原的边缘，再过去便是戈壁沙漠了。她低声斥道：“你带我到这里来干么？”便在这时，沙漠上出现了两乘马，接着又是两乘。月光下隐约可见，马上乘客都是汉人打扮，手中握着长刀。

李文秀吃了一惊：“莫非是汉人强盗？”一迟疑间，只听一人叫道：“白马，白马！”纵马冲了过来，又叫：“站住！站住！”李文秀喝道：“快奔！”纵马往来路驰回，但听得蹄声急响，迎面又有几骑马截了过来。这时东南北三面都有敌人，她不暇细想，只得催马往西疾驰。

但向西是永没尽头的大沙漠。

她小时候曾听苏普说过，大沙漠中有鬼，走进了大沙漠的，没一个人能活着出来。不，就是变成了鬼也不能出来。走进了大沙漠，就会不住的大兜圈子，在沙漠中不住的走着走着，突然之间，在沙漠中发现了一行足迹。那人当然大喜若狂，以为找到了道路，跟着足迹而行，但走到后来，他终于会发觉，这足迹原来就是自己留下的，他走来走去，只是在兜圈子。这样死在大沙漠中的人，变成了鬼也是不得安息，他不能进天上的乐园，始终要足不停步的大兜圈子，千年万年、日日夜夜的兜下去永远不停。

李文秀曾问过计老人，大沙漠中是不是真的这样可怕，是不是走进去之后，永远不能再出来。计老人听到她这样问，突然间脸上的肌肉痉挛起来，露出了非常恐怖的神色，眼睛向着窗外偷望，似乎见到了鬼怪一般。李文秀从来没有见过他会吓得这般模样，不敢再问了，心想这事一定不假，说不定计爷爷还见过那些鬼呢。

她骑着白马狂奔，眼见前面黄沙莽莽，无穷无尽都是沙漠，想到了大沙漠中永远在兜圈子的鬼魂，越来越害怕，但后面的强盗在飞驰着追来。她想起了爸爸妈妈，想起了苏普的妈妈和哥哥，知道要是给那些强盗追上了，那是有死无生，甚至要比死还惨些。可是走进大沙漠呢，那是变成了鬼也不得安息。她真想勒住白马不再逃了，回过头来，哈萨克人的篷帐和绿色的草原早已不见了，两个强盗已落在后面，但还是有五个强盗吆喝着紧紧追来。李文秀听到粗暴的、充满了喜悦和兴奋的叫声："是那匹白马，错不了！捉住她，捉住她！"

隐藏在胸中的多年仇恨突然间迸发了出来，她心想："爹爹和妈妈是他们害死的。我引他们到大沙漠里，跟他们同归于尽。我一条性命，换了五个强盗，反正……反正……便是活在世上，也没什么乐趣。"她眼中含着泪水，心中再不犹豫，催动白马向着西方疾驰。

这些人正是霍元龙和陈达海镖局中的下属，他们追赶白马李三夫妇来到回疆，虽然将李三夫妇杀了，但那小女孩却从此不知了下落。他们确知李三得到了高昌迷宫的地图。这张地图既然在李三夫妇身上遍寻不获，那么一定是在那小女孩身上。高昌迷宫中藏着数不尽的珍宝，晋威镖局一干人谁都不死心，在这一带到处游荡，找寻那小女孩。这一耽便是十年，他们不事生产，仗着有的是武艺，牛羊驼马，自有草原上的牧民给他们牧养。他们只须拔出刀子来，杀人，放火，抢劫，奸淫……

这十年之中，大家永远不停的在找这小女孩，草原千里，却往哪里找去？只怕这小女孩早死了，骨头也化了灰。但在草原上做强盗，自由自在，可比在中原走镖逍遥快活得多，又何必回中原去？

有时候，大家谈到高昌迷宫中的珍宝，谈到白马李三的女儿。这小姑娘就算不死，也长大得认不出了，只有那匹白马才不会变。这样高大的全身雪白的白马甚是希有，老远一见就认出来了。但如白马也死了呢？马匹的寿命可比人短得多。时候一天天过去，谁都早不存了指望。

哪知道突然之间，见到了这匹白马。那没错，正是这匹白马！

那白马这时候年齿已增，脚力已不如少年之时，但仍比常马奔跑起来快得多，到得黎明时，竟已将五个强盗抛得影踪不见，后面追来的蹄声也已不再听到。可是李文秀知道沙漠上留下马蹄足迹，那五个强盗虽然一时追赶不上，终于还是会依循足印追来，因此竟是丝毫不敢停留。

又奔出十余里，天已大明，过了几个沙丘，突然之间，西北方出现了一片山陵，山上树木苍葱，在沙漠中突然看到，真如见到世外仙山一般。大沙漠上沙丘起伏，几个大沙丘将这片山陵遮住了，因此远处完全望不见。李文秀心中一震："莫非这是鬼山？为什么沙漠上有这许多山，却从没听人说过？"转念一想："是鬼山最好，正好引这五个恶贼进去。"

白马脚步迅捷，不多时到了山前，跟着驰入山谷。只见两山之间流出一条小溪来。白马一声欢嘶，直奔到溪边。李文秀翻身下马，伸手捧了些清水洗去脸上沙尘，再喝几口，只觉溪水微带甜味，甚是清凉可口。

突然之间，后脑上忽被一件硬物顶住了，只听得一个嘶哑的声音说道："你是谁？到这里干么？"李文秀大吃一惊，待要转身，那声音道："我这杖头对准了你的后脑，只须稍一用劲，你立时便重伤而死。"李文秀但觉那硬物微向前一送，果觉得头脑一阵晕眩，当下不敢动弹，心想：“这人会说话，想来不是鬼怪。他又问我到这里干么，那么自是住在此处之人，不是强盗了。”

那声音又道：“我问你啊，怎地不答？”李文秀道：“有坏人追我，我逃到了这里。”那人道：“什么坏人？”李文秀：“是许多强盗。”那人道：“什么强盗？叫什么名字？”李文秀道：“我不知道。他们从前是保镖的，到了回疆，便做了强盗。”那人道：“你叫什么名字？父亲是谁？师父是谁？”李文秀道：“我叫李文秀，我爹爹是白马李三，妈妈是金银小剑三娘子。我没师父。”那人“哦”的一声，道：“嗯，原来金银小剑三娘子嫁了白马李三。你爹爹妈妈呢？”李文秀道：“都给那些强盗害死了。他们还要杀我。”

那人“嗯”了一声，道：“站起来！”李文秀站起身来。那人道：“转过身来。”李文秀慢慢转身，那人木杖的铁尖离开了她后脑，一缩一伸，又点在她喉头。但他杖上并不使劲，只是虚虚的点着。李文秀向他一看，心下很是诧异，听到那嘶哑冷酷的嗓音之时，料想背后这人定是十分的凶恶可怖，哪知眼前这人却是个老翁，身形瘦弱，形容枯槁，愁眉苦脸，身上穿的是汉人装束，衣帽都已破烂不堪。但他头发卷曲，却又不大像汉人。

李文秀道：“老伯伯，你叫什么名字？这里是什么地方？”那老人眼见李文秀容貌娇美，也是大出意料之外，一怔之下，冷冷的道：“我没名字，也不知道这里是什么地方。”便在此时，远处蹄声隐隐响起。李文秀惊道：“强盗来啦，老伯伯，快躲起来。”那人道：“干么要躲？”李文秀道：“那些强盗恶得很，会害死你的。”那人冷冷的道：“你跟我素不相识，何必管我的死活？”这时马蹄声更加近了。李文秀也不理他将杖尖点在自己喉头，一伸手便拉住他手臂，道：“老伯伯，咱们一起骑马逃吧，再迟便来不及了。”

那人将手一甩，要挣脱李文秀的手，哪知他这一甩微弱无力，竟是挣之不脱。李文秀奇道：“你有病么？我扶你上马。”说着双手托住他腰，将他送上了马鞍。这人瘦骨伶仃，虽是男子，身重却还不及骨肉停匀的李文秀，坐在鞍上摇摇晃晃，似乎随时都会摔下鞍来。李文秀跟着上马，坐在他身后，纵马向丛山之中进去。

两人这一耽搁，只听得五骑马已驰进了山谷，五个强人的呼叱之声也已隐约可闻。那人突然回过头来，喝道："你跟他们是一起的，是不是？你们安排了诡计，想骗我上当。"李文秀见他满脸病容猛地转为狰狞可怖，眼中也射出凶光，不禁大为害怕，说道："不是的，不是的，我从来没见过你，骗你上什么当？"那人厉声道："你要骗我带你去高昌迷宫……"一句话没说完，突然住口。

这"高昌迷宫"四字，李文秀幼时随父母逃来回疆之时，曾听父母亲谈话中提过几次，但当时不解，并未在意，现在又事隔十年，这老人忽然说及，她一时想不起什么时候似乎曾听到人说过，茫然道："高昌迷宫？那是什么啊？"老人见她神色真诚，不似作伪，声音缓和一些，道："你当真不知高昌迷宫？"

李文秀摇头道："不知道，啊，是了……"老人厉声问道："是了什么？"李文秀道："我小时候跟着爹爹妈妈逃来回疆，曾听他们说过'高昌迷宫'。那是很好玩的地方么？"老人疾言厉色的问道："你爹娘还说过什么？可不许瞒我。"李文秀凄然道："但愿我能够多记得一些爹妈说过的话，便是多一个字，也是好的。就可惜再也听不到他们的声音了。老伯伯，我常常这样傻想，只要爹爹妈妈能活过来一次，让我再见上一眼。唉！只要爹妈活着，便是天天不停的打我骂我，我也很快活啊。当然，他们永远不会打我的。"突然之间，她耳中似乎出现了苏鲁克狠打苏普的鞭子声，愤怒的斥骂声。

那老人脸色稍转柔和，"嗯"了一声，突然又大声问："你嫁了人没有？"李文秀红着脸摇了摇头。老人道："这几年来你跟谁住在一起？"李文秀道："跟计爷爷。"老人道："计爷爷？他多大年纪了？相貌怎样？"李文秀对白马道："好马儿，强盗追来啦，快跑快跑。"心想："在这紧急当儿，你老是问这些不相干的事干么？"但见他满脸疑云，终于还是说了："计爷爷总有八十多岁了吧，他满头白发，脸上全是皱纹，待我很好的。"老人道："你在回疆又识得什么汉人？计爷爷家中还有什么？”李文秀道：“计爷爷家里再没别人了。我连哈萨克人也不识得，别说汉人啦。”最后这两句话却是愤激之言，她想起了苏普和阿曼，心想虽是识得他们，也等于不识。

白马背上乘了两人，奔跑不快，后面五个强盗追得更加近了，只听得飕飕几声，三枝羽箭接连从身旁掠过。那些强盗想擒活口，并不想用箭射死她，这几箭只是威吓，要她停马。

李文秀心想：“横竖我已决心和这五个恶贼同归于尽，就让这位伯伯独自逃生吧！”当即跃下地来，在马臀一拍，叫道：“白马，白马！快带了伯伯先逃！”老人一怔，没料到她心地如此仁善，竟会叫自己独自逃开，稍一犹豫，低声道：“接住我手里的针，小心别碰着针尖。”李文秀低头一看，只见他右手两根手指间夹着一枚细针，当下伸手指拿住了，却不明其意。老人道：“这针尖上喂有剧毒，那些强盗若是捉住你，只要轻轻一下刺在他们身上，强盗就死了。”李文秀吃了一惊，适才早见到他手中持针，当时也没在意，看来这一番对答若是不满他意，他已用毒针刺在自己身上了。那老人当下催马便行。

五乘马驰近身来，团团将李文秀围在垓心。五个强人见到了这般年轻貌美的姑娘，谁也没想到去追那老头儿。

五个强盗纷纷跳下马来，脸上都是狞笑。李文秀心中怦怦乱跳，暗想那老伯伯虽说这毒针能制人死命，但这样小小一枚针儿，如何挡得住眼前这五个凶横可怖的大汉，便算真能刺得死一人，却尚有四个。还是一针刺死了自己吧，也免得遭强人的凌辱。只听得一人叫道：“好漂亮的妞儿！”便有两人向她扑了过来。

左首一个汉子砰的一拳，将另一个汉子打翻在地，厉声道：“你跟我争么？”跟着便抱住了李文秀的腰。李文秀慌乱之中，将针在他右臂一刺，大叫：“恶强盗，放开我。”那大汉呆呆的瞪着她，突然不动。摔在地下的汉子伸出双手，抱住李文秀的小腿，使劲一拖，将她拉倒在地。李文秀左手撑拒，右手向前一伸，一针刺入他的胸膛。那大汉正在哈哈大笑，忽然间笑声中绝，张大了口，也是身形僵住，一动也不动了。

李文秀爬起身来，抢着跃上一匹马的马背，纵马向山中逃去。余下三个强盗见那二人突然僵住，宛似中邪，都道被李文秀点中了穴道，心想这少女武功奇高，不敢追赶。他三个人都不会点穴解穴，只有带两个同伴去见首领，岂知一摸二人的身子，竟是渐渐冰冷，再一探鼻息，已是气绝身死。

三人大惊之下，半晌说不出话来。一个姓宋的较有见识，解开两人的衣服一看，只见一人手臂上有一块钱大黑印，黑印之中，有个细小的针孔，另一人却是胸口有个黑印。他登时省悟："这妞儿用针刺人，针上喂有剧毒。"一个姓全的道："那就不怕！咱们远远的用暗青子打，不让这小贱人近身便是。"另一个强人姓云，说道："知道了她的鬼计，便不怕再着她的道儿！"话是这么说，三人终究不敢急追，一面商量，一面提心吊胆的追进山谷。

李文秀两针奏功，不禁又惊又喜，但也知其余三人必会发觉，只要有了防备，决不容自己再施毒针。纵马正逃之间，忽听得左首有人叫道："到这儿来！"正是那老人的声音。

李文秀急忙下马，听那声音从一个山洞中传出，当即奔进。那老人站在洞口，问："怎么样？"李文秀道："我……我刺中了两个……两个强盗，逃了出来。"老人道："很好，咱们进去。"进洞后只见山洞很深，李文秀跟随在老人之后，那山洞越行越是狭窄。

行了数十丈，山洞豁然开朗，竟可容得一二百人。老人道："咱们守住狭窄的入口之处，那三个强人便不敢进来。这叫一夫当关，万夫莫开。"李文秀愁道："可是咱们也走不出去的。这山洞里面另有通道么？"老人道："通道是有的，不过终是通不到山外去。"李文秀想起适才之事，犹是心有余悸，问道："伯伯，那两个强盗给我一刺，忽然一动也不动了，难道当真死了么？"老人傲然道："在我毒针之下，岂有活口留下？"李文秀伸过手去，将毒针递给他。老人伸手欲接，突然又缩回了手，道："放在地下。"李文秀依言放下。老人道："你退开三步。"李文秀觉得奇怪，便退了三步。那老人这才俯身拾起毒针，放入一个针筒之中。李文秀这才明白，原来他疑心很重，防备自己突然用毒针害他。

那老人道："我跟你素不相识，为什么刚才你让马给我，要我独自逃命？"李文秀道："我也不知道啊。我见你身上有病，怕强盗害你。"那老人身子晃了晃，厉声道："你怎么知道我身上……身上有……"说到这里，突然间满脸肌肉抽动，神情痛苦不堪，额头不住渗出黄豆般大的汗珠来，又过一会，忽然大叫一声，在地下滚来滚去，高声呻吟。

李文秀只吓得手足无措，但见他身子弯成了弓形，手足痉挛，柔声道："是背上痛得厉害么？"伸手替他轻轻敲击背心，又在他臂弯膝弯关节处推拿揉拍。老人痛楚渐减，点头示谢，过了一炷香时分，这才疼痛消失，站了起来，问道："你知道我是谁？"李文秀道："不知道。"老人道："我是汉人，姓华名辉，江南人氏，江湖上人称'一指震江南'的便是。"

李文秀道："嗯，是华老伯伯。"华辉道："你没听见过我的名头么？"言下微感失望，心想自己"一指震江南"华辉的名头当年轰动大江南北，武林中无人不知，但瞧李文秀的神情，竟是毫无惊异的模样。

李文秀道："我爹爹妈妈一定知道你的名字，我到回疆来时只有八岁，什么也不懂。"华辉脸色转愉，道："那就是了。你……"一句话没说完，忽听洞外山道中有人说道："定是躲在这儿，小心她的毒针！"跟着脚步声响，三个人一步一停的进来。

华辉忙取出毒针，将针尾插入木杖的杖头，交了给她，指着进口之处，低声道："等人进来后刺他背心，千万不可性急而刺他前胸。"

李文秀心想："这进口处如此狭窄，乘他进来时刺他前胸，不是易中得多么？"华辉见她脸有迟疑之色，说道："生死存亡，在此一刻，你敢不听我话么？"说话声音虽轻，语气却是十分严峻。便在此时，只见进口处一柄明晃晃的长刀伸了进来，急速挥动，护住了面门前胸，以防敌人偷袭，跟着便有一个黑影慢慢爬进，却是那姓云的强盗。

李文秀记着华辉的话，缩在一旁，丝毫不敢动弹。华辉冷冷道：“你看我手中是什么东西？”伸手虚扬。那姓云的一闪身，横刀身前，凝神瞧着他，防他发射暗器。华辉喝道：“刺他！”李文秀手起杖落，杖头在他背心上一点，毒针已入肌肤。那姓云的只觉背上微微一痛，似乎被蜜蜂刺了一下，大叫一声，就此僵毙。那姓全的紧随在后，见他又中毒针而死，只道是华辉手发毒针，只吓得魂飞天外，不及转身逃命，倒退着手脚齐施的爬了出去。

华辉叹道：“倘若我武功不失，区区五个毛贼，何足道哉！”李文秀心想他外号“一指震江南”，自是武功极强，怎地见了五个小强盗，竟然一点法子也没有，说道：“华伯伯，你因为生病，所以武功施展不出，是么？”华辉道：“不是的，不是的。我……我立过重誓，倘若不到生死关头，决不轻易施展武功。”李文秀“嗯”的一声，觉得他言不由衷，刚才明明说“武功已失”，却又支吾掩饰，但他既不肯说，也就不便追问。

华辉也察觉自己言语中有了破绽，当即岔开话头，说道：“我叫你刺他后心，你明白其中道理么？他攻进洞来，全神防备的是前面敌人，你不会什么武功，袭击他正面是不能得手的。我引得他凝神提防我，你在他背心一刺，自是应手而中。”李文秀点头道：“伯伯的计策很好。”须知华辉的江湖阅历何等丰富，要摆布这样一个小毛贼，自是游刃有余。

华辉从怀中取出一大块蜜瓜的瓜干，递给李文秀，道：“先吃一些。那两个毛贼再也不敢进来了，可是咱们也不能出去。待我想个计较，须得一举将两人杀了。要是只杀一人，余下那人必定逃去报讯，大队人马跟着赶来，可就棘手得很。”李文秀见他思虑周详，智谋丰富，反正自己决计想不出比他更高明的法子，那也不用多伤脑筋了，于是饱餐了一顿瓜干，靠在石壁上养神。

约莫过了半个时辰，李文秀突然闻到一阵焦臭，跟着便咳嗽起来。华辉道：“不好！毛贼用烟来熏！快堵住洞口！”李文秀捧起地下的沙土石块，堵塞进口之处，好在洞口甚小，一堵之下，涌进洞来的烟雾便大为减少，而且内洞甚大，烟雾吹进来之后，又从后洞散出。

如此又相持良久，从后洞映进来的日光越来越亮，似乎已是正午。突然间华辉“啊”的一声叫，摔倒在地，又是全身抽动起来。但这时比上次似乎更加痛楚，手足狂舞，竟是不可抑制。李文秀心中惊慌，忙又走近去给他推拿揉拍。华辉痛楚稍减，喘息道：“姑……姑娘，这一次我只怕是好不了啦。”李文秀安慰道：“快别这般想，今日遇到强人，不免劳神，休息一会便好了。”华辉摇头道：“不成，不成！我反正要死了，我跟你实说，我是后心的穴道上中了……中了一枚毒针。”

李文秀道：“啊，你中了毒针，几时中的？是今天么？”华辉道：“不是，中了十二年啦！”李文秀骇道：“也是这么厉害的毒针么？”华辉道：“一般无异。只是我运功抵御，毒性发作较慢，后来又服了解药，这才挨了一十二年，但到今天，那是再也挨不下去了。唉！身上留着这枚鬼针，这一十二年中，每天总要大痛两三场，早知如此，倒是当日不服解药的好，多痛这一十二年，到头来又有什么好处？”

李文秀胸口一震，这句话勾起了她的心事。十年前倘若跟着爹爹妈妈一起死在强人手中，后来也可少受许多苦楚。

然而这十年之中，都是苦楚么？不，也有过快活的时候。十七八岁的年轻姑娘，虽然寂寞伤心，花一般的年月之中，总是有不少的欢笑和甜蜜。

只见华辉咬紧牙关，竭力忍受全身的疼痛，李文秀道：“伯伯，你设法把毒针拔了出来，说不定会好些。”华辉斥道：“废话！这谁不知道？我独个儿在这荒山之中，有谁来跟我拔针？进山来的没一个安着好心，哼，哼……”李文秀满腹疑团：“他为什么不到外面去求人医治，一个人在这荒山中一住便是十二年，有什么意思?”显见他对自己还是存着极大的猜疑提防之心，但眼看他痛得实在可怜，说道：“伯伯，我来试试。你放心，我决不会害你。”

华辉凝视着她，双眉紧锁，心中转过了无数念头，似乎始终打不定主意。李文秀拔下杖头上的毒针，递了给他，道：“让我瞧瞧你背上的伤痕。若是你见我心存不良，你便用毒针刺我吧!”华辉道：“好!”解开衣衫，露出背心。李文秀一看之下，忍不住低声惊呼，但见他背上点点斑斑，不知有几千百处伤疤。华辉道：“我千方百计要挖毒针出来，总是取不出。”

这些伤疤有的似乎是在尖石上撞破的，有的似乎是用指尖硬生生剜破的，李文秀瞧着这些伤疤，想起这十二年来他不知受尽了多少折磨，心下大是恻然，问道：“那毒针刺在哪里?”华辉道：“一共有三枚，一在‘魄户穴’，一在‘志室穴’，一在‘至阳穴’。”一面说，一面反手指点毒针刺入的部位，只因时日相隔已久，又是满背伤疤，早已瞧不出针孔的所在。

李文秀惊道：“共有三枚么?你说是中了一枚?”华辉怒道：“先前你又没说要给我拔针，我何必跟你说实话?”李文秀知他猜忌之心极重，实则是中了三枚毒针后武功全失，生怕自己加害于他，故意说曾经发下重誓，不得轻易动武，便是所中毒针之数，也是少说了两枚，那么自己如有害他之意，也可多一些顾忌。她实在不喜他这些机诈疑忌的用心，但想救人救到底，这老人也实在可怜，一时也理会不得这许多，心中沉吟，盘算如何替他拔出深入肌肉中的毒针。

华辉问道：“你瞧清楚了吧?”李文秀道：“我瞧不见针尾，你说该当怎样拔才好?”华辉道：“须得用利器剖开肌肉，方能见到。毒针深入数寸，很难寻着。”说到这里，声音已是发颤。李文秀道：“嗯，可惜我没带着小刀。”华辉道：“我也没刀子。”忽然指着地下摔着的那柄长刀说道：“就用这柄刀好了!”那长刀青光闪闪，甚是锋锐，横在那姓云的强人身旁，此时人亡刀在，但仍是令人见之生惧。

李文秀见要用这样一柄长刀剖割他的背心，大为迟疑。华辉猜知了她的心意，语转温和，说道："李姑娘，你只须助我拔出毒针，我要给你许许多多金银珠宝。我不骗你，真的是许许多多金银珠宝。"李文秀道："我不要金银珠宝，也不用你谢。只要你身上不痛，那就好了。"华辉道："好吧，那你快些动手。"

李文秀过去拾起长刀，在那姓云强人衣服上割撕下十几条布条，以备止血和裹扎伤口，说道："伯伯，我是尽力而为，你忍一忍痛。"咬紧牙关，以刀尖对准了他所指点的"魄户穴"旁数分之处，轻轻一割。

刀入肌肉，鲜血迸流，华辉竟是哼也没哼一声，问道："见到了吗?"这十二年中他熬惯了痛楚，对这利刃一割，竟是丝毫不以为意。李文秀从头上拔下发簪，在伤口中一探，果然探到一枚细针，牢牢的钉在骨中。

她两根手指伸进伤口，捏住针尾，用劲一拉，手指滑脱，毒针却拔不出来，直拔到第四下，才将毒针拔出。华辉大叫一声，痛得晕了过去。李文秀心想："他晕了过去，倒可少受些痛楚。"剖肉取针，跟着将另外两枚毒针拔出，用布条给他裹扎伤口。

过了好一会，华辉才悠悠醒转，一睁开眼，便见面前放着三枚乌黑的毒针，恨恨的道："鬼针，贼针！你们在我肉里耽了十二年，今日总出来了罢。"向李文秀道："李姑娘，你救我性命，老夫无以为报，便将这三枚毒针赠送于你。这三枚毒针虽在我体内潜伏一十二年，毒性依然尚在。"李文秀摇头道："我不要。"华辉奇道："毒针的威力，你亲眼见过了。你有此一针在手，谁都会怕你三分。"李文秀低声道："我不要别人怕我。"她心中却是想说："我只要别人喜欢我，这毒针可无能为力。"

毒针取出后，华辉虽因流血甚多，十分虚弱，但心情畅快，精神健旺，闭目安睡了一个多时辰。睡梦中忽听得有人大声咒骂，他一惊而醒，只听得那姓宋的强人在洞外污言秽语的辱骂，所说的言词恶毒不堪。显是他不敢进来，却是要激敌人出去。华辉越听越怒，站起身来，说道："我体内毒针已去，一指震江南还惧怕区区两个毛贼?"但一加运气，劲力竟是提不上来，叹道："毒针在我体内停留过久，看来三四个月内武功难复。"耳听那强盗"千老贼，万老贼"的狠骂，怒道："难道我要等你辱骂数月，再来宰你?"又想："他们若是始终不敢进洞，再僵下去，终于回去搬了大批帮手前来，那可糟了。这便如何是好?"

突然间心念一动，说道："李姑娘，我来教你一路武功，你出去将这两个毛贼收拾了。"李文秀道："要多久才能学会？没这么快吧。"华辉沉吟道："若是教你独指点穴、刀法拳法，至少也得半年才能奏功，眼前非速成不可，那只有练见功极快的旁门兵刃，必须一两招间便能取胜。只是这山洞之中，哪里去找什么偏门的兵器?"一抬头间，突然喜道："有了，去把那边的葫芦摘两个下来，要连着长藤，咱们来练流星锤。"

李文秀见山洞透光入来之处，悬着十来个枯萎已久的葫芦，不知是哪一年生在那里的，于是用刀连藤割了两个下来。华辉道："很好！你用刀在葫芦上挖一个孔，灌沙进去，再用葫芦藤塞住了小孔。"李文秀依言而为。两个葫芦中灌满了沙，每个都有七八斤重，果然是一对流星锤模样。华辉接在手中，说道："我先教你一招'星月争辉'。"当下提起一对葫芦流星锤，慢慢的练了一个姿势。

这一招"星月争辉"左锤打敌胸腹之交的"商曲穴"，右锤先纵后收，弯过来打敌人背心的"灵台穴"，虽只一招，但其中包含着手劲眼力、荡锤认穴的各种法门，又要提防敌人左右闪避，借势反击，因此李文秀足足学了一个多时辰，方始出锤无误。

她抹了抹额头汗水，歉然道："我真笨，学了这么久！"华辉道："你一点也不笨，可说是聪明得很。你别小觑这一招'星月争辉'，虽是偏门功夫，但变化奇幻，大有威力，寻常人学它十天八天，也未有你这般成就呢。以之对付武林好手，单是一招自不中用，但要打倒两个毛贼，却已绰绰有余。你休息一会，便出去宰了他们吧。”

李文秀吃了一惊，道：“只是这一招便成了？”华辉微笑道：“我虽只教你一招，你总算已是我的弟子，一指震江南的弟子，对付两个小毛贼，还要用两招么？你也不怕损了师父的威名？”李文秀应道：“是。”华辉道：“你不想拜我为师么？”李文秀实在不想拜什么师父，不由得迟迟不答，但见他脸色极是失望，到后来更似颇为伤心，甚感不忍，于是跪下叩拜，叫道：“师父。”

华辉又是欢喜，又是难过，怆然道：“想不到我九死之余，还能收这样一个聪明灵慧的弟子。”李文秀凄然一笑，心想：“我在这世上除了计爷爷外，再无一个亲人。学不学武功，那也罢了。不过多了个师父，总是多了一个不会害我、肯来理睬我的人。”

华辉道：“天快黑啦，你用流星锤开路，冲将出去，到了宽敞的所在，便收拾了这两个贼子。”李文秀很有点害怕。华辉怒道：“你既信不过我的武功，何必拜我为师？当年闽北双雄便双双丧生在这招‘星月争辉’之下。这两个小毛贼的本事，比起闽北双雄却又如何？”李文秀哪知道闽北双雄的武功如何，见他发怒，只得硬了头皮，搬开堵在洞口的石块，右手拿了那对葫芦流星锤，左手从地下拾起一枚毒针，喝道：“该死的恶贼，毒针来了！”

那姓宋和姓全的两个强人守在洞口，听到“毒针来了”四字，只吓得魂飞魄散，急忙退出。那姓宋的原也想到，她若要施放毒针，决无先行提醒一句之理，既然这般呼喝，那便是不放毒针，可是眼见三个同伴接连命丧毒针之下，却教他如何敢于托大不理？

李文秀慢慢追出，心中的害怕实在不在两个强人之下。三个人胆战心惊，终于都过了那十余丈狭窄的通道。

那姓全的一回头，李文秀左手便是一扬，姓全的一慌，脚下一个踉跄，摔了个筋斗。那姓宋的还道他中了毒针，脚下加快，直冲出洞。姓全的跟着也奔到了洞外。两人长刀护身，一个道：“还是在这里对付那丫头！”一个道：“不错，她发毒针时也好瞧得清楚些。”

这时夕阳在山，闪闪金光正照在宋全二人的脸上，两人微微侧头，不令日光直射进眼，猛听得山洞中一声娇喝：“毒针来啦!”两人急忙向旁一闪，只见山洞中飞出两个葫芦，李文秀跟着跳了出来。两人先是一惊，待见她手中提着的竟是两个枯槁的葫芦，不由得失笑，不过笑声之中，却也免不了戒惧之意。

李文秀心中怦怦而跳，她只学了一招武功，可不知这一招是否当真管用，幼时虽跟父母学过一些武艺，但父母死后就抛荒了，早已忘记干净。她对这两个面貌凶恶的强人实是害怕之极，若能不斗，能够虚张声势的将他们吓跑，那是最妙不过，于是大声喝道：“你们再不逃走，我师父一指震江南便出来啦！他老人家毒针杀人，犹如探囊取物一般，你们胆敢和他作对，当真是好大的胆子!”

这两个强人都是寻常脚色，“一指震江南”的名头当年倒也似乎听见过，但跟他毫无瓜葛，向来不放在心上，相互使个眼色，心中都想：“乘早抓了这丫头去见霍大爷、陈二爷，便是天大的功劳，管他什么震江南、震江北?”齐声呼叱，分从左右扑了上来。

李文秀大吃一惊：“他二人一齐上来，这招星月争辉却如何用法?”也是华辉一心一意的教她如何出招打穴，竟忘了教她怎生对付两人齐上。要知对敌过招，千变万化，一两个时辰之中，又教得了多少?

李文秀手忙脚乱，向右跳开三尺。那姓全的站在右首，抢先奔近，李文秀不管三七二十一，两枚葫芦挥出，惶急之下，这一招“星月争辉”只使对了一半，左锤倒是打中了他胸口的“商曲穴”，右锤却碰正在他的长刀口，刷的一响，葫芦被刀锋割开，黄沙飞溅。

那姓宋的正抢步奔到，没料到葫芦中竟会有大片黄沙飞出，十数粒沙子钻入了眼中，忙伸手揉眼。李文秀又是一锤击出，只因右锤破裂，少了借助之势，只打中了他的背心，却没中“灵台穴”。但这一下七八斤重的飞锤击在身上，那姓宋的也是站不住脚，向前一扑，眼也没睁开，便抱住了李文秀的肩头。李文秀叫声：“啊哟！”左手忙伸出去推，慌乱中忘了手中还持着一枚毒针，这一推，却是将毒针刺入了他肚腹。那姓宋的双臂一紧，便此死去。

这强人虽死，手臂却是抱得极紧，李文秀猛力挣扎，始终摆脱不了。华辉叹道：“蠢丫头，学的时候倒头头是道，使将起来，便乱七八糟！”提脚在那姓宋的尾闾骨上踢了一脚。那死尸松开双臂，往后便倒。

李文秀惊魂未定，转头看那姓全的强人时，只见他直挺挺的躺在地上，双目圆睁，一动也不动，竟已被她以灌沙葫芦击中要穴而死。李文秀一日之中连杀五人，虽说是报父母之仇，又是抵御强暴，心中总是甚感不安，怔怔的望着两具尸体，忍不住便哭了出来。

华辉微笑道：“为什么哭了？师父教你的这一招‘星月争辉’，可好不好？”李文秀呜咽道：“我……我又杀了人。”华辉道：“杀几个小毛贼算得了什么？我武功回复之后，就将一身功夫都传了于你，待此间大事一了，咱们回归中原，师徒俩纵横天下，有谁能当？来来来，到我屋里去歇歇，喝两杯热茶。”说着引导李文秀走去左首丛林之后，行得里许，经过一排白桦树，到了一间茅屋之前。

李文秀跟着他进屋，只见屋内陈设虽然简陋，却颇雅洁，堂中悬着一副木板对联，每一块木板上刻着七个字，上联道：“白首相知犹按剑。”下联道：“朱门早达笑弹冠。”她自来回疆之后，从未见过对联，也从来没人教过她读书，好在这十四个字均不艰深，小时候她母亲都曾教过的，文义却全然不懂，喃喃的道：“白首相知犹按剑……”华辉道：“你读过这首诗么？”李文秀道：“没有。这十四个字写的是什么？”

华辉文武全才，说道：“这是王维的两句诗。上联说的是，你如有个知己朋友，跟他相交一生，两个人头发都白了，但你还是别相信他，他暗地里仍会加害你的。他走到你面前，你还是按着剑柄的好。这两句诗的上一句，叫做‘人情翻覆似波澜’。至于‘朱门早达笑弹冠’这一句，那是说你的好朋友得意了，青云直上，要是你盼望他来提拔你、帮助你，只不过惹得他一番耻笑罢了。”

李文秀自跟他会面以后，见他处处对自己猜疑提防，直至给他拔去体内毒针，他才相信自己并无相害之意，再看了这副对联，想是他一生之中，曾受到旁人极大的损害，而且这人恐怕还是他的知交好友，因此才如此愤激，如此戒惧。这时也不便多问，当下自去烹水泡茶。

两人各自喝了两杯热茶。李文秀道：“师父，我得回去啦。”华辉一怔，露出十分失望的神色，道：“你要走了？你不跟我学武艺了？”

李文秀道：“不！我昨晚整夜不归，计爷爷一定很牵记我。待我跟他说过之后，再来跟你学武艺。”华辉突然发怒，胀红了脸，大声道：“你如跟他说了，那就永远别来见我。”李文秀吓了一跳，低声道：“不能跟计爷爷说么？他……他很疼我的啊。”华辉道：“跟谁也不能说。你快立下一个毒誓，今日之事，对谁也不许说起，否则的话，我不许你离开此山……”他一怒之下，背上伤口突然剧痛，“啊”的一声，晕了过去。

李文秀忙将他扶起，在他额头泼了些清水。过了一会，华辉悠悠醒转，奇道：“你还没走？”李文秀却问：“你背上很痛么？”华辉道：“好一些啦。你说要回去，怎么还不走？”李文秀心想：“计爷爷最多不过心中记挂，但师父重创之后，我如不留着照料，说不定他竟会死了。”便道：“师父没大好，让我留着服侍你几日。”华辉大喜。

当晚两人便在茅屋中歇宿。李文秀找些枯草，在厅上做了个睡铺，睡梦之中接连惊醒了几次，不是梦到突然被强人捉住，便是见到血淋淋的恶鬼来向自己索命。

次晨起身，见华辉休息了一晚，精神已大是健旺。早饭后，华辉便指点她修习武功，说道：“你年纪已大，这时起始练上乘武功，已迟了些。但徒儿资质聪明，师父更不是泛泛之辈。明师收了高徒，还怕些什么？五年之后，叫你武林中罕遇敌手。”李文秀心道："我不要罕遇敌手。只是学了武功之后，教恶人不能再欺侮我，那就好了。"

如此练了七八日，李文秀练功的进境很快，华辉背上的创口也逐渐平复，她这才拜别师父，骑了白马回去。华辉没再逼着她立誓。她回去之后，却也没有跟计爷爷说起，只说在大漠中迷了路，越走越远，幸好遇到一队骆驼队，才不致渴死在沙漠之中。

自此每过十天半月，李文秀便到华辉处居住数日。她生怕再遇到强人，出来时总是穿了哈萨克的男子服装。这数日中华辉总是悉心教导她武功。李文秀心灵无所寄托，便一心一意的学武，果然是高徒得遇明师，进境奇快。

这般过了两年，华辉常常赞道："以你今日的本事，江湖上已可算得是一流好手，若是回到中原，只要一出手，立时便可扬名立万。"但李文秀却一点也不想回到中原去，在江湖上干什么"成名立万"的事，但要报父母的大仇，要免得再遇上强人时受他们侵害，武功却非练好不可。在她内心深处，另有一个念头在激励："学好了武功，我能把苏普抢回来。"只不过这个念头从来不敢多想，每次想到，自己就会满脸通红。她虽不敢多想，这念头却深深藏在心底，于是，在计老人处的时候越来越少，在师父家中的日子越来越多。计老人问了一两次见她不肯说，知她从小便性情执拗，打定了的主意再也不会回头，也就不问了。

这一日李文秀骑了白马，从师父处回家，走到半路，忽见天上彤云密布，大漠中天气说变就变，但见北风越刮越紧，看来转眼便有一场大风雪。她纵马疾驰，只见牧人们赶着羊群急速回家，天上的鸦雀也是一只都没有了。快到家时，蓦地里蹄声得得，一乘马快步奔来。李文秀微觉奇怪："眼下风雪便作，怎么还有人从家里出来？"那乘马一奔近，只见马上乘者披着一件大红羊毛披风，是个哈萨克女子。

李文秀这时的眼力和两年前已大不相同，远远便望见这女子身形袅娜，面目姣好，正是阿曼。李文秀不愿跟她正面相逢，转过马头，到了一座小山丘之南，勒马树后。却见阿曼骑着马也向小丘奔来，她驰到丘边，口中唿哨一声，小丘上树丛中竟也有一下哨声相应。阿曼翻身下马，一个男人向她奔了过去，两人拥抱在一起，传出了阵阵欢笑。那男人道："转眼便有大风雪，你怎地还出来？"却是苏普的声音。

阿曼笑道："小傻子，你知道有大风雪，又为什么大着胆子在这里等我？"苏普笑道："咱两个天天在这儿相会，比吃饭还要紧。便是落刀落剑，我也会在这里等你。"

他二人并肩坐在小丘之上，情话绵绵，李文秀隔着几株大树，不由得痴了。他俩的说话有时很响，便听得清清楚楚，有时变得了喁喁低语，就一句也听不见。蓦地里，两人不知说到了什么好笑的事，一齐纵声大笑起来。

但即使是很响的说话，李文秀其实也是听而不闻，她不是在偷听他们说情话。她眼前似乎看见一个小男孩，一个小女孩，也这么并肩的坐着，也是坐在草地上。小男孩是苏普，小女孩却是她自己。他们在讲故事，讲什么故事，她早已忘记了，但十年前的情景，却清清楚楚地出现在眼前……

鹅毛般的大雪一片片的飘下来，落在三匹马上，落在三人的身上。苏普和阿曼笑语正浓，浑没在意；李文秀却是没有觉得。雪花在三人的头发上堆积起来，三人的头发都白了。

几十年之后，当三个人的头发真的都白了，是不是苏普和阿曼仍然这般言笑晏晏，李文秀仍然这般寂寞孤单？她仍是记着别人，别人的心中却早没了一丝她的影子？

突然之间，树枝上刷啦啦的一阵急响，苏普和阿曼一齐跳了起来，叫道："落冰雹啦！快回去！"两人翻身上了马背。

李文秀听到两人的叫声，一惊醒觉，手指大的冰雹已落在头上、脸上、手上，感到很是疼痛，忙解下马鞍下的毛毡，兜在头上，这才驰马回家。

将到家门口时，只见廊柱上系着两匹马，其中一匹正是阿曼所乘。李文秀一怔："他们到我家来干什么？"这时冰雹越下越大，她牵着白马，从后门走进屋去，只听得苏普爽朗的声音说道："老伯伯，冰雹下得这么大，我们只好多耽一会啦。"计老人道："平时请也请你们不到。我去冲一壶茶。"

自从晋威镖局一干豪客在这带草原上大施劫掠之后，哈萨克人对汉人极是憎恨，虽然计老人在当地居住已久，哈萨克人又生性好客，尚不致将他驱逐出境，但大家对他却十分疏远，若不是大喜庆事，谁也不向他买酒；若不是当真要紧的牲口得病难治，谁也不会去请他来医。苏普和阿曼的帐篷这时又迁得远了，倘若不是躲避风雪，只怕再过十年，也未必会到他家来。

计老人走到灶边，只见李文秀满脸通红，正自怔怔的出神，说道："啊……你回……"李文秀纵起身来，伸手按住他嘴，在他耳边低声说道："别让他们知道我在这儿。"计老人很是奇怪，点了点头。

过了一会，计老人拿着羊乳酒、乳酪、红茶出去招待客人。李文秀坐在火旁，隐隐听得苏普和阿曼的笑语声从厅堂上传来，她心底一个念头竟是不可抑制："我要去见见他，跟他说几句话。"但跟着便想到了苏普的父亲的斥骂和鞭子，十年来，鞭子的声音无时无刻不在她心头响着。

计老人回到灶下，递了一碗混和着奶油的热茶给她，眼光中流露出慈爱的神色。两人共居了十年，便像是亲爷爷和亲生的孙女一般，互相体贴关怀，可是对方的心底深处到底想着些什么，却谁也不大明白。

终究，他们不是骨肉，没有那一份有生俱来的、血肉相连的感应。

李文秀突然低声道："我不换衣服了，假装是个哈萨克男子，到你这儿来避冰雪，你千万别说穿。"也不等计老人回答，从后门出去牵了白马，冒着漫天遍野的大风雪，悄悄走远。

一直走出里许，才骑上马背，兜了个圈子，驰向前门。大风之中，只觉天上的黑云像要压到头顶来一般。她在回疆十二年，从未见过这般古怪的天色，心下也不自禁的害怕，忙纵马奔到门前，伸手敲门，用哈萨克语说道："借光，借光！"计老人开门出来，也以哈萨克语大声问道："兄弟，什么事？"李文秀道："这场大风雪可了不得，老丈，我要在尊处躲一躲。"计老人道："好极，好极！出门人哪有把屋子随身带的，已先有两位朋友在这里躲避风雪。兄弟请进罢！"说着让李文秀进去，又问："兄弟要上哪里去？"李文秀道："我要上黑石围子，打从这里去还有多远？"心中却想："计爷爷装得真像，一点破绽也瞧不出来。"计老人假作惊讶，说道："啊哟，要上黑石围子？天气这么坏，今天无论如何到不了的啦，不如在这儿耽一晚，明天再走。要是迷了路，可不是玩的。"李文秀道："这可打扰了。"

她走进厅堂，抖去了身上的雪花。只见苏普和阿曼并肩坐着，围着一堆火烤火。苏普笑道："兄弟，我们也是来躲风雪的，请过来一起烤吧。"李文秀道："好，多谢！"走过去坐在他身旁。阿曼含笑招呼。苏普和她八九年没见，李文秀从小姑娘变成了少女，又改了男装，苏普哪里还认得出？计老人送上饮食，李文秀一面吃，一面询问三人的姓名，自己说叫作阿斯托，是二百多里外一个哈萨克部落的牧人。

苏普不住到窗口去观看天色，其实，单是听那撼动墙壁的风声，不用看天，也知道走不了。阿曼担心道："你说屋子会不会给风吹倒？"苏普道："我倒是担心这场雪太大，屋顶吃不住，待会我爬上屋顶去铲一铲雪。"阿曼道："可别让大风把你刮下来。"苏普笑道："地下的雪已积得这般厚，便是摔下来，也跌不死。"

李文秀拿着茶碗的手微微发颤，心中念头杂乱，不知想些什么才好。儿时的朋友便坐在自己身边。他是真的认不出自己呢，还是认出了却假装不知道？他已把自己全然忘了，还是心中并没有忘记，不过不愿让阿曼知道？

天色渐渐黑了，李文秀坐得远了些。苏普和阿曼手握着手，轻轻说着一些旁人听来毫无意义、但在恋人的耳中心头却是甜蜜无比的情话。火光忽暗忽亮，照着两人的脸。

李文秀坐在火光的圈子之外。

突然间，李文秀听到了马蹄践踏雪地的声音。一乘马正向着这屋子走来。草原上积雪已深，马足拔起来时很费力，已经跑不快了。

马匹渐渐行近，计老人也听见了，喃喃的道："又是个避风雪的人。"苏普和阿曼或者没有听见，或者便听见了也不理会，两人四手相握，偎倚着喁喁细语。

过了好一会，那乘马到了门前，接着便砰砰砰的敲起门来。打门声很是粗暴，不像是求宿者的礼貌。计老人皱了皱眉头，去开了门。只见门口站着一个身穿羊皮袄的高大汉子，虬髯满腮，腰间挂着一柄长剑，大声道："外边风雪很大，马走不了啦！"说的哈萨克语很不纯正，目光炯炯，向屋中各人打量。计老人道："请进来。先喝碗酒吧！"说着端了一碗酒给他。那人一饮而尽，坐到了火堆之旁，解开了外衣，只见他腰带上左右各插着一柄精光闪亮的短剑。两柄短剑的剑把一柄金色，一柄银色。

李文秀一见到这对小剑，心中一凛，喉头便似一块什么东西塞住了，眼前一阵晕眩，心道："这是妈妈的双剑。"金银小剑三娘子逝世时李文秀虽还年幼，但这对小剑却是认得清清楚楚的，决不会错。她斜眼向这汉子一瞥，认得分明，这人正是当年指挥人众、追杀他父母的三个首领之一，经过了十二年，她自己的相貌体态全然变了，但一个三十多岁的汉子长了十二岁年纪，却没多大改变。她生怕他认出自己，不敢向他多看，暗想："倘若不是这场大风雪，我见不到苏普，也见不到这个贼子。"

计老人道："客人从哪里来？要去很远的地方吧？"那人道："嗯，嗯！"自己又倒了一碗酒喝了。

这时火堆边围坐了五个人，苏普已不能再和阿曼说体己话儿，他向计老人凝视了片刻，忽道："老伯伯，我向你打听一个人。"计老人道："谁啊?"苏普道："那是我小时候常跟她在一起玩儿的，一个汉人小姑娘……"他说到这里，李文秀心中突的一跳，将头转开了，不敢瞧他。只听苏普续道："她叫做阿秀，后来隔了八九年，一直没再见到她。她是跟一位汉人老公公住在一起的。那一定就是你了?"计老人咳嗽了几声，想从李文秀脸上得到一些示意。但李文秀转开了头，他不知如何回答才好，只是"嗯、嗯"的不置可否。

苏普又道："她的歌唱得最好听的了，有人说她比天铃鸟唱得还好。但这几年来，我一直没听到她唱歌。她还住在你这里么?"计老人很是尴尬，道："不，不！她不……她不在了……"李文秀插口道："你说的那个汉人姑娘，我倒也识得。她早死了好几年啦!"

苏普吃了一惊，道："啊，她死了，怎么会死的?"计老人向李文秀瞧了一眼，说道："是生病……生病……"苏普眼眶微湿，说道："我小时候常和她一同去牧羊，她唱了很多歌给我听，还说了很多故事。好几年不见，想不到她……她竟死了。"计老人叹道："唉，可怜的孩子。"

苏普望着火焰，出了一会神，又道："她说她爹妈都给恶人害死了，孤苦伶仃的到这地方来……"阿曼道："这姑娘很美丽吧?"苏普道："那时候我年纪小，也不记得了。只记得她的歌唱得好听，故事说得好听……"

那腰中插着小剑的汉子突然道："你说是一个汉人小姑娘？她父母被害，独个儿到这里来?"苏普道："不错，你也认得她么?"那汉子不答，又问："她骑一匹白马，是不是?"苏普道："是啊，那你也见过她了。"那汉子突然站起身来，对计老人厉声道："她死在你这儿的?"计老人又含糊的答应了一声。那汉子道："她留下来的东西呢？你都好好放着么?"

计老人向他横了一眼，奇道："这干你什么事?"那汉子道：

"我有一件要紧物事，给那小姑娘偷了去。我到处找她不到，哪料到她竟然死了……"苏普霍地站起，大声道："你别胡说八道，阿秀怎会偷你的东西?"那汉子道："你知道什么?"苏普道："阿秀从小跟我一起，她是个很好很好的姑娘，决不会拿人家的东西。"那汉子嘴一斜，做个轻蔑的脸色，说道："可是她偏巧便偷了我的东西。"苏普伸手按住腰间佩刀的刀柄，喝道："你叫什么名字?我看你不是哈萨克人，说不定便是那伙汉人强盗。"

那汉子走到门边，打开大门向外张望。门一开，一阵疾风卷着无数雪片直卷进来。但见原野上漫天风雪，人马已无法行走。那汉子心想："外面是不会再有人来了。这屋中一个女子，一个老人，一个瘦骨伶仃的少年，都是手一点便倒。只有这个粗豪少年，要费几下手脚打发。"当下也不放在心上，说道："是汉人便怎样?我姓陈，名达海，江湖上外号叫做青蟒剑，你听过没有?"

苏普也不懂这些汉人的江湖规矩，摇了摇头，道："我没听见过。你是汉人强盗么?"陈达海道："我是镖师，是靠打强盗吃饭的。怎么会是强盗了?"苏普听说他不是强盗，脸上神色登时便缓和了，说道："不是汉人强盗，那便好啦！我早说汉人中也有很多好人，可是我爹爹偏偏不信。你以后别再说阿秀拿你东西。"

陈达海冷笑道："这个小姑娘人都死啦，你还记着她干么?"苏普道："她活着的时候是我朋友，死了之后仍旧是我朋友。我不许人家说她坏话。"陈达海没心思跟他争辩，转头又问计老人道："那小姑娘的东西呢?"

李文秀听到苏普为自己辩护，心中十分激动："他没忘了我，没忘了我！他还是对我很好。"但听陈达海一再查问自己留下的东西，不禁奇怪："我没拿过他什么物事啊，他要找寻些什么?"只听计老人也问道："客官失落了什么东西?那个小姑娘自来诚实，老汉很信得过的，她决计不会拿别人的物事。"

陈达海微一沉吟，道："那是一张图画。在常人是得之无用，但因为那是……那是先父手绘的，我定要找回那幅图画。这小姑娘既曾住在这里，你可曾见过这幅图么?”计老人道：“是怎么样的图画，画的是山水还是人物?”陈达海道：“是……是山水吧?”

苏普冷笑道：“是什么样的图画也不知道，还诬赖人家偷了你的。”陈达海大怒，刷的一声拔出腰间长剑，喝道：“小贼，你是活得不耐烦了？老爷杀个把人还不放在心上。”苏普也从腰间拔出短刀，冷冷的道：“要杀一个哈萨克人，只怕没这么容易。”阿曼道：“苏普，别跟他一般见识。”苏普听了阿曼的话，把拔出的刀子缓缓放入鞘内。

陈达海一心一意要得到那张高昌迷宫的地图，他们在大漠上耽了十年，踏遍了数千里的沙漠草原，便是为了找寻李文秀，眼下好容易听到了一点音讯，他虽生性悍恶，却也知道小不忍则乱大谋的道理，当下向苏普狠狠的瞪了一眼，转头向计老人说：“那幅画嘛，也可说是一幅地图，绘的是大漠中一些山川地形之类。”

计老人身子微微一颤，说道：“你怎……怎知这地图是在那姑娘的手中?”陈达海道：“此事千真万确。你若是将这幅图寻出来给我，自当重重酬谢。”说着从怀中取出两只银元宝来放在桌上，火光照耀之下，闪闪发亮。

计老人沉思片刻，缓缓摇头，道：“我从来没见过。”陈达海道：“我要瞧瞧那小姑娘的遗物。”计老人道：“这个……这个……”陈达海左手一起，拔出银柄小剑，登的一声，插在木桌之上，说道：“什么这个那个的？我自己进去瞧瞧。”说着点燃了一根羊脂蜡烛，推门进房。他先进去的是计老人的卧房，一看陈设不似，随手在箱笼里翻了一下，便到李文秀的卧室中去。

他看到李文秀匆匆换下的衣服，说道：“哈，她长大了才死啊。”这一次他可搜检得十分仔细，连李文秀幼时的衣物也都翻了出来。李文秀因这些孩子衣服都是母亲的手泽，自己年纪虽然大了，不能再穿，但还是一件件好好的保存着。陈达海一见到这几件女孩的花布衣服，依稀记得十年前在大漠中追赶她的情景，欢声叫道：“是了，是了，便是她!”可是他将那卧室几乎翻了一个转身，每一件衣服的里子都割开来细看，却哪里找得到地图的影子？

苏普见他这般糟蹋李文秀的遗物，几次按刀欲起，每次均给阿曼阻住。计老人偶尔斜眼瞧李文秀一眼，只见她眼望火堆，对陈达海的暴行似乎视而不见。计老人心中难过："在这暴客的刀子之前，她有什么法子？"

李文秀看看苏普的神情，心中又是凄凉，又是甜蜜："他一直记着我，他为了保护我的遗物，竟要跟人拔刀子拼命。"但心中又很奇怪："这恶强盗说我偷了他的地图，到底是什么地图？"当日她母亲逝世之前，将一块羊毛手帕塞在她怀里，其时危机紧迫，没来得及稍加说明，母女俩就此分手，从此再无相见之日。晋威镖局那一干强人十年来足迹遍及天山南北，找寻她的下落，李文秀自己却半点也不知情。

陈达海翻寻良久，全无头绪，心中沮丧之极，突然厉声问道："她的坟葬在哪里？"计老人一呆，道："葬得很远，很远。"陈达海从墙上取下一柄铁锹，说道："你带我去！"苏普站起身来，喝道："你要去干么？"陈达海道："你管得着么？我要去挖开她的坟来瞧瞧，说不定那幅地图给她带到了坟里。"

苏普横刀拦在门口，喝道："我不许你去动她坟墓。"陈达海举起铁锹，劈头打去，喝道："闪开！"苏普向左一让，手中刀子递了出去。陈达海抛开铁锹，从腰间拔出长剑，叮当一声，刀剑相交，两人各自向后跃开一步，随即同时攻上，斗在一起。

这屋子的厅堂本不甚大，刀剑挥处，计老人和阿曼都退在一旁，靠壁而立，只有李文秀仍是站在窗前。阿曼抢过去拔起陈达海插在桌上的小剑，想要相助苏普，但他二人斗得正紧，却插不下手去。

苏普这时已尽得他父亲苏鲁克的亲传，刀法变幻，招数极是凶悍，初时陈达海颇落下风，暗暗惊异："想不到这个哈萨克小子，武功竟不在中原的好手之下。"便在此时，背后风声微响，一柄小剑掷了过来，却是阿曼忽施偷袭。陈达海向右一让避开，嗤的一声响，左臂已被苏普的短刀划了一道口子。陈达海大怒，刷刷刷连刺三剑，使出他成名绝技“青蟒剑法”来。苏普但见眼前剑尖闪动，犹如蟒蛇吐信一般，不知他剑尖要刺向何处，一个挡架不及，敌人的长剑已刺到面门，急忙侧头避让，颈旁已然中剑，鲜血长流。陈达海得理不让人，又是一剑，刺中苏普手腕，当啷一声，短刀掉在地下。

眼见他第三剑跟着刺出，苏普无可抵御，势将死于非命，李文秀踏出一步，只待他刺到第三剑时，便施展“大擒拿手”抓他手臂，却见阿曼一跃而前，拦在苏普身前，叫道：“不能伤他！”

陈达海见阿曼容颜如花，却满脸是惶急的神色，心中一动，这一剑便不刺出，剑尖指在她的胸口，笑道：“你这般关心他，这小子是你的情郎么？”阿曼脸上一红，点了点头。陈达海道：“好，你要我饶他性命也使得，明天风雪一止，你便得跟我走！”

苏普大怒，吼叫一声，从阿曼身后扑了出来。陈达海长剑一抖，已指住他咽喉，左脚又在他小腿上一扫，苏普扑地摔倒，那长剑仍是指在他喉头。李文秀站在一旁，看得甚准，只要陈达海真有相害苏普之意，她立时便出手解救。这时以她武功，要对付这人实是游刃有余。

但阿曼怎知大援便在身旁，情急之下，只得说道：“你别刺，我答应了便是。”陈达海大喜，剑尖却不移开，说道：“你答应明天跟着我走，可不许反悔。”阿曼咬牙道：“我不反悔，你把剑拿开。”陈达海哈哈一笑，道：“你便要反悔，也逃不了！”将长剑收入鞘中，又把苏普的短刀检了起来，握在手中。这么一来，屋中便只他一人身上带有兵刃，更加不怕各人反抗。他向窗外一望，说道：“这会儿不能出去，只好等天晴了再去掘坟。”

阿曼将苏普扶在一旁，见他头颈中汩汩流出鲜血，很是慌乱，便要撕下自己衣襟给他裹伤。苏普从怀中掏出一块大手帕来，说道：“用这手帕包住吧！”阿曼接住手帕，替他包好了伤口，想到自己落入了这强人手里，不知是否有脱身之机，不禁掉下泪来。苏普低声骂道："狗强盗，贼强盗！"这时早已打定了主意，如果这强盗真的要带阿曼走，便是明知要送了性命，也是决死一拼。

经过了适才这一场争斗，五个人围在火堆之旁，心情都是十分紧张。陈达海一手持刀，一手拿着酒碗，时时瞧瞧阿曼，又瞧瞧苏普。屋外北风怒号，卷起一团团雪块，拍打在墙壁屋顶。谁都没有说话。

李文秀心中在想："且让这恶贼再猖狂一会，不忙便杀他。"突然间火堆中一个柴节爆裂了起来，拍的一响，火头暗了一暗，跟着便十分明亮，照得各人的脸色清清楚楚。李文秀看到了苏普头颈中裹着的手帕，心中一凛，目不转瞬的瞧着。计老人见到她目光有异，也向那手帕望了几眼，问道："苏普，你这块手帕是哪里来的？"

苏普一楞，手抚头颈，道："你说这块手帕么？就是那死了的阿秀给我的。小时候我们在一起牧羊，有一只大灰狼来咬我们，我杀了那头狼，但也给狼咬伤了。阿秀就用这手帕给我裹伤……"

李文秀听着这些话时，看出来的东西都模糊了，原来眼眶中已充满了泪水。

计老人走进内室，取了一块白布出来，交给苏普，说道："你用这块布裹伤，请你把手帕解下来给我瞧瞧。"苏普道："为什么？"陈达海当计老人说话之时，一直对苏普颈中那块手帕注目细看，这时突然提刀站起，喝道："叫你解下来便解下来。"苏普怒目不动。阿曼怕陈达海用强，替苏普解下手帕，交给了计老人，随即又用白布替苏普裹伤。

计老人将那染了鲜血的手帕铺在桌上，剔亮油灯，附身细看。陈达海瞪视了一会，突然喜呼："是了，是了，这便是高昌迷宫的地图！"一伸手便抓起了手帕，哈哈大笑，喜不自胜。

计老人右臂一动，似欲抢夺手帕，但终于强自忍住。

便在此时，忽听得远处有人叫道："苏普，苏普……"又有人大声叫道："阿曼，阿曼……"苏普和阿曼同时跃起身来，齐声叫道："爹爹在找咱们。"苏普奔到门边，待要开门，突觉后颈一凉，一柄长剑架在颈中。陈达海冷冷的道："给我坐下，不许动！"苏普无奈，只得颓然坐下。

过了一会，两个人的脚步声走到了门口。只听苏鲁克道："这是那贼汉人的家吗？我不进去。"车尔库道："不进去？却到哪里避风雪去？我耳朵鼻子都冻得要掉下来啦。"

苏鲁克手中拿着个酒葫芦，一直在路上喝酒以驱寒气，这时已有八九分酒意，醉醺醺的道："我宁可冻掉脑袋，也不进汉人的家里。"车尔库道："你不进去，在风雪里冻死了吧，我可要进去了。"苏鲁克道："我儿子和你女儿都没找到，怎么就到贼汉人的家里躲避？你……你半分英雄气概也没有。"车尔库道："一路上没见他二人，定是在哪里躲起来了，不用担心。别要两个小的没找到，两个老的先冻死了。"

苏普见陈达海挺起长剑躲在门边，只待有人进来便是一剑，情势极是危急，叫道："不能进来！"陈达海瞪目喝道："你再出声，我立时杀了你。"苏普见父亲处境危险，提起凳子便向陈达海扑将过去。陈达海侧身避开，刷的一剑，正中苏普大腿。苏普大叫一声，翻倒在地。他身手甚是敏捷，生怕敌人又是一剑砍下，当即一个打滚，滚出数尺。

陈达海却不追击，只是举剑守在门后，心想这哈萨克小子转眼便能料理，且让他多活片刻，外面来的二人却须先行砍翻。

只听门外苏鲁克大着舌头叫道："你要进该死的汉人家里，我就打你！"说着便是一拳，正好打在车尔库的胸口。车尔库若在平时，知他是个醉汉，虽吃了重重一拳，自也不会跟他计较，但这时肚里的酒也涌了上来，伸足便是一勾。苏鲁克本已站立不定，给他一绊，登时摔倒，但趁势抱住了他的小腿。两人便在雪地中翻翻滚滚的打了起来。

蓦地里苏鲁克抓起地下一团雪，塞在车尔库嘴里，车尔库急忙伸手乱抓乱挖，苏鲁克乐得哈哈大笑。车尔库吐出了嘴里的雪，砰的一拳，打得苏鲁克鼻子上鲜血长流。苏鲁克并不觉得痛，仍是笑声不绝，却揪住了车尔库的头发不放。两人都是哈萨克族中千里驰名的勇士，但酒醉之后相搏，竟如顽童打架一般。

苏普和阿曼心中焦急异常，都盼苏鲁克打胜，便可阻止车尔库进来。但听得门外砰砰嘭嘭之声不绝，你打我一拳，我打你一拳，又笑又骂，醉话连篇。突然之间，轰隆一声大响，板门撞开，寒风夹雪扑进门来，同时苏鲁克和车尔库互相搂抱，着地翻滚而进。板门这一下蓦地撞开，却将陈达海夹在门后，他这一剑便砍不下去。只见苏鲁克和车尔库进了屋里，仍是扭打不休。

车尔库笑道："你这不是进来了吗？"苏鲁克大怒，手臂扼住他脖子，只嚷："出去，出去！"两人在地下乱扭，一个要拖着对方出去，另一个却想按住对方，不让他动弹。忽然间苏鲁克唱起歌来，又叫："你打我不过，我是哈萨克第一勇士，苏普第二，苏普将来生的儿子第三……你车尔库第五……"

陈达海见是两个醉汉，心想那也不足为惧。其时风势甚劲，只刮得火堆中火星乱飞，陈达海忙用力关上了门。苏普和阿曼见自己父亲滚向火堆，忙过去扶，同时叫："爹爹，爹爹。"但这两人身躯沉重，一时哪里扶得起来？

苏普叫道："爹，爹！这人是汉人强盗！"

苏鲁克虽然大醉，但十年来念念不忘汉人强盗的深仇大恨，一听"汉人强盗"四字，登时清醒了三分，一跃而起，叫道："汉人强盗在哪里？"苏普向陈达海一指。苏鲁克伸手便去腰间拔刀，但他和车尔库二人乱打一阵，将刀子都掉在门外雪地之中，他摸了个空，叫道："刀呢？刀呢？我杀了他！"

陈达海长剑一挺，指在他喉头，喝道："跪下！"苏鲁克大怒，和身扑上，但终是酒后乏力，没扑到敌人身前，自己便已摔倒。陈达海一声冷笑，挥剑砍下，登时苏鲁克肩头血光迸现。苏鲁克大声惨叫，要站起拼命，可是两条腿便如烂泥相似，说什么也站不起来。

车尔库怒吼纵起，向陈达海奔过去。陈达海一剑刺出，正中他右腿，车尔库立时摔倒。

计老人转头向李文秀瞧去，只见她神色镇定，竟无惧怕之意。

陈达海冷笑道："你们这些哈萨克狗，今日一个个都把你们宰了。"阿曼奔上去挡在父亲身前，颤声道："我答应跟你去，你就不能杀他们。"车尔库怒道："不行！不能跟这狗强盗去，让他杀我好了。"

陈达海从墙上取下一条套羊的长索，将圈子套在阿曼的颈里，狞笑道："好，你是我的俘虏，是我奴隶！你立下誓来，从今不得背叛了我，那就饶了这几个哈萨克狗子！"

阿曼泪水扑簌簌的流下，心想自己若不答应，父亲和苏普都要给他杀了，只得起誓道："安拉真主在上，从今以后，我是我主人的奴隶，听他一切吩咐，永远不敢逃走，不敢违背他命令！否则死后堕入火窟，万劫不得超生。"

陈达海哈哈大笑，得意之极，今晚既得高昌迷宫的地图，又得了这个如此美貌少女，当真是快活胜于登仙。他久在回疆，知道哈萨克人虔信回教，只要凭着真主安拉的名起誓，终生不敢背叛，于是一拉长索，说道："过来，坐在你主人的脚边！"阿曼心中委屈万分，只得走到他足边坐下。陈达海伸手抚摸她的头发，阿曼忍不住放声大哭。

苏普这时哪里还忍耐得住，纵身跃起，向陈达海扑去。陈达海长剑挺出，指住他的胸膛。苏普只须再上前半尺，便是将自己胸口刺入了剑尖。阿曼叫道："苏普，退下！"苏普双目中如要喷出火来，咬牙切齿，站在当地，过了好一会，终于一步步的退回，颓然坐倒在地。

陈达海斟了一碗酒，喝了一口，将那块手帕取了出来，放在膝头细看。

计老人忽道："你怎知道这是高昌迷宫的地图？"说的是汉语。陈达海心想："反正你们这些人一个个都活不过，跟你说了也自不妨。"他寻访十二年，心愿终于得偿，满腔欢喜，原是不吐不快，计老人就算不问，他自言自语也要说了出来，他双手拿着手帕，说道："我们查得千真万确，高昌迷宫的地图是白马李三夫妇得了去。他二人尸身上找不到，定是在他们女儿手里。这块手帕是那姓李小姑娘的，上面又有山川道路，那自然决计不会错了。"指着手帕，说道："你瞧，这手帕是丝的，那些山川沙漠的图形，是用棉线织在中间。丝是黄丝，棉线也是黄线，平时瞧不出来，但一染上血，棉线吸血比丝多，那便分出来了。"

李文秀凝目向手帕看去，果如他所说，黄色的丝帕上染了鲜血，便显出图形，不染血之处，却是一片黄色。当日苏普受了狼咬，流血不多，手帕上所显图形只是一角，今晚中了剑伤，图形便显了一大半出来。她至此方才省悟，原来这手帕之中，还藏着这样的一个大秘密。

苏鲁克和车尔库所受的伤都并不重，两人心里均想："等我酒醒了些，定要将这汉人强盗杀了。"车尔库道："老人，给我些水喝。"计老人道："好！"站起来要去拿水。陈达海厉声喝道："给我坐着，谁都不许动。"计老人哼了一声，坐了下来。

陈达海心下盘算："这几人如果合力对付我，一拥而上，那可不妙。乘着这两条哈萨克老狗酒还没醒，先行杀了，以策万全。"慢慢走到苏鲁克身前，突然之间拔出长剑，一剑便往他头上砍了下去。这一下拔剑挥击，既是突如其来，行动又是快极，苏鲁克全无闪避的余裕。苏普大叫一声，待要扑上相救，哪里来得及？

陈达海一剑正要砍到苏鲁克头上，蓦听得呼的一声响，一物掷向自己面前，来势奇急，慌乱中顾不得伤人，疾向左跃，乒乓一声响亮，那物撞在墙上，登时粉碎，却原来是一只茶碗，一定神，才看清楚用茶碗掷他的却是李文秀。

陈达海大怒，一直见这哈萨克少年瘦弱白皙，有如女子，没去理会，哪知竟敢来老虎头上拍苍蝇，挺剑指着她骂道："哈萨克小狗，你活得不耐烦了？"

李文秀慢慢解开哈萨克外衣，除了下来，露出里面的汉装短袄，以哈萨克语说道："我不是哈萨克人。我是汉人。"左手指着苏鲁克道："这位哈萨克伯伯，以为汉人都是强盗坏人。我要他知道，我们汉人并非个个都是强盗，也有好人。"

适才陈达海那一剑，人人都看得清楚，若不是李文秀掷碗相救，苏鲁克此刻早已毙命，听得她这么说，苏普首先说道："多谢你救我爹爹！"苏鲁克却是十分倔强，大声道："你是汉人，我不要你救，让这强盗杀了我好啦。"

陈达海踏上一步，问李文秀："你是谁？你是汉人，到这里来干什么？"李文秀微微冷笑，道："你不认得我，我却认得你。抢劫哈萨克部落，害死不少哈萨克人的，就是你这批汉人强盗。"说到这里，声音变得甚是苦涩，心中在想："如果不是你们这些强盗作了这许多坏事，苏鲁克也不会这样憎恨我们汉人。"陈达海大声道："是老子便又怎样？"

李文秀指着阿曼道："她是你的女奴，我要夺她过来，做我的女奴！"

此言一出，人人都是大出意料之外。

陈达海一怔之下，哈哈大笑，道："好，你有本事便来夺吧。"长剑一挥，剑刃抖动，嗡嗡作响。

李文秀转头对阿曼道："你凭着真主安拉之名，立过了誓，一辈子跟着他做女奴。如果他打我不过，你给我夺过来，那么你一辈子就是我的女奴了，是不是？"哈萨克人与别族人打仗，俘虏了敌人便当作奴隶，回教的《可兰经》中原有明文规定。奴隶的身份和牲口无别，全无自主之权，听凭主人支配买卖，主人若是给人制服，他的家产、牲口、奴隶都不免属于旁人。阿曼听她这么说，心想："我反正已成了女奴，与其跟了这恶强盗去受他折磨，不如奉你为主人。"于是点头道："是的。"跟着又道："你……你打不过他的。这强盗的武功很好。"李文秀道："那你不用担心，我打他不过，自然会给他杀了。"双手一拍，对陈达海道："上吧！"

陈达海奇道："你空手跟我斗？"李文秀道："杀你这恶强盗，

用得着什么兵器?”陈达海心想:“这里个个都是敌人,多挨时刻,便多危险,他自己托大,再好不过。”喝道:“看剑!”利剑挺出,一招“毒蛇出洞”,向李文秀当胸刺去,势道甚是劲急。

计老人叫道:“快退下!”他料想李文秀万难抵挡,哪知李文秀身形一晃,轻轻巧巧的避过了,抢到陈达海左首,左肘后挺,撞向他的腰间。陈达海叫道:“好!”长剑圈转,削向她手臂。李文秀飞起右足,踢他手腕,这一招“叶底飞燕”是华辉的绝招之一,李文秀苦练了七八天方才练成,轻巧迅捷,甚是了得。陈达海急忙缩手,已然不及,手腕一痛,已被踢中,总算对方脚力不甚强劲,陈达海长剑这才没有脱手。他大声怒吼,跃后一步。计老人“咦”的一声,惊奇之极。

陈达海抚了抚手腕,挺剑又上,和李文秀斗在一起。这时他心中已然毫不敢小觑了这个瘦弱少年,眼见他出手投足,功夫着实了得,当下施展“青蟒剑法”,招招狠毒,要奋力将这少年刺死。李文秀得师父华辉传授,身手灵敏,招式精奇,只是从未与人拆招相斗,临阵全无经验,初时全凭着一股仇恨之意,要杀此恶盗为父母报仇,斗到后来,对敌人的剑法已渐渐摸到了门路,心神慢慢宁定。

计老人这茅屋本甚狭窄,厅中又生了火堆,陈李二人在火堆旁纵跃相搏,剑锋拳掌相去往往间不逾寸,似乎陈达海每一剑都能制李文秀的死命,可是她总是或反打、或闪避,一一拆解开去。苏鲁克等只看得张大了嘴。计老人却越看越是害怕,全身不住的簌簌发抖。

两人斗到酣处,陈达海一剑“灵蛇吐信”,剑尖点向李文秀的咽喉。李文秀一低头,从剑底下扑了上去,左臂一格敌人的右臂,将他长剑掠向外门,双手已抓住陈达海腰间的两柄金银小剑,一拔一送,噗的一声响,同时插入了他左右肩窝。

陈达海“啊”的一声惨呼,长剑脱手,踉踉跄跄的接连倒退,背靠墙壁,只是喘气。这两柄小剑插入肩窝,直没至柄,剑尖从背心穿了出来,他筋脉已断,双臂更无半分力气,想伸右手去拔左肩的小剑，右臂却哪里抬得起来？

只听得屋中众人欢呼之声大作，大叫："打败了恶强盗，打败了恶强盗！"连苏鲁克也是纵声大叫。苏普和阿曼拥抱在一起，喜不自胜。只有计老人却仍是不住发抖，牙关相击，格格有声。

李文秀知他为自己担心而害怕，走过去握住他粗大的手掌，将嘴巴凑到他耳畔，低声道："计爷爷，别害怕，这恶强盗打我不过的。"只觉他手掌冰冷，仍是抖得十分厉害。

李文秀转过头来，见苏普紧紧搂着阿曼，心中本来充溢着的胜利喜悦霎时间化为乌有，只觉得自己也在发抖，计老人的手掌也不冷了，原来自己的手掌也变成了冰凉。

她放开了计老人的手，走过去牵住仍是套在阿曼颈中的长索，冷冷的道："你是我的女奴，得一辈子跟着我。"

苏普和阿曼心中同时一寒，相搂相抱的四只手臂都松了开来。他们知道这是哈萨克世世代代相传的规矩，是无可违抗的命运。两人的脸色都变成了惨白！

李文秀叹了口气，将索圈从阿曼颈中取了出来，说道："苏普喜欢你，我……我不会让他伤心的。你是苏普的人！"说着轻轻将阿曼一推，让她偎倚在苏普的怀里。

苏普和阿曼几乎不相信自己的耳朵，齐声问道："真的么？"李文秀苦笑道："自然是真的。"苏普和阿曼分别抓住了她一只手，不住摇晃，道："多谢你，多谢你！"

他们狂喜之下，全没发觉自己的手背上多了几滴眼泪，是从李文秀眼中落下来的泪水。

苏鲁克挣扎着站起，大手在李文秀肩头重重一拍，说道："汉人之中，果然也有好人。不过……不过，恐怕只有你一个！"

车尔库叫道："拿酒来，拿酒来。我请大家喝酒，请哈萨克的好人喝酒，请汉人的好人喝酒，庆祝抓住了恶强盗。咦！那强盗呢？"

众人回过头来，却见陈达海已然不知去向。原来各人刚才都注视着李文秀和阿曼，却给这强盗乘机从后门中逃走了。

苏鲁克大怒，叫道："咱们快追！"打开板门，一阵大风刮进来，他脚下兀自无力，身子一晃，摔倒在地。

寒风夹雪，猛恶难当，人人都觉气也透不过来。阿曼道："这般大风雪中，谅他也走不远，勉强挣扎，非死在雪地中不可。待天明后风小了，咱们到雪地中找这恶贼的尸首便了。"苏普点点头，关上了门。

苏鲁克瞪视着李文秀，过了半晌，说道："小兄弟，你是哈萨克人，是不是？"李文秀摇头道："不，我是汉人！"苏鲁克道："不可能的，你是汉人，为什么反而打倒那个汉人强盗，救我们哈萨克人？"李文秀道："汉人中有坏人，也有好人。我……我不是坏人。"

苏鲁克喃喃的道："汉人中也有好人？"缓缓摇了摇头。可是他的性命，他儿子的性命，明明是这个少年汉人救的，却不由得他不信。

他一生憎恨汉人，现在这信念在动摇了。他恼怒自己，为什么偏偏昨晚喝醉了酒，不能跟那汉人强盗拼斗一场，却要另一个汉人来救了自己的性命？

他一生之中，什么事情到了紧要关头，总是那么不巧，总是运气不好。然而，刚才那强盗的长剑已砍到了自己头顶，幸好那少年及时相救，难道这也是不巧吗？也是运气不好么？

到得黎明时，大风雪终于止歇了。

苏鲁克和车尔库立即出发去召集族人追踪那汉人强盗。雪地里足印十分清楚，何况他受了重伤，一定逃不远。最好是他去和其余的汉人强盗相会，十二年来的大仇，这次就可得报了。

哈萨克人的精壮男子三百多人立即组成了第一批追踪队，其余第二、第三批的陆续追来。单是捉拿陈达海一人，当然用不着这许多人，然而主旨是在一鼓歼灭为祸大草原的汉人强盗。

苏鲁克和车尔库作先锋。他们要其余族人远远的相隔十几里路，在后慢慢跟来，免得给陈达海发觉了，就此不去和同伙相会。苏普昨晚受了伤，但伤势不重，要跟着父亲。阿曼坚持也要跟着父亲，但谁都知道，她是不愿离开苏普。车尔库挑了两个徒弟相随，一个是敏捷的桑斯儿；一个是力大如骆驼的青年，绰号就叫作“骆驼”，人人都叫他骆驼，他的本名反而给人忘记了。

李文秀也要参加先锋队，苏普首先欢迎。经过了昨晚的事后，李文秀已成为众所尊敬的英雄。车尔库并不反对她参加。苏鲁克有些不愿，但反对的话却说不出口。

计老人似乎给昨晚的事吓坏了，早晨喝羊奶时，失手打碎了奶碗。李文秀斟茶给他，他双手发抖，接过茶碗时将茶溅泼在衣襟上。李文秀问他怎样，他眼光中露出又恐惧又气恼的神色，突然回身进房，重重关上了房门。

遍地积雪甚深，难以乘马，先锋队七人都是步行，沿着雪地里的足印一路追踪。眼见陈达海的足印笔直向西，似乎一直通往戈壁沙漠。料是他双臂虽然受伤，脚下功夫仍然十分了得。六个哈萨克人想起自来相传戈壁沙漠中多有恶鬼，都不禁心下嘀咕。

苏鲁克大声道：“今日便是明知要撞到恶鬼，也非去把强盗捉住不可。苏普，你替不替你妈和哥哥报仇！”苏普道：“我自是跟爹爹同去。阿曼，你还是回去吧！”阿曼道：“你去得，我也去得。”她心中却是在说：“要是你死了，难道我一个人还能活么？”苏鲁克道：“阿曼，你还是跟你爹爹回家的好。车尔库胆小得很，最怕鬼！”车尔库狠狠瞪了他一眼，抢先便走。

戈壁沙漠中最教人害怕的事是千里无水，只要携带的清水一喝干，便非渴死不可，但这场大雪一下，俯身即是冰雪，少了主要的顾虑。虽然不能乘坐牲口，却也少了黄沙扑面之苦。越向西行，眼见陈达海留下的足迹越是明显，到后来他足印之上已无白雪掩盖，那自是风雪停止之后所留下来的了。车尔库喃喃的道：“这恶贼倒也厉害，这场大风雪竟然困他不死。”苏鲁克忽然叫道：“咦，又有一个人的脚印！”他指着足印道：“这人每一步都踏在那强盗的脚印之中，不留心就瞧不出来。”众人仔细一瞧，果见每个足印中都有深浅两层。

大家纷纷猜测，不知是什么缘故。骆驼忽然道：“难道是鬼？”这是人人心里早就想说的话，给他突然说了出来，各人忍不住都打了个寒噤。

一行人鼓勇续向西行。大雪深没及胫，行走甚是缓慢，当晚便在雪地中露宿。扫开积雪，挖掘沙坑，以毛毯裹身，卧在坑中，便不如何寒冷。

李文秀的沙坑是骆驼给掘的。他膂力很大，心中敬重这位汉人英雄，便给她掘了沙坑，那是在骆驼和苏普的沙坑之间，七个沙坑围成一个圆圈，中间生着一堆大火。

头顶的天很蓝，明亮的星星眨着眼睛。一阵风刮来，卷起了地下的白雪，在风中飞舞。李文秀望着两片上下飞舞的白雪，自言自语：“真像一对玉蝴蝶。”

苏普接口道：“是，真像！很久以前，有一个汉人小姑娘，曾跟我说了个蝴蝶的故事。说有个汉人少年，有个汉人姑娘，两个儿很要好，可是那姑娘的爸爸不许那少年娶他女儿。那少年很伤心，生了一场病便死了。有一天，那姑娘经过情郎的坟墓，就伏在坟上痛哭。”

说到这里，在苏普和李文秀心底，都出现了八九年前的情景：在小山丘上，一个男孩和一个女孩并肩坐着照顾羊群。女孩说着故事，男孩悠然神往地听着，说到那汉人姑娘伏在情郎的坟上哭泣，女孩的眼中充满了眼泪，男孩也感到伤心难受。

只是，李文秀知道那男孩便是眼前的苏普，苏普却以为那个小女孩已经死了。

苏普继续道：“那个姑娘伏在坟上哭得很悲伤，突然之间，坟墓裂开了一条大缝，那个美丽的姑娘就跳了进去。后来这对情人变成了一双蝴蝶，总是飞在一起，永远不再分离。”阿曼插口道：“这故事很好。说这故事的，就是给你地图手帕的小姑娘么？她死了么？”苏普黯然道：“不错，就是她。那老汉人说她已经死了。”李文秀道：“你还记得她么？”苏普道：“自然记得。那怎么会忘记？”李文秀道：“你怎么不去瞧瞧她的坟墓？”苏普道：“对！等我们杀了那批强盗，我要那卖酒的老汉人带我去瞧瞧。”李文秀道：“要是那坟墓上也裂开了一条大缝，你会不会跳进去？”

苏普笑道：“那是故事中说的，不会真的是这样。”李文秀道：“如果那小姑娘很是想念你，日日夜夜的盼望你去陪她，因此坟上真的裂开了一条大缝，你肯跳进坟去，永远陪她么？”苏普叹了口气道：“不。那个小姑娘只是我小时的好朋友。这一生一世，我是要陪阿曼的。”说着伸出手去，和阿曼双手相握。

李文秀不再问了。这几句话她本来不想问的，她其实早已知道了答案，可是忍不住还是要问。现下听到答案，徒然增添了伤心。

忽然间，远处有一只天铃鸟轻轻的唱起来，唱得那么宛转动听，那么凄凉哀怨。

苏普道：“从前，我常常去捉天铃鸟来玩，玩完之后就弄死了。但那个小女孩很喜欢天铃鸟，送了一只玉镯子给我，叫我放了鸟儿。从此我不再捉了，只听天铃鸟在半夜里唱歌。你们听，唱得多好！”李文秀“嗯”了一声，问道：“那只玉镯子呢，你带在身边么？”苏普道：“那是很久很久以前的事了，早就打碎了，不见了。”

李文秀幽幽的道：“嗯，那是很久很久以前的事了，早就打碎了，不见了。”

天铃鸟不断的在唱歌。在寒冷的冬天夜晚，天铃鸟本来不唱歌的，不知道它有什么伤心的事，忍不住要倾吐？

苏鲁克、车尔库、骆驼他们的鼾声，可比天铃鸟的歌声响得多。

第二日天一亮，七人起身吃了干粮，跟着足印又追。阳光淡淡的，照在身上只微有暖气。但有了太阳光，谁也不怕恶鬼了。

追到下午，沙漠中的一道足印变成了两道。那第二个人显然不耐烦再踏在前人的脚印之中走路。苏鲁克等都欢呼起来。这是人，不是鬼。然而那是谁？

七人这时所走的方向，早已不是李文秀平日去师父居所的途径。她忽然想起：“这强盗恐怕不是去和盗伙相会，而是照着手帕上所织的地图，独自寻高昌迷宫去了。”她说出了心中的推测，苏鲁克等呆了一阵，齐声称是。桑斯儿道：“这一带沙漠平日半滴水都没有，汉人强盗不会到这里来的。”苏鲁克大声道：“他逃去迷宫，咱们就追到迷宫。就是追到天边，也要捉到这恶强盗。”

部族中世代相传，大沙漠中有一座迷宫，宫里有数不尽的珍宝，只是谁也不认识去迷宫的道路，在大沙漠中迷了路可不是玩的，因此从来没有人敢冒险寻访。但现在有了地图，沙漠中的冰雪二三十天也不会消尽，后面又有大队人马接应，那还怕什么？

何况，苏鲁克向来自负是大草原上的第一勇士。他只盼车尔库示弱，退缩了不敢再追。可是车尔库丝毫没有害怕的模样。

李文秀道：“对，我们一起去瞧瞧，到底世上是不是真有一座高昌迷宫。”她想父母为此丧身，如果自己能找到迷宫，也算是完成了父母的遗志。

阿曼道：“族里的老人们都说，高昌迷宫中的宝物，能让天山南北千千万万人永远过快活日子。千百年来这样传说，可是谁也找不到。”苏普喜道：“要是我们找到了，大家都过快活日子，那可真好！”阿曼道：“难道我们现在的日子不快活么？”苏普摇摇头，笑道：“快活得很，快活得很。”他实在想不出，世上还有什么东西，能令他过的日子比现在还快活。

李文秀却在想：“不论高昌迷宫中有多少珍奇的宝物，也决不能让我的日子过得快活。”

在第八天上，七人依着足迹，进入了丛山。山石嶙峋，越行越难走，好在雪地里足迹明显，只是山势险恶，道路崎岖，其实，根本就没有路，不过跟着前人的足印在山坡山谷间穿行而已，眼见前面路程无穷无尽，雪地里的两行足迹似乎直通到地狱中去。

苏鲁克和车尔库见四周情势凶险，心中也早自发毛，但两人你一句我一句兀自斗口。苏鲁克说："车尔库，你在浑身发抖，吓破了胆子可不是玩的。不如就在这里等我吧，倘若找到财宝，一定分给你一份。"车尔库说："这会儿逞英雄好汉，待会儿恶鬼出来，瞧是你先逃呢，还是你儿子先逃？"苏鲁克道："不错，咱爷儿俩见了恶鬼还有力气逃走，总不像你那样，吓得跪在地下发抖。"

两人说来说去，总是离不开沙漠的恶鬼，再走一会，四下里已是黑漆漆一片。苏普道："爹，便在这里歇宿，明天再走罢！"苏鲁克还没回答，车尔库笑道："很好，你爷儿俩在这里歇着，以免危险。阿曼，你跟爹爹来，骆驼，桑斯儿，咱们不怕鬼，走！"苏鲁克"呸"的一声，在地下吐口唾液，当先迈步便行。李文秀眼见他二人斗气逞强，谁也不肯示弱，只得也跟随在后。阿曼却累得要支持不住了。苏普、桑斯儿检了些枯枝，做成火把。七人在森林之中，寻觅足印而行。黑夜里走在这般鬼气森森的所在，谁都心惊肉跳，偶尔夜鸟一声啼叫，或是树枝上掉下一块积雪，都使人吓一大跳。奇怪的是，森林中竟有道路，虽然长草没径，但古道的痕迹还是依稀可辨。

七人在森林中走了良久，阿曼忽然叫道："啊哟，不好。"苏普忙问："怎么？"阿曼指着前面路旁的一只闪闪发光的银镯，说道："你瞧，这是我先前掉下的镯子。"那镯子在七人之前两三丈处，却不知何以忽然会在这里出现。阿曼道："我掉了镯子，心想只得回来时再找，怎么又会到了这里？"车尔库道："你瞧瞧清楚，到底是不是的。"阿曼不敢去拾，苏普上前拾了起来，不等阿曼辨认，他早已认出，说道："没错，是她的！"说着将镯子递给她。

阿曼不敢去接，颤声道："你……你丢在地下，我不要了。"苏普道："难道真是恶鬼玩的把戏？"火光之下，七人的脸色都是十分古怪。

隔了半晌，李文秀道："说不定比恶鬼还要糟，咱们走上老路来啦。这条路咱们先前走过的。"霎时之间，人人都想起了那著名的传说：沙漠中的旅人迷了路，走啊走啊，突然发现了足迹，他大喜若狂，跟着足迹走去，却不知那便是他自己的足迹，循着旧路兜了一个圈子又是一个圈子，直走到死。

大家都不愿相信李文秀的话，可是明明阿曼掉下镯子已经很久，走了半天，忽然在前面路上见到镯子，那自然是兜了一个圈子，重又走上老路。黑夜之中，疲累之际，谁也没辨明刚才路上的足印到底只是两个人的，还是已加上了七个人的。骆驼走上几步，拿火把一照雪地里的脚印，叫道："好多人的脚印，是咱们自己的！"声音中充满了惧意。七个人面面相觑。苏鲁克和车尔库再也不能自吹自擂、讥笑对方了。

李文秀道："咱们是跟着那强盗和另外一个人的足迹走的，倘若他们也在兜圈子，那么过了一会，他们还会走到这里。咱们就在这里歇宿，且瞧他们来是不来。"到这地步，人人都同意了她的话。当下扫开路上积雪，打开毛毯，坐了下来。骆驼和桑斯儿生了一堆火，七个人团团坐着。谁也睡不着，谁也不想说话。他们等候陈达海和另外一个人走来，可是又害怕他们真的出现，倘若他们兜了一个圈子又回到旧路上来，只怕自己的命运和他们也会一样。

等了良久良久，忽然，听到了脚步声。

七人听到脚步声，一齐跃起身来，却听那脚步声突然停顿。在这短短的一忽儿之间，七个人连自己的心跳声都听见了。突然间，脚步声又响了起来，却是向西北方逐渐远去。便在此时，一阵疾风吹来，刮起地下一大片白雪，都打在火堆之中，那火登时熄了，四下里黑漆一团。

只听得刷刷刷几响，苏鲁克、李文秀等六人刀剑一齐出鞘。阿曼"啊"的一声惊呼，扑在苏普怀里。白雪映照之下，刀剑的刃锋发出一闪闪的光芒。那脚步声越去越远，终于听不见了。

直到天明，森林中没再有何异状。早晨第一缕阳光从树叶之间射进来，众人精神为之一振，于是又再觅路前行。走了一会，阿曼发觉左首的灌木压折了几根，叫道："瞧这里！"苏普拨开树木，见地下有两行脚印，欢呼道："他们从这里去了！"阿曼道："那强盗定是看错了地图，兜了个圈子，再从这里走去，累得咱们惊吓了一晚。”苏鲁克哈哈大笑，道：“是啊，车尔库家的胆小鬼吓了一晚。苏鲁克家的两个勇士却只盼恶鬼出现，好揪住恶鬼的耳朵来瞧个明白。”车尔库一眼也没瞧他，似乎没有听见，突然之间，反过手来揪住了他的耳朵。苏鲁克大叫一声，砰的便是一拳，打在他背心。车尔库身子一晃，揪住苏鲁克耳朵的手却没放开，只拉得他耳朵上鲜血长流，再一使力，只怕耳朵也拉脱了。

李文秀见这两人都已四十来岁年纪，兀自和顽童一般争闹不休，一半是真，一半是假，当真令人好笑。只见苏鲁克和车尔库砰砰砰的互殴数拳，这才分开。一个鼻青，一个眼肿。

两人一路争吵，一路前行。这时道路高低曲折，十分难行，一时绕过山坳，一时钻进山洞，若不是有雪地中的足迹领路，万难辨认。李文秀心想：“这迷宫果是隐秘之极，若无地图指引，怎能找寻得到?”

行到中午，各人一晚没睡，都已疲累之极，只有李文秀此时内功修为已颇有根基，仍是神采奕奕。苏普道：“爹，阿曼走不动啦，咱们歇一歇吧！”苏鲁克还未回答，只听得走在最前的车尔库大叫一声：“啊！”苏鲁克抢上前去，转过了一排树木，只见对面一座石山上嵌着两扇铁铸的大门。门上铁锈斑驳，显是历时已久的旧物。

七人齐声欢呼：“高昌迷宫！”快步奔近。苏鲁克伸手用力一推铁门，两扇门竟是纹丝不动，车尔库道：“那恶贼在里面上了闩。”阿曼细看铁门周围有无机括，但见那门宛如天生在石山中一般，竟无半点缝隙。阿曼拉住门环，向左一转，转之不动，这迷宫建成已不知有几百年，虽然大漠之中十分干燥，但铁门也必生锈，就算有机括也该转不动了，哪知她再向右转，居然甚是松动。她转了几转，苏鲁克和车尔库本在大力推门，突然铁门向里打开，两人出其不意，一齐摔了进去。两人一惊之下，大笑着爬起身来。

门内是条黑沉沉的长甬道，苏普点燃火把，一手执了，另外一手拿着长刀，当先领路。走完甬道，眼前出现了三条岔道。迷宫之内并无雪地足迹指引，不知那两人向哪一条路走去。各人俯身细看，见左首和右首两条路上都有淡淡的足印。

苏鲁克道：“四个走左边的，三个走右边的，待会儿再在这里会合。”李文秀道：“那不好！这地方既然叫作迷宫，道路一定曲折，咱们还是一起的好。”苏鲁克摇头道：“谅这山洞之中，能有多大地方？汉人生来胆小，真没法子。”他话是这么说，但七个人还是一齐走了，见右首一条路宽些，便都向右行。

只走出十余丈远，苏鲁克便想：“这汉人的话倒是不错。”只见前面又出现了岔路。七个人细细辨认脚印，一路跟踪而进，有时岔路上两边都有脚印，只得任意选一条路。走了好半天，山洞中岔路不知凡几，每到一处岔路，阿曼便在山壁上用刀划下记号，以免回出来时找不到原路。突然之间，眼前豁然开朗，出现一大片空地，尽头处又有两扇铁门，嵌在大山岩中。

七个人走过空地，来到门前。苏鲁克又去转门环，不料这扇门却是虚掩的，轻轻一碰，便“呀”的一声开了。七人走了进去，只见里面是一间殿堂，四壁供的都是泥塑木雕的佛像，从这殿堂进去，连绵不断的是一列房舍。每一间房中大都供有佛像。偶然在壁上见到几个汉文，写的是“高昌国国主”、“文泰”、“大唐贞观十三年”等等字样。有一座殿堂中供的都是汉人塑像，中间一个老人，匾上写的是“大成至圣先师孔子位”，左右各有数十人，写着“颜回”、“子路”、“子贡”、“子夏”、“子张”等名字。苏鲁克一见到这许多汉人塑像，眉头一皱，转头便走。

李文秀心想：“这里的人都信回教，怎么迷宫里供的既有佛像，又有汉人？壁上写的又都是汉字，真是奇怪之极。”

七人过了一室，又是一室，只见大半宫室已然毁圮，有些殿堂中堆满了黄沙，连门户也有堵塞的。迷宫中的道路本已异常繁复曲折，再加上墙倒沙阻，更是令人晕头转向。有时通道上出现几具白骨骷髅，宫中的器物用具却都不是回疆所有，李文秀依稀记得，这些都是中土汉人的物事。只把各人看得眼花缭乱，称异不止。但传说中的什么金银珠宝却半件也没有。

七人沿着一条黑沉沉的甬道向前走去，突然之间，前面一个阴森森的声音喝道：“我在这里已安安静静的住了一千年，谁也不敢来打扰我。哪一个大胆过来，立刻就死！”说的是哈萨克语，音调十分纯正，声音并不甚响，却是听得清清楚楚。

阿曼惊道：“是恶鬼！他……他说在这里已住了一千年。”拉着苏普的手，向后退了几步。骆驼叫道：“这是人，不是鬼！”高举火把，向前走去。桑斯儿不甘示弱，抢上几步，和他并肩而行，刚走到一个弯角上，蓦地里两人齐声大叫，身子向后摔了出来。众人大吃一惊，苏鲁克和车尔库抛去手中火把，抢上扶起。只听得前面传来一阵桀桀怪笑，那声音道：“我在这里已住了一千年，住了一千年。进来的一个个都死。”

车尔库更不多想，抱着骆驼急奔而出，苏鲁克抱了桑斯儿，和余人跟着出去，但听得怪笑之声充塞了甬道。来到天井中，看骆驼和桑斯儿时，两人口角流出鲜血，竟已一齐毙命。五人面面相觑，又是难过，又是惊恐。

阿曼道：“这恶鬼不许人去……去打扰，咱们快走吧！”

到这地步，苏鲁克和车尔库哪里还敢逞什么刚勇？抱着两具尸体，循着先前所划的记号，回到了迷宫之外。

车尔库死了两名心爱的弟子，心里十分难过，不住的拭泪。苏鲁克再也不讥讽他了，反而出言安慰，又道：“那两个汉人强盗进了迷宫之后影踪全无，定是也给宫里的恶鬼弄死了，那也好，叫这两个强盗没好下场。”阿曼道：“咱们从原路回去吧，以后……以后永远别来这地方了。”车尔库道：“咱们族人大队人马就快到来，可得告诉他们，别让兄弟们闯进宫去，一个个的死于非命。”苏鲁克道：“对！只要是在迷宫之外，那……那就没有干系。”

是不是真的没有干系，那可谁也不知道。为了稳妥起见，五个人直退出六七里地，到了一大片旷地上，这才停住。苏鲁克道：“恶鬼怕太阳，要走过这片旷地，非晒到太阳不可。”阿曼道：“晚上呢？”苏鲁克搔了搔头皮，无法回答。

幸好没到晚上，第一队人马已经赶到。苏鲁克等忙将发现迷宫、宫中有恶鬼害人的事说了。

虽然人多胆壮，但谁也没有提议前去探险。过得两个时辰，第二队、第三队先后到来，数百人便在旷地上露宿。每隔得十余人，便点起了一堆大火，料想恶鬼再凶，也必怕了这许多火堆。

李文秀倚在一块岩石之旁，心里在想：“我爹爹妈妈万里迢迢的从中原来到回疆，为的是找高昌迷宫。他们没找到迷宫，就送了性命。其实就算找到了，多半也会给宫里的恶鬼害死，除非他们一听到恶鬼的声音立刻就退出。可是爹爹妈妈一身武功，一定不肯听恶鬼的话。唉，人的武功再高，又哪里斗得过鬼怪？”忽然背后脚步声轻响，一人走了过来，低声叫道：“阿秀。”

李文秀大喜，跳起身来，叫道：“计爷爷，你也来了。”计老人道：“我不放心你，跟着大伙儿来瞧着你。”李文秀心中感激，拉住他手，说道：“道上很难走，你年纪这么大了，辛苦得很，快坐下歇歇。”

计老人刚在她身边坐下，忽听得西方响起几下尖锐的枭鸣之声，异常刺耳难听。众人不禁齐向鸣声来处望去，只见白晃晃的一团物事，从黑暗中迅速异常的冲来，冲到离众人约莫四丈之处，猛地直立不动，看上去依稀是个人形，火光映照下，只见这鬼怪身披白色罩袍，满脸都是鲜血，白袍上也是血迹淋漓，身形高大之极，至少比常人高了五尺。静夜看来，恐怖无比。那鬼怪陡然间双手前伸，十根指甲比手指还长，满手也都是鲜血。

众人屏息凝气，寂无声息的望着他。

那鬼怪桀桀怪笑，尖声道：“我在迷宫里已住了一千年，不许谁来打扰，谁叫你们这样大胆？”说的是哈萨克语，正是李文秀日间在迷宫中听到的声音。那鬼怪慢慢转身，双手对着三丈外的一匹马，叫道："给我死！"突然间回过身来，疾驰而去，片刻间走得无影无踪。

这鬼怪突然而来，突然而去，气势慑人，直等他走了好一会，众人方才惊呼出来。只见他双手指过的那匹马四膝跪倒，翻身毙命。众人拥过去看时，但见那马周身没半点伤痕，口鼻亦不流血，却不知如何，竟是中了魔法而死。

众人都说："是鬼，是鬼。"有人道："我早说大戈壁中有鬼。"有人道："那迷宫千年无人进去，自然有鬼怪看守。"又有人道："听说鬼怪无脚，瞧瞧那鬼有没脚印。"当下众人拿了火把，顺着那鬼怪的去路瞧去，但见沙地之上每隔五尺便是一个小小的圆洞，人的脚印既不会这样细细一点，而两点之间，相距又不会这样远。

这样一来，各人再无疑义，都认定是迷宫中的鬼怪作祟，大家都说："不论迷宫中有什么东西，那也不能要了。明天一早，大家快快回去。"

整晚人人心惊胆战，但第二天太阳一出来，忽然之间，每个人心里都不怎么怕了。有些年青人商量着要去迷宫瞧瞧。苏鲁克和车尔库厉声喝阻，说道便是要去迷宫，也得商议出一个好法子来。

可是商议了一整天，又有什么好法子？唯一的结果，是大家同意在这里住一晚，明天再从长计议。

将近亥时，便是昨晚鬼怪出现的时刻，只听得西方又响起了三下尖锐的枭鸣，众人毛骨悚然。但见那白衣长腿、满身血污的鬼怪又飞驰而来，在数丈外远远站定，尖声说道："你们还不回去？哼，再在这里附近逗留一晚，一个一个，叫他都不得好死，我在宫里住了一千年，谁都不敢进来，你们这样大胆！"说到这里，慢慢转身，双手指着远处一个青年，叫道："给我死！"说了这三个字，猛地里回过身来，疾驰而去，月光下但见他越走越远，终于不见。

只见那青年慢慢委顿，一句话也不说，就此毙命，身上仍是没半点伤痕。昨晚还不过害死一匹马，今日却害死了一个壮健的青年。

这样一来，还有谁敢再逗留？何况听得苏鲁克他们说，迷宫中根本没有什么珍宝，连一块金子银子也没有。若不是天黑，大家早就往来路疾奔了。次日天色微明，众人就乱哄哄的快步回去。

李文秀昨天已去仔细看过了那匹马的尸体，这时再去看那青年的尸体，心下更无怀疑，自言自语的道："这不是恶鬼！"忽然身后有人颤声道："是恶鬼，是恶鬼！阿秀，这比恶鬼还要可怕，咱们快走。"原来不知什么时候，计老人已到了她的身后。

李文秀叹了口气，道："好，咱们走吧！"

忽然间听得苏普长声大叫："阿曼，阿曼，你在哪里？"车尔库惊道："阿曼没跟你在一起吗？"他也纵声大叫："阿曼，阿曼！咱们回去啦。"来回奔跑寻找女儿。

苏普一面大叫"阿曼！"一面奔上小丘，四下瞭望，忽然望见西边路上有一块花头巾，似是阿曼之物，急忙奔将过去，拾起一看，正是阿曼的头巾。他一急非同小可，叫道："阿曼给恶鬼捉去了！"

这时众族人早已远去，连骆驼、桑斯儿，以及另一个青年的尸身都已抬去，当地只剩下苏鲁克、车尔库、苏普、李文秀、计老人五人。苏鲁克等听得苏普的惊呼之声，忙奔过去询问。

苏普拿着那个花头巾，气急败坏的道："这是阿曼的。她……她……她给恶鬼捉去了。"李文秀问道："什么时候捉去的？"苏普道："我不知道。一定是昨晚半夜里。她……她跟女伴们睡在一起的，今早我就找她不到了。"他呆了一阵，忽然向着迷宫的方向发足狂奔，叫道："我要去跟阿曼死在一起。"

阿曼既给恶鬼捉去了，他自然没本事救她回来。但阿曼既然死了，他也不想活了。

苏鲁克叫道："苏普，苏普，傻小子，快回来，你不怕死吗？"见儿子越奔越远，爱子之情终于胜过了对恶鬼的恐惧，于是随后追去。车尔库一呆，叫道："阿曼，阿曼！"也跟了去。

计老人摇摇头，道："阿秀，咱们回去吧。"李文秀道："不，计爷爷，我得去救他们。”计老人道：“你斗不过恶鬼的。”李文秀道：“不是恶鬼，是人。”计老人忽然伸出左手，紧紧握住了李文秀的手臂，颤声道：“阿秀，就算是人，他也比恶鬼还要可怕。你听我话，咱们回去吧，走得远远的。咱们是汉人，别在回疆住了，你和我一起回中原去。”

李文秀眼见苏普等三人越奔越远，心中焦急，用力一挣，哪知计老人虽然年迈，手劲竟是大得异乎寻常，接连使劲，都是没能挣脱。她叫道：“快放开我！苏普，苏普会给他害死的！”

计老人见她胀红了脸，神情紧迫，不由得叹了口气，放松了她手臂，轻声道：“为了这个哈萨克少年，你什么都不顾了！”

李文秀手臂上一松，立即转身飞奔，也没听见计老人的说话。一口气奔到迷宫之前，只见苏普手舞长刀，正在大叫大嚷：“该死的恶鬼，你害死了阿曼，连我也一起害死吧。阿曼死了，我也不要活了！我是苏普，你出来，我跟你决斗！你怕了我吗？”他伸手去转门环，但心神混乱之下，转来转去都推不开门。

苏鲁克在一旁叫道：“苏普，傻小子，别进去！”苏普却哪里肯听？

李文秀见到他这般痴情的模样，心中又是一酸，大声道：“阿曼没有死！”

苏普陡然间听到这句话，脑筋登时清醒了，转身问道：“阿曼没有死？你怎……怎么知道？”李文秀道：“迷宫里的不是恶鬼，是人！”苏普、苏鲁克、车尔库三人齐声道：“明明是恶鬼，怎么是人？”

李文秀道：“这是人扮的。他用一种极微细的剧毒暗器射死了马匹和人，伤痕不容易看出来。他脚下踩了高跷，外面用长袍罩住了，所以在沙地中行走没有脚印，身材又这么高，走起来这么快。”她另外有两句话却没有说：“我知道这人是谁，因为我认得他放暗器的手法。在死马和那青年的尸体上，我也已找到了暗器的伤痕。”

这些解释合情合理，可是苏鲁克等一时却也难以相信。这时计老人也已到了，他缓缓的道："我知道是厉害的恶鬼，大家别进迷宫，免得送了性命。我是老人，说话一定不错的。"

苏普道："是恶鬼也罢，是人也罢，我总是要去……要去救阿曼。"他盼望这恶鬼果真如李文秀所说是人扮的，那么便有了搭救阿曼的指望。他又去旋转门环，这一次却转开了。

李文秀道："我跟你一起去。"苏普转过头来，心中说不出的感激，说道："李英雄，你别进去了，很危险的。"李文秀道："不要紧，我陪着你，就不会危险。"苏普热泪盈眶，颤声道："多谢，谢谢你。"李文秀心想："你这样感激我，只不过是为了阿曼。"转头对计老人道："计爷爷，你在这里等我。"计老人道："不！我跟你一起进去，那……那人很凶恶的。"李文秀道："你年纪这样大了，又不会武功，在外面等着我好了。我不会有危险的。"计老人道："你不知道，非常非常危险的。我要照顾你。"

李文秀拗不过他，心想："你能照顾我什么？反而要我来照顾你才是。"当下五个人点起了火把，循着旧路又向迷宫里进去。

五人曲曲折折的走了良久。苏普一路上大叫："阿曼，阿曼，你在哪里？"始终不听见什么声音。李文秀心想："还是把他吓走了的好。"说道："咱们一起大叫，说大队人马来救人啦，说不定能将那恶人吓走。"苏鲁克、车尔库和苏普依计大叫："阿曼，阿曼，你别怕，咱们大队人马来救你啦。"迷宫中殿堂空廓，一阵阵回声四下震荡。

又走了一阵，忽听得一个女子尖声大叫，依稀正是阿曼。苏普循声奔去，推开一扇门，只见阿曼缩在屋角之中，双手被反绑在背后。两人惊喜交集，齐声叫了出来。

苏普抢上去松开了她的绑缚，问："那恶鬼呢？"阿曼道："他不是鬼，是人。刚才他还在这里，听到你们的声音，便想抱了我逃走，我拼命挣扎，他听得你们人多，就匆匆忙忙的逃走了。"

苏普舒了口气，又问："那……那是怎么样一个人？他怎么会将你捉了来？"阿曼道："一路上他绑住了我眼睛，到了迷宫，黑沉沉的，始终没能见到他的相貌。"苏普转头瞧着李文秀，眼光中满是感激之情。

阿曼转向车尔库，说道："爹，这人说他名叫瓦耳拉齐，你认……"他一言未毕，车尔库和苏鲁克齐声叫了出来："瓦耳拉齐！"这两人一声叫唤，含意非常明白，他们不但知道瓦耳拉齐，而且还对他十分熟悉。

车尔库道："这人是瓦耳拉齐？决计不会的。他自己说叫做瓦耳拉齐？你没听错？"

阿曼道："他说他认得我妈。"

苏鲁克道："那就是了，是真的瓦耳拉齐。"车尔库喃喃的道："他认得你妈？是瓦耳拉齐？怎……怎么会变成了迷宫里的恶鬼？"阿曼道："他不是鬼，是人。他说他从小就喜欢我妈，可是我妈不生眼珠子，嫁了我爹爹这个大混蛋……啊哟，爹，你别生气，是这坏人说的。"苏鲁克哈哈大笑，说道："瓦耳拉齐是坏人，可是这句话倒没说错，你爹果然是个大混……"车尔库一拳打去。苏鲁克一笑避开，又道："瓦耳拉齐从前跟你爹爹争你妈，瓦耳拉齐输了。这人不是好汉子，半夜里拿了刀子去杀你爹爹。你瞧，他耳朵边这个刀疤，就是给瓦耳拉齐砍的。"众人一齐望向车尔库，果见他左耳边有个长长的刀疤。这疤痕大家以前早就见到了，不过不知其来历而已。

阿曼拉着父亲的手，柔声道："爹，那时你伤得很厉害么？"车尔库道："你爹虽然中了他的暗算，但还是打倒了他，把他揿在地下，绑了起来。"说这几句话时，语气中颇有自豪之意，又道："第二天族长聚集族人，宣布将这坏蛋逐出本族，永远不许回来，倘若偷偷回来，便即处死。这些年来一直就没见他。这家伙躲在这迷宫里干什么？你怎么会给他捉去的？"

阿曼道："今朝天快亮时，我起来到树林中解手，哪知道这坏人躲在后面，突然扑了过来，按住我嘴巴，一直抱着我到了这里。他说他得不到我妈，就要我来代替我妈。我求他放我回去，我说我妈不喜欢他，我也决计不会喜欢他的。他说：‘你喜欢也好，不喜欢也好，总之你是我的人了。那些哈萨克胆小鬼，没一个敢进迷宫来救你的。’他的话不对，爹，苏鲁克伯伯，你们都是英雄，还有李英雄、苏普、计爷爷也来了，幸亏你们来救我。”车尔库恨恨的道：“他害死了骆驼、桑斯儿，咱们快追，捉到他来处死。”

李文秀本已料到这假扮恶鬼之人是谁，哪知道自己的猜想竟完全错了，不禁暗暗惭愧，实不该冤枉了好人，幸好心里的话没说出口来，又想：“怎么这个哈萨克人也会发毒针？发针的手法又一模一样？难道他也是跟我师父学的？”

苏鲁克等既知恶鬼是瓦耳拉齐假扮，哪里还有什么惧怕？何况素知这人武功平平，一见面，还不手到擒来？车尔库为了要报杀徒之仇，高举火把，当先而行。

计老人一拉李文秀的衣袖，低声道：“这是他们哈萨克人自己族里的事，咱们不用理会，在外面等着他们吧。”李文秀听他语音发颤，显是害怕之极，柔声道：“计爷爷，你坐在那边天井里等我，好不好？那个哈萨克坏人武功很强的，只怕苏……苏鲁克他们打不过，我得帮着他们。”计老人叹了口气，道：“那么我也一起去。”李文秀向他温柔一笑，道：“这件事快完结了，你不用担心。”计老人和她并肩而行，道：“这件事快完结了，完结之后，我要回中原去了。阿秀，你和我一起回去吗？”

李文秀心里一阵难过，中原故乡的情形，在她心里早不过是一片模糊的影子，她在这大草原上住了十二年，只爱这里的烈风、大雪、黄沙、无边无际的平野、牛羊、半夜里天铃鸟的歌声……

计老人见她不答，又道：“我们汉人在中原，可比这里好得多了，穿得好，吃得好。你计爷爷已积了些钱，回去咱们可以舒舒服服的。中原的花花世界，比这里繁华百倍，那才是人过的日子。”李文秀道：“中原这么好，你怎么一直不回去？”

计老人一怔，走了几步，才缓缓的道：“我在中原有个仇家对头，我到回疆来，是为了避祸。隔了这么多年，那仇家一定死了。阿秀，咱们在外面等他们吧。”李文秀道：“不，计爷爷，咱们得走快些，别离得他们太远。”计老人“嗯、嗯”连声，脚下却丝毫没有加快。李文秀见他年迈，不忍催促。

计老人道：“回到了中原，咱们去江南住。咱们买一座庄子，四周种满了杨柳桃花，一株间着一株，一到春天，红的桃花，绿的杨柳，黑色的燕子在柳枝底下穿来穿去。阿秀，咱们再起一个大鱼池，养满了金鱼，金色的、红色的、白色的、黄色的，你一定会非常开心……可比这儿好得多了……”

李文秀缓缓摇了摇头，心里在说：“不管江南多么好，我还是喜欢住在这里，可是……这件事就要完结了，苏普就会和阿曼结婚，那时候他们会有盛大的刁羊大会、摔角比赛、火堆旁的歌舞……”她抬起头来，说道：“好的，计爷爷，咱们回家之后，第二天就动身回中原去。”计老人眼中突然闪出了光辉，那是喜悦无比的光芒，大声道：“好极了！咱们回家之后，第二天就动身回中原去。”

忽然之间，李文秀有些可怜那个瓦耳拉齐起来。他得不到自己心爱的人，又给逐出了本族，一直孤零零的住在这迷宫里。阿曼是十八岁，他在这迷宫里已住了二十年吧？或许还更长久些。

“瓦耳拉齐！站住！”

突然间前面传来了车尔库的怒喝。李文秀顾不得再等计老人，急步循声奔去。

走到一座大殿门口，只见殿堂之中，一人窜高伏低，正在和手舞长刀的车尔库恶斗。那人空着双手，身披白色长袍，头上套着白布罩子，只露出了两个眼孔，头罩和长袍上都染满了血渍，正是前两晚假扮恶鬼那人的服装，自便是掳劫阿曼的瓦耳拉齐了，只是这时候他脚下不踩高跷，长袍的下摆便翻了上来缠在腰间。

苏鲁克、苏普父子见车尔库手中有刀而对方只是空手，料想必胜，便不上前相助，两人高举火把，口中吆喝着助威。

李文秀只看得数招，便知不妙，叫道："小心！"正欲出手，只听得砰的一声，车尔库右胸已中了一掌，口喷鲜血，直摔出来。苏鲁克父子大惊，一齐抛去手中火把，挺刀上前，合攻敌人。两根火把掉在地下兀自燃烧，殿中却已黑沉沉地仅可辨物。

李文秀提着流星锤，叫道："苏普，退开！苏鲁克伯伯，退开，我来斗他。"苏鲁克怒道："你退开，别大呼小叫的。"一柄长刀使将开来，呼呼生风。他哈萨克的刀法另成一路，却也是刚猛狠辣。只是瓦耳拉齐身手灵活之极，蓦地里飞出一腿，将苏鲁克手中的长刀踢飞了。

李文秀忙将流星锤往地下一掷，纵身而上，接住半空中落下的长刀，刷刷两刀，向瓦耳拉齐砍去。她跟师父学的是拳脚和流星锤，刀法并未学过，只是此刻四人缠斗，她锤法未臻一流之境，一使流星锤，非误伤了苏鲁克父子不可，只得在拳脚中夹上刀砍，凝神接战。苏鲁克失了兵刃，出拳挥击。瓦耳拉齐以一敌三，仍占上风。

斗得十余合，瓦耳拉齐大喝一声，左拳挥出，正中苏普鼻梁，跟着一腿，踢中了苏鲁克的小腹。苏鲁克父子先后摔倒，再也爬不起来。原来瓦耳拉齐的拳脚中内力深厚，击中后极难抵挡，苏鲁克虽然悍勇，又是皮粗肉厚，却也经受不起。

这一来，变成了李文秀独斗强敌的局面，左支右绌，登时便落在下风。瓦耳拉齐喝道："快出去，就饶你的小命。"李文秀眼见自己若撒腿一逃，最多是拉了计老人同走，苏普等三人非遭毒手不可，当下奋不顾身，拼力抵御。瓦耳拉齐左手一扬，李文秀向右一闪，哪知他这一下却是虚招，右掌跟着疾劈而下，噗的一声，正中她左肩。李文秀一个踉跄，险些摔倒，心中便如电光般闪过一个念头："这一招'声东击西'，师父教过我的，怎地忘了？"瓦耳拉齐喝道："你再不走，我要杀你了！"

李文秀忽然间起了自暴自弃的念头，叫道："你杀死我好了！"纵身又上，不数招，腰间中了一拳，痛得抛下长刀蹲下身来，心中正叫："我要死了！"忽然身旁呼的一声，有人扑向瓦耳拉齐。

李文秀在地下一个打滚，回头看时，几乎不相信自己的眼睛，却原来计老人右手拿着一柄匕首，展开身法，已和瓦耳拉齐斗在一起。但见计老人身手矫捷，出招如风，竟丝毫没有龙钟老态。

更奇的是，计老人举手出足，招数和瓦耳拉齐全无分别，也便是她师父华辉所授的那些武功。李文秀随即省悟："是了，中原的武功都是这样的。计爷爷和这哈萨克恶人都学过中原的武功，计爷爷原来会武功的，我可一直不知道。"又想："那为什么我小时候刚逃到他家里时，那恶人用刀子刺他背心，他却没能避开？只是凑巧才用手肘把那恶人撞死了？嗯，那不是凑巧，计爷爷是会武功的。"

眼见二人越斗越紧，瓦耳拉齐忽然尖声叫道："马家骏，你好！"计老人身子一颤，向后退了一步，瓦耳拉齐左手一扬，使的正是半招"声东击西"。计老人却不上他当，匕首向右戳出，哪知瓦耳拉齐却不使全这下半招"声东击西"，左手疾掠而下，一把抓住计老人的脸，硬生生将他的一张面皮揭了下来。

李文秀、苏鲁克、阿曼三人齐声惊呼。李文秀更险些便晕了过去。

瓦耳拉齐跳起身来，左一腿，右一腿，双腿鸳鸯连环，都踢中在计老人身上，便在这时，白光一闪，计老人匕首脱手激射而出，插入了敌人的小腹。

瓦耳拉齐惨呼一声，双拳一招"五雷轰顶"，往计老人天灵盖猛击下去。李文秀知道这两拳击下，计老人再难活命，当下奋起平生之力，跃过去举臂力格，喀喇一响，双臂只震得如欲断折。霎时之间，两人僵持不动，瓦耳拉齐双拳击不下来，李文秀也无法将他格开。

苏鲁克这时已可动弹，跳起身来，奋起平生之力，一拳打在瓦耳拉齐下颏。瓦耳拉齐向后掼出，在墙上一撞，软倒在地。

李文秀叫道："计爷爷，计爷爷。"扶起计老人，她不敢睁眼，料想他脸上定是血肉模糊，可怖之极，哪知眼开一线，看到的竟是一张壮年男子的脸孔。她吃了一惊，眼睛睁大了些，只见这张脸胡子剃得精光，面目颇为英俊，在时明时暗的火把光芒下，看来一片惨白，全无血色，这人不过三十多岁，只有一双眼睛的眼神，却是向来所熟悉的，但配在这张全然陌生的脸上，反而显得说不出的诡异。

李文秀呆了半晌，这才"啊"的一声惊呼，将计老人的身子一推，向后跃开。她身上受了拳脚之伤，落下来时站立不稳，坐倒在地，说道："你……你……"

计老人道："我……我不是你计爷爷，我……我……"忽然哇的一声，喷出一大口鲜血来，说道："不错，我是马家骏，一直扮作了个老头儿。阿秀，你不怪我吗？"这一句"阿秀"，仍是和十年来一般的充满了亲切关怀之意。李文秀道："我不怪你，当然不怪你。你一直待我是很好很好的。"她瞧瞧马家骏，瞧瞧靠在墙上的瓦耳拉齐，心中充满了疑团。

这时阿曼已扶起了父亲，替他推拿胸口的伤处。苏鲁克、苏普父子拾起了长刀，两人一跛一拐的走到瓦耳拉齐身前。

瓦耳拉齐道："阿秀，刚才我叫你快走，你为什么不走？"

他说的是汉语，声调又和她师父华辉完全相同，李文秀想也没想，当即脱口而出："师父！"

瓦耳拉齐道："你终于认我了。"伸手缓缓取下白布头罩，果然便是华辉。

李文秀又是惊讶，又是难过，抢过去伏在他的脚边，叫道："师父，师父，我真的不知道是你。我……我起初猜到是你，但他们说你是哈萨克人瓦耳拉齐，你自己又认了。"瓦耳拉齐涩然道："我是哈萨克人，我是瓦耳拉齐！"李文秀奇道："你……你不是汉人？"瓦耳拉齐道："我是哈萨克人，族里赶了我出来，永远不许我回去。我到了中原，汉人的地方，学了汉人的武功，嘿嘿，收了汉人做徒弟，马家骏，你好，你好！”

马家骏道：“师父，你虽于我有恩，可是……”李文秀又是大吃了一惊，道：“计爷爷，你……他……他也是你师父？”

马家骏道：“你别叫我计爷爷。我是马家骏。他是我师父，教了我一身武功，同我一起来到回疆，半夜里带我到哈萨克的铁延部来，他用毒针害死了阿曼的妈妈……”他说的是汉语。李文秀越听越奇，用哈萨克语问阿曼道：“你妈是给他用毒针害死的？”

阿曼还没回答，车尔库跳起身来，叫道：“是了，是了。阿曼的妈，我亲爱的雅丽仙，一天晚上忽然全身乌黑，得急病死了，原来是你瓦耳拉齐，你这恶棍，是你害死她的。”他要扑过去和瓦耳拉齐拼命，但重伤之余，稍一动弹便胸口剧痛，又倒了下去。

瓦耳拉齐道：“不错。雅丽仙是我杀死的，谁教她没生眼珠，嫁了你这大混蛋，又不肯跟我逃走？”车尔库大叫：“你这恶贼，你这恶贼！”

马家骏以哈萨克语道：“他本来要想杀死车尔库，但这天晚上车尔库不知到哪里去了，到处找他不到。我师父自己去找寻车尔库，要我在水井里下毒，把全族的人一起毒死。可是我们在一家哈萨克人家里借宿，主人待我很好，尽他们所有的款待，我想来想去，总是下不了手。我师父回来，说找不到车尔库，一问之下，知道我没听命在水井里下毒，他就大发脾气，说我一定会泄漏他的秘密，定要杀了我灭口。他逼得实在狠了，于是我先下手为强，出其不意的在他背心上射了三枚毒针。”瓦耳拉齐恨恨的道：“你这忘恩负义的狗贼，今日总教你死在我的手里。”

马家骏对李文秀道：“阿秀，那天晚上你跟陈达海那强盗动手，一显示武功，我就知道你是跟我师父学的，就知道那三枚毒针没射死他。”瓦耳拉齐道：“哼，凭你这点儿臭功夫，也射得死我？”马家骏不去理他，对李文秀道：“这十多年来我躲在回疆，躲在铁延部里，装作了一个老人，就是怕师父没死。只有这个地方，他是不敢回来的。我一知道他就在附近，我第一个念头，就是要逃回中原去。”

李文秀见他气息渐渐微弱，知他给瓦耳拉齐以重脚法接连踢中两下，内脏震裂，已然难以活命，回过头来看瓦耳拉齐时，他小腹上那把匕首直没至柄，也是已无活理。自己在回疆十年，只有这两人是真正照顾自己、关怀自己的，哪知他两人恩怨牵缠，竟致自相残杀，两败俱伤。她眼眶中充满了泪水，问马家骏道：“计……马大叔，你……你既然知道他没死，而且就在附近，为什么不立刻回中原去？”

马家骏嘴角边露出凄然的苦笑，轻轻的道：“江南的杨柳，已抽出嫩芽了，阿秀，你独自回去吧，以后……以后可得小心，计爷爷，计爷爷不能照顾你了……”声音越说越低，终于没了声息。

李文秀扑在他身上，叫道：“计爷爷，计爷爷，你别死。”

马家骏没回答她的问话就死了，可是李文秀心中却已明白得很。马家骏非常非常的怕他的师父，可是非但不立即逃回中原，反而跟着她来到迷宫；只要他始终扮作老人，瓦耳拉齐永远不会认出他来，可是他终于出手，去和自己最惧怕的人动手。那全是为了她！

这十年之中，他始终如爷爷般爱护自己，其实他是个壮年人。世界上亲祖父对自己的孙女，也有这般好吗？或许有，或许没有，她不知道。

殿上地下的两根火把，一根早已熄灭了，另一根也快烧到尽头。

苏鲁克忽道：“真是奇怪，刚才两个汉人跟一个哈萨克人相打，我想也不想，过去一拳，就打在那个哈萨克人的脸上。”李文秀问道：“那为什么？为什么你忽然帮汉人打哈萨克人？”苏鲁克搔了搔头，道：“我不知道。”隔了一会，说道：“你是好人，他是坏人！”

他终于承认：汉人中有做强盗的坏人，也有李英雄那样的好人，（那个假扮老头儿的汉人，不肯在水井中下毒，也该算好人吧？）哈萨克人中有自己那样的好人，也有瓦耳拉齐那样的坏人。

李文秀心想："如果当年你知道了，就不会那样狠狠的鞭打苏普，一切就会不同了。可是，真的会不同吗？就算苏普小时候跟我做好朋友，他年纪大了之后，见到了阿曼，还是会爱上她的。人的心，真太奇怪了，我不懂。"

苏鲁克大声道："瓦耳拉齐，我瞧你也活不成了，我们也不用杀你，再见了！"瓦耳拉齐突然目露凶光，右手一提。李文秀知他要发射毒针，叫道："师父，别——"

就在这时，一个火星爆了开来，最后一个火把也熄灭了，殿堂中伸手不见五指。瓦耳拉齐就是想发毒针害人，也已取不到准头。李文秀叫道："你们快出去，谁也别发出声响。"

苏鲁克、苏普、车尔库和阿曼四人互相扶持，悄悄的退了出去。大家知道瓦耳拉齐的毒针厉害，他虽命在顷刻，却还能发针害人。四人退出殿堂，见李文秀没有出来，苏普叫道："李英雄，李英雄，快出来。"李文秀答应了一声。

瓦耳拉齐道："阿秀，你……你也要去了吗？"声音甚是凄凉。李文秀心中不忍，暗想他虽然做了许多坏事，对自己可毕竟是很好的，让他一个人在这黑暗中等死，实在是太残忍了，于是坐了下来，说道："师父，我在这里陪你。"

苏普在外面又叫了几声。李文秀大声道："你们先出去吧，我等一会出来。"苏普叫道："这人很凶恶的，李英雄，你可得小心了。"李文秀不再回答。

阿曼道："你怎么老是叫她李英雄，不叫李姑娘？"苏普奇道："李姑娘，她是女子吗？"阿曼道："你是装傻，还是真的看不出来？"苏普道："我装什么傻？他……他武功这样好，怎么会是女子？"

阿曼道："那天大风雪的晚上，在计老人的家里，她夺了我做女奴，后来又放了我。那时候我就知道她是女子了。"苏普拍手道："啊，是了。如果她是男人，怎肯放了像你这样美丽的女奴？"阿曼脸上微微一红，道："不是的。那时候我见到了她瞧着你的眼色，就知道她是姑娘。天下哪会有一个男子，用这样的眼光痴痴的瞧着你！”

苏普搔了搔头，傻笑道：“我可一点也没瞧出来。”阿曼欢畅地笑了，笑得真像一朵花。她知道苏普的眼光一直停在自己身上，便有一万个姑娘痴情地瞧着他，他也永不会知道。

殿堂中一片漆黑，李文秀和瓦耳拉齐谁也见不到谁。李文秀坐在师父身畔，在万籁俱寂之中，听到苏普和阿曼的嬉笑声渐渐远去，听到四个人的脚步声渐渐远去。

殿堂里只剩下了李文秀，陪着垂死的瓦耳拉齐，还有，“计爷爷”的尸身。

瓦耳拉齐又问：“刚才我叫你出去，你为什么不听话？要是你出去了……唉。”

李文秀轻轻的道：“师父，你得不到心爱的人，就将她杀死。我得不到心爱的人，却不忍心让他给人杀了。”

瓦耳拉齐冷笑了一声，道：“原来是这样。”沉默半晌，叹道：“你们汉人真是奇怪。有马家骏那样忘恩负义、杀害师父的恶棍，有霍元龙、陈达海他们那样杀人不眨眼的强盗，也有你这样心地仁善的姑娘。”

李文秀问道：“师父，陈达海那强盗怎样了？我们一路追踪他，却在雪地里看到了两个人的脚印。另一个是你的吗？”瓦耳拉齐道：“不错，是我的。自从我给马家骏这逆徒打了毒针之后，身子衰弱，十多年来在山洞里养伤，只道这一生就此完了，想不到竟会有你来救我，给我拔去了毒针。我伤愈之后，半夜里时常去铁延部的帐篷外窥探，我要杀了车尔库，杀了驱逐我的族长。只是为了你，我才没在水井里下毒。那天大风雪的晚上，我守在你屋子外，见到你拿住了陈达海，听到你们发现了迷宫的地图。陈达海一逃走，我就跟在他后面，一直跟进了迷宫。我在他后脑上一拳，打晕了他，把他关在迷宫里，前天下午，我从他怀里拿了那幅手帕地图出来，抽去了十来根毛线，放回他怀里，再蒙了他眼睛，绑他在马背之上，赶他远远的去了。”

李文秀想不到这个性子残酷的人居然肯饶人性命，问道：“你为什么要抽去地图上的毛线？”瓦耳拉齐干笑数声，十分得意：“他不知道我抽去了毛线的。地图中少了十几根线，这迷宫再也找不到了。这恶强盗，他定要去会齐了其余的盗伙，凭着地图又来找寻迷宫。他们就要在大沙漠中兜来兜去，永远回不到草原去。这批恶强盗一个个的要在沙漠中渴死，一直到死，还是想来迷宫发财，哈哈，嘿嘿，有趣，有趣！”

想到一群人在烈日烤炙之下，在数百里内没一滴水的大沙漠上不断兜圈子的可怖情景，李文秀忍不住低低的呼了一声。这群强盗是杀害她父母的大仇人，但如此遭受酷报，却不由得为他们难受。要是她能有机会遇上了，会不会对他们说：“这张地图是不对的？”

她多半会说的。只不过，霍元龙、陈达海他们决计不会相信。他们一定要满怀着发财的念头，在沙漠里大兜圈子，直到一个个的渴死。他们还是相信在走向迷宫，因为陈达海曾凭着这幅地图，亲身到过迷宫，那是决计不会错的。迷宫里有数不尽的珍珠宝贝，大家都这么说的，那还能假么？

瓦耳拉齐吃吃的笑个不停，说道：“其实，迷宫里一块手指大的黄金也没有，迷宫里所藏的每一件东西，中原都是多得不得了。桌子、椅子、床、帐子，许许多多的书本，围棋啦、七弦琴啦、灶头、碗碟、镬子……什么都有，就是没珍宝。在汉人的地方，这些东西遍地都是，那些汉人却拼了性命来找寻，嘿嘿，真笑死人了。”

李文秀两次进入迷宫，见到了无数日常用具，回疆气候干燥，历时虽久，诸物并未腐朽，遍历殿堂房舍，果然没见到过丝毫金银珠宝，说道：“人家的传说，大都靠不住的，这座迷宫虽大，却没有宝物。唉，连我的爹爹妈妈，也因此而枉送了性命。”

瓦耳拉齐道：“你可知道这迷宫的来历？”李文秀道：“不知道。师父，你知道么？”瓦耳拉齐道：“我在迷宫里见到了两座石碑，上面刻明了建造迷宫的经过，原来是唐太宗时候建造的。”李文秀也不知道唐太宗是什么人，于是瓦耳拉齐断断续续的给她说了迷宫的来历。

原来这地方在唐朝时是高昌国的所在。

那时高昌是西域大国，物产丰盛，国势强盛。唐太宗贞观年间，高昌国的国王叫做麹文泰，臣服于唐。唐朝派使者到高昌，要他们遵守许多汉人的规矩。麹文泰对使者说："鹰飞于天，雉伏于蒿，猫游于堂，鼠噍于穴，各得其所，岂不能自生邪？"意思说，虽然你们是猛鹰，在天上飞，但我们是野鸡，躲在草丛之中，虽然你们是猫，在厅堂上走来走去，但我们是小鼠，躲在洞里啾啾的叫，你们也奈何我们不得。大家各过各的日子，为什么一定要强迫我们遵守你们汉人的规矩习俗呢？唐太宗听了这话，很是愤怒，认为他们野蛮，不服王化，于是派出了大将侯君集去讨伐。

麹文泰得到消息，对百官道："大唐离我们七千里，中间二千里是大沙漠，地无水草，寒风如刀，热风如烧，怎能派大军到来？他来打我们，如果兵派得很多，粮运便接济不上。要是派兵在三万以下，便不用怕。咱们以逸待劳，坚守都城，只须守到二十日，唐兵食尽，便会退走。"他知道唐兵厉害，定下了只守不战的计策，于是大集人夫，在极隐秘之处，造下了一座迷宫，万一都城不守，还有可以退避的地方。当时高昌国力殷富，西域巧匠，多集于彼。这座迷宫建造的曲折奇幻之极，国内的珍奇宝物，尽数藏在宫中。麹文泰心想，便算唐军攻进了迷宫，也未必能找到我的所在。

侯君集曾跟李靖学习兵法，善能用兵，一路上势如破竹，渡过了大沙漠。麹文泰听得唐朝大军到来，忧惧不知所为，就此吓死。他儿子麹智盛继立为国王。侯君集率领大军，攻到城下，连打几仗，高昌军都是大败。唐军有一种攻城高车，高十丈，因为高得像鸟巢一般，所以名为巢车。这巢车推到城边，军士居高临下，投石射箭，高昌军难以抵御。麹智盛来不及逃进迷宫，都城已被攻破，只得投降。高昌国自麹嘉立国，传九世，共一百三十四年，至唐贞观十四年而亡。当时国土东西八百里，南北五百里，实是西域的大国。

侯君集俘虏了国王麹智盛及其文武百官、大族豪杰，回到长安，将迷宫中所有的珍宝也都搜了去。唐太宗说，高昌国不服汉化，不知中华上国文物衣冠的好处，于是赐了大批汉人的书籍、衣服、用具、乐器等等给高昌。高昌人私下说："野鸡不能学鹰飞，小鼠不能学猫叫，你们中华汉人的东西再好，我们高昌野人也是不喜欢。"将唐太宗所赐的书籍文物、诸般用具，以及佛像、孔子像、道教的老君像等等都放在迷宫之中，谁也不去多瞧上一眼。

千余年来，沙漠变迁，树木丛生，这本来已是十分隐秘的古宫，更加隐秘了。若不是有地图指引，谁也找寻不到。现在当地所居的哈萨克人，和古时的高昌人也是毫不相干。

瓦耳拉齐在中原时学文学武，多读汉人的书籍，所以熟知唐代史事。李文秀虽是汉人，反而半点也不知道，也不感兴趣。她听瓦耳拉齐气息渐弱，说道："师父，你歇歇吧，别说了。这个汉人皇帝也真多事，人家喜欢怎样过日子，就由他们去，何必勉强？唉，你心里真正喜欢的，常常得不到。别人硬要给你的，就算好得不得了，我不喜欢，终究是不喜欢。"

瓦耳拉齐道："阿秀，我……我孤单得很，从来没人陪我说过这么久的话，你肯……肯陪着我么？"李文秀道："师父，我在这里陪着你。"瓦耳拉齐道："我快死了，我死之后，你就要走了，永远不会回来了。"李文秀无言可答，只感到一阵凄凉伤心，伸出右手去，轻轻握住了师父的左手，只觉他的手掌在慢慢冷下去。

瓦耳拉齐道："我要你永远在这里陪我，永远不离开我……"

他一面说，右手慢慢的提起，拇指和食指之间握着两枚毒针，心道："这两枚毒针在你身上轻轻一刺，你就永远在迷宫里陪着我，也不会离开我了。"轻声道："阿秀，你又美丽又温柔，真是个好女孩，你永远在我身边陪着。我一生寂寞孤单得很，谁也不来理我……阿秀，你真乖，真是个好孩子……"

两枚毒针慢慢向李文秀移近，黑暗之中，她什么也看不见。

瓦耳拉齐心想："我手上半点力气也没有了，得慢慢的刺她，出手快了，她只要一推，我就再也刺她不到了。"毒针一寸一寸的向着她的面颊移近，相距只有两尺，只有一尺了……

李文秀丝毫不知道毒针离开自己已不过七八寸了，说道："师父，阿曼的妈妈，很美丽吗？"

瓦耳拉齐心头一震，说道："阿曼的妈妈……雅丽仙……"突然间全身的力气消失得无影无踪，提起了的右手垂了下来，他一生之中，再也没有力气将右手提起来了。

李文秀道："师父，你一直待我很好，我会永远记着你。"

在通向玉门关的沙漠之中，一个姑娘骑着一匹白马，向东缓缓而行。

她心中在想着和哈萨克铁延部族人分别时他们所说的话：

苏鲁克道："李姑娘，你别走，在我们这里住下来。我们这里有很好的小伙子，我们给你挑一个最好的做丈夫。我们要送你很多牛，很多羊，给你搭最好的帐篷。"

李文秀红着脸，摇了摇头。

苏鲁克道："你是汉人，那不要紧，汉人之中也有好人的。汉人可以跟哈萨克人结婚吗？嗯。"他搔了搔头，说道："咱们去问长老哈卜拉姆。"

哈卜拉姆是铁延部中精通《可兰经》、最聪明最有学问的老人。

他低头沉思了一会，道："我是个卑微的人，什么也不懂。"苏鲁克道："如果有学问的哈卜拉姆也说不懂，那么别人是更加不懂了。"哈卜拉姆道："《可兰经》第四十九章上说：'众人啊，我确已从一男一女创造你们，我使你们成为许多民族和宗族，以便你们互相认识。在安拉看来，你们之中最尊贵的，便是你们之中最善良的。'世界上各个民族和宗族，都是真神安拉创造的。他只说凡是最善良的，便是最尊贵的。《可兰经》第四章上说：'你们当亲爱近邻、远邻、伴侣，当款待旅客。'汉人是我们的远邻，如果他们不来侵犯我们，我们要对他们亲爱，款待他们。”

苏鲁克道：“你说得很对。我们的女儿能嫁给汉人么？我们的小伙子，能娶汉人的姑娘吗？”哈卜拉姆道：“真经第二章第二百廿一节说：‘你们不要娶崇拜多神的妇女，直到她们信道。你们不要把自己的女儿，嫁给崇拜多神的男子，直到他们信道。’真经第四章第廿三节中，严禁娶有丈夫的妇女，不许娶自己的直系亲属，除此之外，都是合法的。便是娶奴婢和俘虏也可以，为什么不能和汉人婚嫁呢？”

当哈卜拉姆背诵《可兰经》的经文之时，众族人都是恭恭敬敬的肃立倾听。经文替他们解决疑难，大家心中明白了，都说：“穆圣的指示，那是再也不会错的。”有人便称赞哈卜拉姆聪明有学问：“我们有什么事情不明白，只要去问哈卜拉姆，他总是能好好的教导我们。”

可是哈卜拉姆再聪明、再有学问，有一件事却是他不能解答的，因为包罗万有的《可兰经》上也没有答案：如果你深深爱着的人，却深深的爱上了别人，有什么法子？

白马带着她一步步的回到中原。白马已经老了，只能慢慢的走，但终于是能回到中原的。江南有杨柳、桃花，有燕子、金鱼……汉人中有的是英俊勇武的少年，倜傥潇洒的少年……但这个美丽的姑娘就像古高昌国人那样固执：“那都是很好很好的，可是我偏不喜欢。”

（完）

敬告读者

为了维护读者、著作权人和出版发行者的合法权益，本书采用了新型数码防伪技术。正版图书的定价标示处及外包装盒上均贴有完好的防伪标签。刮开涂层，可见到一组数码，您可以通过两种途径查验真伪。

1. 拨打全国免费电话4008301315，按语音提示从左到右依次输入相应数码并按#键结束。
2. 扫描防伪标上的二维码，按提示输入相应数码。

读者如发现盗版图书，可向当地“扫黄打非”办公室、新闻出版局、公安机关、市场监督管理局等部门举报，或直接与我们联系。

联系电话：020-34297719　13570022400

我们对举报盗版、盗印、销售盗版图书等侵权行为的有功人员将予以重奖。

广州市朗声图书有限公司